rororo

Ines Thorn wurde 1964 in Leipzig geboren. Nach einer Lehre als Buchhändlerin studierte sie Germanistik, Slawistik und Kulturphilosophie. Sie lebt und arbeitet in Frankfurt am Main. Bei rororo sind bereits ihre historischen Romane »Die Pelzhändlerin« (rororo 23762), »Die Silberschmiedin« (rororo 23857), »Die Wunderheilerin« (rororo 24264), »Unter dem Teebaum« (rororo 24484), »Die Verbrechen von Frankfurt. Galgentochter« (rororo 24603) und zuletzt »Die Verbrechen von Frankfurt. Höllenknecht« (rororo 24942) erschienen. »Die Tochter des Buchdruckers« ist nach »Die Kaufmannstochter« (rororo 24766) der zweite Teil der großen Saga um eine Frankfurter Kaufmannsfamilie.

Ines Thorn

Die Tochter des Buchdruckers

Historischer Roman

Rowohlt Taschenbuch Verlag

Veröffentlicht im Rowohlt Taschenbuch Verlag,
Reinbek bei Hamburg, März 2010
Genehmigte Lizenzausgabe der Verlagsgruppe Weltbild GmbH

Umschlaggestaltung any.way, Hamburg,
nach dem Entwurf von zeichenpool, München
(Umschlagabbildung: Christie's Images / Corbis; William Caxton by
Francis Philipps © Look and Learn / bridgemanart.de)
Satz aus der Adobe Garamond
Druck und Bindung CPI – Clausen & Bosse, Leck
Printed in Germany
ISBN 978 3 499 25363 8

1

Frankfurt, Anno Domini 1621

In der Nacht war der Wind durch die Straßen der Stadt getobt, hatte gegen die Fensterläden geschlagen, Äste von Bäumen gebrochen und Abfall durch die Gassen gepeitscht. Der Regen hatte Wege aufgeschwemmt, Fensterbeete zerstört und das Wasser im Main bis über die Ufer steigen lassen.

Jetzt, am Morgen, glitzerten einzelne Wassertropfen wie Edelsteine in der Sonne. Die Vögel sangen Lieder, von den Blumen und Bäumen stiegen betörende Düfte auf und vermischten sich mit dem Gestank der Stadt.

Die erste Magd trat auf die Gasse, einen Eimer in jeder Hand. Auf der Schwelle blieb sie stehen, stellte ihre Last ab und wandte ihr Gesicht der Morgensonne zu. Dann lächelte sie und drehte den Kopf nach der Nachbarstür, die sich quietschend aufschwang.

»Guten Morgen, Trude!«

»Agathe, sei mir gegrüßt.«

Die Mägde gingen nebeneinander zum Brunnen. Als sie an der Seilerei vorüberkamen, öffnete der Meister gerade die Fensterläden seines Geschäftes. Ein Bäckerlehrling mit einem Leinensäckchen voller Brötchen schlitterte mit seinen Holzpantinen über das noch nasse Pflaster. Bellend umsprang ein Hund seine nackten Beine.

Entlang der Gasse klappten nach und nach die Holzläden in den oberen Stockwerken auf. Auf den Fenstersimsen landeten dicke Federbetten und Kissen. Die Hausfrauen stemmten ihre Ellbogen darauf und riefen den Nachbarinnen Grüße zu.

»Das war ein toller Sturm in der Nacht.«

»Und ob, meine Liebe«, klang es von rechts. »Ich habe kein Auge zugetan.«

»Mir war, als heulte der Teufel im Kamin«, kam die Antwort von links.

Waschwasser platschte auf die Straße, die ersten Läden warteten auf Kundschaft. Schon rollten frühe Fuhrwerke durch die Gassen, ein Junge trieb ein Schwein vor sich her. Die Stadt war erwacht und begann zu lärmen. Überall summte, brummte, kreischte, quietschte, rumpelte, lachte, stöhnte, schrie und zischte es. Ein gewöhnlicher Wochentag hatte begonnen.

Aber dann trat diese Frau in schwarzem Gewand und langem Schleier aus der Tür. Ihre Faust hielt ein Kreuz umklammert, reckte es hoch. Wer ihr begegnete, verstummte.

Reiter zügelten ihre Pferde und schlugen das Kreuzzeichen. Mägden blieb das Kichern im Halse stecken. Ein kleines Mädchen schmiegte sich eng an seine Mutter, die es hastig mit sich fortzerrte.

Es schien, als wäre der Tag in seinem Lauf erstarrt, noch bevor er so recht hatte beginnen können.

Die schwarze Frau holte tief Luft, so tief, dass sich ihr Busen vorwölbte. Kurz hielt sie inne, dann öffnete sie den

Mund und stieß ein grässliches Geheul aus, dass den Weibern das Blut in den Adern gerann und die Männer die Köpfe zwischen die Schultern duckten.

»Gero Geisenheimer ist tooooot!«, schrie sie mit schrillem Seufzen. »Gero Geisenheimer ist gestorben.«

Aus der Haustür des Handelsunternehmens Gebrüder Geisenheimer traten sechs Männer und trugen einen Sarg auf ihren Schultern. Die Frauen in der Straße bekreuzigten sich und murmelten Gebete, die Männer rissen Mützen und Hüte vom Kopf.

»Gero Geisenheimer ist tooot!«

In das Geschrei läutete die Totenglocke und rief zur Beerdigung. Gemessen schritten die Sargträger den Berg hinan zur Liebfrauenkirche. Ihnen folgte die Familie. Direkt hinter dem Sarg gingen Lila und Arno Geisenheimer. Arno war der Enkel des Patriarchen. Desgleichen Andreas Geisenheimer, der mit seiner Frau Rieke folgte und am anderen Arm seine Mutter, Amalia Geisenheimer, hielt.

Die Männer ähnelten sich. So sehr, dass die Nachbarn ihnen die Erbschaft zu gleichen Teilen gönnten. In der Familie aber war es anders.

So ähnlich sich die Brüder waren, so unterschiedlich waren ihre Frauen.

Lila ging hoch aufgerichtet und mit besorgtem Gesicht. Ihre Blicke wechselten zwischen dem Sarg und ihrem Mann, doch Arno bewahrte die Fassung.

Rieke schluchzte laut, tupfte sich die Augen und taumelte am Arm ihres Mannes. Sie stellte eine unermessliche Trauer vor, die sie sich nicht einmal selbst glaubte. Schweigend und mit geradem Rücken verfolgte Amalia Geisenheimer die Trauerfeier. Nur ab und zu warf sie ihrer Schwiegertochter einen Blick zu und seufzte.

Den fünfen folgte Judith Geisenheimer, die angeheiratete Großnichte Geros. Sie hielt ihre Tochter Julia fest an der Hand und warf immer wieder Blicke die Hausmauern hinauf, als fürchte sie, den Inhalt eines Nachttopfes auf den Kopf zu bekommen. Einmal stolperte sie über den Saum ihres Kleides. Ein anderes Mal geriet sie aus dem Takt und stieß gegen eine Magd, die den Trauerzug beglotzte. Julia nahm ihre Mutter schließlich fest am Arm.

Hinter den beiden schritten Marga und Robert. Sie waren erst gestern aus Leipzig gekommen, jedoch weniger, um an der Beerdigung teilzunehmen. Lebend hatten sie Gero Geisenheimer treffen wollen. Er sollte ihnen Geld leihen, tausend Rheinische Gulden in etwa, um der maroden Druckerei wieder auf die Beine zu helfen und die Gläubiger in die Flucht zu jagen, doch sie waren einige Stunden zu spät gekommen.

»Müssen wir hier mitlaufen?«, knurrte Robert.

»Pscht! Natürlich müssen wir. Wir sind doch Verwandte. Gero Geisenheimer war der Bruder meines Großvaters. Mein Großonkel also.«

»Na und, vererbt hat er dir sicher nichts. Seine habgierigen Enkel werden die Hand schon auf die Beute gelegt haben.«

Marga sah Robert von der Seite her an, kniff die Augen dabei zusammen. »Ich habe gehört, dass der Advokat gleich nach dem Leichenschmaus das Testament verlesen will.«

Diese Nachricht malte ein Lächeln um Roberts Mund. »Das ist gut«, murmelte er. »Das ist sogar sehr gut.«

»Warum? Du sagst doch selbst, dass wir nichts zu erwarten haben. Was hast du vor?«

»Was soll ich schon vorhaben? Am Beerdigungstag sind die Menschen milde gestimmt. Umso mehr, wenn ihnen die Trauer mit Goldstücken versüßt wird. An den guten Ruf werde ich erinnern und daran, dass noch kein Geisenheimer pleite gegangen ist.«

Marga war stehen geblieben und hielt ihren Mann am Arm fest. »Du willst Arno und Andreas anpumpen?«

»Was heißt anpumpen, meine Liebe? Ich wette, sie werden froh sein, ihrer kleinen Base aus Leipzig unter die Arme greifen zu dürfen.«

»Gero Geisenheimer ist tot. Der Patrizier, Ratsherr und Kaufmann hat sich vorgestern Abend im Alter von unglaublichen vierundneunzig Jahren ins Bett gelegt und ist nicht mehr aufgestanden. Er hat laut gelebt und ist leise gestorben. Gott sei seiner Seele gnädig.« Der Priester schlug das Kreuzzeichen, schwenkte das Weihrauchfass, nahm die Schaufel und warf Erde auf den Sarg. Dann trat er zur Seite, um die Hinterbliebenen Abschied nehmen zu lassen.

Rieke Geisenheimer drängte sich vor. Sie trug ein schwarzes Kleid aus kostbarem Brokat, das mit goldenen Fäden durchwirkt war. Ein schwarzer Halbschleier aus Spitze bedeckte ihr Gesicht. Inmitten der anderen Trauernden, die zumeist in ihrer Alltagskleidung gekommen waren, wirkte der schwarze Schleier etwas übertrieben. Sie schluchzte laut, tupfte sich dabei immer wieder die Augenwinkel mit einem Damasttüchlein und musste sich am Arm ihres Gatten festhalten, um nicht mit ins Grab zu sinken.

Andreas Geisenheimer hielt seine Frau und warf entschuldigende Blicke in die Trauergemeinde. Einem Ohnmachtsanfall nahe, ließ sich Rieke schließlich zur Seite führen. Sie fand Halt bei Marga.

»Beerdigungen regen mich immer schrecklich auf«, teilte sie Marga mit und vergewisserte sich durch einen Rundblick, dass die Aufmerksamkeit der Trauernden nun jemand anderem galt. In Gedanken notierte sie, wer alles zur Beerdigung gekommen war. Die gesamte Kaufmannschaft der Stadt war anwesend, ein Großteil der Ratsherren, jedoch fehlte der zweite Bürgermeister, und Rieke nahm sich vor, herauszufinden, warum er nicht gekommen war. Der erste Bürgermeister schüttelte gerade ihrem Mann die Hand, auch der oberste Richter und der Kämmerer der Stadt waren da sowie mindestens acht Zunftmeister und eine Handvoll Abgesandte der bedeutenden Patriziervereinigungen.

Zufrieden stopfte Rieke das Damasttüchlein in ihren spitzenverzierten Ärmel und schlug den Schleier nach oben. »Ich komme mir jedes Mal so schlecht vor, weil ich noch lebe.«

»Das ist weder deine Schuld noch dein Verdienst«, erwiderte Marga lächelnd und sah zum Grab. Dort stand nun Lila, kerzengerade, in einem Kleid, dessen vornehme Eleganz geradezu ins Auge fiel. Die gestickte Haube passte hervorragend dazu, als wäre sie eigens für Lila und diesen Anlass genäht worden. Lila hielt eine rote Rose in der Hand, warf sie anmutig ins offene Grab. Dann trat sie zur Seite und überließ ihrem Mann den Platz. Ihr Gesicht war weiß wie frisch gefallener Schnee.

»Wie ist sie?«, fragte Marga ihre Nachbarin. »Ich habe sie noch nicht kennengelernt.«

»Die?« Rieke warf den Kopf in den Nacken. »Sie ist vollkommen. Ringsum untadelig und fehlerfrei. Findest du nicht?«

Sie betrachtete Marga von der Seite und runzelte die Stirn, als sie deren respektvolle Blicke sah.

Marga zuckte mit den Achseln. »Ich sehe sie heute zum ersten Mal.«

»Nun, sie ist vollkommen. Glaube mir. Lila Geisenheimer ist bekannt dafür, ihre Dienstboten fest im Griff zu haben. Und sie ist bekannt dafür, die aufregendsten Feste in ihrem Haus abzuhalten, bekannt für ihren guten Geschmack, ihre köstliche Küche, ihr tadelloses Benehmen und ihr elegantes Auftreten. Es ist noch niemals vorgekommen, dass sich ein Haar aus ihrer Frisur gelöst hat oder der Saum ihres Kleides beschmutzt war.

Jeder in Frankfurt hält sie für die vollkommene Frau und Mutter.«

»Jeder?«, fragte Marga zurück und erwiderte Riekes starres Lächeln.

»Nun, ich fürchte, ein Gewitter zieht auf. Es ist zwar unhöflich, das Grab zu verlassen, bevor der letzte Gast kondoliert hat, aber ich möchte nicht im Regen stehen.« Rieke hakte ihre Leipziger Verwandte energisch unter und verließ mit ihr den Friedhof. »Den Leichenschmaus werden wir im Weißen Schwan einnehmen. Wir sind ja keine Bauern, die direkt am Grab essen und trinken. Das wäre für Leute unseres Standes wirklich ganz und gar unangemessen. Schließlich sind wir Patrizier.«

Als sie die Gassen der Innenstadt entlanggingen, war von Riekes Trauer nichts mehr zu erkennen. Sie grüßte lächelnd nach links und nach rechts, stets bedacht, bemerkt zu werden. Während ihr Mund sich öffnete und schloss, sie einen Fuß vor den anderen setzte, mit der linken Hand ihren Umhang hielt und die rechte in Margas Arm gekrallt hatte, waren ihre Gedanken ununterbrochen mit der Summe beschäftigt, die Gero ihrem Mann wohl vererbt haben mochte. Es musste viel Geld sein. Sehr viel. Gero Geisenheimer, Ratsherr, Kaufmann, Stifter und Vorsitzender einer mächtigen Frankfurter Patriziergesellschaft war ein reicher Mann gewesen. Jeder wusste das. Immer war er zuerst gegrüßt worden. Die Männer hatten die Kappen von den Köpfen gerissen, kaum, dass Gero auf die Straße trat, die Frauen hatten mit niedergeschlagenen Augen geknickst. Es verging kein Monat, in dem nicht irgendwer anfragte, ob Gero nicht der Pate seines Kindes sein wollte, doch Gero hatte stets abgelehnt. Wie reich er war, wusste niemand genau. Gero Geisenheimer besaß mehrere Häuser nahe des Römers, und über das Barvermögen gab es die wildesten Gerüchte. Rieke runzelte die Stirn, so angestrengt dachte sie darüber nach.

Sie war eine entschlossene Frau. Schon als junges Mädchen hatte sie sich geschworen, einmal unermesslich reich zu sein, niemals Not leiden zu müssen. Das war auch der Grund, warum sie Andreas Geisenheimer geheiratet hatte. Schwer genug war es gewesen, seine Frau zu werden. Wenn Rieke daran dachte, wie glanzlos ihre Kindheit und wie schwer es gewesen war, in der Frankfurter Gesellschaft Fuß zu fassen, dann fand sie, dass sie den Luxus, in dem sie nun lebte, reichlich verdient hatte. Ihr Vater war ein Ritter gewesen, der so verarmt war, dass er gar seinen Titel verkaufen musste. Ein brüchiges Rittergut ohne Vieh, dafür mit kaputten Stallungen und ertraglosen Böden, war alles, was ihrer Familie geblieben war. Im Winter zog es durch alle Ritzen, und manches Mal war das Wasser im Krug am Morgen gefroren. Ihre Kleider hatten bereits Generationen von Frauen vor ihr getragen, und ihr ganzer Schmuck bestand aus einem einfachen schmalen Silberreif mit einem Splitter Bergkristall darin.

Riekes einziges Kapital war ihre Schönheit. Ihr samtweiches Haar strahlte in einem tiefen Braun, die Augen leuchteten wie Bernstein. Das Lächeln ihrer vollen Lippen war ein Versprechen, das ihre Figur noch verstärkte: schlank, aber mit den richtigen Rundungen an den entscheidenden Stellen. Rieke von Gutzow war eine der attraktivsten Frauen weit und breit. Das fand auch Andreas Geisenheimer, jedoch erst, als Rieke ihn nachdrücklich auf sich aufmerksam gemacht hatte. Einmal stolperte sie genau vor ihm, sodass er sie im letzten Moment um die Hüfte fassen musste. Ein anderes Mal stieß sie ihn an, und er verschüttete dabei Rotwein auf ihr Brusttuch, das sogleich abgenommen werden musste, um einer drohenden Erkältung zuvorzukommen.

Schließlich war sie es gewesen, die Andreas einen Heiratsantrag gemacht hatte. Und Andreas Geisenheimer war nicht nur betört von ihrer Schönheit, sondern obendrein viel zu höflich, um ein solches Angebot auszuschlagen. Am Abend ihrer Vermählung, als sie im Mittelpunkt aller Pracht stand und mit kostbaren Geschenken überhäuft wurde, als sie die feine Seidenunterwäsche auf ihrer Haut spürte und den wertvollen Familienschmuck an ihrem Hals, hatte sich Rieke Geisenheimer geschworen, dass sie niemals mehr arm sein würde. Eher sterben als zurück in das bröselnde Windhaus ihrer Kindheit! In der Hochzeitsnacht stürzte sie sich schier auf Andreas, um sogleich einen Nachkommen zu zeugen, der ihre neue Stellung noch fester untermauern würde. Als Mutter eines Geisenheimer-Erben würde ihr keine Not mehr etwas anhaben können.

Andreas aber, verunsichert ob der Gier seiner Frau, konnte seinen ehelichen Pflichten bedauerlicherweise nicht nachkommen. Nicht in dieser Nacht. Und auch nicht in vielen Nächten danach.

»So, wir sind da«, verkündete Rieke und deutete mit dem Finger auf ein Schild, das über der Tür an einer Eisenkette hing und einen weißen Schwan auf schwarzem Grund darstellte.

Marga stockte. »Hier findet der Leichenschmaus statt?«

»Nun ja, es mag noch feinere Lokale in anderen Städten geben, aber dies hier steht dem Römer am nächsten. Die Leute sollen doch schließlich sehen, dass wir unseren Großvater würdig betrauern.«

»Nein, nein. Ich finde es ausgesprochen nobel und frage mich gerade, ob ich passend gekleidet bin.«

»Lass sehen.« Rieke schob Marga von sich und betrachtete sie eingehend. Dabei fielen ihre Mundwinkel immer tiefer nach unten. Sie griff nach Margas Umhang und zupfte daran herum, richtete ihr die Haube und warf ihr das Schultertuch so über, dass es das Kleid bedeckte. »So, jetzt geht es einigermaßen«, erklärte Rieke wenig taktvoll. »Der

Rat der Stadt hat wieder einmal ein Verbot gegen Luxus erlassen«, beklagte sie sich weiter und betrachtete Margas Kleid missbilligend, das aus einfachem polnischen Tuch gefertigt war. »Stell dir vor, bei Hochzeiten dürfen fortan nur noch hundertvierzig Gäste geladen werden. Ebenso beim Leichenschmaus. Der Genuss von Konfekt ist bei Festen ganz und gar untersagt. Und Dienstboten dürfen ab sofort weder Samt noch Seide tragen. In dieser Hinsicht stimme ich mit dem Rat überein. Schließlich will man ja zeigen, wohin man gehört.«

Inzwischen war auch Andreas beim Schwanen angelangt. Er nahm seine Frau beim Arm und zog sie zur Seite. »Ich möchte nicht, dass du mit deinem neuen Schmuck angibst«, sagte er. »Lila, Arno und die anderen sehen auch so, dass ich dir alles gebe, was du willst.«

Rieke riss sich los. »Alles?« Sie pustete eine vorwitzige Haarsträhne aus der Stirn, die ihr aus der Haube gerutscht war. »Alles? Oh, nein, mein Lieber. Faxenkram! Das Wichtigste bist du mir bis jetzt schuldig geblieben«, erwiderte sie schneidend und wandte sich ab. Ohne sich noch einmal nach ihrem Mann umzusehen, dem die Scham die Wangen gerötet hatte, schritt sie über die Schwelle.

Andreas starrte ihr fassungslos hinterher. Faxenkram hat sie gesagt, dachte er bestürzt. Kaum ist Gero unter der Erde, benutzt sie dieses Wort. Sein Lieblingswort, geprägt von seiner Mutter Gutta! Im hintersten Eck seiner Gedanken dämmerte der leise Verdacht, dass sie dieses Wort vielleicht brauchte, um sich als richtige Geisenheimerin zu fühlen, doch Andreas kam es trotzdem so vor, als hätte sie ein Sakrileg begangen.

Ofenwarmes Brot aus dunklem und aus hellem Mehl, Eierpunsch, Bier, Wein, Most, verschiedene Käse, Braten vom Kalb und vom Rind, gesottene Hühner und Tauben, Wildbret, Gemüse, kandierte Früchte und kleine Kuchen, dazu eine riesige Gans, die rundherum mit Blattgold belegt war, zeigten den Gästen, wie groß die Trauer der Hinterbliebenen um den Patriarchen war.

Lila Geisenheimer fuhr mit dem Finger in den Kragen ihres hochgeschlossenen Kleides. In der anderen Hand hielt sie ein feines Tüchlein und tupfte sich die Stirn und den Nacken. Es war zwar erst Mai, aber sie fühlte sich bereits wie im Hochsommer. Dazu kam die Hitze der Speisen. Lila fächelte sich mit einem Mundtuch Luft zu. Dabei fiel ihr Blick auf Rieke und den großzügigen Ausschnitt ihres Kleides. Dort hing eine goldene Kette mit einem walnussgroßen blauen Stein.

Rieke hatte Lilas Blicke bemerkt. Jetzt beugte sie sich über die Tafel, deutete auf ihren Schmuck und sagte so laut, dass es alle Umsitzenden gut hören konnten: »Andreas hat mir die Kette zum Hochzeitstag geschenkt. Der Stein stammt aus dem Morgenland. Es heißt, er wäre so viel wert wie eine ganze Wagenladung voll Pfeffer.«

»Sie ist schön, deine Kette«, erwiderte Lila und lächelte Rieke liebenswürdig an.

Dann wandte Lila sich Judith zu, die neben ihr saß. Judith Geisenheimer war achtunddreißig Jahre alt und bereits Witwe. Ihr Mann Matthias war vor vier Jahren gestorben – gerade rechtzeitig, sonst hätte ihn Judith vielleicht höchstselbst umgebracht. Als Schürzenjäger bekannt, vor dem kein Weiberrock sicher war, hatte er die Franzosenkrankheit mit nach Hause gebracht. Zum Glück hatte Judith sich nicht bei ihm angesteckt. Jetzt lebte sie mit ihrer halbwüchsigen Tochter Julia in einem ziemlich großen Haus in der Nähe des Karmeliterklosters, in der Buchgasse. Das Handelshaus ihres Mannes war mit den Handelshäusern von Arno und Andreas Geisenheimer verschmolzen. Die Brüder hatten Judith ausgezahlt, sodass sie nicht nur ein einfaches Auskommen, sondern sogar ein sehr gutes Auskommen bis zum Ende ihres Lebens hatte.

»Geht es dir gut, meine Liebe?«

Lila beugte sich zur ihr hinüber und lächelte sie an. Die beiden Frauen gehörten durch ihre Heiraten nicht nur zur selben Familie, sondern waren überdies Freundinnen.

»Aber ja«, erwiderte Judith. »Alles ist bestens.«

Der anschließende Seufzer strafte ihre Worte allerdings Lügen.

Lila legte ihre Hand auf Judiths. »Was ist? Ich bemerke schon seit einiger Zeit, dass du etwas auf dem Herzen hast. Willst du es mir nicht sagen?«, wisperte sie und sah sich gleichzeitig nach vermeintlichen Zuhörern um.

Judith lächelte schmal. »Vielleicht ist es Zeit, mir wieder einen Mann zu suchen«, erwiderte sie. »Es ist nicht so, dass ich mich einsam fühle, nein, das nicht. Aber etwas fehlt eben.«

»Findest du wirklich? Hattest du nicht geschworen, nie wieder einen Mann ins Haus zu lassen?«

»Aber eine Frau ohne Mann ist nun einmal nur halb so viel wert. Lass uns ein anderes Mal darüber reden.« Judith lächelte, wirkte aber noch immer bedrückt. Dann betrachtete sie die anderen Trauergäste. »Ich kann noch immer nicht fassen, dass Gero tot ist«, sagte sie leise. »Er war es, der die Familie zusammengehalten hat. Nun kann jeder die Zügel schießen lassen. Es wird Mord und Totschlag geben, fürchte ich.«

»Aber, aber!« Lila schüttelte den Kopf. »Wir sind doch keine Barbaren aus dem Morgenland. Nichts wird geschehen, du wirst sehen. Alles wird sein, wie es immer war.«

Judith erwiderte Lilas Blick, öffnete den Mund, als wolle sie etwas sagen, schloss ihn dann wieder. Sie mochte Lila gern, hielt sie für aufrichtig. Aber Judith wusste auch, dass Lila alles, was sie in ihrem Leben nicht gebrauchen konnte, einfach zur Seite schob wie ein niedergebranntes Talglicht. Streit in der Familie gehörte dazu.

Judith konnte sich noch gut daran erinnern, wie es war, als Matthias starb und sein Handelshaus aufgelöst werden musste. Niemand hatte die Kontorbücher finden können. So sehr man auch danach suchte, sie waren verschwunden. Von einem Tag auf den anderen. Und so hatte niemand mehr genau sagen können, was Matthias gehört hatte und was nicht. Die letzte Warenladung aus Genua. War die bereits bezahlt worden, oder warteten da noch Gläubiger? Welche Wechsel wurden zur nächsten Messe fällig, wer war ihnen noch etwas schuldig?

Judith ahnte damals wie heute, wer die Kontorbücher zur Seite geschafft hatte, aber sie konnte nichts beweisen. Deshalb hielt sie den Mund. Streit in der Familie war etwas, das sie sich noch weniger leisten konnte als ein geringes Erbe. So hatte sie am Ende zufrieden sein müssen mit dem, was Geros Enkel ihr auszahlten. Geld hatte sie reichlich; sie musste keine Angst vor Entbehrungen haben. Doch das war auch nicht ihr Problem, sondern der Gedanke daran, dass jemand sie übervorteilt hatte. Und dieser Jemand war nicht Lila gewesen, da war sie sich ganz sicher.

Judith nickte und antwortete: »Du hast recht, alles wird sein wie immer.«

Ein Ruf eilte durch den Raum. Julia, Judiths Tochter, schien sich irgendwo gestoßen zu haben. Abrupt stand Judith auf – »Du entschuldigst mich?« – und begab sich zum anderen Ende der Tafel. Unterwegs stieß sie mit einem Mann zusammen.

»Oh, ich bitte um Verzeihung, gnädige Frau«, sagte der Mann und betrachtete Judith mit Wohlwollen. »Darf ich?«, fragte er und richtete Judiths Haube, die beim Zusammenstoß verrutscht war. »Es ist eine Schande, dass Ihr eine Haube tragen müsst«, sagte er leise. »Wäre es nicht viel schöner, wenn Ihr Euer Haar frei im Wind flattern lassen könntet? Bei einem Spaziergang draußen vielleicht.«

Judith errötete und griff nach ihrem Kopfputz. Dann lächelte sie und drängte sich an dem Mann vorbei. Nach einigen Schritten wandte sie sich um. Der Mann stand noch am selben Fleck und hatte ihr hinterhergesehen. Jetzt hob er langsam die Hand und winkte ihr zu. Im selben Augenblick kam Käthi Weyrauch, eine Frau aus der Nachbarschaft, hinzu. Sie stellte sich neben den Mann, schob ihren Arm unter seinen. Erst jetzt erkannte Judith ihn. Es war der Nadelmacher Lennart Leuthold, dessen Ware das Handelshaus Geisenheimer bis weit ins Ungarische lieferte.

Es dauerte rund zwei Stunden, bis von dem Leichenschmaus nur noch ein paar abgenagte Knochen übrig waren und die Krüge nichts mehr hergaben. In der niedrigen Gaststube stand die Luft. Schweiß, Essensgerüche, Duftwässer, Weindunst, alles vermischte sich zu einer Wand, die sich fast greifen ließ. Nach und nach hatten sich die Gäste verabschiedet. Nun waren die Verwandten endlich unter sich. Lila fächelte sich mit einem Tüchlein Kühlung zu. Rieke hatte sich neben Judith gesetzt. »Hast du Lilas Kleid gesehen? Ich wette, da sind mindestens fünf Meter vom besten Mailänder Samt verarbeitet. Ist es nicht unwürdig, bei einer Beerdigung seinen Reichtum so zur Schau zu stellen? Man sollte doch von einem Christenmenschen erwarten dürfen, dass er einmal das eigene Geschick hintanstellt.«

Judith erwiderte nichts, konnte sich aber einen Blick auf Riekes Kette nicht verkneifen.

»Nun, wenn wir nicht die Mutter von Andreas, Geros höchsteigene Tochter, bei uns im Hause hätten und sie aufwendig pflegen müssten, so könnte ich wohl auch in Gold und Silber gehen.«

Judith runzelte ein wenig die Stirn und tupfte sich mit einem Tüchlein den Nacken. »Ich glaube nicht, dass deine Schwiegermutter große Ansprüche hat.«

»Ach, wenn du wüsstest, wie sehr Amalia uns das Leben schwer macht.« Rieke winkte ab, holte tief Luft, um sich ausführlich über die permanenten Sonderwünsche ihrer Schwiegermutter auszulassen. Es drängte sie danach, Judith zu berichten, dass sich Amalia geweigert hatte, am Leichenschmaus teilzunehmen, und von einem Bediensteten nach Hause gebracht werden musste. Natürlich nur, um ihr, Rieke, die Feier zu verderben.

Doch in diesem Augenblick schlug Arno mit der flachen Hand leicht auf den Tisch. »Jetzt, da wir unter uns sind, schlage ich vor, den Advokaten zu hören.«

Er wies mit der Hand auf einen großnasigen Herrn mit tiefen Augenschatten, dessen Haut aussah, als wäre der Aktenstaub in jede noch so kleine Pore gedrungen.

Der Advokat erhob sich und verbeugte sich nach allen Seiten. »Advokat Höfler«, stellte er sich denen vor, die ihn nicht kannten. »Seit Jahr und Tag im Dienste Gero Geisenheimers.«

Dann versicherte er den Anwesenden noch einmal seine Anteilnahme und kramte dabei in einer Ledertasche nach den Papieren. Im Saal herrschte Stille.

»Nun, also«, begann der Advokat und richtete seine Augengläser. »Gero Geisenheimer hat Folgendes verfügt:

Item. Meinen Enkeln Arno und Andreas Geisenheimer vermache ich jeweils zehntausend Gulden. Item. Judith Geisenheimer, Wittweib meines Mündels Matthias Geisenheimer und Schwiegertochter meiner Schwester Konstanze, vermache ich fünftausend Gulden, dito meiner Großnichte Marga Mahlich, Eheweib des Robert Mahlich und Enkelin meines Bruders Falk Geisenheimer. Item.

Der Rest des Erbes, welcher sich auf noch einmal 120000 Gulden beläuft, wird zu gleichen Teilen an die Kinder von Gero Geisenheimers Enkeln gehen. Stichtag ist die Volljährigkeit des ältesten Urenkels.«

Rieke schaute ungläubig, dann klappte ihr die Kinnlade runter. Sie stieß Andreas in die Seite, doch dieser reagierte nicht. Sie sah zu Marga, deren Gesicht einen sehr entspannten Ausdruck aufwies, während ihrem Mann Robert das Grinsen fettig um die Lippen lag. Lila saß kerzengerade, die Hände vor sich auf dem Tisch gefaltet, und lächelte unbewegt. Arno hatte einen Bogen Papier, Tintenfass und Feder vor sich und machte sich ein paar Notizen. Niemandem außer Rieke schien aufzufallen, welche Ungeheuerlichkeit sich gerade hier zugetragen hatte.

»Gibt es irgendwelche Fragen?«

Advokat Höfler verstaute die Papiere in seiner Ledermappe und vermied es, die Anwesenden anzublicken.

Die saßen noch immer stumm.

Rieke fand als Erste die Worte wieder. »Das ist ungerecht«, teilte sie mit und stieß ihren Mann mit dem Ellenbogen in die Rippen. »Sag du doch auch was, Herrgott noch eins.« Andreas hob seine Hand, als wolle er seiner Frau den Mund zuhalten, doch dann ließ er sie resigniert sinken und starrte vor sich auf die Tischplatte.

»Ungerecht?« Der Advokat klemmte seine Nase zwischen Daumen und Zeigefinger der rechten Hand und zupfte daran. »Wie kommt Ihr darauf?«

»Arno und Lila haben zwei Kinder, wir dagegen sind noch kinderlos. Das heißt, sie werden wahrscheinlich von den hundertzwanzigtausend Gulden mehr bekommen als wir. Womöglich gar alles!«

Advokat Höfler sah Rieke ernst an. »Das ist nicht gesagt, gnädige Frau. So viel ich weiß, ist der älteste Sohn Eurer Schwägerin gerade mal zwölf Jahre alt. Ihr habt also noch Jahre Zeit, das Eure zu tun.«

Die anderen lachten leise. Rieke aber stand brüsk auf, warf den Kopf nach hinten und zerrte am Ärmel ihres Mannes: »Komm, Andreas.« Dann stürmte sie hinaus.

Andreas lächelte schief und zuckte entschuldigend mit den Achseln. »Wir sehen uns später im Kontor«, sagte er zu Arno, dann folgte er seiner Frau.

Draußen stand die Sonne hoch am Himmel. Auf dem Römer hatten sich einige Arbeiter auf Balken niedergelassen und verzehrten Brote, die sie mit Dünnbier hinunterspülten. Vom Mainufer kamen zwei Wäscherinnen mit vollen Körben. Ein Fischer folgte ihnen, in der Hand einen Eimer mit Flusskrebsen tragend.

»Jetzt renn doch nicht so«, bat Andreas seine Frau, doch Rieke hörte nicht auf ihn, sondern warf ihm nur einen verächtlichen Blick zu. Erst als er energisch nach ihrer Schulter fasste, hielt sie inne. »Was ist los, Rieke?«, fragte Andreas.

»Das fragst du noch?« Rieke riss sich los und stürzte weiter, ohne sich um ihren Mann zu kümmern. Andreas folgte ihr ohne Hast, grüßte einen Bekannten, blieb stehen, um mit ihm einen Plausch zu halten, ließ sich von einem zweiten kondolieren.

Als er endlich sein Haus in der Hasengasse erreicht hatte, saß Rieke schon in der Wohnstube, hatte einen Stickrahmen in der Hand und riss wütend an einem Faden. Als dieser sich nicht sofort löste, biss sie in den Stoff, bis er zerriss.

»Was ist los mit dir?«, wiederholte Andreas.

Rieke schniefte und warf ihrem Mann erneut einen bitteren Blick zu. »Warum hast du dem Testament nicht widersprochen? Warum lässt du zu, dass man uns übers Ohr balbiert?«

Andreas schenkte sich Wein aus der Karaffe ein und trank das Glas in einem Zug leer. »Ich fühle mich nicht betrogen«, sagte er. »Arno und ich sind immer gut miteinander ausgekommen. Gemeinsam haben wir das Handelshaus Geisenheimer zu dem gemacht, was es jetzt ist, nämlich das zweitgrößte in der Stadt nach dem Unternehmen der Heller-Familie.«

»Ist dir aufgefallen, dass Lilas Kleidung kostbarer ist als meine?«, antwortete Rieke, statt auf Andreas Bemerkung einzugehen. »Und hast du ihren Schmuck gesehen? Für meine neue Kette hatte sie nicht mehr als ein paar Worte übrig!«

Andreas nickte. »Genau das sind deine Sorgen, meine Liebe. Vielleicht war Lilas Kleid teurer, doch sie besitzt wahrscheinlich nur die Hälfte an Garderobe, die du dein Eigen nennst.«

»Faxenkram!«, begehrte Rieke auf. »Wir gehören zu den Honoratioren dieser Stadt und sind verpflichtet, uns unserem Stand entsprechend zu präsentieren. Aber darum geht es jetzt nicht. Es geht darum, dass du dich wieder einmal wie ein Schwächling verhalten hast. Deine Kinder sind die Betrogenen, und du schweigst dazu.«

»Wir haben keine Kinder, Rieke.«

Andreas goss sich ein zweites Glas Wein ein.

»Du hast Arno einen Großteil des Geschäftes überlassen, und nun willst du dabei zusehen, wie er den Löwenanteil von Großvaters Erbe bekommt?« Riekes Stimme war von Wort zu Wort schriller geworden. Sie war aufgestanden, trat jetzt ganz dicht an ihren Mann heran. »Lila. Es war Lila. Sie hat Gero diesen Unfug in den Kopf gesetzt. Es kann gar nicht anders gewesen sein.«

»Wie kommst du denn darauf?«

»Sie hat Gero in den letzten Monaten seines Lebens gepflegt. Er hat in ihrem Haus gewohnt. Sie hat sich um ihn gekümmert. Er war ein alter Mann, hilflos zum Schluss. Wer weiß, womit sie ihn unter Druck gesetzt hat, damit er dieses dämliche Testament so aufsetzt, wie sie es ihm eingeschärft hat.«

»Warum hat sie Arno dann nicht gleich als Alleinerben eintragen lassen?«, fragte Andreas spöttisch.

»Begreifst du denn nicht? Das wäre viel zu auffällig gewesen. Jeder hätte gewusst, dass etwas faul ist. Nein, Lila ist schlau.«

Riekes Blick schweifte ab. Sie starrte einige Augenblicke auf die nackte Wand, dann sagte sie leise: »Wie ich sie hasse! Wie ich Lila Geisenheimer hasse. Aber in dieser Angelegenheit ist noch nicht das letzte Wort gesprochen.« Dann wandte sie sich an ihren Mann. »Du musst mir ein Kind machen, Andreas. Es ist mir gleich, wie du es anstellst, aber mach mir ein Kind. Sonst werden wir nichts von Geros Erbe haben. An dir liegt es ohnehin, dass wir bis jetzt noch kinderlos sind.«

Andreas nickte. »Ich weiß es. Und falls ich es vergessen sollte, so wirst du mir keinen Tag lassen, an dem du mich nicht daran erinnerst.«

Plötzlich wurde Rieke still. Sie trat zu ihrem Mann, legte ihm ihre Arme um den Hals. »Andreas«, flüsterte sie. »Wir müssen ein Kind haben. Nicht nur wegen des Erbes. Die Leute reden schon. Weißt du, was sie sagen? Unsere Kinderlosigkeit sei eine Strafe Gottes, weil ich vor dem Altar gestürzt bin. Andere sagen, wir hätten noch immer keine Kinder, weil es in unserer Ehe an Liebe mangelt. Und wieder andere meinen, ich hätte einen trockenen Schoß. Wie lange, denkst du, wird es noch dauern, bis die Ersten glauben, du wärst vielleicht kein richtiger Mann? Das kannst du doch nicht wollen, Andreas.«

Andreas löste sich aus den Armen seiner Frau. »Es ist mir vollkommen gleichgültig, was die Leute reden.«

Er betrachtete seine Frau, öffnete den Mund, als wollte er noch etwas sagen. Dann besann er sich anders, winkte ab und verließ die Stube.

Rieke brach in Tränen aus.

Als Lila mit ihrem Mann Arno und den Kindern nach Hause kam, saß die Magd in der Küche und hatte einen Korb mit Stopfsachen vor sich.

Lila nahm die Haube ab, schüttelte ihr Haar zurecht und fasste es mit einer Spange im Nacken zusammen. »Hast du alles erledigt, was ich dir aufgetragen habe, Irmchen?«, fragte sie. Die Magd nickte.

»Gut«, erwiderte Lila, ging in ihr Schlafzimmer, strich mit dem Zeigefinger über Schränke, Truhen und das Fensterbrett. Dann reckte sie sich so hoch sie konnte und fuhr mit der Hand über den hölzernen Aufbau des Bettes, an dem der Baldachin befestigt war. Als ihre Finger weiß blieben, nickte sie zufrieden. Auf der Truhe lag ein Stapel Wäsche, welche die Magd mit einem heißen Stein geglättet hatte. Behutsam strich Lila darüber, griff nach einem Nachthemd und betrachtete die Spitze. Als sie keinen Knick und kein Fältchen fand, nickte sie zufrieden und räumte die Wäsche in die Truhe. Zurück in der Küche, musterte Lila die Kupfertöpfe und Pfannen, in denen sich das Geschirr spiegelte. Sie überprüfte, ob das Holz ordentlich neben den Herd geschichtet war, die Vorratskammer genügend Brot, Hirse, Eier, Speck, Würste, Käse, Buchweizen und Butter enthielt und die Regale vor Sauberkeit blitzten. Als Lila alles kontrolliert hatte, stieß sie einen zufriedenen Seufzer aus, dann sagte sie zur Magd: »Hast du im Badehaus schön eingeheizt?«

»Ja, Herrin.«

»Hast du auch die gute Seife hingelegt und das Duftöl von Rosen? Frische Wäsche und genügend Handtücher? Ein Glas Wein für meinen Mann und Apfelsaft für die Kinder?«

»Alles, wie jeden Samstag, Herrin.«

»Gut.« Lila lächelte, sah sich um und betrachtete voller Stolz ihren vor Sauberkeit glänzenden Haushalt. »Dann kannst du jetzt gehen. Sieh nur zu, dass du morgen den Kirchgang nicht verpasst.« Die Magd räumte den Stopfkorb weg, knickste und machte sich davon.

Lila reckte sich und bog die Schultern zurück, dann rief sie nach ihren Kindern und schickte sie ins Badehaus. Nach ihnen entspannte sich Arno im Zuber. Er liebte es, wenn ein wenig Bergamotteöl das Wasser duften ließ. Anschließend füllte Lila einen Kessel heißes Wasser nach und warf eine Handvoll Rosenblätter in die Wanne. Nun war sie an der Reihe. Behaglich räkelte sie sich in dem Zuber, ehe sie ihr langes Haar wusch. Sie spülte es mit Kamille, damit es glänzte, dann rieb sie ihren Körper mit Sand ab, um ihn zu glätten, seifte sich ein und salbte ihren Leib zum Schluss mit Rosenöl. Erst als sie die Glocken der nahen Liebfrauenkirche die achte Stunde schlagen hörte, straffte sie die

Schultern. Hastig schlüpfte Lila in ihre Sachen und eilte in die Küche, um dem Braten die letzte Würze zu geben.

Nach dem Essen brachte Lila die Kinder zu Bett und betete mit ihnen. Der zwölfjährige Titus gab sich betont erwachsen und schnaubte verächtlich, als seine vier Jahre jüngere Schwester Damaris um eine Geschichte bat. Doch Lila ließ sich heute nicht überreden. »Es ist spät. Wir müssen morgen früh aufstehen. Robert und Marga brechen zeitig auf, und wir wollen sie doch so verabschieden, wie es sich gehört.« Sie küsste die Kinder, verfügte sich dann ins Wohnzimmer und befasste sich mit einer Handarbeit, während Arno ihr gegenübersaß und in die Flammen des Kamins sah. Die Eheleute schwiegen, und es war nichts Drückendes dabei. Sie schwiegen, wie man nur miteinander schweigen kann, wenn Einverständnis herrscht.

Lila meldete sich als Erste zu Wort. »Was hältst du von Geros Testament?«, fragte sie. »Warst du sehr überrascht?«

Arno schüttelte den Kopf und zog an seiner Tabakspfeife. »Warum sollte ich? Wir haben genug Geld, wir brauchen Geros Erbe nicht. Ich finde seine Entscheidung klug. Es macht unsere Kinder von uns unabhängig. So etwas hat noch niemandem geschadet.« Er lachte leise.

Lila hob den Kopf. »Was ist? Warum lachst du?«

»Ich denke gerade an Rieke und Andreas. Sie wird keine Nacht verstreichen lassen, ohne ihn an seine ehelichen Pflichten zu erinnern.«

Auch Lila kicherte und schlug sich die Hand vor den Mund. Dann wurde sie wieder ernst. »Sie wird mich jetzt noch mehr hassen, als sie es ohnehin schon tut.«

Arno zog die Augenbrauen hoch. »Warum das?«

»Wir haben Kinder, sie nicht. Sie sieht Geros Erbe schwinden. Sie wird mich bekriegen, das weiß ich. Frieden wird es erst wieder geben, wenn auch sie mindestens zwei Kinder hat.«

Lila ließ den Stickrahmen sinken. »Aber ehrlich, Arno. Glaubst du, dass Rieke jemals schwanger werden wird? Seit sechs Jahren ist sie mit Andreas verheiratet, und noch immer kein Kind.«

Arno zog an seiner Pfeife. »Das ist nicht unsere Sorge, Lila. Wir kümmern uns nicht darum und halten uns raus, bis uns jemand um Rat fragt. So haben wir es immer gehalten.«

Als die Stundenkerze anzeigte, dass die zehnte Stunde vergangen war, stand Lila auf und verstaute ihre Handarbeit in einem geflochtenen Korb. »Es ist Samstag«, sagte sie sanft. »Ich warte im Bett auf dich.«

Arno nickte und erhob sich. »Ja, natürlich«, erwiderte er ebenso zärtlich. »Ich komme.«

Robert Mahlich hatte gehofft, die Frankfurter Verwandten würden ihnen ein Nachtlager anbieten, damit sie das Geld für eine Herberge sparen konnten, doch Marga wollte davon nichts wissen. In der Zwischenzeit hatte sie ihren Entschluss allerdings bereut. Dieser Gasthof war nicht gerade billig. Dafür begann es in der Strohmatratze zu knistern, sobald es im Zimmer dunkel wurde. Es war tiefe Nacht, als sie erwachte. Der Mond stand wie eine leere Silberschüssel am Himmel und schickte seine kalten Strahlen durch das Fenster. Marga fröstelte und zog die Decke bis unter das Kinn. Dann lauschte sie in die Nacht, doch sie hörte keinen Ton. Nur von weit her erklang das Heulen eines Hundes. Vorsichtig tastete sie mit der Hand neben sich. Der Platz war leer.

»Robert?«, fragte sie leise. »Robert, wo bist du?«

Niemand antwortete.

Marga richtete sich halb auf und sah sich um. Die kleine Kammer, in der außer dem Bett nur noch ein schmaler Waschtisch und eine Kleidertruhe standen, wirkte im Mondlicht noch ungastlicher als ohnehin schon.

»Robert!« Marga rief lauter, doch es kam keine Antwort. Sie stand auf, angelte mit nackten Füßen nach ihren Schuhen, schlang ein Umschlagtuch über ihr Nachthemd und verließ die Kammer. Im Korridor herrschte Stille. Aus dem Gemach nebenan drangen kräftige Schnarchtöne, irgendwo röchelte jemand, ein anderer hustete.

»Robert?«

Behutsam tappte Marga durch den dunklen Flur, bis sie an die hölzerne Treppe gelangte, die nach unten in die Gaststube führte. Es roch nach Tabak, diesem neuartigen Kraut, welches über das Osmanische Reich aus Amerika gekommen war, und nach schalem Bier. Plötzlich hörte sie Stimmen. Eine Frau lachte, ein Mann brummte. Marga erstarrte für einen Augenblick, dann stieg sie geräuschlos die Treppe bis zum ersten Absatz hinunter. Von hier aus konnte sie einen Blick in die Gaststube erhaschen. Dort flackerte ein einzelnes Talglicht und warf dunkle Schatten an die Wände. Robert saß auf einem Stuhl, das Schankmädchen auf dem Schoß. Den linken Arm hatte er um ihre Hüfte geschlungen, mit der rechten Hand wühlte er im Ausschnitt ihres Kleides. Die Frau kicherte und schlug ihm im gespielten Ärger auf die Hand. »Lass mich! Du willst bloß, was alle wollen!«, schmollte sie.

»Aber nein, so glaube mir doch! Du bist die schönste Frau, die mir je begegnet ist. Wenn du mich nicht erhörst, so sterbe ich.«

Das Mädchen kicherte erneut, und Roberts Hand wanderte unter ihren Rock. Sie schloss die Augen und stöhnte leise. »Na, das gefällt dir, nicht wahr? Das ist es, was du brauchst! Einen richtigen Mann nämlich.«

Marga wandte sich ab. Ihr Herz schlug in harten, schnellen Schlägen, der Magen hatte sich zu einem Stein verklumpt. Sie spürte Wut und Tränen zugleich in sich aufsteigen. Am liebsten wäre sie die Treppe hinuntergeeilt und hätte mit einem Knüppel auf Mann und Weib eingeschlagen, doch sie wusste, dass das nichts nützte.

Also legte sie die Hand auf ihr hastiges Herz, atmete tief durch und schlich mit zitternden Knien zurück in ihre Kammer. Dort angekommen, warf sie sich auf das Lager, vergrub den Kopf im Kissen und weinte leise.

Der Mond war ein großes Stück gewandert, als Robert endlich durch die Tür trat. Er zog sich bis aufs Hemd aus und schlüpfte neben seine Frau ins Bett. Marga lag mit offenen Augen, steif wie eine Statue da und roch den Duft der fremden Frau. Sie hätte gern gewürgt aus Ekel über den Geruch des Ehebruchs, doch sie wagte keine Bewegung. Robert gehörte zu den Männern, die ihre Frauen dafür bestraften, dass sie fremdgingen. Und Marga wusste das. Sie wusste aber auch, dass sie dies nicht mehr ewig hinnehmen würde.

* * *

Der nächste Morgen brach ohne Sonne an. Dicke Wolken hingen wie schwere Federbetten über den Dächern der Stadt. Lila stand in ihrer Küche und packte kleine Hefeküchlein in einen Korb, füllte Most in eine Deckelkanne, stellte diese hinzu. Ihr Gesicht hatte den heiteren Ausdruck, den es immer hatte.

»Iss auf, Damaris, wir müssen gleich los«, erinnerte sie ihre Tochter. Ihr Haar unter der Haube war tadellos frisiert. Lila trug glänzende Knöchelstiefel und ein dunkelrotes Kleid, darüber einen leichten Umhang aus bestem englischem Tuch. Ihr Gesicht war meistens blass, doch heute zeigte es die vornehme Blässe von Alabaster, die überaus faszinierend zu ihren leicht schräg stehenden grünen Augen und dem roten Haar passte. Über dem Arm trug sie den Henkelkorb. Es dauerte, bis ihre Kinder und Arno fertig waren. Aber endlich hatte Lila das Haar der Kinder ein letztes Mal glatt gestrichen und eine Fussel von Arnos Umhang gezupft.

»Ich habe keine Lust, da hinzugehen. Sie sind keine echten Geisenheimers wie wir; Bauern sind sie. Hast du das schäbige Kleid von Marga gesehen? Hast du bemerkt, wie dieser Robert die Mägde beglubscht? Ich wette, er greift ihnen unter den Rock, sobald sich eine Gelegenheit dafür bietet.«

»Ich bitte dich mitzukommen, Rieke. Die Leipziger sind unsere Verwandten. Es ziemt sich, sie zu verabschieden. Wahrscheinlich werden wir uns im Leben nie wieder sehen.«

»Ich will es hoffen, Andreas, aber ich fürchte, wir sehen sie schneller wieder, als uns lieb ist.«

Rieke strich über ihr Kleid, entschied sich für einen Hut, der wahrhaft auffällig war, und hängte sich bei Andreas ein.

»Wenn ich nur wüsste, wo ich die Schlüssel gelassen habe.« Judith stand in der Küche und zog jede einzelne Schublade auf. Sie wühlte darin herum, stieß Decken und Bestecke durcheinander, brachte das Gewürzregal in Unordnung, doch ihren Schlüssel fand sie nicht. »Ob die Magd ihn genommen hat?«, fragte sie, doch Julia schüttelte den Kopf.

»Warum sollte sie? Schau lieber in die Taschen deines Kleides. Ich wette, dort findest du ihn.«

Judith sah ihre Tochter zweifelnd an. Dann tat sie, wie diese ihr geheißen hatte, und hielt stolz den Schlüssel in die Höhe. »Also gut, wir können gehen. Nimm noch ein paar Äpfel mit und vier hart gekochte Eier. Die Leipziger werden es brauchen können.«

Die Kutsche stand schon reisefertig vor der Station, als die Verwandten nacheinander eintrafen, um sich von Marga und Robert zu verabschieden. Robert stellte beste Stimmung zur Schau, während Marga mit tief verschatteten Augen und schmalem Mund neben der Kutsche stand, als wäre sie dort von irgendwem vergessen worden.

Judith trat zu ihr, reichte ihr das Obst und die Eier und umarmte sie. »Alles Liebe für dich. Kommt gesund und rasch nach Hause. Und schreibe einmal. Wir wollen wissen, wie es euch in Leipzig ergeht.«

Marga nickte, aber über ihre Lippen kam kein Wort.

»Sie sieht aus wie Braunbier und Spucke«, tuschelte Rieke Judith zu, als Marga von Lila umarmt wurde. »Ganz so, als wäre sie gestorben und nicht der alte Gero. Dabei hat sie keinen Grund zur Klage. Schließlich haben sie abgesahnt, ohne etwas dafür zu tun. Fünftausend Gulden sind ein kleines Vermögen. Ein einfacher Handwerker muss dafür fünf Jahre lang schuften.« Sie schüttelte den Kopf, schmierte sich ein Lächeln ins Gesicht und hielt Robert ihre Wange zum Kuss hin.

»Wenn etwas ist, du hast hier in Frankfurt immer einen Unterschlupf«, versprach Lila, der Margas kummervolles Aussehen nicht verborgen geblieben war. Niemandem gelang es, ihre Miene aufzuheitern.

»Danke, Lila. Ich danke dir für alles.« Margas Blick huschte zu Robert, der sich vor Arno und Andreas blähte und derbe Scherze zum Besten gab, ohne zu merken, dass die Brüder nur aus Höflichkeit den Mund verzogen.

Sie klopften einander auf die Schultern, dann war es Zeit, die Kutsche zu besteigen. Lila holte ein weißes Spitzentüchlein aus ihrem Ärmel und begann zu winken, kaum dass der Wagen die ersten Meter gerollt war.

»Gute Reise«, rief sie. Doch plötzlich erstarrte sie, als wäre sie festgefroren. Das Tüchlein bewegte sich noch einen Augenblick im Wind und sank dann traurig herab.

Ihr Blick klebte an einem Mann, der mit den Händen in den Taschen vor der Poststation stand und herüberblickte. Als er sich Lilas Aufmerksamkeit sicher war, tippte er sich leicht an den Hut, nickte grüßend und verschwand.

Lilas blasses Gesicht war noch bleicher geworden. Sie fasste ihre Kinder bei den Händen. »Lasst uns gehen«, rief sie ihnen ungewohnt hastig zu.

Rieke war das kurze Zwischenspiel nicht entgangen. So gut es ging, prägte sie sich das Aussehen des Fremden ein.

2

Die Druckerpresse machte einen so infernalischen Lärm, dass Marga gar nicht bemerkte, wie die Tür aufging und ein Mann eintrat. Erst als er direkt vor ihr stand, schrak sie auf.

»Ich grüße Euch, Magister Schein. Wie geht es Euch?«

Der Angesprochene lächelte. »Gut geht es mir, wenn ich Euch sehe. Das wisst Ihr doch.«

Er rieb sich die Hände, als ob ihm kalt wäre. Marga ließ die Presse sein. »Was kann ich für Euch tun, Magister?«, fragte sie.

»Immer eins nach dem anderen«, erwiderte Hermann Schein, Thomaskantor zu Leipzig und Leiter des berühmten Thomanerchors. Er war ein Jahr jünger als Marga, also fünfunddreißig Jahre alt, und galt in der Stadt nicht nur als begnadeter Musikus, sondern obendrein als Komponist traulichen Liedgutes.

»Ihr wart lange weg. Wie ist es Euch ergangen?«, fragte er.

Marga zuckte mit den Achseln. »Wie es auf Reisen so geht. Nun bin ich wieder da und muss mich um die Arbeit kümmern, die liegen geblieben ist. Aber berichtet Ihr mir doch, was in Leipzig während unserer Abwesenheit geschehen ist.«

Hermann Schein verzog den schmalen Mund. »Am 20. Mai, das war zu Pfingsten, haben einige Leute berichtet, es hätte Schwefel vom Himmel geregnet. Ich selbst habe davon nichts bemerkt.«

Marga riss die Augen auf. »Wenn es Schwefel regnet, so bedeutet das Unglück.«

Jeder wusste das. Sie trat ans Fenster und warf einen Blick zum Himmel. Klar und blau tat er sich vor ihr auf wie ein riesiger Ozean.

Hermann Schein war neben Marga getreten und räusperte sich. »Der Krieg wird auch zu uns kommen. Schon sehr bald wird das ruhige Leben vorüber sein. Kinder und Frauen werden weinen, Männer in der Schlacht sterben, die Felder verdorren. Und das Vieh wird zugrunde gehen, wenn die Soldaten es nicht vorher rauben. Wir alle laufen sehenden Auges in unser Unglück. Aber niemand ist bereit, sich dem kommenden Leid entgegenzustellen.«

Marga nickte sorgenvoll, griff sich mit einer Hand an die Kehle und dachte an die Gräuelnachrichten, die seit einigen Jahren die Runde machten und das ganze Land in Aufruhr versetzten. In Prag hatte man am 23. Mai 1618 die kaiserlichen Räte Martinitz und Slavata sowie einen Sekretär aus einem Fenster der Prager Burg geworfen. Alle drei Herren hatten überlebt. Die einen, die dabei gewesen waren, behaupteten, dieses Wunder hätte ein stinkender, dampfender Misthaufen unter dem Burgfenster vollbracht, der den Fall der drei Herren dämpfte. Die anderen erklärten deren Überleben als göttliche Fügung und als Zeichen dafür, dass der Katholizismus die einzig wahre, von Gott gewollte Religion sei. Tatsache aber war, dass der Fenstersturz zu Prag als

Beginn eines Krieges galt, der bereits vier Jahre andauerte und von dem kein Ende abzusehen war. Schon bald nach der Fenstersache erhoben sich die böhmischen Stände. Zum ersten Mal standen sich Protestanten und Katholiken bewaffnet gegenüber. Dazu kamen zahlreiche Bauernaufstände im gesamten Heiligen Römischen Reich Deutscher Nation. Zwei Jahre nach dem Fenstersturz zu Prag siegten schließlich die Katholiken über die Protestanten bei der Schlacht am Weißen Berg in Böhmen. Ein Großteil des aufständischen protestantischen böhmischen Adels wurde hingerichtet, die Leichen zur Abschreckung tagelang unter freiem Himmel gelassen. Ringsum brachen Bäume unter der Last der an ihnen Gehenkten zusammen.

Zur selben Zeit wurden in anderen Teilen Europas die Protestanten verfolgt. Besonders hart traf es englische und niederländische Gläubige. Viele der Niederländer flohen nach Deutschland.

In England taten sich hunderteins dieser Verfolgten zusammen und reisten mit der »Mayflower« nach Amerika, um dort ein neues Leben in Freiheit zu beginnen.

In der Schweiz fanden blutige Ausschreitungen gegen Luthers und Zwinglis Anhänger statt.

Überall im Heiligen Römischen Reich Deutscher Nation verstärkte sich die Rüstungsproduktion in den metallurgischen Zentren. Alle Zeichen deuteten auf einen langen und blutigen Krieg hin, in den nicht nur das Deutsche Reich, sondern auch alle Nachbarn verwickelt waren.

»Ich kann und will einfach nicht glauben, dass unser Herr es zulässt, dass sich seine Gläubigen um den wahrhaftigen Glauben die Köpfe einschlagen. Nein, das kann nicht

Gottes Wille sein«, sagte Marga und seufzte tief. »Was sollen wir denn machen?«

Hermann Schein schüttelte den Kopf. »Wenn ich das wüsste. Ein jeder kann nur das tun, was in seinen Kräften steht. Ich jedenfalls habe die ganze Nacht kein Auge zugetan, sondern gearbeitet.« Er zog einige Blätter aus seinem Ärmel. Erst jetzt bemerkte Marga die rot geränderten Augen und die fahle Haut des Kantors.

»Was ist das?«, fragte sie.

»Lieder«, erwiderte Schein. »Und ich möchte, dass Ihr sie so schnell wie möglich druckt.«

Marga nahm dem Mann die Papiere aus der Hand und las. Die Texte handelten allesamt vom Krieg und von der Schuld, welche die Menschen auf sich luden, wenn sie der von Gott geschaffenen Erde ein Leid antaten.

»Ich werde Eure Texte drucken. Gleich morgen werde ich damit beginnen. Wie viele Exemplare braucht Ihr?«

Hermann Schein zögerte, dann sagte er leise: »Am liebsten hätte ich dreihundert Stück. Ich könnte sie während der Gottesdienste in der Thomaskirche verteilen, aber …« Der Schluss des Satzes ging in einem tiefen Seufzer unter.

»Was ist?«, fragte Marga.

»Dreihundert Exemplare kosten. Ich werde wohl mit weniger zufrieden sein müssen; mein Geld wird nicht reichen.«

Marga lächelte und winkte ab. »Der Druckerpresse ist es gleichgültig, ob sie dreißig oder dreihundert Mal hintereinander zum Einsatz kommt. Zahlt mir nur Farbe und Papier, dann habe auch ich das Gefühl, etwas gegen den Krieg getan zu haben.«

Sie hatte noch nicht zu Ende gesprochen, als Robert die Druckerei betrat. Wie es schien, kam er direkt aus dem Bett, hatte sich gerade mal die Treppe hinab von den Wohnräumen in die Werkstatt begeben. Sein Haar stand wirr nach allen Seiten ab, das Hemd hing aus der Hose. Und er stank, wie immer nach einer durchzechten Nacht.

Vor Hermann Schein blieb er stehen und kratzte sich ausgiebig am Hintern. Marga wurde rot vor Scham. »Lass das!«, zischte sie.

»Warum sollte ich?«, fragte Robert. »Er kann ja noch nicht einmal einen ganz normalen Auftrag bezahlen. Du gewährst ihm Rabatte, die man eigentlich nur innerhalb einer Familie gibt. Und ich behandle ihn also, als gehörte er zur Familie.« Er grinste über das ganze Gesicht, und Marga schlug eine Wolke von schlechtem Atem entgegen.

»Ich glaube, es ist besser, ich gehe jetzt«, erwiderte Hermann Schein.

»Nein, nein, bleibt nur. Ich bin es, der geht. Schließlich verlangt meine Frau von mir, mich geschäftsfein zu machen, wie sie es nennt. Vorher aber will ich ein Frühstück, wie es sich für einen Mann gehört. Eier, Speck, Butter, Brot.« Er sah seine Frau spöttisch an. Dann schlurfte er aus der Werkstatt.

»Bitte, nehmt ihm sein Betragen nicht übel. Er ist kein Morgenmensch«, entschuldigte sich Marga lahm.

Hermann Schein hob die Hand, als wollte er Marga über das Gesicht streicheln, doch dann senkte er sie wieder. »Macht Euch keine Sorgen um mich. Sorgt Euch lieber um Euch selbst.«

Er zog erneut den Hut und verließ die Werkstatt.

Marga stand noch minutenlang neben der Druckerpresse, ohne sich zu rühren.

Lila Geisenheimer war an diesem Morgen früh aufgestanden und hatte wie stets dafür gesorgt, dass die Dienstboten ihren Aufgaben nachgingen und der Frühstückstisch gedeckt war. Nun, da Arno im Kontor, die Magd auf dem Markt, Titus in der Stadtschule und Damaris zum Unterricht bei den Karmeliterinnen waren, trat sie in den Flur. Alles war still. Der Geruch von Bienenwachskerzen durchzog die Stuben, vermischte sich im Schlafzimmer mit Lilas Pfirsichkernöl und in der Küche mit dem Duft nach frisch gebackenem Brot. Zufrieden strich Lila ihr schlichtes Hauskleid glatt. Das gute englische Tuch streichelte ihre Fingerspitzen. Sie raffte den Rock und stieg die Treppe zum Dachboden empor. Einst hatte er als Lagerraum gedient, aber längst standen dort nur noch ein paar leere Truhen und Fässer.

Der Boden war staubig, an einer Fensterluke war noch immer ein inzwischen rostiger Flaschenzug befestigt. Spinnweben zogen sich zwischen den Dachbalken entlang, irgendwo raschelten Mäuse. Lila rümpfte die Nase und wischte sich eine Spinnwebe aus der Stirn. Dann durchquerte sie den Raum und kam in eine kleine Stube, in der vor beinahe hundert Jahren Arnos Urahn Bertram Geisenheimer sein Lehrlingszimmer gehabt hatte. Sie kniete sich auf den Boden und löste vorsichtig ein Dielenbrett heraus, unter dem sich ein Leerraum mit einem Kästchen befand.

Lila holte das hölzerne Kästchen hervor, strich sanft den Staub von der Oberfläche. Dann nahm sie einen winzigen

Schlüssel, den sie an einem schmalen Lederband um den Hals trug, und öffnete das Kästchen. Einen Augenblick lang fiel ein Sonnenstrahl direkt auf dessen Inhalt. Lila beugte sich tief über den Schatz und sog mit geschlossenen Augen den Geruch ein. Es war ein Duft, der sie an früher erinnerte. An eine Zeit, in der das Leben noch übersichtlich und gerecht gewesen war. An eine Zeit, in der sie eine andere gewesen war.

Behutsam nahm Lila ein dunkelrotes Samtband aus dem Kästchen. Die schmale Schleife umschloss eine blonde Locke. Zärtlich schmiegte Lila das kleine Bündel an ihre Wange. Dabei summte sie leise ein Kinderlied. Ihre Lippen hauchten einen Kuss auf das seidenweiche Haar. Dann legte sie es so behutsam zurück, als wäre es aus feinstem Muranoglas gefertigt.

Neben der Haarlocke befand sich eine mit schwarzem Samt überzogene Schatulle. Schließlich öffnete Lila auch diesen Deckel und blickte auf die dünne, feingliedrige Goldkette, deren Anhänger einen Stern darstellte. Mit einem Finger fuhr Lila sachte über die sechs Ecken des Sterns und seufzte. Tränen stiegen ihr in die Augen. Sie suchte in ihren Kleidertaschen nach einem Schnupftuch, doch sie fand keines. Sie griff nach dem Tüchlein, welches ebenfalls in dem Kästchen lag und auf dem ein Wappen eingestickt war, aber sie wischte sich damit nicht die Tränen ab, sondern strich nur ganz sanft mit ihrem Finger über die Stickerei. Ihr Blick fiel auf den goldenen Siegelring, wurde ganz weich und verschwamm. Ein wehmütiges Lächeln schlich sich durch ihre Tränen.

Unten im Haus wurden Stimmen laut. Lila erkannte

den Bass des Scherenschleifers. Hastig packte sie alles zurück in das Versteck unter der Diele. Dann verließ sie den Dachboden und begab sich eilig ins Kontor in der Hasengasse, in der das Handelshaus der Gebrüder Geisenheimer seinen Sitz hatte. Eigentlich hatte Lila hier nichts zu suchen, doch an manchen Tagen brauchte sie die Hektik des Kontors, um ihre Gedanken zu übertönen und ihre Gefühle zu betäuben.

Vom frühen Morgen an bis zum späten Abend herrschte ein Getümmel wie auf einem Marktplatz. Warenproben stapelten sich. Handelsreisende brachten sie auf Schiffen in die Mainstadt. Händler aus den umliegenden Gegenden, aus der Wetterau, dem Vogelsberg und dem Ried, brachten Nachrichten und Erzeugnisse aus der Provinz. Kaufleute von nah und fern zeigten wichtige Mienen und gingen mit zufriedenen Gesichtern und neuen Handelsverträgen unter dem Arm. Verwalter von Rittergütern trafen ein, um für ihre Herren Wein, Gewürze und Stoffe einzukaufen. Schwarzlockige Juden aus den slawischen Ländern wurden vorstellig und boten Wolle, Hanf, Wachs, Talg und Pottasche an. Groß gewachsene Magyaren mit dunklen Schnauzbärten, weißen Hemden und roten Westen machten auf ihre Pferde und Lederwaren aufmerksam. Dazwischen stürzten Fuhrleute ins Kontor, um Frachtbriefe abzuholen, Geldleiher und Geldwechsler sprachen mit leisen Stimmen auf die Prokuristen ein. Auflader und Hausknechte warteten auf neue Aufträge und machten den Bettlern und Hausierern, die es ebenfalls ins Kontor zog, nur ungern Platz.

Das Kontor in der Hasengasse war in etwa so groß wie die

Wohnräume von Andreas und Rieke Geisenheimer, die direkt darüber lebten. Zwischen den vierzehn Stehpulten, an denen die Schreiber und Kontoristen ihre Plätze hatten, wurden die meisten der zahllosen Geschäfte abgewickelt, denen die Familie Geisenheimer ihren Reichtum verdankte.

An der Wand, die den Butzenglasfenstern gegenüberlag, waren Karten aufgespannt und auf den Karten Stecknadeln mit Fähnchen befestigt. Neben den Karten hing eine Schiefertafel, auf der die täglichen Wechselkurse eingetragen wurden. An der Stirnseite befand sich ein Regal mit Warenproben, Stofffetzen, Gewürztüten, Tiegelchen, Kännchen und allerlei mehr. Darunter standen die Büchsen mit dem Löschsand, die Schreibfedern und die Rollen mit dem Papier. Auf der gegenüberliegenden Seite befand sich ein großer Schreibtisch mit abgeschlossenen Schubladen, in denen Siegel und wertvolle Dokumente gelagert wurden. Hier arbeitete Arno. Doch meist war der Schreibtisch – wie auch heute – verwaist, weil sich der Kaufherr in wichtigen Verhandlungen irgendwo in der Stadt befand.

»Guten Morgen, Geisenheimerin«, wurde sie vom Prokuristen Wilken begrüßt.

»Guten Morgen«, erwiderte Lila. Als der Prokurist sie fragend ansah, hob sie die Schultern ein wenig und lächelte. »Ich wollte nach meinem Mann sehen«, sagte sie leise und wies auf dessen leeren Schreibtisch.

»Oh, er ist drüben in den Lagerhallen, um sich mit den Aufladern zu besprechen. Wenn Ihr ein wenig warten wollt, so hole ich ihn.«

»Nein, nein«, winkte Lila ab. »Ich wollte ihn nicht stören. Das war nur so ein Einfall.« Sie lachte verlegen.

»Wahrscheinlich bin ich einfach nur zu gerne hier im Kontor. Bei uns drüben in der Fahrgasse, im Haus zum Raben, ist es so still, wenn der Mann und die Kinder nicht da sind. Hier in der Hasengasse aber herrscht zu jeder Tageszeit reges Leben. Ich bin einfach gern hier.« Sie strich mit der Hand liebevoll über den polierten Schreibtisch.

Wilken nickte. »Das verstehe ich gut. Und wenn ich bedenke, dass das Handelshaus Geisenheimer schon gute einhundert Jahre auf dem Buckel hat, dann umso mehr.«

Lila atmete noch einmal tief den Geruch nach Stoffen, Wolle, Leder, Gewürzen und tausend anderen Dingen, die sie nicht benennen konnte, ein, dann verließ sie das Kontor in der Hasengasse und begab sich in das kleine Gärtchen hinter ihrem Wohnhaus, um einen Strauß Blumen für die Mittagstafel zu pflücken.

Lilas große Leidenschaft waren ihre Familie und ihr Haus. Sie hatte nie etwas anderes gewollt, als Ehefrau und Mutter zu sein. Doch während ihrer ganzen Kindheit hatte sie beinahe jeden Tag hören müssen, dass dieser Wunsch für eine wie sie töricht war. Niemals würde sie heiraten, niemals Kinder haben. Das war lange her, war in einer anderen Welt gewesen. Jetzt war sie eine Hausfrau und eine Mutter. Sie hatte es geschafft, aber sie fühlte sich getrieben vom Zwang, ihre Aufgaben in Vollkommenheit zu erfüllen.

Mit ihrer Tochter Damaris hatte sie monatelang Singen geübt. So lange, bis die Kleine tatsächlich jeden Ton der bekanntesten Kirchenlieder traf. Von Titus, dem Sohn, verlangte sie beste Ergebnisse in der Schule und stets zuvorkommendes, tadelloses Betragen. Die Wäscherin musste die Wäsche nicht nur sauber, sondern strahlend rein waschen. Die Köchin sollte nicht einfach nur Essen auf den Tisch bringen, sondern Gerichte, die nahrhaft und köstlich zugleich waren. Und die Magd hatte den Auftrag, nicht nur zu putzen, sondern für spiegelblanke Böden und Möbel zu sorgen. Von sich selbst verlangte Lila ebenfalls Vollkommenheit. Ihre Augenbrauen war stets ordentlich gezupft, das Haar zu einem dicken Zopf geflochten, aus dem sich nicht ein widerspenstiges Härchen stahl, ihre Kleidung nicht zu schlicht und nicht zu überladen, sondern genau im richtigen Maße, ihrem Stand entsprechend. Ihre Stimmung war stets heiter. Und selbst wenn sie es einmal nicht war, so erweckte sie doch den Anschein.

Lila ging lächelnd durch ihr Haus, strich mit der Hand eine Tischdecke glatt, rückte ein Kissen gerade, dann holte sie eine kostbare Glasvase, die ihr Arno einmal aus Böhmen mitgebracht hatte, füllte sie mit Wasser und arrangierte jede Blume einzeln, bis auch dieses Bild vollkommen war.

Von draußen hörte sie die Glocke die Mittagsstunde verkünden. Gleich würde Arno nach Hause kommen. Dreizehn Jahre war sie nun schon mit ihm verheiratet, aber noch immer bekam sie hin und wieder Herzklopfen, wenn er zur Tür hereinkam.

Sie lächelte und begab sich in das Esszimmer, holte vier Damastmundtücher aus einer Schublade und legte sie ordentlich neben die Teller. Die Magd ordnete die blinkenden Silberbestecke an. Lila bestand darauf, dass in ihrem Haus mit Messer und Gabel gegessen wurde. Dass einige Patrizier diesen neuen italienischen Brauch für vollkommen überflüssig hielten, für eine Affektation, war ihr gleichgültig.

Jetzt brachte die Magd eine Schüssel mit Kalbsbries, dazu mit Honig glasierte Karotten und Dinkelbrei.

Im selben Augenblick kam Arno die Treppe herauf; die Kinder stolperten lachend hinter ihm her. Er küsste Lila auf die Stirn und wollte sich setzen. Aber Lila deutete auf die Waschschüssel, die die Magd gerade brachte. »Bitte, Schatz, wasch dir zuerst die Hände.« Dann sah sie ihre Kinder streng an, die sofort die sauberen Hände vorstreckten. Lila hätte es der Kinderfrau niemals verziehen, hätte diese die Kinder ungewaschen zu Tisch geschickt.

Arno seufzte und tat, wie seine Frau ihm geheißen. Er nahm Platz, deutete auf die Karotten und fragte: »Warum glänzen die Möhren so?«

Lila lächelte. »Sie glänzen, weil ich die Köchin gebeten habe, sie in Butter zu schwenken und anschließend mit Honig zu glasieren.«

»Aha«, erwiderte Arno, ließ sich auftun und kostete davon.

»Und, wie schmeckt es dir?«, fragte Lila sofort.

»Ganz gut«, erwiderte Arno, lächelte seine Frau an und zog ein fragendes Gesicht, als er ihre Miene sah.

»Nur ganz gut? Was meinst du, wie viel Mühe es gebraucht hat, bis ich die Köchin überzeugt hatte, es einmal so zu versuchen.«

Ihr Blick fiel auf ihre Kinder. »Es schmeckt fabelhaft«, beteuerte Damaris sofort, während Titus kräftig nickte.

Lila war zufrieden, rückte noch eine einzelne Blume gerade, die es gewagt hatte, sich aus der Vase zu beugen.

Nach dem Nachtisch und dem Dankgebet standen die Kinder auf, während Arno sich eine Tabakspfeife ansteckte.

Im Stillen störte sich Lila an dem Qualm. Sie befürchtete, er würde ihren Möbeln schaden, doch die Vertrautheit dieser nachmittäglichen Stunde wollte sie nicht missen. »Was gibt es Neues in der Stadt?«, fragte sie wie jeden Mittag.

Arno stieß eine Rauchwolke aus. »Der Krieg kommt näher. Wilken ist der Meinung, wir sollten einen Teil unseres Warenlagers in die Wetterau in Sicherheit bringen.«

»Warum denn das?«, fragte Lila erstaunt.

»Feldmarschall Tilly hat gerade die Schlacht bei Mingolsheim gegen Mansfeld und Georg Friedrich von Baden-Durlach verloren. Er zog sich mit seinem geschwächten Heer in Richtung Würzburg zurück, dadurch blieb die Pfalz ohne genügenden Schutz durch die Truppen der katholischen Liga. Christian von Braunschweig will diese Situation zu einem entscheidenden Schlag gegen die Liga nutzen. Er rückt mit zwanzigtausend Mann Fußtruppen und sechstausend Reitern von den westfälischen Bistümern durch das Wesertal und durch Hessen in Richtung Main vor, um diese mit den Truppen Mansfelds und Baden-Durlachs bei Darmstadt zu vereinigen.«

»Und was bedeutet das?«, wollte Lila wissen.

»Ich befürchte, dass es erneut zu einer Schlacht zwischen dem Heerführer der katholischen Liga, Johann t'Serclaes von Tilly, und dem protestantischen Herzog Christian von Braunschweig kommt. Und ich befürchte außerdem, dass die Frankfurter dabei die Leidtragenden sein werden.«

»Müssen wir fliehen? Die Kinder in Sicherheit bringen?«

Arno schüttelte den Kopf und stieß eine weitere Rauchwolke aus. »In Richtung Darmstadt lagern bereits die ersten Truppen. Weitere nähern sich. Frankfurt hat einige Honoratioren zu den Befehlshabern geschickt, um für die Stadt Schonung auszuhandeln. Aber Männer im Blutrausch sind nicht dafür geschaffen, irgendwen oder irgendwas zu schonen. Wir müssen mit dem Schlimmsten rechnen. Doch noch ist es nicht so weit.« Er zog an seiner Pfeife. »Der Krieg ist eine schlimme Zeit. Aber ein guter Kaufmann versteht es, daraus seinen Gewinn zu ziehen. Ich werde mich alsbald mit dem Marschall der Protestanten treffen. Aber nicht nur als Kaufmann werde ich mit ihm sprechen, sondern auch als Ratsherr der Stadt Frankfurt.«

»Das Schlimmste für mich wäre, wenn du in die Schlacht ziehen müsstest«, murmelte Lila.

Arno hob die Schultern. »Wenn es so weit ist, Lila, werde ich mich nicht davor drücken können. Zumindest werde ich die Heere beliefern müssen.« Er klopfte seine Pfeife aus. »Ich muss wieder hinüber ins Kontor«, erklärte er. »Es gibt noch viel zu tun, Krieg hin oder her.«

»Ja, geh nur«, erwiderte Lila. Sie blieb stocksteif sitzen und starrte auf das Tischtuch vor sich, als wäre es ein Orakel. Dann faltete sie die Hände und sprach leise: »Vater, ich bitte dich um deinen Schutz. Halte deine Hand über die Meinen, die in deinem Namen getauft worden sind.«

Dann begann sie zu weinen. Das Schluchzen brach so heftig aus ihr hervor, dass sie auf ihr Nasentüchlein biss und den Kopf auf die Tischplatte sinken ließ. »Oh, mein Gott«, flüsterte sie. »Was habe ich nur getan!«

* * *

Judith ging durch die frühsommerlichen Straßen der Stadt. Sie hatte sich entschlossen, dem Nadelmacher einen Besuch abzustatten. Selbstverständlich unter dem Vorwand, bei ihm Nadeln kaufen zu wollen, nein, kaufen zu müssen. Sie war fest entschlossen, nicht mehr dem Glück zu vertrauen, sondern sich selbst auf die Suche nach einem passenden Mann zu machen. Das war ungewöhnlich. Keine Frau wagte es, sich selbst einen Mann zu suchen! Nein, eine Frau hatte zu warten, bis jemand kam und um sie freite. Und wenn keiner kam, so hatte sie eben Pech gehabt. Das wollte Judith nicht erleben. Ihr Matthias hatte bei Gott keinen Musterehemann abgegeben. Aber mit ihm verheiratet zu sein war doch besser gewesen, als ganz ohne Mann dazustehen. Ich habe mich ganz wertlos gefühlt, seit er tot ist, dachte sie. Denn was bestimmt den Wert einer Frau? Ihr Ehemann. Und selbst ein Nichtsnutz wie Matthias war immerhin ein Mann gewesen. Ein guter Ehemann verleiht seinem Weib einen hohen Wert. Ein schlechter lässt den Kurs sinken. Aber gar keiner, das ist der Bankrott. So ist das eben. Judith seufzte. Einen schlechten Ehemann habe ich bereits gehabt, dachte sie. Jetzt ist es an der Zeit, einen guten zu finden. Beherzt schritt sie weiter.

Ein altes Weib saß an einer Straßenecke und verkaufte Maiglöckchensträuße. Judith blieb stehen, betrachtete die Blumen und gab der Alten viel zu viel Geld für einen Strauß. Am liebsten hätte sie laut gesungen, doch ihr Mut reichte nur für ein leises Summen. Die Sonne schien. Auf dem Rand eines der vielen Brunnen saßen die Mägde mit bloßen Beinen und hielten die Gesichter in die wärmenden Strahlen. Die Laden- und Werkstatttüren standen weit offen, ältere Menschen saßen auf Bänken und streckten ihre gichtigen Knochen der Sonne entgegen. Knechte riefen Mägden Scherzworte nach, ein Fuhrknecht pfiff laut. Die ganze Stadt war getränkt von Sonne und Farben und guter Laune.

Judith trug ein Lächeln auf dem Gesicht, welches ihr besser stand als das schönste Kleid. Sie überquerte die Töngesgasse und bog schließlich in die Kannengießergasse ein, in der das Haus des Nadelmachers stand. Schon von Weitem sah sie das blecherne Türschild, das an einer Kette über dem Laden hing: Nadelmacherei Lennart Leuthold. Ohne dass Judith es wollte, schritten ihre Füße schneller aus. Die Wangen leicht gerötet, die Augen voller Glanz betrat sie die Werkstatt.

»Gelobt sei Jesus Christus«, grüßte sie mit der Formel der Altgläubigen, wie man in Frankfurt die Katholiken nannte.

Der Nadelmacher, der tatsächlich einige Nadeln im Mund hatte, nahm diese heraus, lächelte und erwiderte: »In Ewigkeit, Amen. Was kann ich für Euch tun, schöne Frau?« Dabei sah er sie mit einem leicht spöttischen Lächeln an.

»Ich ... äh ... wollte ... äh ... bin gekommen, ... weil ...«

»Ja?«

»... ich Nadeln kaufen wollte.«

»Nadeln? Aha.«

»Ja, ein Dutzend Nadeln.«

»Wofür braucht Ihr die Nadeln?«, fragte der Nadelmacher.

Judith sah ihn fragend an. »Wie, wofür? Zum Nähen natürlich.«

Das Lächeln auf Lennart Leutholds Gesicht verstärkte sich. »In welcher Stärke braucht Ihr die Nadeln? Was wollte Ihr nähen? Tuch oder Seide oder Leinen oder gar Leder? Für jedes benötigt Ihr andere Nadeln.«

Judith nickte. Sie sah den Mann an, und wieder gefiel er ihr. Sie war achtunddreißig Jahre, Witwe und einfach zu alt, um darauf zu warten, dass jemand sich auf die Suche nach ihr machte, sie fand, und auch ihr gefiel. Sie wollte keine Nadeln von Lennart; sie wollte seine Aufmerksamkeit.

Damals, vor zwanzig Jahren, hatte sie Matthias geheiratet, den Sohn von Gero Geisenheimers älterer Schwester Konstanze. Mit ihren achtzehn Jahren war er Judith wie eine gute Partie vorgekommen, dieser Mann, der nach dem Tod seines Vaters den Nachnamen Geros angenommen hatte, da der ohnehin sein Vormund war. Mehr als doppelt so alt war Matthias gewesen, vierzig Jahre alt. Und er hatte sie den Altersunterschied spüren lassen, hatte sie behandelt wie ein Wesen ohne Sinn und Verstand. Er nannte sie »meine Kleine«, zog sie auf den Schoß und gab seiner Lust nach, wann immer sie ihn übermannte. Schon bald war Judith guter Hoffnung und brachte nach einer schwierigen Schwangerschaft einen schwächlichen Jungen zur Welt, den sie nach seinem Vater benannte. Bald schon war der Kleine gestorben. Auch sie überlebte die Geburt nur mit sehr viel Glück und durch Gottes Gnade. Ihren sexuellen Reiz hatte sie für Matthias verloren. Seine »Kleine« war auf einmal die Dumme, die ihm nichts recht machen konnte. Nichts passte ihm mehr an ihr. Er fand ihre Haut zu bleich, das Haar zu lang, die Nase zu spitz, die Augen zu braun und die Lippen zu rot. Am nächsten Tag machte er ihr Vorwürfe wegen ihrer bleichen Lippen, der knolligen Nase, der zu kurzen Haare und einer Augenfarbe, die ihn, wie er sagte, an Hundescheiße erinnerte. Judith schwieg, um ihn nicht noch weiter aufzubringen. Bald begann sie zu zittern, wenn Matthias das Wort an sie richtete. Sie stotterte, war um jede noch so einfache Antwort verlegen. Wenig später begann sie bereits zu zittern, sobald nur sein Blick auf sie fiel. Nie hatte sie so viel Verachtung in einem Gesicht gesehen. Trotzdem gebrauchte er sie noch hin und wieder zwischen seinen einzelnen Liebschaften. Aber das, was er da mit ihr tat, war keine eheliche Pflicht, sondern eine Vergewaltigung. Ein Wunder war es, als Judith erneut schwanger wurde und ein gesundes Kind zur Welt brachte. Aber wieder hatte sie versagt. Das Kind war ein Mädchen. Und Matthias hatte sich – war das wirklich zu viel verlangt? – einen Sohn gewünscht. Einen Sohn und Erben, kein schreiendes, rotgesichtiges Bündel, das ihn nur Geld kosten würde. Nach Julias Geburt rührte er Judith nie mehr an. Sie war eine zweiundzwanzigjährige Frau, die gänzlich ohne Zärtlichkeit leben musste. Vielleicht wäre ein solches Leben auszuhalten gewesen, wenn Matthias' Verachtung nicht hinzugekommen wäre. Mit jedem Jahr, das sie älter wurde, fühlte Judith sich wertloser. Sie hörte auf, ihr Haar mit Essig zu spülen, um es glänzen zu lassen. Sie zupfte sich nicht mehr die Augenbrauen und verzichtete auf die rote Paste, mit der sie sich einst die Wangen und Lippen bestrichen hatte. Sie wurde mager, schlotterte in ihren Kleidern. Matthias betrog sie immer offensichtlicher. Früher hatte er sich Mühe gegeben, seine Affären vor ihr zu verbergen, doch nun kam er nachts nach Hause, warf sich neben sie ins Bett und verströmte rücksichtslos den Geruch anderer Frauen. Dann vermisste sie eines Tages ein Schmuckstück in ihrer Schatulle. Eine kleine Brosche mit roten Granatsteinen, die in Gold gefasst waren. Sie hatte die Brosche einst von ihrer Patentante geschenkt bekommen, sie aber nur selten getragen, weil sie meinte, Granatschmuck stünde ihr nicht. Immer hatte die Brosche im Kästchen gelegen. Und dann war sie auf einmal weg gewesen. Sie stellte die Magd zur Rede. Doch diese beteuerte unter Tränen ihre Unschuld. Auch die Köchin und die Wäscherin schworen bei Gott und allen Heiligen, die Brosche nicht angerührt zu haben. Nur eine Woche später sah sie auf dem Markt eine junge Frau, deren gelber Schleier sie als Hure auswies. Und diese junge Frau trug ihre Brosche am Kleid! Zornig trat Judith zu ihr: »Gib mir die Brosche zurück, Dirne. Sie gehört mir! Na, los doch!«

Die Hübschlerin erschrak, bedeckte mit der Hand das Schmuckstück. »Ich habe sie geschenkt bekommen«, beteuerte sie. »Ich gebe sie nicht zurück. Sie gehört mir rechtmäßig.«

Ihre Stimme klang trotzig, und dennoch hörte Judith ein Zittern darin. »Von wem hast du sie? Na, sag schon! Wenn nicht, rufe ich den Büttel, damit er dich abführt und ins Verlies wirft. Ich habe genügend Zeugen, die bestätigen, dass die Brosche mir gehört.«

Die Hure wurde blass, sah sich nach allen Seiten um, als nahe der Büttel bereits. Sie griff nach Judiths Hand und beschwor sie mit leiser Stimme: »Ich schwöre bei unserem Herrn Jesus Christus, dass ich sie geschenkt bekommen habe. Von einem Kaufmann. Ein Kunde. Der hat sie mir gegeben.«

»Ein Kunde?«, fragte Judith zurück. »Nur ein Kunde?«

Die Hure schluckte. »Nun ja, er ist mein bester Kunde. Versprochen hat er mir, mich aus dem Dreck zu holen. Die Brosche hat er mir geschenkt, als ich ihn drängte, sein Versprechen endlich wahr zu machen.«

»Lautet der Name des ›Kunden‹ zufällig Matthias Geisenheimer?«, fragte Judith barsch. Ein wenig Mitleid mit der Frau, die einen gelben Schleier tragen musste, stieg in ihr auf. Sie, Judith, kannte ihren Mann, die Hübschlerin dagegen nicht. Sie wartete wirklich darauf, dass Matthias sie wegholte von da, wo sie jetzt war.

Das Warten, dachte Judith in diesem Augenblick, ist das Paradies auf Erden. Die Zeit, bevor eine Entscheidung fällt, die Zeit, in der noch alles offen und möglich ist, ist die schönste Zeit. Selbst wenn sie noch so ungeduldig ertragen wird. Nichts steht fest, alles ist in der Schwebe. Alles kann gut werden. Die Zeit des Wartens ist nicht nur eine Zeit der Hoffnung, sondern auch eine Zeit ohne Verantwortung. Noch gibt es keine Entscheidung, die bereut werden kann. Noch gibt es nichts und niemanden, für den man die Verantwortung trägt. Alles ist offen. Zumindest für den, der wartet. Judith wusste bereits, dass die Hübschlerin vergeblich warten würde. Niemals würde Matthias kommen und sein Versprechen einlösen. Alles, was ihr blieb, war die Brosche. Und nicht einmal die gehörte ihr. Judith lächelte plötzlich und legte eine Hand auf den Unterarm der Hübschlerin. »Behalte die Brosche«, sagte sie leise und fügte ein »Gott schütze dich« hinzu. Der Hure klappte die Kinnlade herunter. Mit offenem Mund sah sie Judith nach.

Wenig später fehlte wieder etwas aus Judiths Schmuckschatulle, doch es war ihr gleichgültig. Sie wusste, dass Matthias die Sachen stahl, aber niemandem damit Freude brachte. Später machte er sich gar an ihrer Kleidertruhe zu schaffen. Mal fehlte ein Gürtel, mal ein Tuch, dann eine Haarspange oder ein gestickter Beutel. Und immer nahm Judith es lächelnd hin, heimlich froh darüber, dass für sie das Warten auf Matthias lange schon zu Ende war.

Doch dann kam der Tag, an dem es abends, lange nach der Komplet, an der Tür klopfte. Judith öffnete, und vor ihr stand ein junges Mädchen. Es war barfuß und trug einen zerrissenen Rock. Das braune Haar hing ihm in langen filzigen Strähnen bis zu den Hüften hinab.

»Was willst du? Wir geben nichts«, sagte Judith, die das Mädchen für eine Bettlerin hielt. Doch das Mädchen lächelte.

»Zu meinem Liebsten will ich und holen, was er mir versprochen hat.«

Judith riss die Augen auf. »Zu deinem Liebsten?«, fragte sie verblüfft.

Das Mädchen nickte. »Er hat gesagt, er wird für mich sorgen. Niemals mehr soll ich mit dem Planwagen herumziehen und auf Jahrmärkten tanzen müssen.«

Judith betrachtete das Mädchen eindringlich. »Wie alt bist du?«, fragte sie.

»Vielleicht dreizehn, vielleicht vierzehn Jahre, ich weiß es nicht«, erwiderte das Mädchen.

»War dein Liebster dein erster Liebhaber?«

Das Mädchen wurde rot, senkte den Kopf und malte mit dem nackten Zeh ein Muster auf das staubige Pflaster.

Judith nahm ihr Kinn in die Hand und zwang das Mädchen, sie anzusehen.

»Er … er war der erste«, flüsterte das Mädchen. »Und er hat mich mit der Franzosenkrankheit angesteckt.«

»Weiß deine Familie, wo du bist?«, fragte Judith weiter.

Das Mädchen schüttelte den Kopf.

»Wie heißt der Mann?«

»Matthias«, erwiderte das Mädchen.

»Warte hier.« Judith schlug die Tür zu, ging ins Wohnzimmer, öffnete die Truhe mit der Geldlade, schloss die Lade auf und entnahm ihr einen Beutel mit Rheinischen Gulden.

Das Mädchen hatte wirklich vor der Tür gewartet. Judith drückte ihm den Beutel in die Hand. »Den Mann, den du suchst, findest du hier nicht. Ich glaube, er hat dich getäuscht, hat dir einen falschen Namen genannt. Aber du hast Glück im Unglück. Ich bin eine fromme Frau, die gefallenen Mädchen wieder auf die Beine hilft. Nimm das Geld und geh zu deiner Familie zurück. Die Gulden sollten den Wert deiner verlorenen Tugend mehr als wett machen. Du kannst dir sogar einen Arzt für deine Lustseuche leisten. Aber helfen wird er dir nicht können.«

Das Mädchen zögerte, ließ seine Blicke zwischen dem Geldbeutel und Judith hin und her schweifen. Dann barg es den Beutel an der Brust und rannte davon, so schnell es nur konnte. Judith sah ihm nicht nach. Sie schloss die Tür und verfügte sich in ihr Schlafzimmer. Die Magd hielt sich in der Küche die Ohren zu, die Köchin sah ein um das andere Mal hinauf zur Decke und schüttelte den Kopf. Judith aber lief der Schweiß von der Stirn. Sie hatte den schweren Stoff vom Baldachin gerissen, die Rosshaarmatratze aus dem Bett gezerrt, Kissen und Decken, Laken und Plaids lagen in der Ecke verstreut. Sie riss am linken Teil der zweiteiligen Matratze, zerrte sie bis zur Tür und hinaus in den Flur. Sie warf die Hälfte aller Kissen, Decken und Laken hinterher, verschloss das Schlafzimmer und hängte sich danach den Schlüssel um den Hals. Dann ging sie ins Wohnzimmer, saß mit verschränkten Armen und kerzengeraden Schultern im Sessel und wartete auf Matthias.

Aber dieser kam nicht. Irgendwann schlief Judith ein. Ihr Körper sank gegen das Polster, ihr Kopf sank herab. Erst als es an der Haustür klopfte, schrak sie hoch, richtete sich auf, strich über Kleid und Haar und ging die Treppe hinunter. Ein Büttel stand vor der Tür. »Seid Ihr die Geisenheimerin?«, fragte er.

Judith nickte.

»Ihr müsst mitkommen«, bestellte ihr der Büttel. »Der Richter lässt Euch rufen.«

Wieder nickte Judith, nahm ein Umschlagtuch vom Haken und wickelte sich darin ein. »Gut. Gehen wir.«

Der Büttel staunte. »Wollt Ihr gar nicht wissen, worum es geht?«, fragte er.

»Ich nehme an, um meinen Mann«, teilte Judith ihm mit unbewegter Miene mit.

Der Büttel räusperte sich, blieb aber eine Antwort schuldig. Als der Stadtknecht sie jedoch zum Malefizamt führte, fragte sie: »Ist er tot?« Der Büttel nickte. »Das ist gut so. Sonst hätte ich ihn nämlich erschlagen müssen.«

»Wo seid Ihr mit Euren Gedanken?« – »Wie?« Judith tauchte aus ihren Erinnerungen auf und fand sich im Laden des Nadelmachers Lennart Leuthold wieder. Verwirrt blickte sie auf das Sortiment, welches auf einem Tisch ausgebreitet vor ihr lag.

»Ihr habt recht, ich brauche nicht wirklich Nadeln, und ich bin auch nicht deswegen hier«, sagte sie und strich nervös über ihr Kleid.

»Was wollt Ihr dann?«

Judith lächelte. Sie spürte ihr Herz wie rasend gegen ihre Rippenbogen trommeln. Ihr wurde heiß, das Lächeln erstarb, und sie suchte nach Worten. Doch es schien, als wären ihr alle Worte abhanden gekommen. »Ich … äh … wollte … ach …«

Während sie noch stammelte, öffnete sich die Tür hinter ihr. Schwungvoll trat Käthi Weyrauch ein. Sie war eine stadtbekannte »heimliche Geliebte«. Keine Hübschlerin im eigentlichen Sinne. Sie wartete nicht am Ufer des Mains auf Freier, sie wohnte nicht im Frauenhaus, ja, sie trug noch nicht einmal den gelben Schleier, das Kennzeichen der Huren. Die Männer kamen zu ihr ins Haus. Wenn sie Glück hatten, ließ Käthi sie ein, schlief mit ihnen und ließ sich dafür beschenken. Mochte sie einen Mann nicht, so verschloss sie die Tür vor ihm. Es gab einige Männer, die sie regelmäßig besuchten, und es gab viele, die sich wünschten, sie regelmäßig besuchen zu dürfen. Sie war eine große Frau, die ihr langes, blondes Haar offen über den Rücken fallen ließ. Mit ihren blauen Augen und den hohen Brüsten, dem viel zu roten Mund und dem zahlreichen Schmuck an Fingern und Armen sah sie ein wenig billig aus, fand Judith. Doch die Blicke der Männer sprachen eine andere Sprache.

»Oh, hoher Besuch aus Patrizierhause«, sagte Käthi lauthals und stellte sich neben Lennart. Nun sahen beide Judith an.

Diese schwieg, machte eine Handbewegung, blickte dann stumm zu Boden.

»Was ist denn?«, fragte Käthi.

»Sei still«, antwortete Lennart. »Die Geisenheimerin wollte gerade etwas sagen.«

Wieder starrten beide auf Judith. Sie hob den Kopf, stieß ein künstliches Lachen aus. »Ach, es war nicht weiter wichtig«, sagte Judith hastig und verließ den Laden, als würde es hinter ihr brennen.

Rieke trug einen leichten Umhang mit übergroßer Kapuze, die ihr Gesicht beinahe gänzlich verbarg. Im Schatten der Häuser schlich sie zum Stadttor und stellte sich in die Schlange derer, die Frankfurt verlassen wollten. Um sie herum standen grobschlächtige Männer mit rauen Stimmen, die sich in einer Sprache unterhielten, von der Rieke nicht einmal jedes zweite Wort verstand. Nur den Namen einer Stadt, die immer wieder genannt wurde, erkannte Rieke: Antwerp. So nannten die Männer Antwerpen. Sie betrachtete die Burschen genauer. Söldner waren sie. Söldner von Christian von Braunschweig, der mit seinem Heer der Stadt immer näher kam und in Oberursel, nur wenige Kilometer westlich von Frankfurt, sein Lager aufgeschlagen hatte. Die Männer lachten brüllend und pfiffen einer jungen Nonne hinterher. Einer kam Rieke so nahe, dass ihr der Gestank seiner ungewaschenen Kleider in die Nase stieg, nur leicht überdeckt von Branntwein und Tabak. Unwillkürlich wich sie zurück und verzog angewidert das Gesicht. Die Söldner waren unterdessen ungeduldig geworden. Roh stießen sie eine Bäuerin mit ihrem Holzkarren zur Seite, drängten auch einen Reiter auf dem Pferd weg. Einer gab einem kleinen Jungen einen Tritt in den Hintern, ein anderer zerrte dessen Mutter aus der Tornische, in der sie sich hatte verbergen wollen. Die Wächter griffen nach ihren Hakenbüchsen, doch die antwerpischen Söldner lachten nur und legten die Hand auf ihre Waffen, welche zehnmal so gefährlich waren wie die veralteten Arkebusen der Wächter. Die Torhüter wichen mit grimmigen Gesichtern zurück und ließen die Antwerpener hindurch; Rieke sah ihnen nach. Sie hatte die Gelegenheit genutzt, die die Söldner ihr geboten hatten. Dicht in ihrem Schatten hatte sie sich vom Ende bis zum Anfang der Schlange vorgekämpft. Nun stand sie direkt vor den Wächtern.

»Wohin des Weges?«, fragte einer mit gemütlichem Gesicht.

»Meine Amme will ich besuchen. Sie lebt in der Vorstadt«, verkündete Rieke.

Der Gemütliche lachte. »Dann sieh mal zu, dass deine Amme dich auch erkennt unter deiner Kapuze.« Er stieß den anderen Torwächter an und sagte: »Warum uns die Weiber immer nur für dumm verkaufen wollen, möcht ich wissen. Als ob es eine Schande wäre, bei einem Kräuterweib ein Tränklein gegen die lahmen Hüften des Ehemanns oder für den eigenen trockenen Schoß zu kaufen.«

Empört wollte Rieke auffahren, den Mann zur Rede

stellen, doch dann wurde sie sich der Schlange hinter sich bewusst. Wortlos, allein mit Blicken Pfeile auf den Gemütlichen werfend, ging sie davon.

Schon gleich hinter dem Tor war der Weg nicht mehr gepflastert. In der Nacht hatte es geregnet, und Rieke versank mit ihren Stiefeln aus Rehleder beinahe bis zum Knöchel im Matsch. Aber nicht nur Schlamm bedeckte den Weg, der zu den mickrigen Katen der Vorstadt führte. Auch Kuhfladen, Pferdeäpfel und Schweinekot mischten sich allenthalben mit dem Schlamm. Dazwischen fanden sich verfaulte Kohlblätter, matschige, schrumplige Winteräpfel und schimmeliges Stroh. Magere Hühner stoben gackernd davon, eine Katze strich um Riekes Beine und wurde mit einem Fußtritt davongejagt. Vor einer Kate am Rande der Vorstadt blieb Rieke stehen und nahm die Kapuze vom Kopf. Sie strich über ihren Umhang und sah an sich herab. Der Saum ihrer Kleidung war bis in Kniehöhe mit Unrat bespritzt. Schlamm und Dung klebten unter den Sohlen ihrer Stiefel. Rieke schüttelte sich ein wenig, dann klopfte sie an die Tür der Kate und trat ohne Weiteres ein.

Drinnen saß eine alte Frau an einem splittrigen Tisch und rührte mit einem Holzlöffel in einem Tongefäß.

»Nun, Kind, was wollt Ihr?«, fragte die Alte.

Rieke grüßte nicht, nahm auch die Kapuze nicht ab.

»Kann man dir vertrauen?«, fragte sie.

Die Alte zuckte mit den Schultern. »Tut es oder lasst es. Mir ist es gleich. Ich habe alles, was ich brauche. Ihr dagegen nicht.«

Rieke schluckte, dann verlangte sie mit barscher Stimme: »Ein Liebeskraut hätte ich gern. Auch ein Trank tut es.«

Die Alte wiegte den Kopf. »So einfach ist es nicht, Kind. Liebestränke und Kräuter gibt es viele. Braucht der Eure etwas, damit sein Gemächt sich überhaupt regt? Oder braucht er etwas, damit es nicht sogleich wieder zusammenfällt? Kommt der Eure zu schnell, zu langsam oder kommt er am Ende gar nicht? Oder könnt Ihr den Samen nicht bei Euch halten?«

Rieke schluckte. Sie war es nicht gewohnt, so ausführlich befragt zu werden. »Schwanger will ich werden«, sagte sie endlich mit rauer Stimme. »Aber der Meine hat kein Interesse an mir. Ich könnte nackt vor ihm tanzen wie eine Hübschlerin und er würde höchstens fragen, ob mir kalt ist.«

Die Alte lachte meckernd. »So sind wohl seine Lenden lahm. Dagegen hilft ein bisschen vom Stechapfel.«

»Nun«, widersetzte Rieke, »manchmal kommt er noch zu mir, aber trotzdem werde ich nicht schwanger.«

Die Alte erhob sich stöhnend und machte sich weiter hinten in der dunklen Kate zu schaffen. Endlich kam sie mit einem Leinenbeutel zurück. »Davon müsst Ihr einen Sud kochen. Nehmt eine Handvoll Kräuter, werft sie in kochendes Wasser, und hernach seiht Ihr das Wasser gut durch. Trinkt in langsamen Schlucken. Ihr werdet sehen, Ihr werdet schneller schwanger, als Ihr gucken könnt. Falls der Eure Hilfe braucht, so gebt ihm einige Samen dieser Pflanze hier in sein Bier oder seinen Würzwein. Es ist der Samen von Bilsenkraut. Damit werdet Ihr seine Lust entfachen. Aber nicht mehr als fünf Samenkörner, hört Ihr?«

Rieke nickte, stopfte die Kräuter in einen Lederbeutel und legte ein Geldstück auf den Tisch. Die Alte nahm es, biss darauf, dann nickte sie.

»Ich wünsche Euch Glück, Kind.«

Rieke neigte den Kopf, dann verschwand sie ohne Gruß, eilte den Schlammweg zurück zum Tor, ertrug die derben Späße der Torwächter mit zusammengebissenen Zähnen und hastete im Schutze der Hauswände zurück in ihr Haus.

Dort schickte sie die Magd fort, ließ den Umhang nachlässig über einen Stuhl fallen, goss Wasser in einen Kessel und warf eine Handvoll Kräuter hinein. Dann wartete sie, bis die Kräuter ausgekocht waren, seihte den Sud durch ein Leinentuch und stellte ihn auf das Fensterbrett zum Abkühlen. Sie holte die Samen aus ihrem Beutel und roch daran. »Ob ich auch etwas davon nehmen soll?«, flüsterte sie. Sie steckte einen Finger in den Sud, um zu fühlen, ob er die richtige Temperatur hatte. Dann trank sie einen halben Becher in einem Zug leer, schüttete sich ein Dutzend Bilsenkrautsamen auf die Hand, legte auch ein wenig von der Tollkirsche dazu und spülte alles mit dem Rest des Sudes hinunter. Kaum war das geschehen, klopfte es an der Tür.

Rieke fühlte sich plötzlich ganz leicht und lustig, nur ihre Beine waren so schwer, dass sie es kaum bis zum Eingang schaffte. Sie griff mit letzter Kraft nach der Türklinke, dann fiel sie bewusstlos zu Boden.

3

Arno saß nach dem Mittagstisch mit seiner Tabakspfeife im bequemsten der Armlehnstühle. Lila hatte ihm gegenüber Platz genommen. Die Sonne strahlte durch die gelben Butzenscheiben und hüllte das Zimmer in ein warmes Licht. Es roch nach Bienenwachs und ganz zart nach Blumen. Eine Fliege stieß immer wieder brummend gegen die Scheibe, aus der Küche war das Geklapper von Geschirr zu hören. Lila entspannte sich ein wenig. Sie war heute Morgen auf dem Markt gewesen. Was sie dort gehört und gesehen hatte, hatte sie tief verstört. Nur die Hälfte aller Marktstände war besetzt gewesen. Die Händler, die sonst aus Richtung Oberursel kamen, waren ausgeblieben. Eine zerlumpte Frau stand am Rande einer Bude und weinte. Sie hielt den Vorübergehenden ihre offene Hand hin und jammerte: »Bitte, ihr Leute, habt Mitleid mit mir. Die Söldner haben mir den Mann und die Söhne genommen, den Hof angesteckt und die Tochter geschändet. Sie haben das Vieh geraubt, das Korn ins Wasser geschmissen und mich mit Knüppeln geschlagen.«

Lila hatte der Frau ein Geldstück in die Hand gedrückt. »Ist das wirklich wahr?«, hatte sie die Alte gefragt. Die Frau hatte weinend genickt.

»Anderen ist es noch schlimmer ergangen«, flüsterte sie. »Unseren Nachbarn hat man das Haus über dem Kopf angezündet. Wir haben sie schreien hören. Einer der Söhne ist brennend wie eine Fackel aus dem Fenster gesprungen und wollte zum Brunnen, doch die Söldner haben den Mann mit ihren Musketen davon abgehalten. Vor ihren Augen ist er verbrannt.« Sie seufzte. »Ich wünschte, ich wäre auch tot. Das Leben ist einfach zu schwer für mich. Schwerer, als ich es ertragen kann.« Sie sah Lila ins Gesicht. »Auch für Euch wird es noch schwer werden. Ich wünsche Euch Kraft und Stärke, junge Frau.«

Verwirrt war Lila weitergegangen. Doch wo immer sie auch stehen blieb, überall hörte sie ähnliche Schreckensgeschichten.

Sie kaufte einer hochschwangeren Frau Gemüse zu einem viel zu hohen Preis ab, bezahlte auch für Brot fast das Doppelte vom Vortag. An den Fleischbänken herrschte viel weniger Betrieb als sonst. Die Auslagen waren nur mager bestückt. »Ein gutes Stück Rindsbraten hätte ich gern.«

Der Metzger schüttelte den Kopf. »Schweinefüße habe ich noch. Und ein paar Ochsenaugen für die Suppe.«

Lila schüttelte den Kopf und sah sich um. Die anderen Stände waren ebenso leer wie dieser. »Ich nehme die Schweinsfüße«, sagte sie und ging nachdenklich nach Hause. Sie war verwirrt, sehnte sich nach Ruhe und Gelassenheit, sehnte sich nach ihrem Heim. Der Krieg machte ihr Angst. Alles, was sich nicht kontrollieren ließ, verstörte Lila. Sie brauchte nicht viel, um glücklich zu sein. Nur ein wenig Kontrolle. Und Krieg, das wusste sie nur zu gut, war das genaue Gegenteil davon.

Jetzt betrachtete Lila ihren Mann. Er hatte das braune, dicke Haar der Geisenheimers und die blauen Augen seiner Urgroßmutter Gutta geerbt. Der Ausdruck seines Gesichtes war entspannt und freundlich. Genau das, was Lila sich erhofft hatte, was sie brauchte. Doch seine Worte hatten einen besorgten Klang. »Ein Teil des Heeres von Christian von Braunschweig hat Oberursel erreicht«, erzählte er. »Die Dörfer, durch die die Armee gezogen ist, sind dem Erdboden gleichgemacht.«

»Ich habe davon gehört. Aber ich verstehe nicht, welchen Sinn die Grausamkeiten haben.«

Arno zuckte mit den Achseln. »Es ist Krieg, Liebste. Da geschehen viele Dinge, für die es keinen offensichtlichen Grund gibt. Fünfzehntausend Mann hat der Braunschweiger geschickt. Alles Fremde, man hört, die meisten davon wären Flamen.«

Lila schluckte. Sie war leichenblass geworden, und auf ihrer Oberlippe hatten sich Schweißperlen gebildet.

»Was hast du?«, fragte Arno.

»Nichts.« Lila zwang sich zu einem beruhigenden Lächeln.

»Soll ich nach einem Arzt schicken?«

»Es ist nichts, Arno, glaube mir. Es wird wohl am Wetter liegen.«

»Es gibt einen neuen Arzt in der Stadt. Er kommt ebenfalls aus dem Flämischen, heißt es. Ein Protestant. Einer von denen, die fliehen mussten, seit Antwerpen in der Hand der Spanier ist. Soll ich ihn holen? Vielleicht kennst du ihn sogar von früher.«

Lila griff sich an die Brust und rang nach Atem. Dann

zwang sie sich erneut ein Lächeln um die bleichen Lippen. »Es ist alles gut, Liebster. Als ich Antwerpen verließ, war ich siebzehn Jahre alt. Es gibt niemanden mehr, den ich von dort kenne.«

Sie stand auf und ging in das Schlafzimmer. Dort stellte sie sich mit gefalteten Händen ans Fenster und starrte auf die Straße.

Sie sah Riekes Magd vorübergehen, trat einen Schritt zurück und dachte an den gestrigen Tag. Sie war zu Rieke gegangen, um sie um ihre Hilfe zu bitten. Die Sachen des verstorbenen Patriarchen sollten, soweit dies die Kleiderordnung zuließ, zu den Bedürftigen ins Heilig-Geist-Hospital gebracht werden. So hatte es Gero Geisenheimer festgelegt, aber Lila schaffte es nicht allein. Seit sie von den Antwerpener Söldnern gehört hatte, fühlte sie sich mutlos. Oft stand sie minutenlang und hatte vollkommen vergessen, was sie gerade tun wollte. Die Vergangenheit, die sie so gern ausgelöscht hätte, kam nah und näher. Und die Angst vor dieser Vergangenheit lähmte sie.

Sie hatte den Türklopfer aus Messing betätigt und sich über die schleifenden Schritte gewundert, die sich näherten. Dann hatte sich die Tür geöffnet, und gleichzeitig war Rieke dahinter zusammengebrochen!

Lila hatte auf ihre Schwägerin gestarrt. Einen Augenblick stellte sie sich vor, wie es wäre, wenn Rieke tot wäre. Es war eine schöne Vorstellung. Doch dann schlug Lila ein Kreuzzeichen, rief einen Laufjungen herbei und schickte ihn nach dem Stadtarzt, während sie Rieke ins Wohnzimmer schleppte, ihr einen nassen Lappen auf die Stirn legte und versuchte, ihr ein wenig Wasser einzuflößen. Es dauerte nicht lange, bis der Arzt kam. Als Lila ihn sah, war ihr, als müsse ihr Herz stehen bleiben. Sie beugte sich nach vorn, sodass er ihr Gesicht nicht sehen konnte.

»Braucht Ihr mich noch?«, fragte sie mit leiser, kratziger Stimme. »Oder ist es besser, wenn ich ihren Mann hole?«

Der Arzt war gerade dabei, Rieke auf die Seite zu drehen und ihren Mund zu öffnen. »Schnell, eine Feder!«, verlangte er. Lila trat zu einem kleinen Schreibtisch unter dem Fenster, reichte ihm blicklos einen Gänsekiel, den Andreas wohl zum Schreiben benutzte. Dann sah sie zu, wie der Arzt die Feder tief in Riekes offenen Mund schob und sie damit kitzelte. Als ein Schwall Erbrochenes daraus hervorquoll, atmete der Arzt hörbar auf. »Sie ist über den Berg«, sagte er und ließ Rieke dabei nicht aus den Augen. »Jetzt könnt Ihr dem Ehemann Bescheid geben. Gut wäre es, eine Pflegerin zu besorgen, welche die nächsten Tage bei ihr wacht. Ich selbst werde natürlich auch nach ihr sehen.« Er hielt inne, betrachtete Lila, die ihr Gesicht erneut abwandte. »Wisst Ihr, warum die Frau sich umbringen wollte?«, fragte er.

»Nein!« Lila schüttelte erstaunt den Kopf. »Ihr müsst Euch irren. Niemals würde Rieke Geisenheimer freiwillig ihren Platz räumen.«

»Nun, wie erklärt Ihr Euch dann, dass sie eine Vergiftung von Bilsenkrautsamen hat? Ihr habt mich gerade noch rechtzeitig gerufen, Frau.«

Darauf hatte Lila keine Antwort gewusst.

Das war gestern gewesen. Jetzt stand Lila am Fenster und überlegte, ob sie nach Rieke schauen sollte. Warum hast du sie überhaupt gerettet, bohrte etwas in ihr. Du wärest doch froh, wenn sie auf einmal für immer weg wäre.

Ihr Blick schweifte ab, glitt über die Dächer der gegenüberliegenden Häuser bis hinauf zum Himmel, an dem sich weiße Pluderwolken übereinandertürmten. Ihre Gedanken wanderten zu dem Tag, an dem Rieke sich mit Andreas verlobt hatte. Der Tag, an dem die beiden Frauen einander zum ersten Mal begegnet waren.

Auch Rieke dachte an diesen Tag, der nun schon Jahre zurücklag. Am Tage ihrer Verlobung hatte sie Lila zum ersten Mal erblickt, die in kerzengerader Haltung stand, die weiße Haut ihrer Arme und Schultern durch einen Seidenschleier geschützt, unnahbar in ihrer Schönheit und ihrem Stolz. Rein und edel von Kopf bis Fuß, um den Mund das Lächeln einer Madonna. So zumindest war es Rieke vorgekommen. Damals war sie sich auf einmal mit aller Heftigkeit der Armut ihrer Herkunft, ihrer schlechten Raubrittermanieren und der geringen Bildung bewusst geworden. Neben Lila erlebte sie zum allerersten Mal, dass ihre Schönheit nicht alles war. Und von diesem Augenblick an hatte sich der Hass in ihre Seele genistet. Von allen Menschen auf dieser Welt fürchtete sich Rieke einzig vor Lila.

Jetzt lag sie hier im Bett, immer noch etwas schwindelig. Sie hatte von Doktor van Aaken erfahren, dass Lila sie gefunden und den Arzt benachrichtigt hatte. Und nun fragte sie sich wahrhaftig, warum Lila ihr geholfen, ihr womöglich sogar das Leben gerettet hatte. Es war dumm gewesen. Sie wäre jedenfalls nicht so töricht vorgegangen. Wenn Lila mich hätte sterben lassen, dachte Rieke, so wäre ihren Kindern Geros Erbe noch sicherer gewesen. Das Trauerjahr hätte vorübergehen und Andreas hätte sich neu verheiraten müssen. Doch Andreas schien sich weder etwas aus einer Ehe noch aus Erben noch aus dem Erbe selbst irgendetwas zu machen.

Rieke seufzte. Wie müde sie war! Im Übrigen hatte ihr der Arzt ohnehin strikte Ruhe verordnet. Rieke schüttelte den Kopf, wenn sie daran dachte, dass sie um ein Haar gestorben wäre. Die Bilsenkrautsamen. Viel zu viel hatte sie davon genommen. Hätte sie nicht erbrochen, wäre sie jetzt tot. Einen winzigen Augenblick lang dachte sie an die Ruhe, die der Tod versprach, und fühlte Sehnsucht. Dann schloss sie die Augen und schlief ein.

Sie erwachte, als jemand das Zimmer betrat. Der Stadtarzt war gekommen. »Wie geht es Euch?«, fragte er und setzte sich in einen Armlehnstuhl mit gelbem Polster neben dem Bett.

»Ich fühle mich müde und erschöpft«, erwiderte Rieke leise.

»Das glaube ich.« Der Arzt nickte. Dann beugte er sich nach vorn und griff nach Riekes Hand. »Ich habe keine Ahnung, warum Ihr die Samen geschluckt habt, aber ich möchte Euch sagen, dass es für jedes Problem eine Lösung gibt.«

»Was?« Rieke rappelte sich auf und begriff im selben Augenblick. Der Medicus glaubte, sie hätte sich das Leben nehmen wollen.

»Selbstmord? Faxenkram!«, widersprach sie.

Sein Blick ruhte Anteil nehmend auf ihr, sodass sie sich weitere Worte sparte.

»Wollt Ihr mir erzählen, was Euch bedrückt?«, fragte er.

Rieke ließ sich zurück ins Kissen sinken. Sie betrachtete

den Arzt von der Seite. Er hatte ein ruhiges Gesicht mit freundlichen grauen Augen. Das Haar trug er so lang, dass es den Kragen berührte, und seine Hände hielt er auf den Knien gefaltet. Als Rieke sich nicht rührte, stand er auf. »Bleibt im Bett, solange es Euch guttut«, sagte er. »Aber krank am Leib seid Ihr nicht mehr. Die Schwäche vergeht, wenn Ihr eine kräftige Mahlzeit zu Euch nehmt.«

Rieke nickte leicht, hielt aber die Lider geschlossen. Sie schämte sich plötzlich vor diesem Mann mit dem freundlichen Gesicht und den hellen Augen, die hinter ihrer Stirn zu lesen schienen.

»Gott schütze Euch«, sprach Doktor van Aaken, und Rieke hörte, wie er die Tür öffnete.

»Wartet«, wollte sie rufen, doch ihr Mund blieb stumm.

Als die Schritte des Arztes im Stiegenhaus verklungen waren, stand sie auf und ging zum Fenster. Ein milchiger Himmel hing über der Stadt. Rieke starrte hinaus auf den Hof. Unter ihrem Fenster spielte ein Katzenjunges mit seiner Mutter. Ein Kind, dachte Rieke. Warum, in Gottes Namen, bekomme ich kein Kind? Warum hast du, oh Herr, die Leidenschaft in meinem Mann nicht geweckt? Es liegt nicht an mir, dass wir noch immer kinderlos sind. Andreas hat Schuld. Du, Herr, weißt, wie sehr ich mich bemüht habe. Sogar mein Leben habe ich dabei aufs Spiel gesetzt. Tränen stiegen in ihre Augen, und Rieke Geisenheimer fühlte sich als das bedauernswerteste Geschöpf der ganzen Stadt. Sie schniefte, strich sich mit dem Handrücken über die Augen. Doch plötzlich hielt sie inne. Ihr Blick schweifte zum Brunnen, der sich am Rande des Handelshofes befand. Dort stand Trajan, der Vorarbeiter der Auflader.

Er hatte Ölfässer von einem Wagen geladen. Während die anderen Arbeiter alles ins Lager brachten, stand er nun am Brunnen. Eines der Fässer war wohl undicht gewesen, hatte ihn über und über mit Öl beschmiert und seinen gebräunten Oberkörper zum Glänzen gebracht. Ein Sonnenstrahl fiel auf seinen Rücken, unterstrich das Spiel der Muskeln. Rieke hielt den Atem an. Ihr Blick hing an dem Mann, als liefe er an Fäden. Seine Schultern waren so breit wie eine Sackwaage. Die Armmuskeln spielten bei jeder Bewegung, und Rieke konnte und konnte die Augen nicht von diesem Körper wenden, der ihr wie gemacht für die Lust vorkam. Sie öffnete den Mund, sog die Luft durch die Zähne ein, als sich der Auflader eine Handvoll Wasser ins Gesicht warf. Dann rieb er mit großen, starken Händen über seine Brust, prustete und goss sich Brunnenwasser über den Oberkörper. Rieke schluckte. Und dann kam ihr ein Gedanke, der sie lächeln ließ. Ein Einfall, der alle ihre Probleme mit einem Schlag zunichte machen würde.

»Der dem Tod ins Auge schauen kann, der Soldat allein ist der freie Mann.«

Lila hatte dieses Sprichwort schon so oft gehört. Sie selbst hatte dem Tod bereits einmal ins Auge geschaut, aber frei hatte sie sich dabei nicht gefühlt. Und frei fühlte sie sich auch jetzt nicht, da sie auf dem Wagen eines Stellmachers saß, der sich vor Tau und Tag auf den Weg nach Oberursel gemacht hatte, um das Heer zu beliefern. Sie hockte auf dem Wagen, das verschlissene Kleid, welches sie einer Lumpenhändlerin abgekauft hatte, fest um sich geschlungen. Der löchrige Umhang hielt die Morgenkühle nur ungenügend ab, aber Lila zitterte nicht nur deswegen. Immer wieder biss sie sich auf die Lippen und zog kleine Hautfetzchen davon ab. Das Lager rückte näher. Das Heer war schon lange zu hören gewesen, ehe sie es erreichten. Trommelschläger und Trompeter malträtierten ihre Instrumente, Pferde wieherten, Weiber lachten, Kinder greinten, und dazwischen riefen Soldaten harsche Befehle oder derbe Scherze.

Vorsichtig richtete Lila sich auf und betrachtete das Gewimmel. Sie schirmte ihre Augen mit einer Hand ab, doch so weit ihr Blick auch reichte, sie sah nichts als dieses Lager. Prächtige Zelte, in denen die Befehlshaber wohnten, wechselten sich mit löchrigen Planen ab, unter denen die Ärmsten aus dem Begleittross schliefen. Unweit von Lila wusch eine Marketenderin Wäsche in einem Eimer aus Lederhaut, während ein abgerissener Mann einem Hasen das Fell über die Ohren zog und ein anderer ein Stück Speck an einem Stock über ein Feuer hielt. Zwei magere kleine Jungen bewarfen sich lachend und schreiend mit Schlamm. Dahinter übte ein Dutzend Fußknechte das Marschieren. Andere Söldner lagen um ein Feuer, spielten mit Würfeln und tranken Branntwein. Links davon prügelten sich zwei Soldaten, während weitere Fußknechte um sie herumstanden und sie mit Rufen und Klatschen anfeuerten. Eine Frau hing am Hals eines Mannes und leckte ihm über das Gesicht. Der Mann lachte, stieß die Frau von sich. Sie stürzte zu Boden, und er trat nach ihr.

Lila erschrak, als sie die Menschenmassen sah. Soldaten, Soldatenweiber, Dirnen, Knechte, Mägde, Krämer, Handwerker, Marketender, Gaukler und Kinder. Der Tross war mindestens doppelt so groß wie das eigentliche Heer.

»Wie soll ich hier jemanden finden?«, flüsterte sie leise. »Wie soll ich den Mann finden, der mir bei der Postkutschenstation begegnet ist? Und was in aller Welt soll ich tun, wenn er mir droht? Wenn er mein Leben und vor allem das Leben meiner Familie in Gefahr bringt?«

»Wir sind da«, rief der Stellmacher von vorn. »Ihr müsst hier absteigen.«

Lila bedankte sich und sprang vom Wagen. Mit zaghaften Schritten näherte sie sich den ersten Feuern und sah sich um. Wer zum Begleittross gehörte, war leicht an seiner Kleidung zu erkennen. Sie bestand aus Leder, das man in zahlreichen Schichten übereinandertrug, um sich vor Kälte und Raub zu schützen. Die Kleider hatten nur selten Nähte, denn durch diese kroch das Ungeziefer an den Körper. Viele trugen Filzhüte, andere waren in Felle gehüllt. Doch was immer die Menschen am Leib hatten, es stand vor Dreck.

Die Tracht der Soldaten unterschied sich gewaltig von der Kleidung der Zugelaufenen. Die meisten trugen das, was sie als Bürger oder Bauern getragen hatten. Über Strümpfen, die unter dem Knie zusammengebunden waren, trugen sie weite Hosen mit Bund, dazu ein Lederkoller mit Wams, auf welches ein weicher Reiterkragen fiel. Manche hatten spitzengesäumte Ärmel, darüber einen lockeren Mantel. Das Haupt wurde von einem breitkrempigen Schlapphut gekrönt, auf dem bunte Federn wippten.

Schon bald schmerzten Lila die Augen von all den Farben. Noch schlimmer aber waren der Lärm und die Gerüche. Überall toste, schrie, fluchte, krakeelte, musizierte, quietschte, knallte, sägte, lachte, puffte, krachte und tobte es. Die Luft war gefüllt vom Rauch der Feuer, vom Gestank ungewaschener Leiber, von Bier- und Weindünsten, vom Geruch nach Waffenöl und Pulverdampf.

Wie betäubt stolperte Lila durch das Lager. Einmal stieß sie einen Topf um, ein anderes Mal verbrannte sie sich den Rocksaum an einem Feuer, ein drittes Mal kam sie einer Marketenderin zu nahe, die sie lauthals beschimpfte. »He, du dreckige Dirne. Geh zu deinem Feuer und stiehl nicht das, was mir gehört!«

Lila entschuldigte sich, hastete weiter. Als sie am Zelt eines Befehlshabers vorüberkam, hielt sie inne. Dann fasste sie sich ein Herz, trat zu dem Wachmann, der seine Muskete neben sich abgestellt hatte, und fragte: »Bitte, ich suche die Söldner aus Antwerpen. Wo kann ich sie finden?«

Der Wachmann betrachtete sie misstrauisch von oben bis unten. »Wer bist du denn?«, fragte er und kniff die Augen leicht zusammen.

»Oh, ein Weib bin ich. Eine Frankfurterin, die sich nach Verwandten erkundigen will.«

Der Wachmann runzelte die Stirn. Dann steckte er zwei Finger in den Mund und pfiff darauf. Sofort waren zwei weitere Soldaten zur Stelle. Einer riss Lilas Arme nach hinten, der andere schnitt den Lederbeutel von ihrem Gürtel und schüttete ihn aus. Der Inhalt fiel scheppernd auf den Boden. Die drei Wachmannen sperrten die Münder auf und glotzten. Nur der erste sah Lila an und sagte leise: »Ich habe es doch gleich geahnt.«

Der Juni hier in Leipzig war bisher kalt und regnerisch gewesen. Doch heute schien die Sonne, ein strahlend blauer Himmel hing wie ein frisch mit Blaupulver gebleichtes

Tischtuch über den Dächern der Stadt. Marga nahm gerade das letzte von Hermann Scheins Liedern aus der Druckerpresse, als es heftig an der Tür klopfte.

»Robert, machst du bitte auf?«, rief sie, doch niemand antwortete. Marga seufzte. Wieder hatte sie nicht bemerkt, wie ihr Mann sich davongestohlen hatte. Sie wusste genau, wo er jetzt war: In der Schänke ›Zum lustigen Zecher‹ hockte er, vor sich einen Krug Würzwein, neben sich ein paar Kumpane. Faulpelze wie er, allesamt Tagediebe und Haderlumpen, die ihre Weiber schuften und den lieben Gott einen guten Mann sein ließen. Marga seufzte noch einmal, wischte sich mit dem Unterarm über die Stirn und steckte eine vorwitzige Locke zurück unter die Haube. Ihre Arme waren wie Blei. Die Druckerpresse ließ sich nur mit viel Kraft bedienen. Marga war müde, fühlte sich verschwitzt und schmutzig. Wie sie das alles satt hatte! So unendlich satt, mehr als sie sagen konnte. Ihr Leben hing ihr zum Hals heraus; ihr Herz war lange schon wund gescheuert an einer Liebe, die diesen Namen nicht verdiente. Am liebsten hätte sich Marga an den Tisch gesetzt, den Kopf in die Hände gestützt und geweint, bis sich der Kloß in ihrem Hals und der Klumpen im Magen endlich aufgelöst hätten. Doch wieder klopfte es an der Tür, dieses Mal energischer. Normalerweise stand die Werkstatttür bei diesem Wetter offen, doch Marga hatte heute ein so großes Bedürfnis nach Ruhe und Einsamkeit, dass sie entgegen ihrer Gewohnheit die Tür verschlossen hatte und sie nun umständlich öffnen musste. Vor ihr stand eine junge Frau, die von einem nur wenig älteren Mann am Arm gehalten wurde. Die Frau war schwanger.

»Was ist?«, fragte Marga. »Womit kann ich Euch dienen?« Der Mann antwortete nicht, sondern schob Marga zur Seite und betrat die Druckerei. Er setzte das schwangere Mädchen auf einen Schemel, verschränkte die Arme vor der Brust und betrachtete Marga schweigend. Sein Blick glitt abschätzig über ihr Gesicht. Erneut hatte sich eine widerspenstige Strähne unter der Haube hervorgearbeitet. Marga sah sich mit den Augen des Besuchers: glanzloses Blondhaar, schmale Augen, die eng beieinanderstanden und zwischen denen eine Allerweltsnase saß. Viel zu dünne Lippen, ein kantiges Kinn.

Marga wusste, dass sie keine Schönheit war. Unter dem Blick des Fremden wurde sie sich ihres abgetragenen Kittels bewusst, der mehr als nur die Spuren ihrer Arbeit trug. Und dann ihre Hände! Die schwarzen Ränder unter ihren kurzen Nägeln widerstanden jeder Wurzelbürste. Druckerschwärze blieb Druckerschwärze. Wer das nicht wusste, musste sie für ungepflegt und hässlich halten. Marga straffte sich. »Was wollt Ihr hier?«, fragte sie und verschränkte abwehrend die Arme vor ihrer Brust.

»Seht Ihr meine Schwester?«, fragte der Mann.

Marga nickte.

»Was fällt Euch auf an ihr?«

»Sie ist schwanger.«

»Und zeigt ihr Gesicht etwa das Glück einer Frau in guter Hoffnung?«, fragte er weiter.

Marga schüttelte den Kopf.

»Wollt Ihr wissen, warum?«

»Eigentlich nicht.«

»Ich sage es Euch trotzdem, Weib. Meine Schwester ist

vergewaltigt worden. Geschämt hat sie sich deswegen, bis es zu spät war. Nun kann jeder ihre Schande sehen. Die Eltern wollten sie verstoßen. Bleiben durfte sie nur, weil ich versprach, die Sache in Ordnung zu bringen.«

»Daran tut Ihr gewiss recht«, bekräftigte Marga. »Aber noch immer weiß ich nicht, wie ich Euch dabei helfen kann.«

Der junge Mann stieß seine Schwester an. »Sag du es ihr«, verlangte er.

Das Mädchen schluckte, strich mit der rechten Hand über seinen Bauch. »Der Eure war's«, flüsterte sie.

»Was?« Marga schrie dieses Wort beinahe. »Was habt Ihr gesagt?«

»Der Eure war es.«

Marga verschränkte die Arme noch fester vor ihrer Brust und ging einige Schritte auf das Mädchen zu. Der Bruder stellte sich schützend vor sie.

»Ihr könnt ihr glauben, was sie sagt.«

»Ich habe nicht vor, mit Euch zu streiten«, entgegnete Marga. »Ich kenne meinen Mann. Was aber wollt Ihr von mir?«

»Geld.« Der Bruder sprach das Wort klar und deutlich aus. Marga nickte, während das Mädchen die Augen niederschlug. »Viel Geld.«

Marga lachte und breitete die Arme aus. »Seht Euch um. Das ist alles, was wir besitzen. Geld haben wir keines. Ich mache Euch einen Vorschlag: Nehmt stattdessen den Mann!«

* * *

»Judith, wartet, ich bitte Euch!« Natürlich hatte Judith Lennarts Rufen gehört, doch sie beschleunigte ihren Schritt. Nein, noch so eine Blamage wie eben im Laden konnte sie nicht ertragen. Dann blieb sie eben Witwe für den Rest ihres Lebens. Es war die letzten Jahre gegangen, also würde es auch weiter gehen. Sie warf den Kopf in den Nacken, berührte flüchtig mit der Hand ihre heiße Wange und stiefelte so schnell sie konnte davon. Doch kaum war sie um die Ecke gebogen, musste sie einem Schwein ausweichen, das herrenlos auf der Straße herumschnüffelte und Gefallen an ihren Schuhen zu finden schien. Mit ihrem gestickten Beutel hieb Judith auf das Borstenvieh ein, doch dieses grunzte nur und schnappte nach dem Saum ihres Rockes. »Hör auf, du«, rief Judith und drosch dem Schwein den Beutel auf den Schädel. »Hör auf, habe ich gesagt. Troll dich! Los! Los!«

Neben sich hörte sie zuerst leises Gelächter. Ein kräftiger Mann packte das Schwein im Genick und schob es in eine andere Richtung.

»Danke«, sagte Judith und blickte auf. Dann sagte sie »Oh!« und wurde wieder über und über rot.

»Ich habe Euch gern geholfen«, erwiderte Lennart und vermied es, sie spöttisch anzusehen.

»Oh«, wiederholte Judith und war beim besten Willen nicht in der Lage, auch nur einen zusammenhängenden Satz zu bilden.

Lennart stand vor ihr, hielt seinen Hut in den Händen und knüllte ihn ein wenig. Judith lächelte, als sie das sah.

»Der Hut. Er wird nicht besser, wenn Ihr ihn weiter so behandelt.«

»Wie bitte? Ach so, der Hut.« Lennart strich ihn mit fahrigen Fingern glatt, bis Judith ihn in die Hand nahm und die Krempe richtete.

»Was wolltet Ihr mir in der Werkstatt sagen?«, fragte Lennart.

»Oh, das … das habe ich vergessen«, stammelte Judith und reichte ihm den Hut zurück. Einen Augenblick lang dachte sie an den Anblick, den ihr Spiegel ihr heute Morgen geschenkt hatte. Sie hatte darin eine Frau gesehen, deren Augenwinkel bereits ein Netz von Falten zierte. Eine Frau, deren Lippen ein wenig blutleer waren und mit Wangen, die man noch nicht als Hängebacken bezeichnen konnte, die aber leider dennoch nicht mehr die pralle Pfirsichfülle der Jugend hatten. Einzig die großen, dunkelbraunen Augen, die ihre alte Amme immer »Rehaugen« genannt hatte, waren voller Glanz. Aber ach, darüber begannen die Lider langsam zu hängen.

»Gut, dann … dann möchte ich Euch etwas fragen.«

Judith merkte auf. Sie sah dem Nadelmacher ins Gesicht, doch der konnte ihrem Blick nicht standhalten, sah hinunter auf seine Schuhspitzen und kratzte mit ihnen über das Kopfsteinpflaster.

»Was denn?«

»Ich wollte … wollte Euch fragen, ob ich Euch am Sonntag in die Kirche begleiten darf.«

Lennart blickte Judith ins Gesicht, und Judith sah das Warten darin. Sie lächelte. »In die Kirche?«, fragte sie.

Lennart nickte.

»Ihr wollt Euch in aller Öffentlichkeit an meiner Seite zeigen?«

Lennart wich zurück; sein Gesichtsausdruck wirkte jetzt fast erschrocken. »Oh, nein, ich wollte Euch nicht zu nahe treten.«

Er sah richtig verstört aus, und Judith hätte ihm am liebsten mit der Hand über die Wange gestrichen.

Vor seiner Unsicherheit fand sie ihren Mut wieder. Und alles fühlte sich richtig und gut an. Es gab einfach nichts mehr, was sie falsch machen konnte. Noch ehe Judith über dieses gute Gefühl erstaunt sein konnte, hatte ihr Mund schon zu sprechen begonnen: »Wie wäre es, wenn Ihr zu mir zum Essen kämet? Hättet Ihr Lust dazu?«

Jetzt wirkte Lennart verblüfft. »Allein zu einer Witwe ins Haus?«

»Ihr müsst ja keinen Anschlag am Kirchentor anbringen deswegen«, lachte Judith und wandte sich ein wenig ab. Sie hob die Hand. »Am Samstag nach dem Vespergottesdienst erwarte ich Euch in meinem Haus.«

Dann lief sie davon. Nach ein paar Schritten blieb sie stehen, drehte sich um. Lennart stand noch immer da wie angenagelt und starrte ihr hinterher. Auf einmal stieß er einen Jubelschrei aus, warf seinen Hut in die Höhe und fing ihn wieder auf. Judith lachte.

Ein letztes Mal winkte Lennart ihr zu, dann strich er einem Straßenjungen über das Haar und rannte unbeschwert wie ein junges Fohlen die Straße hinab.

Und Judith stand da und lachte. Sie fühlte sich jung und begehrenswert. In ihrem Inneren kribbelte es, und sie wusste nicht genau, ob dieses prickelnde Gefühl vom Wetter, ihrer guten Laune oder von der Vorfreude auf den Samstag herrührte.

Als der Sonnabend schließlich hereingebrochen war, kämpfte sie den ganzen Tag lang mit einer ungewohnten Unruhe. Selbst ihre Tochter Julia bemerkte ihre Nervosität.

»Du musst dich nicht aufregen«, teilte sie ihrer Mutter gelassen mit. »Es ist nichts Besonderes dabei, jemanden zum Essen einzuladen.«

»Ach ja?«, fragte Judith zurück. »Und warum befürchte ich dann, dass es Getratsche geben wird? Ist es wirklich so gewöhnlich, dass eine alleinstehende Frau sich einen Mann ins Haus holt?«

»Du hast immer noch mich«, bemerkte Julia.

Judith lächelte. »Ich bin mir nicht sicher, ob ein fünfzehnjähriges Mädchen geeignet ist, die Anstandsdame ihrer verwitweten Mutter zu spielen.«

Mit diesen Worten ging sie in ihre Schlafkammer und breitete mehrere Kleider auf dem Bett aus, um eines für den Abend auszuwählen. Nur im Unterkleid stand sie da, den Zeigefinger der rechten Hand an die Unterlippe gelegt, und betrachtete ihre Garderobe. Dabei schweifte ihr Blick zur Seite und fing ihr Bild in einem Spiegel auf, der in einem geschnitzten Rahmen schräg hinter ihr stand. Judith fuhr herum und betrachtete sich. Sie löste die Nadeln aus ihrem Haar und ließ es über ihre Schultern fallen. Dann schob sie die Träger ihres Unterkleides herab und strich über ihre Haut. Mit einer Hand fuhr sie über ihre Kehle, die andere glitt über ihre rechte Brust. Judith neigte den Kopf, schmiegte ihre Wange an das kühle Rund ihrer Schulter und lächelte sich im Spiegel zu. Im selben Augenblick schickte die Sonne ihre gleißenden Strahlen in Judiths Zimmer. Das Licht, eben noch schmeichelnd, wurde hart und grell. Die sanfte Rundung des Oberarmes wurde zu hängendem Fleisch, das satte Weiß der Brüste zur Schwere reifer Birnen. Judith kniff die Augen zusammen. Am liebsten hätte sie geweint – um ihre verlorene Jugend, die vergangene Schönheit, die ungekannte Liebe.

Wer ersehnt sich Liebe in meinem Alter, wer glaubt überhaupt noch an Liebe, fragte sie sich. Ist es derjenige, der sie bereits kennengelernt hat? Oder der, der ihr nie begegnet ist?

Darauf fand sie keine Antwort.

Lennart kam pünktlich. Er hatte sich ein frisches Wams angezogen, das Haar mit viel Wasser zurückgestrichen, sodass es noch feucht an der Stirn klebte, und auch die Schuhe glänzten. Er hielt einen Strauß Wiesenblumen wie einen Schild vor sich, bis Judith ihm die Blumen schließlich abnahm. Später saßen sie im Wohnzimmer am Esstisch. Lennart hatte Judith gegenüber Platz genommen, Julia saß neben ihrer Mutter. Das Gespräch ging nur schleppend voran, und Judith dachte, dass es nichts Peinlicheres gab als ein erstes Beisammensein. Nichts Peinlicheres und Lächerlicheres. Das Warten hat ein Ende, die Entscheidung ist zunächst gefallen. Jetzt wird sich herausstellen, ob es die richtige war. Nein, jetzt muss bewiesen werden, dass die Entscheidung richtig war. Jetzt galt es, die Gemeinsamkeiten herauszustellen. »Ich liebe Kalbsbraten. Schwein dagegen mag ich nicht besonders.«

Lennart nickte eifrig. »Geht mir genauso.«

Judith lächelte Lennart zu. Der führte gerade die Gabel zum Mund, und Judith merkte ihm an, dass er es nicht gewohnt war, mit diesem neuartigen Teil des Bestecks zu essen. Sogleich machte sie sich Vorwürfe deswegen, doch es war zu spät. Lennart lächelte tapfer, das Fleischstück glitt ab und blieb an seinem Wams hängen.

»Oh«, stieß er hervor und wurde rot. Er hatte extra daheim mit einer Gabel geübt, weil er sich schon gedacht hatte, dass die Geisenheimerin dieses italienische Ding auftischen würde. Er wollte sich auf keinen Fall blamieren. Und schon war es ihm trotzdem gelungen. Verlegen fingerte er nach dem Fleischstück.

Julia kicherte. Judith aber war aufgesprungen und rieb mit ihrem Mundtuch an seinem Wams herum.

»Nicht doch«, wehrte Lennart ab. »Ich werde das Wams waschen lassen. Lasst doch. Es ist nicht so schlimm.«

»Nein, nein, das macht mir nichts aus. Ein Fleck sollte sofort entfernt werden, ehe er sich in den Stoff hineinfrisst«, entgegnete Judith.

Endlich war das Missgeschick aufgelöst, endlich das Mahl verspeist, endlich auch Julia zu Bett geschickt.

Judith bat Lennart in einen gepolsterten Lehnstuhl vor dem Kamin und goss Wein aus einer Karaffe in die besten Kristallgläser, die sie hatte auftreiben können. »Auf Euer Wohl, Nadelmacher«, sagte sie leise.

»Auf das Eure, schöne Frau«, erwiderte der Mann, trank einen großen Schluck und wischte sich mit dem Handrücken über den Mund.

»Wir sind nicht mehr die Jüngsten«, sagte er dann und sah Judith aufmerksam an. »Und zum Alleinsein ist der Mensch nicht geschaffen.«

Er beugte sich zu Judith hinüber, sah ihr in die Augen.

Und Judith hielt seinem Blick stand, kam ihrerseits näher. Zwei Lippenpaare näherten sich an, waren kurz davor, sich zu berühren, in einem Kuss zu verschmelzen, als die Feuerglocke rief.

Sofort schraken die beiden wie ertappt voreinander zurück. Judith schluckte. »Es brennt«, sagte sie töricht.

Lennart nickte. »Ich muss los. Ein jeder Handwerker ist zur Mithilfe verpflichtet, sobald die Feuerglocke ertönt.«

Mit diesen Worten sprang er auf, verabschiedete sich hastig und ließ Judith allein.

Sie holte ihren Umhang und sah kurz nach Julia, die bereits tief und fest schlief. Dann machte sie sich auf den Weg zur Brandstelle. Rauch und ein leuchtend roter Lichtschein wiesen ihr den Weg. Er führte direkt zum Haus des Nadelmachers Lennart Leuthold. Immer schneller ging Judith. Schon traf sie auf die ersten Helfer, die eine Kette bis zum nächsten Brunnen gebildet hatten und Eimer um Eimer weiterreichten. Der Rauch biss ihr in den Augen und in der Kehle. Ein Hustenanfall zwang sie zum Stehenbleiben. Tränen liefen ihr über die Wangen. Endlich bog sie um die Ecke in die Kannengießergasse und sah, welches Haus brannte. Sie atmete auf und schlug ein Kreuzzeichen. Es war nicht Lennarts Haus, das in Flammen stand, sondern das seiner Nachbarin Käthi.

4

Habt Ihr meine Frau gesehen? Eine Große, Schlanke mit roten Haaren unter der Haube. Grüne Augen, sehr helle Haut?«

»Ja, die kenne ich. Sie kauft manchmal Butter bei mir. Aber heute habe ich sie noch nicht gesehen.«

»Danke. Und Ihr? Habt Ihr vielleicht meine Frau gesehen? Die Patrizierin Geisenheimer?«

Der angesprochene Mann lachte. »Ist sie Euch davongelaufen?«

»Wie?« Arno machte den Eindruck, als hätte er nicht verstanden.

»Na ja, ich meine ja nur«, entgegnete der Krämer und sah geschwind in eine andere Richtung.

Arno lief durch die Gassen zwischen den Verkaufsständen hindurch, die an diesem Tag den ganzen Römer einnahmen. Immer wieder blieb er stehen und fragte nach Lila. Einmal meinte er, sie dort hinten in einer Seitengasse verschwinden zu sehen. Er rannte los, doch als er näher kam, erkannte er seinen Irrtum.

Vom Balkon des Rathauses wehte die Fahne, die das Marktrecht verkündete, Büttel schritten mit umgehängten Büchsen über den Platz. Am Rande des Marktes sah Arno einen Holzwagen, auf dem ein Mann in der Kleidung eines Söldners stand. Er sprach mit lauter Stimme alle jungen Männer an, die vorübergingen, und stellte ihnen Ruhm und Ehre sowie einen Goldgulden bar auf die Hand in Aussicht, wenn sie sich dazu entschließen konnten, dem katholischen Heer unter Tilly beizutreten.

Heute herrschte auf dem Markt eine gereizte Stimmung. Etwas lag in der Luft. Die Krämer und Händler standen mit verschränkten Armen hinter ihren Ständen, kräftige Knüppel in Reichweite neben sich. Davor fanden sich keifende Hausfrauen ein. »Gestern war die Butter noch nicht halb so teuer«, schrie eine von ihnen und fuchtelte mit der Hand in der Luft herum. »Und für meine zwei Groschen bekomme ich auch mit jedem Tag weniger Brot. Wovon soll ich meine Kinder ernähren? Kannst du mir das sagen, Fettwanst?«

Der so angesprochene Krämer zuckte nur mit den Achseln. »Was soll ich machen, gute Frau? Das Heer muss versorgt werden. Zuerst die Fremden, dann die Einheimischen. Ihr wisst doch, wie es im Krieg ist.«

»Gar nichts weiß ich. Außer, dass die Armen die Leidtragenden sind. Gestern wollte meine Nachbarin Stoff zu einem neuen Kittel für ihre Jüngste kaufen. Und was hat sie bekommen? Nichts! Dabei ist die Stadt voller Tuche. Aber nicht bezahlbar!«

Eine andere mischte sich ein. »Ich habe gehört, dass die Bäcker aus der Zunft sich verpflichtet haben, jeden Morgen Unmengen an Weißgebackenem nach Oberursel hinaus zu bringen. Als ich gestern Morgen gegen acht einen Kringel haben wollte, gab es für uns schon nichts mehr zu kaufen!«

»Genau«, rief ein Mann. »Es gibt auch kein Holz, keine Nägel, keine Schrauben. Alles wird dem Heer in den nimmersatten Schlund gestopft. Und was soll aus uns werden? Wie lange dauert es noch, bis sie sich unsere Söhne holen und aus unseren Töchtern Huren machen? Wann beginnen unsere Häuser zu brennen? Schon jetzt sind die Felder ringsum verwüstet, das Vieh gestohlen und gebraten. Der Rat sollte einschreiten!«

»Pah! Als könnte der Rat etwas tun! Das Heer soll fünfzehntausend Fußknechte zählen und fünftausend Hergelaufene. Just so viele, wie Seelen in Frankfurt sind! Der Rat ist schwach, er kann sich nicht wider den Kaiser und seine Katholische Liga stellen. Und die Stadt ist und bleibt evangelisch. Wir ziehen nicht gegen die Gleichgläubigen! Wir nicht! Also bleibt nur Stillhalten. Stillhalten, bis alles vorbei ist.«

Arno hörte dies alles, aber er hatte andere Sorgen. Er war inzwischen vor der Tür des Rathauses angelangt. Einen Augenblick überlegte er, ob er hinein ins Malefizamt gehen und den Verlust seiner Frau melden sollte, doch dann ließ er es bleiben. Schließlich war Lila erst seit dem gestrigen Tag verschwunden. »Sie wird schon wiederkommen«, sagte er sich. »Wahrscheinlich war sie bei der Wäscherin in der Vorstadt oder bei der Kräuterfrau und hat die Zeit verpasst. Immerhin werden die Stadttore schon bei Sonnenuntergang geschlossen. Und in der heutigen Zeit ist es ohnehin nicht gut, allein unterwegs zu sein. Schließlich wird die Stadt von allen Seiten belagert. Sie wird irgendwo übernachtet haben.«

Im tiefsten Inneren aber wusste Arno, dass seine Frau

niemals die Zeit verpassen würde. Bedrückt lief er zum Stadttor, um die Torwächter nach einer Frau mit roten Haaren, grünen Augen und sehr blasser Haut zu fragen. Doch auch diese konnten ihm nicht weiterhelfen. Nur ein Krüppel, dessen linkes Bein über dem Knie abgetrennt war und der sich auf zwei Krücken durch das Tor schleppte, hielt ihn an. »Eine Rothaarige, sagt Ihr? Eine, die Flämisch spricht und mit einer Waffe umgehen kann wie ein Landsknecht? So eine habe ich gesehen! Zwei Heeresbüttel haben sie durch die Stadt geschleift.«

Arno stockte. »Meine Frau kann nicht mit Waffen umgehen«, erwiderte er.

Der Krüppel lachte. »Kennt Ihr Euer Weib so gut?«

Arno sah den Mann an, schüttelte den Kopf und rannte beinahe davon.

Er hatte keine Blicke für die Büttel der Stadt, welche die Nachrichten zu Pferd ausbrachten. Doch die Büttel der Stadt sahen ihn.

Judith wäre gern ein guter Mensch gewesen. Eine von denen, die sich niemals vor Gott fürchten mussten, weil sie mit Sicherheit von sich sagen konnten, dass sie zu den Gerechten gehörten. Judith selbst ging einmal in der Woche zur Beichte. Sie war zwar evangelisch wie alle Geisenheimers, doch wie die meisten Neugläubigen hielt auch sie noch immer an einigen Traditionen der Altgläubigen fest. Die Beichte gehörte für sie dazu. Nur dass der Pfarrer sie »Gespräch« nannte. Immer freitags. Dann fühlte Judith sich einen ganzen Abend lang leicht und unbeschwert, frei von Sünde und so rein wie ein Osterlamm. Doch schon am nächsten Morgen hatte sie bereits wieder gesündigt. Wenn schon nicht in Taten, so doch wenigstens in Worten oder in Gedanken. Im Grunde ihres Herzens hielt sich Judith für ganz und gar unzulänglich. Sie wusste nicht genau, worin ihre Schuld bestand, doch immerhin war sie ein Weib und als solches von Natur aus der Sünde verfallen, vor allem aber der Wollust. Geplagt von Schuld, hatte sie heute Morgen in allen Schränken und Truhen gewühlt, um für Lennarts Nachbarin Käthi ein paar Kleidungsstücke zu finden. Die Arme, die ausgebrannt war, besaß bestimmt nur noch die paar Sachen, die sie auf dem Leibe trug. Schließlich hatte Judith ein Kleid gefunden, das noch gut erhalten war, von ihr aber nicht so gern getragen wurde, weil sie meinte, es mache sie alt. Es bestand aus blaugrauem Tuch und war nicht nach der neuesten Mode geschneidert, aber aus gutem Stoff und von solidem Schnitt. Dazu hatte sie noch einen leichten Umhang gefunden, ein Schultertuch, an dem nur drei Fransen mit einer Kerzenflamme in Berührung gekommen waren, und eine Decke, die sie im Winter auf die Fensterbretter legte, um den Wind, der durch die Ritzen pfiff, abzuhalten. Außerdem hatte Judith eine halbe Speckseite, einen Schinken und eine Räucherwurst als Proviant in den Korb gepackt, den sie jetzt über dem Arm trug. Ihr Gewissen war so weiß und rein wie ein frisch gewebtes Hochzeitslaken und malte ihr ein Lächeln ins Gesicht. Heute war sie ein guter Mensch, heute schenkte sie ihrer Rivalin um die Gunst von Lennart Leuthold von ihren eigenen Sachen. Heute durfte sie sich großzügig, großherzig und großmütig fühlen. Einfach großartig.

Sie schlenderte die Gasse entlang, grüßte freundlich nach

rechts und links und versäumte es nicht, den Nachbarn zu erzählen, was sie vorhatte. Als sie in die Kannengießergasse einbog, sah sie Käthi schon von Weitem vor den Trümmern ihres Hauses stehen. Sie ging gebückt und inspizierte jeden Fleck, und Judith erkannte, dass sie das tat, um die kärglichen Reste, die das Feuer ihr gelassen hatte, aufzusammeln.

»Grüß Gott, Käthi«, sprach Judith sie an. »Was mit deinem Haus geschehen ist, tut mir sehr leid.«

»Ach ja?« Käthi richtete sich auf und stemmte die Arme in die Seiten. »Es tut dir leid? Kein Wort glaube ich dir. Als du von dem Brand gehört hast, hast du dich bestimmt bei deiner Tochter eingehängt und ihr seid zusammen um den Tisch getanzt.«

Judith verzog das Gesicht. Einen Augenblick lang schmeckte die Kränkung bitter in ihrem Mund. Dann zwang sie sich zu einem Lächeln. »Auch wenn du es nicht glaubst, ich bin gekommen, um dir zu helfen. Da!«

Sie reichte Käthi den Korb mit den Sachen. Die Frau beäugte misstrauisch das Geschenk, dann aber wühlte sie mit beiden Händen in dem Korb, holte das Kleid heraus und hielt es sich an. »Steht es mir?«, wollte sie wissen.

»Nun ja, es hat die Farbe deiner Augen.«

Käthi strahlte Judith an. »Ich danke dir«, sagte sie beinahe herzlich. »Ich danke dir wirklich. Denn nun muss mich Lennart nicht länger nackt sehen.« Sie lachte albern und warf den Kopf in den Nacken, während Judith die Augenbrauen zusammenzog.

»Was sagst du da? Wo soll er dich denn nackt sehen?«

»In seinem Haus, meine Liebe. Ich wohne bei ihm. Er hat mir gestern Nacht noch Obdach angeboten.«

Mit einem Mal fühlte Rieke sich nicht mehr schwach und müde. Im Gegenteil, ihre Gedanken jagten sich wie Möwen über dem Meer. Das Lächeln, das um ihren Mund spielte, hätte jedem einen Schauer über den Rücken rinnen lassen, doch Rieke war allein. Sie stand am Fenster und schaute hinaus. Eine ganze Weile schon stand sie da, aber noch war der Hof belebt. Fuhrwerke fuhren herein und hinaus, Auflader umschwärmten die Ladepritschen, Schreiber notierten die ein- und ausgehenden Waren in dicken Kontorbüchern. Hausknechte rollten Fässer über den Hof, schleppten Truhen, Säcke und Kisten in die Lager.

Rieke wartete geduldig. Gleich musste die Glocke der Liebfrauenkirche die Mittagsstunde verkünden. Und wenige Augenblicke später würde der Hof wie leer gefegt sein. Sie sah auf ihre rechte Hand, die einen Gegenstand so fest hielt, dass die Fingerknöchel weiß hervortraten. Als die Glocke endlich ertönte, verschwand das Lächeln von Riekes Gesicht. Sie raffte ihr Kleid. Der letzte Hausknecht war noch nicht verschwunden, da eilte sie bereits durch das Stiegenhaus und hinaus auf den Hof.

Die Wolken hatten die bläulich weiße Färbung frischer Milch. Kein Sonnenstrahl drang hindurch. Trotzdem war es warm, ja geradezu schwül.

Rieke sah sich nach allen Seiten um. Dann hastete sie in das erste Lager, in dem die Auflader und Knechte ihre Jacken hängen hatten. Sie blieb ganz still stehen und lauschte. Kein Laut war zu hören. Die Lager, das Kontor, der Hof – alles war menschenleer. Die Männer hatten sich samt und sonders in das nächste Wirtshaus verzogen, um ihre Brote mit Dünnbier hinunterzuspülen. Das Handelshaus

Geisenheimer lag verlassen. Rasch fand Rieke, was sie suchte. Die Jacke des Vorarbeiters hing am ersten Haken. Sie hob ihre Hand, tastete nach der Tasche an der Seitennaht und schob etwas hinein. Dann zupfte sie an der Jacke, bis diese wieder so hing wie vorher, sah sich noch einmal um und huschte zurück ins Haus. Sie stellte sich ans Fenster der Schlafstube. Von dort aus hatte sie den besten Blick auf das Lagerhaus und den Hof. Sie wartete. Die Glocke der Liebfrauenkirche schlug gerade die nächste halbe Stunde, als die Arbeiter wieder zurückkamen.

Allen voran schritt der Vorarbeiter, auf dessen Namen sich Rieke unter keinen Umständen besinnen konnte. Sein nackter Oberkörper jedoch war ihr noch im hellen Bewusstsein.

Jetzt hatte er schon die Mitte des Hofes erreicht. Er blieb stehen, wandte sich um, rief einem anderen Auflader etwas zu. Beide lachten. Dann ging er weiter, und Rieke bewunderte die kraftvollen Schritte, seine geschmeidigen Bewegungen.

Jetzt hatte er den Eingang des Lagers erreicht. Rieke hatte sich so ans Fenster gestellt, dass sie ein winziges Stück in die Halle hineinsehen konnte. Genau bis zu der Stelle, wo seine Jacke hing. Und nun sah sie, wie er einen Viertellaib Brot in die Tasche stecken wollte. Er stutzte. Runzelte die Stirn, fasste noch einmal nach, holte die Hand aus der Tasche und starrte auf das, was er geborgen hatte. Dann sah er sich nach allen Seiten um, stopfte es zurück und rückte die Jacke so zurecht, dass die Tasche in Richtung der Wand hing.

Rieke hätte am liebsten vor Freude in die Hände geklatscht. »Jetzt habe ich dich«, flüsterte sie vor sich hin. »Du entkommst mir nicht.«

Fassungslos stand Marga in ihrer Druckerei und sah hilflos zu, wie der Mann jede Schublade und jede Truhe auf der Suche nach Geld oder Wertsachen aufriss.

»Ich habe Euch doch gesagt, dass Ihr hier nichts finden werdet.«

Er wühlte weiter, als hätte er Marga nicht gehört. Die junge Frau saß teilnahmslos auf einem Schemel, die Hände schützend über ihren gewölbten Bauch gelegt, und starrte in die Luft, als wäre sie gar nicht anwesend.

Marga hatte den Eindruck, als wäre sie plötzlich in eine ihr unbekannte Welt versetzt worden, in der unbekannte Gesetze herrschten, die von Unbekannten gemacht worden waren. Sie wusste weder, was sie sagen, noch wie sie sich verhalten sollte. Das ganze Geschehen kam ihr lächerlich und bedrohlich zugleich vor.

Noch immer wühlte der Mann in Schubladen und Setzkästen, warf Lettern durcheinander, goss Farbe über frisches Papier. Marga fragte sich, warum sie nicht die Stadtbüttel rief, doch dann fiel ihr Blick auf das Mädchen.

»Was werdet Ihr tun, wenn Ihr kein Geld findet?«, fragte sie den Bruder.

Der hielt jetzt inne, schnappte nach Luft und wischte sich mit dem Handrücken über die Stirn. »Ganz einfach«, versetzte er. »Ich erwarte, dass Ihr bis übermorgen dreihundert Joachimstaler in Silber auftreibt.«

»Und wenn nicht?«

Der Bruder strich über seine Kleidung, zog das Wams

zurecht und bedeutete der Schwester, sich zu erheben. »Wenn nicht, dann zeige ich den Euren wegen Vergewaltigung meiner Schwester an.«

Mit diesen Worten lüftete er kurz seinen Hut und schob die Schwangere vor sich her. »Übermorgen zur Mittagsstunde komme ich wieder.«

Kaum waren die beiden verschwunden, fühlte sich Marga so erschöpft, dass sie sich kaum noch auf den Beinen halten konnte. Sie ließ sich auf den Schemel sinken, von dem die Schwangere eben aufgestanden war. Sie legte die Hände in den Schoß und schaute auf ihre abgesplitterten Fingernägel. Was ist nur aus mir geworden?, dachte sie.

Marga war in dieser Druckerei aufgewachsen. Ihr Großvater hatte hier in Leipzig ein Handelshaus eröffnen wollen, aber als Kaufmann aus der Fremde hatte er in Leipzig nicht Fuß fassen können und war gescheitert. Dann hatte er diese Druckerei übernommen und sich an die Herstellung von Universitätsschriften gemacht. Schon bald hatte er einen guten Namen in der Stadt, war Mitglied der Zunft, angesehen und geachtet. Von seiner Mutter Gutta hatte er gelernt, dass nur der im Leben glücklich wird, der sich selbst gut kennt. Seinem Sohn allerdings konnte er dieses Wissen nicht vermitteln. Maximillian Geisenheimer war unleidlich, sobald er sein Bett verließ. Er war ein mürrischer, brummiger Mann, der schon in jungen Jahren alt war. Nur seine Frau und seine Kinder kannten ihn anders. Nur in seiner Familie und in der Kirche fühlte er sich wohl, denn nur hier konnte er vertrauen. Dann starb ihm der Sohn weg, und Maximillian hörte auf, an Gottes Barmherzigkeit zu glauben. Als kurz darauf auch noch seine Frau verschied, verbannte er Gott endgültig aus seinem Leben. Alles, was er nun noch besaß, waren Marga und die Druckerei. Und beide hütete er wie seinen Augapfel. Marga wurde älter, fraulicher, aber Maximillian behandelte sie weiterhin wie ein kleines Mädchen. Als der Erste kam, um um Margas Hand anzuhalten, trieb Maximillian ihn mit dem Besen zum Hof hinaus. Der Zweite bekam einen Eimer Wasser über den Kopf gegossen. Nachdem der dritte Freier mit schmerzendem Hinterteil vom Hof gehinkt kam, wagte niemand mehr, um Margas Hand anzuhalten. Nur Robert, und der tat es heimlich. Verstohlen machte er ihr Komplimente, wenn er sie auf dem Markt traf. Er schenkte ihr Gebäck und Süßigkeiten, die sie auf der Stelle vertilgen musste. Er malte ihr ein gemeinsames Leben aus, in dem es ihren Vater nicht mehr gab. Ein Leben, das mit ihren Vorstellungen so genau übereinstimmte, als könnte Robert ihre Gedanken lesen. Und dann kam der Tag, an dem Maximillian tatsächlich starb und Marga mit der Druckerei allein dastand. Im Nacken saß ihr die Zunft, die ihr bereits einen der Ihren zum Mann und Meister ausgewählt hatte. Das alles überforderte Marga. Es gab niemanden mehr, den sie hätte um Rat fragen können. Niemanden, außer Robert. Schneller, als Marga sich besinnen konnte, war sie verheiratet und Robert der Meister der Werkstatt, die ihr gehörte. Schon nach wenigen Wochen war nichts mehr zu hören von einem partnerschaftlichen Zusammensein. Robert hatte das Sagen. Und Marga musste sich fügen. Tat sie es nicht, so verließ er Türen knallend das Haus und kam erst wieder, wenn der Morgen graute. Die Gerüche, die er dabei mitbrachte, ließen Margas Magen in Aufruhr geraten, aber sie hatte nie gelernt, sich gegen einen Mann zu wehren. Die wenigsten Frauen verfügten über diese Fähigkeit, ahnte sie. Und die, die sich darauf verstanden, waren allein auf der Welt.

Marga knetete die Hände im Schoß und wollte die Tränen nicht länger unterdrücken. Also weinte sie still und ohne sich zu bewegen. Sie saß einfach da und ließ die Tränen über ihre Wangen rinnen und von dort auf den blauen Arbeitskittel tropfen.

Die Sonne war bereits hinter den First der Liebfrauenkirche gesunken, als Rieke hinunter auf den Hof ging und den ältesten der Knechte und Meister über alle Hofarbeiter zu sich rief.

»Was steht zu Diensten, Herrin?«, fragte der alte Jakob unterwürfig. Verlegen drehte er die Mütze in den Händen und warf dabei einen Blick auf das Kontor. Noch nie hatte die Herrin ihm Befehle erteilt, und er wusste auch nicht, ob sie das überhaupt durfte. Aber sollte er ihr etwa widersprechen? Oh nein, er kannte sie zu gut.

»Ich muss mit dir sprechen«, teilte Rieke ihm mit und zog an seinem Ärmel. »Vertraulich.«

Der alte Mann kniff die Augen zusammen, doch er erwiderte nichts. Rieke zog ihn in eine Ecke, dann beugte sie sich zu ihm, jedoch nicht, ohne die Nase zu rümpfen. »Euer Vorarbeiter, wie heißt er noch gleich? Ist der ein ehrlicher Mann?«

»Trajan? Oh ja, Herrin. Trajan ist ein fleißiger, ehrlicher Mann, der nichts auf Euer Haus kommen lässt. Arbeitsam, pünktlich und kräftig. Er weiß die Auflader gut zu halten und kennt sich so gut wie niemand sonst mit den Waren aus. Auch mit den Fuhrleuten stellt er sich stets gut. Es gibt nichts Schlechtes über ihn zu sagen.«

»Hm.« Rieke betrachtete Jakob von oben bis unten. Ihr Blick ließ keinen Zweifel daran, dass sie ihm nicht glaubte.

»Warum fragt Ihr, Herrin? Ist Euch ein Verfehlen zu Ohren gekommen? Hat Trajan sich etwas zuschulden kommen lassen? Hat sich am Ende gar jemand über ihn beschwert?«

»Faxenkram! Das tut nichts zur Sache, du musst bestimmt nicht wissen, wer worüber mit mir spricht«, erwiderte sie hochnäsig.

»Natürlich nicht, Herrin.«

Der alte Mann trat einen Schritt zurück und senkte ergeben den Kopf.

»Hast du ihn schon einmal beim Stehlen ertappt?«, fragte Rieke weiter.

»Natürlich nicht, Herrin. Diebstahl ist ein so schweres Vergehen, dass es sofort mit dem Verlust der Anstellung vergolten wird und mit einer Anzeige obendrein. Die Herren Geisenheimer würden da keine Ausnahme zulassen.«

»Ich weiß selber, was mein Mann tut und was er lässt. Du bist also von der Rechtschaffenheit des Vorladers überzeugt?«

»Von ganzem Herzen.«

»Gut. Mir wäre allerdings lieber, du gingst mit Verstand an deine Einschätzungen. Mit Gefühlen ist niemandem gedient. Und wie erklärst du dir, dass ein Schmuckstück, das ich verloren habe, als ich heute morgen über den Hof ging, seither verschwunden ist? Niemand sonst hat sich in diesem Augenblick dort aufgehalten. Nur dieser … dieser Trajan. Er stand am Brunnen und wusch sich. Während der Arbeitszeit!«

Der alte Jakob breitete die Arme aus. »Niemals würde Trajan stehlen. Nein, das kann ich mir nicht vorstellen.«

»Willst du etwa damit sagen, dass ich lüge?«, herrschte Rieke den alten Mann an. Dieser war inzwischen so aufgeregt, dass er nicht mehr wusste, was er sagen sollte. Er schüttelte ein um das andere Mal den Kopf, hob die Achseln und fuhr mit der Hand in seinen Kragen, als würde ihm die Luft knapp.

»Ich werde Euch davon überzeugen, dass der Mann ein Dieb ist«, erklärte Rieke und zog ihn wieder am Ärmel. »Wenn er meine silberne Haarspange, die mit einem Diamanten besetzt ist, gefunden hat, so wird er sie verborgen haben. Sieh in seiner Jacke nach.«

Der alte Jakob rührte sich nicht, bis Rieke ihn vorwärts schubste. Dann ging er vor ihr her bis zum Lager.

Bei den Garderobenhaken blieben sie stehen.

»Welche Jacke gehört diesem Trajan?«, fragte Rieke herrisch.

Jakob zeigte auf die erste in der Reihe.

»Nun greife in die Taschen. Findest du darin meine Haarspange, so ist der Mann überführt. Wenn nicht, so ist er noch einmal davongekommen.«

Ihr Ton war scharf, die Worte klirrten geradezu, sodass der alte Hausdiener zu zittern begann. Zaghaft griff er in die Tasche der Jacke, stutzte, zog die Hand zurück, als habe er sich verbrannt. »Na? Was ist? Hast du etwas gefunden?«, trieb Rieke ihn an.

Wieder griff Jakob in die Tasche und brachte tatsächlich eine Haarspange zum Vorschein, welche genau so aussah, wie Rieke sie beschrieben hatte.

»Das … das muss eine Verwechslung sein«, stammelte der Alte. »Ein Versehen, ja, ein Versehen.«

Rieke riss ihm die Spange aus der Hand. »Das glaube ich kaum, mein Lieber.«

Jakob kratzte sich im Nacken, dann fragte er schüchtern: »Was habt Ihr vor mit ihm, Herrin?«

»Was meinst du denn, was man mit einem gemeinen Dieb tun sollte?«, fragte Rieke zurück, doch sie wartete nicht auf eine Antwort. »Dieben lässt der Richter vom Henker und seinem Knecht die Hand abschlagen. Das weißt du doch sicher. Oder sie brennen ihm einen Eisenstab durch die Wange. Es kann auch sein, dass er ein rot glühendes Siegel auf die Stirn gedrückt bekommt. So ergeht es Dieben in Frankfurt. Damit ehrliche Leute gleich Bescheid wissen.«

Der Hausknecht schluckte. »Trajan hat Frau und Kinder«, sagte er leise. »Kluge, prächtige Kinder. Bald soll das vierte kommen.« Jakob sah auf. »Und wenn Ihr Gnade vor Recht …?«

Rieke schnitt ihm mit einer Handbewegung das Wort ab. »Hol ihn her, den Halunken.«

»Jawohl, Herrin«, erwiderte der Hausknecht und eilte davon. Rieke sah ihm nach, und wieder erschien dieses Lächeln auf ihren Lippen.

Wenig später kam Jakob mit Trajan zurück. Der Vorarbeiter war blass, in seinen Augen stand blanke Angst.

Rieke hielt ihm die Spange vor Augen. »Was hast du mir dazu zu sagen?«

Trajan schluckte. Er überragte Rieke um eine ganze Kopfeslänge, und seine Schultern waren so breit, dass auf jeder von ihnen ein ganzer Mehlsack Platz hatte.

Er ist stark, dachte Rieke, so stark, wenn es darauf ankommt, wird er ein Schwein mit bloßen Händen töten können. Aber ich bin stärker als er. Und das weiß er auch. Sie konnte es in seinen flackernden Augen lesen, an den bleichen Wangen, der zitternden Unterlippe.

»Ich … ich weiß … nicht«, stammelte Trajan, schluckte und sprach weiter: »Ich habe keine Ahnung, wie diese Spange in meine Tasche kommt.«

Dabei sah er Rieke fest in die Augen. Die Frau seines Dienstherrn erwiderte seinen Blick. Und schließlich war es Trajan, der zuerst den Kopf senkte. »Ich war es nicht«, murmelte er. »Was soll ich auch mit so etwas?«

»Nun, ich höre, du hast deine Frau wieder geschwängert, aber schon drei hungrige Mäuler zu Hause. Vielleicht wolltest du meine Spange in die Judengasse tragen und dort verkaufen?«

Trajan schüttelte den Kopf. Er sah vor sich auf den Boden und hörte gar nicht wieder auf, den Kopf zu schütteln. »Nein«, wiederholte er wie ein aufgezogenes Spielwerk. »Nein, nein, nein, nein, nein.«

Rieke atmete hörbar ein und aus. »Gut«, sagte sie dann mit fester Stimme. »Wie du willst. Einem geständigen und reuigen Sünder verzeiht nicht nur der Herr. Auch ich wäre bereit gewesen, Gnade vor Recht ergehen zu lassen. So aber will ich sogleich nach dem Stadtknecht schicken. Soll sich das Gericht mit dir herumschlagen.«

Sie raffte ihre Röcke und wandte sich um.

»Halt! Wartet«, rief Trajan, kaum, dass sie den ersten Schritt getan hatte.

»Ja?«, fragte sie.

»Ich war's«, flüsterte der Mann. »Ich habe die Spange gestohlen. Ich bin schuldig und bitte Euch, Gnade walten zu lassen.«

Bei diesen Worten hielt er den Blick weiter gesenkt. Sein Atem ging so hastig, dass Rieke die Bewegung des Brustkorbes durch das Hemd hindurch sehen konnte. Seine Kieferknochen mahlten, das eckige Kinn wurde noch kantiger.

»Was hast du gerade gesagt?«, fragte sie noch einmal und schien sich an Trajans Qualen gar nicht satt sehen zu können.

Jetzt blickte der Mann hoch, und Rieke erkannte in seinen Augen das Glimmen von kalter, mörderischer Wut. Sie lächelte. »Ich höre?«

»Ich habe Eure Spange gestohlen, um sie in der Judengasse zu Geld zu machen«, sprach der Auflader nun mit fester Stimme.

»Du?«, fragte der alte Jakob entgeistert, und Trajan sah ihn kurz an, bevor er nickte.

»Du hast es also auch gehört, Jakob?«, fragte Rieke nach.

Der alte Mann nickte traurig.

»Was genau hast du gehört?«, wollte Rieke wissen.

»Ich habe gehört, dass Trajan den Diebstahl Eurer Spange zugegeben hat. Er wollte sie in der Judengasse verkaufen.«

Rieke nickte und wanderte um Trajan herum, als wäre er eine Säule. Dann zeigte sie mit dem Finger auf Jakob. »Du kannst gehen. Und zu keinem ein Wort. Hast du verstanden? Wenn dir die Zunge locker wird, denk immer an den Spruch: »Der Stehler ist ebenso schlimm wie der Hehler.«

Der alte Mann nickte, dann nahm er die Beine in die Hand und machte, dass er fort kam.

»Und nun zu dir«, sagte Rieke, als Jakob verschwunden war. »Wie stellst du dir deine Strafe vor?«

Trajan zuckte mit den Achseln. »Ich bitte Euch, mich nicht anzuzeigen. Auf Diebstahl steht das Abschlagen der Hand. Ich werde doppelt so viel arbeiten wie bisher, aber zeigt mich bitte nicht an. Meine Frau und meine Kinder – ich brauche beide Hände, um sie zu ernähren.«

»Liebst du deine Frau und deine Kinder?«

Trajan nickte und blickte erneut zu Boden.

»Sieh mich an«, befahl sie. Er tat, wie ihm geheißen, und Rieke erkannte, dass er Tränen in den Augen hatte. Er weinte nicht um sich, das wusste sie.

»Nun, ich habe ein Herz für die Liebe und natürlich auch ein Herz für Kinder. Deshalb lasse ich Gnade walten.«

Sie hatte erwartet, dass der Auflader zu Boden stürzen und ihr kniend die Hände küssen würde, doch nichts dergleichen geschah. Er stand ganz ruhig und sah ihr fest in die Augen.

»Aber ich habe eine Bedingung«, sprach sie weiter, und er nickte, als hätte er mit nichts anderem gerechnet. »Welche?«, fragte er. »Ich bin in Eurer Hand.«

»Ich will ein Kind von dir.«

5

Arno bog in die Fahrgasse ein. Schon von Weitem sah er den Stadtknecht mit seinem Pferd. Er war abgesessen und kramte in der Satteltasche, direkt vor dem Haus Zum Raben. Direkt vor seinem Haus. Arno lief schneller.

»Was ist los? Was willst du hier?«, rief er, noch bevor er den Büttel erreicht hatte.

Der Mann schwieg, winkte ihn mit der Hand näher zu sich heran. Erst als Arno vor ihm stand, begann er zu sprechen. »Es geht um Euer Weib, Ratsherr. Sie ist verhaftet worden. Der Richter hat mir aufgetragen, Euch ins Malefizamt zu bringen. Schließlich seid Ihr Patrizier und Ratsherr.«

Arno nickte. »Wann?«

»Sogleich.«

Wieder nickte Arno, dann drehte er um und machte sich auf den Weg zum Römer. Der Richter, ebenfalls Ratsmitglied und zweiter Bürgermeister der Stadt Frankfurt, wartete schon auf ihn. »Eine üble Sache, Geisenheimer«, sagte er und blätterte in einer Akte, die vor ihm auf dem Tisch lag.

»Wieso ist Lila in Haft?«, fragte Arno. »Was hat sie getan? Seit wann ist sie hier?«

»Heute Morgen wurde sie gebracht. Zwei Söldner aus dem Heer Christians von Braunschweig begleiteten sie. Man hat sie zwischen den flämischen Fußknechten aufgegriffen. Eine Radschlosspistole fiel dabei aus ihrer Tasche.«

»Eine Pistole? Wo hat sie die her? Was wollte sie im Lager?«

Der Richter zuckte mit der Schulter. »Ich habe keine Ahnung. Christian von Braunschweig hätte sie standrechtlich erschießen lassen können. Man läuft nicht so einfach mir nichts, dir nichts bewaffnet durch ein fremdes Heerlager. Nicht in diesen Zeiten. Dass er Eure Frau zu uns geschickt hat, ist wohl nur den guten Beziehungen meinerseits zu ihm zu verdanken.«

Arno schüttelte den Kopf. »Ich verstehe das nicht. Es muss eine Verwechslung vorliegen. Was soll meine Frau in einem Heerlager? Und noch dazu mit einer Waffe!«

»Das müsst Ihr sie schon selbst fragen«, sagte der Richter. »Zahlt hundert Gulden, dann könnt Ihr Euer Weib mitnehmen. Ich rate Euch, kräftig den Knüppel sprechen zu lassen. Es kann nicht angehen, dass die Weiber uns auf dem Kopf herumtanzen. Ach ja, die Pistole hat Christian von Braunschweig natürlich eingezogen.«

Arno nickte, dann versprach er, das Geld noch in der nächsten Stunde zu bringen, und ließ sich von einem grinsenden Stadtknecht hinunter in das Verlies führen.

Manchmal zogen sich die Tage endlos lang dahin. Und manchmal raste die Zeit, als ob ein Reiter auf den Zeigern der Kirchturmuhr saß und die Peitsche sprechen ließ. Viel zu schnell waren die beiden Tage um, die die Schwangere und ihr Bruder Marga Zeit gegeben hatten, um das Geld aufzutreiben. Sie hatte es. Es lag in einer Geldlade, verborgen in ihrer Kleidertruhe. Gero Geisenheimers Erbe.

Marga liebte Robert mehr, als ihr lieb war. Hätte sie sich etwas wünschen dürfen, dann hätte sie wohl darum gebeten, diese Liebe loszuwerden. Aber insgeheim wollte sie nicht, was sie sich wünschte. Und so rangen seit Jahren ihr Wünschen und ihr Wollen miteinander, ohne dass Marga einem von beiden den Sieg zuzusprechen vermochte. Sie kannte ihren Robert, erwartete nicht mehr viel von ihm. Er war ein Weiberheld und ein Schürzenjäger, ja, ein Faulpelz und ein Trunkenbold, ein Schwätzer und ein Feigling. Aber ein Vergewaltiger? Nein. Das war er gewiss nicht.

Lange saß sie so in der Werkstatt und starrte tränenblind vor sich hin. So lange, bis die Tür aufgerissen wurde und ihr Sohn Konstantin hereinstürmte. Als der Siebzehnjährige sah, dass seine Mutter weinte, blieb er abrupt stehen. »Was ist los?«, herrschte er sie an. »Warum stiehlst du dem Herrgott den Tag und flennst hier herum anstatt deine Arbeit zu tun?«

Den Ton hat er von seinem Vater, dachte Marga mit leiser Bitterkeit, und dazu die Gewissheit, dass ein Mann ungleich besser ist als ein Weib.

Sie betrachtete ihren Sohn, als sähe sie ihn heute zum ersten Mal. Er hatte schwarze Fingerkuppen, ein bezeichnendes Merkmal für einen Druckergesellen. Ein Zunftgenosse hatte ihn vor Jahren als Lehrling zu sich genommen. Nun leistete er seine Gesellenzeit ab, um eines schönen Tages als Meister die Werkstatt seiner Mutter zu übernehmen und die Nachfolge seines Vaters anzutreten.

Konstantin war kein ungeratener Junge. Ganz im Gegenteil. Er war genau so, wie sich ein jeder seinen Sohn wünschte. Tatkräftig, männlich, durchsetzungsfähig und bemüht, die Familie zusammenzuhalten.

»Also?« Er stand vor ihr, runzelte die Stirn.

Marga seufzte. »Vor zwei Tagen war ein Mann mit einer schwangeren Frau hier in der Werkstatt. Die Kinder des Angermüllers.« Sie schaute ihrem Sohn in die Augen. »Der Mann behauptete, dein Vater hätte die Tochter des Angermüllers vergewaltigt.«

»Unfug! Die Frau lügt.« Konstantins Worte kamen so energisch, dass Marga merkte, Konstantin konnte sich wirklich nicht vorstellen, dass sein Vater zu solch einer Untat fähig wäre.

»Sie wollen Geld. Dreihundert Gulden«, sprach Marga weiter.

»Und?«

»Nichts und. Ich werde mit deinem Vater sprechen. Am Ende werde ich ihnen das Geld geben müssen. Sie haben gedroht, ihn sonst anzuzeigen. Du weißt selbst, was dann geschieht.«

Konstantin trat ganz nah an Marga heran. »Du willst meinem Vater eine Vergewaltigung vorwerfen?«, fragte er, und sein Ton ließ keinen Zweifel daran, dass er ihr Verhalten ganz und gar nicht schätzte.

»Ich werde ihn fragen, ob an den Worten der Fremden etwas dran ist«, erwiderte sie. Da spuckte Konstantin vor ihr aus, drehte sich um und schlug die Tür mit einem lauten Knall hinter sich zu. Marga hätte gern wieder geweint, doch sie wusste, dass Tränen nie etwas nutzten. Also wartete sie. Nach einer Stunde kam der Bruder der Schwangeren. Marga übergab ihm stumm dreihundert Joachimstaler. Kein Wort sprach sie, nicht einmal einen Gruß.

Als der Mann mit verwundertem Gesicht gegangen war, stand sie auf, strich ihr Kleid glatt, verschloss die Werkstatt und begab sich zum nächsten Mietstall.

Wenig später ritt sie auf einem trägen Apfelschimmel durch das Rahnstädter Tor und hinaus zur Papiermühle am Anger. Sie stieg ab, band das Pferd an einen Baum und klopfte an das Hoftor. Schon beim ersten sanften Schlag schwang es zur Seite. Zaghaft betrat Marga den Hof, an dessen Ende sich das große Mühlrad in einem Bachlauf drehte. Auf dem Hof standen mehrere Bütten, in denen Papierbrei schwamm. Ein junger Mann, ein Lehrling wohl, schöpfte mit einem Kupfersieb das Papier ab.

»Ich suche eine schwangere junge Frau«, sagte Marga. »Weißt du, wo sie ist? Sie ist die Tochter des Müllers.«

Der Lehrling sah kaum auf, sondern hob nur seine Hand und wies auf eine Scheune, deren Tor einen Spaltbreit offen stand.

»Danke«, sagte Marga, doch der Junge hatte das geschöpfte Papier bereits in einen Zuber verbracht, den er jetzt unter Aufbietung aller Kräfte von dannen schleppte. Marga stand allein im Hof. Unsicher näherte sie sich dem Scheunentor.

»Ist da jemand?«, wollte sie rufen, doch die Worte blieben ihr im Hals stecken, als sie die Stimme ihres Ehemanns hörte.

Schnell schlüpfte sie in die Scheune und verbarg sich hinter einem Balken. Ungefähr zwanzig Schritte von ihr entfernt standen Robert und die schwangere Frau, beide von einem riesigen Heuballen verdeckt.

»Ich will, dass du mich heiratest«, hörte sie das Mädchen sagen. »Du hast versprochen, mich zu deiner Frau zu machen und mich mit in die Stadt zu nehmen. Du musst tun, was du versprochen hast. Was soll ich denn noch hier? Eine ledige Schwangere! Das Kind ein Bastard! Das kannst du doch nicht wollen, Robert. Du hast geschworen, dass du mich liebst.«

Marga hielt die Luft an. Ihr wurde schwarz vor Augen, und sie musste sich an die Scheunenwand lehnen, um nicht zu fallen.

»Ich kann dich nicht heiraten«, hörte sie Robert sagen. »Ich bin bereits verheiratet. Das weißt du genau.«

»Ja. Jetzt weiß ich es. Als du mich ins Heu geworfen hast, wusste ich nichts davon. Und auch jetzt ist es mir egal. Sieh zu, dass du den Scheidebrief bekommst.«

»Nein, Petra, das kann ich nicht.«

»Gut«, hörte Marga die Frau sagen. »Dann zeige ich dich an.«

Robert lachte. »Weswegen denn?«

»Ich werde dem Richter das sagen, was ich vorgestern schon deiner Frau gesagt habe: dass du mich vergewaltigt hast.«

»Du hast was?«

»Ich bin mit meinem Bruder bei deiner Frau gewesen. Dreihundert Joachimstaler in Silber will ich von ihr. Damit können wir fliehen und anderswo ein neues Leben anfangen. Mein Bruder ist gerade bei deiner Frau und holt das Geld.«

»Das ist nicht wahr!« Robert schrie es fast. Dann flehte er: »Sag, dass du das nicht getan hast.«

»Robert, was ist denn? Du bist ja ganz blass! Und ich höre deine Zähne knirschen. Robert! Ich habe es doch für uns getan«, hörte Marga die junge Frau schluchzen.

Vorsichtig lugte Marga um den Heuballen herum, sah, wie sich das Weib an ihren Mann hängte, wie sie ihre Arme um seinen Hals schlang, ihn küsste und schließlich hinunter ins Heu zog.

Wie gelähmt stand Marga da und konnte den Blick nicht von den beiden wenden, die sich im Heu liebten. Jeder Kuss war für sie ein Hieb ins Gesicht, jedes Stöhnen ein Schlag in die Magengrube. Benommen tastete sie sich aus der Scheune, lief blicklos zu ihrem Mietpferd und ritt darauf zurück in die Stadt.

»Wo warst du? Was hast du im Heerlager gemacht? Und wo, um alles in der Welt, hattest du die Pistole her? Was hattest du vor damit?«, fragte Arno wieder und wieder, aber Lila saß einfach nur vor ihm, die Hände in den Schoß gelegt, und sah ihn an.

Sie war blass, das Haar ohne Glanz, die Augen dunkel verschattet. Ihre sonst so prallen Lippen waren spröde. Alles Lebensfrohe war von ihr abgefallen. Sie wirkte so grau und kraftlos wie ein verschlissenes Laken.

»Ich bitte dich, Lila. Ich flehe dich an: Sage mir, was du dort gewollt hast.«

Lilas große grüne, leicht schräg stehende Augen füllten sich mit Tränen. Sie biss sich auf die Unterlippe und schüttelte sanft den Kopf.

Arno sah ebenfalls erschöpft aus. Er war nicht rasiert, und der Bart hatte dunkle Schatten über Kinn und Wangen gezogen. Sein Haar war zerwühlt, sein Wams falsch geknöpft, das Tuch nachlässig um den Hals geschlungen. Er sah aus, als ob es für ihn keine ruhige Nacht gegeben hatte. Und genau so war es auch. Seit gestern, seit er sie aus dem Verlies geholt hatte, versuchte er, seine Frau zu verstehen. Doch Lila schwieg, saß vor ihm wie eine Fremde.

Arno warf sich auf den Stuhl gegenüber. Er fasste nach ihren Händen, die so kalt waren, als wären sie in Eiswasser getaucht. »Lila, sprich mit mir, bitte. Ich weiß sonst nicht, wie ich von dir gehen soll. Mir ist, als kenne ich dich nicht.«

Lila biss noch immer auf ihrer Lippe herum. »Ich kann nicht, Arno.«

»Dann werde ich dich morgen verlassen und in eine Schlacht ziehen, von der niemand weiß, wie sie ausgeht. Und nur Gott allein kann entscheiden, ob ich gesund und lebend wieder nach Hause komme. Willst du deinen Mann ohne Antwort in den Tod schicken?«

Das war übertrieben; Arno wusste es, doch er war an einem Punkt, an dem er einfach nicht weiterkam. Er liebte seine Frau, hatte sie bisher immer verstanden, sich von ihr verstanden gefühlt. Und nun das! Er seufzte. Sein Blick war beinahe schon flehend.

Lilas Augen füllten sich mit Tränen. »Ich kann nicht«, flüsterte sie, nahm Arnos Hand und schmiegte ihre Wange hinein. »Ich kann nicht«, wiederholte sie, und dann konnte ihren Tränen niemand mehr Einhalt gebieten. Arno machte sich los von ihr, packte einige Sachen in sein Felleisen, legte sich einen pelzgefütterten Umhang über die Schultern und trat ein letztes Mal vor seine Frau. Mit dem Daumen malte er ihr ein Kreuzzeichen auf die Stirn. »Gott behüte dich«, sagte er und verließ das Haus, um in den Krieg zu ziehen.

Arno war Patrizier und Ratsherr. Er ging nicht als Soldat, sondern als Abgesandter des Rates der Stadt Frankfurt. Christian von Braunschweig war mit fünfzehntausend Leuten als Vorausabteilung nach Höchst gezogen. Sein Oberbefehlshaber Oberst von Kniephausen hatte die kleine Stadt vor den Toren Frankfurts im Handstreich genommen. Vor Ort sollte Arno sich ein Bild über die Lage und die Gefahren für die Reichsstadt machen, sollte Verbindungen zwischen dem Herr und Frankfurt knüpfen, auf dass es den Söldner und dem Begleittross an nichts mangele. So hatte es der Rat verfügt. Er würde eng mit dem Marschall zusammenarbeiten und jeden Tag Bestellungen des Heeres an die Handwerker der Stadt weiterleiten. Der Rat hoffte, Frankfurt so vor einem Einfall der Söldner zu schützen. Eine schwierige Aufgabe, die viel diplomatisches Geschick erforderte. Zwar würde Arno nur selten in die Nähe der Musketen und Kanonen kommen, trotzdem war es für ihn im Heerlager nicht ungefährlich. So manchen gab es dort, der kurzerhand blankziehen würde, versagte man ihm einen Wunsch.

Lila wusste dies alles. Sie wusste auch, wie sehr Arno unter ihrer Schweigsamkeit litt. Bei Gott, sie wollte ihm nicht wehtun! Aber Gott wusste auch, warum sie sich ihrem Mann nicht anvertrauen konnte, es nicht durfte. Sie zitterte vor Angst und Entsetzen, wenn sie daran dachte, was geschehen würde, wenn Arno hinter ihr Geheimnis kam. Draußen auf der Gasse krachte etwas. Lila schrak zusammen. Dann wurde es wieder still. Lila faltete die Hände und betete.

Seit gestern fühlte sich Judith wie eine Gefangene im eigenen Haus. Unruhig lief sie immer wieder zum Fenster, starrte hinaus, ging zurück zur Tür und horchte auf die Straße. Dann eilte sie wieder zurück zum Fenster. Ihre Gedanken fanden noch weniger Ruhe als ihre Füße.

Sie kreisten um den Krieg und um Lennart.

Jeder in der Stadt sprach von dem großen Heerlager. Erst gestern hatte Judith in der Stadt vor dem Dominikanerkloster die lange Schlange derer gesehen, die vor den Söldnern geflohen waren. Die schauerlichsten Geschichten waren in Umlauf. Es hieß, dass ganze Heerscharen in den Dörfern eingefallen wären. Sie hätten die katholischen Kirchen geschändet, hätten Monstranzen und Silberzeug gestohlen, das Gestühl zerschlagen und den Altar mit Kot beschmiert. Andere erzählten, wie die Horden in die Ställe eingedrungen waren und das Vieh wahllos abgeschlachtet hatten. Und wieder andere wussten, dass in Kronberg mehrere Frauen von Fußknechten vergewaltigt worden waren. Das Schlimmste, Grauenvollste, Unfassbarste aber sollte sich in Usingen zugetragen haben. Dort, erzählten die Krämerinnen aus dem Hochtaunus, hatte eine Frau sich schützend vor ihren Mann gestellt, den die Schergen unter die Fahne holen wollten. Da hatte ihr einer mit seinem Schwert den schwangeren Leib aufgeschlitzt. Judith war übel geworden, als sie das gehört hatte. Sie fürchtete sich. Schließlich lebte sie hier in diesem Haus allein mit ihrer Tochter. Judith hatte eigentlich immer Angst. Angst vor Überfällen, Einbrüchen, Krankheiten, vor Einsamkeit und vor dem Krieg. »Wie soll das alles enden?«, fragte sie sich und lief wieder unruhig durch die Stube. »Was soll aus uns allen werden? Ist es nicht egal, in welcher Kirche ich unserem Herrn diene?« Eine Antwort bekam sie nicht. »Wenn doch nur ein Mann im Haus wäre«, klagte sie und dachte an Lennart. Sie konnte spüren, wie die Wut in ihr aufstieg, sie anfüllte, als wäre sie ein leeres Gefäß. Wie hatte er sich nur dazu herablassen können, diese Käthi bei sich aufzunehmen! Gut, es galt als Christenpflicht, seinen Nachbarn aus der Not zu helfen, aber dass Käthi bei Lennart gleich einzog, das konnte nicht Gottes Wille sein. Dreist hatte sich dieses Weib ins gemachte Nest gesetzt. Eine heimliche Geliebte, die für jeden Dahergelaufenen die Beine spreizte! Ein Weib, dessen abgebranntes Haus den Namen als solchen nicht verdient hatte. Eine Kate hatte sie bewohnt! Ein Nichts war sie!

Judith rang die Hände. Mit ihrem Busen hat sie gewackelt, dachte sie. Mit den Wimpern geklimpert, den Arsch geschwenkt. Wer weiß, was das Weib Lennart alles versprochen hatte, damit er sie bei sich wohnen ließ. Keinen Funken Stolz hat die im Leibe, nicht das kleinste Fünkchen Ehre!

Judith hatte allmählich das Gefühl, dass ihr die Wände auf die Haut rückten.

»Ich gehe zu Lila«, beschloss sie. »Wenn eine Rat weiß, dann sie.«

Der Nachmittag war trübe, und die Wolken türmten

sich zu mächtigen Gebilden drohend am Himmel auf, doch Judith hielt nichts mehr im Haus. Sie lief ohne Umhang, die Haube nur nachlässig über das braune Haar gestülpt, durch die Buch- und die Mainzer Gasse bis in die Fahrgasse. Obwohl gerade diese Straßen in der Nähe des Römers ansonsten sehr belebt waren, war heute kaum jemand unterwegs. Die Luft war stickig, und Judith keuchte, obwohl sie gar nicht schnell ging. Auf ihrer Oberlippe standen Schweißtropfen, das Kleid klebte ihr an der Haut.

Schon von Weitem sah sie das Haus Zum Raben. Aber etwas war anders als sonst. Nichts rührte sich, niemand war zu sehen. Die Fenster waren mit Holzläden verschlossen, der Kamin rauchlos, dabei war es heller Tag. Dann stand Judith wie vom Donner gerührt vor der Haustür. Wo Schloss und Klinke gesessen hatten, prangte nun ein zerfranstes Loch. Das Türblatt hing schief in den Angeln. Vorsichtig sah sich Judith um, dann betrat sie zaghaft das Haus. Überlaut klangen ihre Schritte im Flur. »Lila?«, rief sie, und noch einmal lauter: »Lila! Wo steckst du?«

Sie tat einige Schritte in den Flur, bis sie in die Küche blicken konnte. Die blitzenden Kupferkessel und Pfannen lagen auf dem Boden, dazwischen Scherben des Tongeschirrs und die zertretenen Pflanzen des Fensterbeets. Inmitten all dessen saß eine magere Katze mit grau gestreiftem Fell und leckte die Sahne auf, die aus einer umgekippten Kanne über den Fußboden gelaufen war.

Langsam ging Judith weiter. Am Fuße der Treppe blieb sie erneut stehen und rief Lilas Namen. Doch niemand antwortete. Sie stieg die Treppe hinauf, sah in jedes Zimmer. Nirgends fand sie Lila. Ihr Herz schlug wie rasend.

Die Angst schnürte Judith die Kehle zu. Außer Verwüstung und Unordnung war nichts zu sehen. Zaghaft und mit klopfendem Herzen kletterte sie schießlich die Treppe zum Dachboden hinauf. Sie hörte das Rascheln der Mäuse. Sonst blieb es weiterhin still. Ein neuer Angstschauer rann ihr über den Rücken. »Lila?« rief sie wieder. Und wieder ertönte keine Antwort. Doch halt! War da nicht ein leises Stöhnen, ein Seufzen? Braucht da jemand Hilfe, oder lauert der Zerstörer noch irgendwo hier oben, bereit, sofort zuzuschlagen, sobald ich meinen Fuß auf den Dachboden setze?, fragte sie sich angstvoll, ehe ein lautes Geräusch ihr anzeigte, dass sie nicht allein im Hause war.

Rieke hatte ihn für den nächsten Tag um halb sechs am Abend zu sich bestellt, und Trajan fand sich pünktlich ein. Andreas war zur Trinkstubengesellschaft Frauenstein gegangen. Das allwöchentliche Abendessen bei einer der vier wichtigsten Patriziergesellschaften hier in Frankfurt hatte ihm schon so manches gute Geschäft eingebracht. Vor Mitternacht, das wusste Rieke aus Erfahrung, würde er nicht zurückkommen.

Unter ihrem leichten seidenen Mantel, den Andreas in Genua einem Händler aus dem Morgenland abgekauft hatte, trug Rieke nur ein Unterkleid. Was sie vorhatte, sollte schnell gehen und sie schwanger machen. Nicht mehr, nicht weniger.

»Steh nicht in der Tür herum wie ein Hausknecht«, fuhr sie ihn an. »Komm rein!«

Trajan schluckte, knüllte die Mütze in der Hand, trat unruhig von einem Bein auf das andere. Er schluckte. Rieke sah, dass er frisch gewaschen war und seine Haare im Nacken noch feucht waren.

»So ist es gut«, lobte sie den Ladeknecht. Sie trat näher zu ihm, griff nach seinem Kinn und zwang ihn, ihr in die Augen zu sehen. Doch im selben Augenblick war Trajans Unsicherheit vergangen. Er fasste nach Riekes Handgelenk, griff mit der anderen Hand nach ihrem Kinn und presste seine Lippen fest auf Riekes Mund. Schon hatte er ihre Lippen geöffnet. Zu Beginn wehrte sich Rieke ein wenig, doch nach wenigen Augenblicken wurde sie ganz weich unter Trajans festem Griff. Er hielt ihre Handgelenke fest umklammert und presste sie gegen die Wand. Jetzt war er es, der ihr tief in die Augen sah. Rieke erkannte etwas Wildes in seinem Blick, das ihr ein leises, aber köstliches Bangen bescherte. Es war, als müsse sie sich seiner Stärke ausliefern, als könne sie nichts tun gegen das, was gleich geschehen würde. Es war, als wäre sie für nichts verantwortlich.

Einen Augenblick war Rieke drauf und dran, Trajan von sich zu stoßen, um Hilfe zu rufen. Doch dann überließ sie sich seiner Kraft.

6

Als Rieke wieder Herrin ihrer Sinne war, lag sie auf dem Bett in ihrem Schlafzimmer. Neben ihr hatte sich Trajan auf den Ellbogen gestützt und fuhr mit dem Finger über ihren Hals, weiter zwischen ihren Brüsten entlang, über ihren Bauch bis hinunter zum Venushügel. Dort hielt Rieke seine Hand fest. »Es ist gut jetzt«, sagte sie und räusperte sich. »Du kannst gehen. Deine Aufgabe ist für heute erfüllt.«

Auch sie richtete sich auf. Ihr ganzer Körper war von einem leichten Zittern befallen, einem Schaudern und leisen Beben, das Rieke so nicht kannte. Sie wandte sich ab. Trajan lag noch immer auf den Ellbogen gestützt im Bett und sah sie lächelnd an. »Das ist alles, was Ihr von mir wollt? Wie steht es mit Liebe und Leidenschaft?«

Sein Lächeln erschien ihr jetzt beinahe frech.

»Spar dir dein Grinsen«, herrschte sie ihn an. »Du bist mein Beschläfer, nicht mehr. Ich brauche dich, bis ich schwanger bin. Ich will ein Kind von dir. Deine Liebe, dein Begehren und deine Lust sind mir gleichgültig. Hast du das verstanden?«

»Meine Liebe, meine Lust und mein Begehren sind Euch gleichgültig. Ich soll den von Euch gewünschten

Zweck erfüllen, nichts sonst. Tue ich es nicht, zeigt Ihr mich wegen Diebstahls an«, erwiderte Trajan.

Rieke wandte sich um, sah in sein Gesicht, suchte darin nach Doppelbödigkeit, doch sie fand nichts davon.

»Du kannst gehen«, sagte sie rasch, stand auf und tastete sich zum Bettpfosten, über den sie ihren seidenen Morgenrock geworfen hatte. Sie schlüpfte hinein, trat vor den Toilettentisch, griff nach der silbernen Haarbürste und begann, ihr langes, brünettes Haar zu striegeln. Im Spiegel beobachtete sie dabei den Mann in ihrem Bett.

Ohne Hast stand Trajan auf, zeigte sich ohne Scham. Sie betrachtete seine breiten Schultern, den flachen Bauch, die festen Schenkel und sein Gemächt, das auch im ruhenden Zustand ein beachtliches Ausmaß hatte.

»Zieh dich an«, befahl sie, warf die Bürste auf die kleine Kommode und drehte sich um. »Na, los, los, los!«

Sie bückte sich, nahm sein Beinkleid hoch, warf es ihm zu. Er zog es an, danach das Hemd, darüber das Wams, zum Schluss die Stiefel. Rieke sah ihm mit verschränkten Armen zu. Als er fertig war, öffnete sie die Tür. Trajan durchquerte den Raum und blieb vor Rieke stehen. Er umfasste ihr Gesicht mit beiden Händen, sah ihr kurz in die Augen, dann küsste er sie lange und ließ erst von ihr ab, als sie mit beiden Fäusten gegen seine Brust trommelte.

»Vergiss nicht, wer du bist«, keuchte Rieke, wütend und mit wunden Lippen. »Vergiss das bloß nicht. Du bist ein Auflader und stehst in den Diensten meines Mannes. Nicht mehr. Wenn du irgendwann und irgendwo etwas anderes behaupten solltest, so wirst du deine Hand verlieren. Und nun schere dich weg.«

Trajan lächelte, strich ihr sanft über die Wange. »Wann braucht Ihr mich wieder?«, fragte er leise.

Rieke warf den Kopf nach hinten. »Das wirst du schon merken«, beschied sie ihn und warf die Tür hinter ihm ins Schloss.

Eine Stunde später saß Rieke in der Wohnstube und hielt einen Stickrahmen in der Hand. Sie trug ein Gewand aus feinstem englischem Tuch. Über der belgischen Spitze des Besatzes leuchteten ihre Wangen in dem zarten Rosaton einer befriedigten Frau. Ihre Augen glänzten, immer wieder fuhr sie sich mit der Zungenspitze über ihre leicht geschwollenen Lippen.

Sie erkannte die Schritte ihres Mannes bereits draußen auf der Straße, noch bevor er das Haus betreten hatte. Sie ließ den Stickrahmen sinken, nahm einen Kelch aus böhmischem Glas und füllte ihn mit Rotwein. Als sie die Tür hinter sich hörte, lächelte sie und wandte ihrem Mann ein strahlendes Antlitz zu. »Mein Lieber, wie schön, dass du kommst.«

Sie reichte ihm das Glas. Andreas nahm es entgegen, betrachtete seine Frau ein wenig irritiert, dann trank er bis zur Neige.

»Ist alles in Ordnung?«, fragte er.

»Wieso?«

»Du siehst so fröhlich aus.«

»Nun«, Rieke lächelte und drehte ihr leeres Weinglas in den Händen. »Mir geht es gut. Ich habe keinen Grund zur Sorge.«

»Das freut mich«, erwiderte ihr Mann, und einen Augenblick lang schien es Rieke, als freue er sich tatsächlich, doch dann verdunkelte sich sein Blick.

»Hast du dich geärgert?«, fragte Rieke.

Andreas nickte. »Manchmal scheint mir, dass die Dienstboten machen, was sie wollen. Bevor ich gegangen bin, befahl ich dem Auflader, er solle die Fässer vom Hof in den Keller bringen. Doch als ich eben wiederkam, standen sie noch immer da. Es ist nicht das erste Mal, dass der Mann mir Schwierigkeiten macht. Zwar ist er stark wie ein Bär, aber auch stur wie ein Hund. Ich muss neben ihm stehen, damit er tut, was ich sage. Vielleicht wäre es besser, ich würde ihn rauswerfen.«

Rieke brach der Schweiß aus. Andreas durfte Trajan nicht hinauswerfen.

»Er hat Familie, hörte ich. Frau und Kinder«, warf sie ein. »Du bist ein Christenmensch. Sei nachsichtig. Vielleicht drücken ihn familiäre Sorgen. Stelle ihn meinetwegen zur Rede, aber lass nicht zu, dass seine unschuldigen Kinder leiden.«

Andreas beugte sich zu Rieke und küsste sie leicht auf die Wange. »Wenn du darum bittest, also gut.« Er stand auf, ging zum Kamin und warf ein Scheit in die Glut. »Wenn du es so willst, werde ich mit dem Auflader reden. Aber das ist das letzte Mal! Und ich tue es für dich, nicht für seine Kinder. Doch genug davon. Erzähle mir, was du den ganzen Tag gemacht hast.«

Rieke lächelte nun erleichtert und machte eine abwehrende Handbewegung. »Was soll ich schon gemacht haben? Nichts anderes als sonst. Allerdings bin ich heute auf der Gasse nicht von der Patrizierin Rohrbach gegrüßt worden. Ich frage mich, ob das mit Lilas Aufenthalt im Gefängnis zu tun hat.«

»Wer soll davon schon etwas wissen?«, fragte Andreas. »Niemand!«

»Faxenkram! Du täuschst dich, mein Lieber. Und ich finde, du solltest Arno deswegen zur Rede stellen. Immerhin hat Lila das Ansehen der Familie beschädigt. Eine Kaufmannsfrau, die im Verlies sitzt, spricht nicht gerade für die Seriosität eines Handelshauses.«

»Arno ist in Höchst. Ich kann nicht mit ihm sprechen«, erklärte Andreas.

»Oh! War er so wütend auf Lila, dass er in den Krieg gezogen ist?« Riekes Stimme triefte vor Häme.

»Ich weiß es nicht«, log Andreas. Er wollte mit ihr nicht über seinen Bruder sprechen.

»Wie auch immer«, erklärte Rieke. »Jedenfalls wird es Zeit, dass jemand dieser hochmütigen Person einen Denkzettel verpasst.«

Bei jedem ihrer Schritte knarrten die Dielenbretter. Der Dachboden lag im Halbdunkel. Von der Decke hingen Spinnweben, zwischen den Dachbalken reihten sich Schwalbennester aneinander. Judith fühlte sich unbehaglich, doch sie konnte den unwirtlichen Raum nicht verlassen, ohne auch hier nach Lila gesucht zu haben.

Sie war jetzt in der hintersten Ecke des Dachstuhls und spürte, wie ihr eine Gänsehaut über den Rücken kroch. Das Dämmerlicht erschien ihr bedrohlich, und die Berührungen der feinen Spinnweben jagten ihr eine Gänsehaut über den Rücken. »Lila? Lila!«, rief sie. Nichts rührte sich. Judith atmete auf und wandte sich zurück zur Treppe. Doch was war das? Selbst hier im Halbschatten waren frische Spuren im Staub zu sehen. Judith raffte ihre Röcke und bückte sich, um die Fußstapfen genauer anzuschauen. Unmöglich zu sagen, ob hier eine Frau oder ein Mann gegangen war. Die Spur kam von der Treppe, führte bis zur Wand und bog dann ab in ein winziges Kabinett, dessen Tür offen stand. Mitten in dem Zimmerchen brach die Spur ab. Judith spürte ihr Herz rasen. Das wollte sie genauer betrachten. Mit der Hand fuhr sie über den Boden. Ihre Fingerspitzen ertasteten eine lose Diele. Judith hielt den Atem an und hob das Brett. In dem Hohlraum darunter lag ein Holzkästchen mit fremdartigen Verzierungen. Behutsam und in dem Wissen, dass sie im Begriff war, ihre Nase in Dinge zu stecken, die sie nichts angingen, öffnete sie den Deckel. Sie erblickte eine Kette mit Sternenanhänger und eine helle Haarlocke.

Tief atmete sie ein und aus, nickte dann, als hätte sie nichts anderes erwartet, schlug den Deckel wieder zu, verstaute das Kästchen unter der losen Diele, stand auf, klopfte die Kleider sauber und verließ das Kabinett und den Dachboden. Immer wieder hielt sie an und lauschte. Sie befürchtete, dass diejenigen, welche die Verwüstungen im Hause angerichtet hatten, noch einmal zurückkommen könnten. Sie hatte Angst vor diesen Leuten, Angst um sich und Angst um Lila.

»Sie muss hier sein!«, murmelte sie vor sich hin. »Ich muss sie finden.« Ihr kam der Gedanke, dass Lila womöglich entführt sein könnte, doch dann hörte sie aus einiger Entfernung ein Geräusch.

»Lila? Lila!«, rief sie.

Noch einmal riss sie jede Tür auf, schaute in jeden Raum. Doch nirgends war eine Spur von Lila zu finden. Erst am Absatz der Treppe sah Judith etwas aufleuchten, als ein Sonnenstrahl durch den Türspalt fiel. Sie stürzte hinab und fand Lilas roten Lederstiefel. Er fühlte sich kalt an, und Judith ahnte, dass er nicht erst seit Kurzem hier lag. Sie verließ das Haus durch die Hintertür, fand sich auf dem großen Hof wieder. Sie wandte sich nach links, dorthin, wo das kleine Badehaus stand. Die Tür war nur angelehnt, ließ aber genug Licht hinein, und Judith betrat das Badehaus. Dort, in dem großen Zuber, lag Lila, den Nacken auf den Rand gestützt, die Augen geschlossen. Das rote Haar war dunkel vom Wasser und klebte wirr am Kopf. Lilas bleiches Gesicht wirkte leblos. Wie schön sie ist, dachte Judith, sie sieht aus wie die Statue einer heiligen Märtyrerin. Oh, Lila, was um Himmels willen ist hier nur geschehen? Judith starrte in den Zuber. Endlich sah sie, wie sich Lilas Busen fast unmerklich hob und senkte. »Du lebst«, flüsterte Judith und lachte auf. »Du lebst!« Mit aller Kraft zog sie, bis sie Lila aus dem Zuber herausbefördert hatte. Behutsam legte sie sie auf den Boden und wickelte ihren Leib in ein großes Badetuch. Dann lief sie auf die Straße und sah sich um. Sie wollte Lila nicht allein lassen, doch nach dem, was möglicherweise in diesem Haus vorgefallen war, traute sie keinem, der hier vorüberschritt. Schließlich raffte sie mit beiden Händen ihre Röcke und hetzte so schnell sie konnte die Straße hinab zum Haus des Stadtmedicus.

Später wusste Marga nicht mehr, wie sie nach Hause gekommen war. Ohne sich dessen bewusst zu sein, war sie zurück in die Stadt geritten, hatte den Torwächtern Rede und Antwort gestanden, das Pferd zurück in den Mietstall gebracht und sich schließlich am Küchentisch wiedergefunden. Ihre Wangen waren nass von Tränen, den Leib bedeckte eine Gänsehaut. Hinter ihrer Stirn pochte der Schmerz, und sie fror. Es kostete sie große Mühe, aufzustehen und einen Umhang um ihre Schultern zu legen. Als die Dämmerung hereinbrach und die Umrisse aller Gegenstände verschwimmen ließ, zündete Marga eine Kerze an. Sie saß am Tisch, die Hände vor sich auf der Platte gefaltet, und starrte in die Flamme. Sie seufzte tief auf und sprach dann den schwersten Satz ihres Lebens: »Er hat mich nie geliebt.«

Wie schwarzer Rauch zogen die Worte durch die Küche, legten sich wie schwere Gewichte auf Margas Schultern, brannten in ihren Augen. Sie umklammerte die Kerze, achtete nicht auf das Wachs, das ihr auf die Finger tropfte. »Er hat mich nie geliebt«, wiederholte sie. »Und meine Liebe zu ihm? Die war bestimmt von Eigennutz und also ihrem Wesen nach gar keine Liebe. Ich wollte, dass er mich liebt. Ich wollte mich erblicken, wenn ich in seine Augen sah. Wenn seine Hände mich streichelten, wollte ich nicht seine Hände spüren, sondern nur die Zartheit meiner Haut. Seine Worte sollten mir schmeicheln, mich bestätigen. Seine Lippen sollten meinen Leib verwöhnen.

Aber nichts davon hat sich erfüllt. Seine harten Hände sind über meinen Leib geglitten wie ein Hagelschauer über eine Blumenwiese. Die Lippen hat er so fest auf meinen Mund gepresst, dass ich keinen Atem bekam. Ich wollte Robert, wollte ihn mit aller Macht, und ich habe ihn bekommen. Er hat mich geheiratet, weil ich es wollte. Und ich wollte es, weil ich ihn geliebt habe. Ich war so blind in meiner Liebe, dass ich nicht darauf achtete, was er empfand. Wie konnte jemand meine Liebe nicht erwidern? Wie konnte Gott zulassen, dass es so etwas gibt?

Die Gedanken rasten in ihrem Kopf und stießen sich wund. Marga hielt es nicht mehr am Tisch. Sie sprang von ihrem Stuhl auf und rannte hinaus, ohne nach ihrem Mantel oder einem Umhang zu greifen. Sie hastete die Katharinenstraße hinauf bis zum Markt, blieb dann wie angewurzelt stehen.

Auf dem Platz hatten sich böhmische Werber eingefunden. Ein Hauptmann stand in der Mitte und brüllte wie ein Stier seinen Werbespruch:

»Bei Tag und bei Nacht,
auf Zuge und Wacht,
zu und von dem Feinde,
zu Wasser und Land,
in Schantzen und Pässen,
Stürmen, Scharmützeln, Schlachten,
und sonst auf alle vorfallende Gelegenheiten,
wie es rechtschaffenen, ehrlichen, tapferen
Soldaten gebühret.«

Ein Mann um die dreißig kam näher. Sein Gewand war etwas abgerissen. Der Hauptmann schlug ihm auf die Schulter, lachte breit und hob eine blitzende Münze hoch. Er zeigte sie nach allen Seiten. Das war das Laufgeld, wusste Marga, das bekamen die Soldaten, wenn sie sich verdingten. »Geh zum Musterplatz«, forderte der Hauptmann den Mann mit lauter Stimme auf, doch der Abgerissene hatte noch Fragen. »Was geschieht dort? Wie geht es weiter?«

Der Hauptmann seufzte, als hätte er ein schwachsinniges Kind vor sich, dann antwortete er gereizt: »Auf dem Musterplatz schließt du dich einer Gruppe von fünf oder sechs Leuten an. In ein paar Tagen, wenn alle Söldner zusammen sind, werden die Waffen und Ausrüstungen verteilt. Am Tag danach beginnt die Musterung. Zum Schluss tretet ihr alle an, dann wird der Artikelbrief verlesen, der Fähnrich vorgestellt, und ihr legt einen Soldateneid ab.«

»Das ist alles?«

Der Hauptmann überlegte. »Der Feldprediger. Der kommt auch noch, um euch das Würfel- und Kartenspiel, das Saufen, Raufen und Fluchen zu verbieten.«

Der frischgebackene Söldner nickte und wollte den Markt verlassen, doch der Hauptmann rief ihn noch einmal zurück: »Versauf das Geld nicht. Du musst dich einkleiden, brauchst Proviant. Das Heer gibt dir die Ausrüstung, aber es versorgt dich nicht. Dafür bekommst du Sold.«

Der Mann blickte auf das Geldstück, grinste schief, biss prüfend darauf und ging davon. Marga sah ihm nach, bis er in der nächsten Schankstube verschwand.

Zwei Wochen lang rief Rieke Trajan täglich zu sich. Meist trafen sie sich in ihrem Haus. Zweimal aber auch in einem Speicher am Hafen. Andreas bemerkte an ihr lediglich eine ungewohnte Fröhlichkeit, deren Ursache er nicht unbedingt wissen wollte. Als sie sich zum dritten Mal im Speicher trafen, fragte Trajan: »Was ist, wenn du schwanger wirst? Wie willst du deinem Mann das Kind unterschieben, wenn du nicht mit ihm schläfst?«

Rieke richtete sich auf. »Das lass meine Sorge sein«, erwiderte sie barsch, doch der Gedanke beunruhigte sie mehr, als sie sich eingestehen mochte.

Am nächsten Tag schickte sie die Köchin auf den Markt, um Sellerie einzukaufen, und trug ihr auf, eine Suppe und einen Salat daraus zu bereiten. Sie selbst begab sich noch einmal zu der Quacksalberin aus der Vorstadt, die sie nach einem Liebestrank fragte.

Die Kräuterfrau füllte ein paar Ingredienzien in ein Leinensäckchen. »Vier zerriebene Rosenblätter, ein Löffel Ingwer, ein Löffel Zimt. Wenn du hast, nimm noch zerriebenen Pfeffer dazu. Koch alles in Milch mit Mandeln und Honig. Ein Trank davon schürt das Feuer in den Lenden. Du wirst dich deines Mannes kaum erwehren können. Wie ein Stier wird er dich besteigen.« Sie kicherte. »Wenn das nicht hilft, meine Liebe, dann ist der Deine tot.« Sie lachte scheppernd und hörte auch nicht auf, als sie Riekes empörtes Gesicht sah.

Die Geisenheimerin knallte ein Geldstück auf den Tisch, riss der Alten das Säckchen aus der Hand und machte sich davon.

Zu Hause kochte sie den Sud und füllte ihn in eine Kanne, die sie mit gewürztem, starkem Wein versetzte. Nach dem Abendessen mit Sellerie setzte sich Rieke auf Andreas' Schoß und schmiegte sich an ihn.

»Was willst du?«, fragte er und saß so steif wie ein Brett in seinem gepolsterten Armlehnstuhl.

»Ein wenig Zärtlichkeit möchte ich«, erwiderte Rieke. Andreas strich ihr zwei Mal mit der Hand über den Rücken, tätschelte ihren Oberarm.

»Das ist mir nicht genug!«

Wieder strich Andreas über Riekes Rücken, doch er tat es so teilnahmslos, als striche er über das Fell eines Hundes.

Rieke richtete sich auf seinem Schoß auf. Ihre Augen hatten sich mit Tränen gefüllt.

»Warum begehrst du mich nicht?«, fragte sie mit leiser Stimme. »Warum behandelst du mich nicht, wie man eine Frau in meinem Alter und von meinem Aussehen behandeln sollte?«

Andreas seufzte. »Du bist meine Frau. Du bekommst von mir alles, was du willst. Was begehrt jetzt dein Herz? Ein neues Kleid? Kauf es dir! Ein neues Schmuckstück? Gleich morgen lass ich nach dem Juwelier schicken.«

Rieke sah ihren Mann an und ließ die Tränen über ihre Wangen rinnen. »Glaubst du wirklich, ich will ein neues Kleid oder eine neue Halskette? Weißt du nicht, was ich mir mehr als alles andere auf der Welt wünsche?«

Andreas schluckte, schob Rieke sanft von seinem Schoß.

»Ein Kind, ich weiß«, sagte er.

»Ja. Ein Kind. Die Leute reden. Es heißt, unsere Kinderlosigkeit sei eine Strafe Gottes.«

»Unfug«, entgegnete Andreas. »Die Leute reden, wie sie es verstehen.«

»Und das Erbe? Denkst du nicht an das Erbe Geros? Im Testament stand geschrieben, dass seine Enkel …«

»Ach, das ist es. Du gönnst meinem Bruder und seiner Frau nicht das Schwarze unter dem Fingernagel. Deshalb bedrängst du mich, als wäre ich ein Zuchtbulle. Deshalb wälzt du dich auf meinem Schoß wie eine Dirne.«

Als Rieke diese Worte hörte, sprang sie auf. Dann holte sie aus und versetzte ihrem Mann eine so kräftige Maulschelle, dass sich alle fünf Finger auf seiner Haut abzeichneten.

Sie verließ das Zimmer, warf sich auf das Bett und weinte aus ganzem Herzen.

Andreas goss sich ein neues Glas Wein ein, trank es in einem Zug leer, goss nach, trank wieder. Erst dann hatte er den Mut, zu seiner Frau ins Schlafzimmer zu gehen. Er setzte sich neben sie auf das Bett und berührte sanft die Schulter der Schluchzenden. »Ich liebe dich doch, Rieke«, sagte er. »Was immer die Leute auch reden: Ich liebe dich. Und eines Tages werden auch wir ein Kind haben. Eines Tages. Bestimmt. Das verspreche ich dir.«

Doktor van Aaken saß gerade beim Abendbrot, doch als er Judiths Aufregung bemerkte, stand er auf, warf das Mundtuch auf den Tisch, griff nach seiner Tasche und verließ mit ihr das Haus. »Was ist geschehen?«, fragte er unterwegs. »Ich weiß es nicht«, erwiderte Judith. »Ich habe Lila Geisenheimer in ihrem Badehaus gefunden. Ihr müsst kommen. Sofort!«

»Hat sie äußere Verletzungen?«

»Soviel ich gesehen habe, nicht. Aber sie ist nicht bei Bewusstsein.«

Judith spürte, wie sie zu zittern begann. »Ich hoffe, sie stirbt nicht«, stammelte sie.

Sie hätte gern noch hinzugefügt, dass Lila wie eine Heilige ausgesehen hatte, doch sie ließ es bleiben, sah den Arzt nur von der Seite an. »Ihr seid noch nicht lange in der Stadt?«

»Nein. Ich bin erst seit wenigen Wochen hier.«

»Woher kommt Ihr?«

»Aus Antwerpen.«

Judith blieb stehen. »Aus Antwerpen? Wie Lila? Kennt Ihr sie am Ende gar?«

Der Arzt musterte Judith von der Seite, und ihr schien sein Blick sehr eindringlich zu sein. »Antwerpen ist eine große Stadt. Viel größer als Frankfurt«, sagte er. »Es ist gar nicht möglich, auch nur den zehnten Teil aller Antwerpener zu kennen.«

Sie waren am Wohnhaus der Geisenheimers angelangt. Judith wies auf die zerbrochene Tür. »Jemand war hier, hat das Haus verwüstet und sich an Lila zu schaffen gemacht.«

Sie griff nach dem Ärmel des Mannes. »Was immer hier geschehen ist, was immer Ihr hier zu sehen bekommt, ich bitte Euch, nicht darüber zu sprechen. Zumindest nicht, bis Lila wieder bei Bewusstsein ist.«

Der Arzt schwieg.

»Versprecht es!«, drängte Judith.

Erst als Doktor van Aaken genickt hatte, führte Judith ihn durch das Haus und über den Hof bis zum Bad, in dem Lila immer noch ohne Bewusstsein lag.

7

Der Tag war grau, und Marga hatte das Gefühl, als hingen ihr die schweren, dunklen Wolken bis auf die Schultern und drückten sie nieder. Sie hatte heute alles verloren: den Meister der Werkstatt, den Mann und den Glauben an sich selbst. Sie war sich noch nie so schwach und wertlos vorgekommen wie in diesem Augenblick.

Wird Robert mich wirklich verlassen?, grübelte sie. Was soll dann aus mir werden? Eine Frau allein in einem Land, das seit Jahren vom Krieg heimgesucht wird! Ich bin allein und ohne Schutz. Es wird schwierig werden, die Werkstatt allein weiterzuführen. Noch schwerer aber wird es sein, meine Würde zu bewahren. Sie hat ihn nicht halten können, werden die Leute sagen. Sie hat einen trockenen Schoß, wird es heißen. Sie werden mich für ein keifendes, kaltes Weib halten, das den Ehemann aus dem Haus getrieben hat.

Es ist doch gleichgültig, was wirklich geschehen ist. Wenn ein Mann eine Frau verlässt, hat immer die Frau Schuld. Das steht so fest wie das Leipziger Rathaus oder die Schlosskirche zu Wittenberg. Marga seufzte. Robert wird gehen, wird fliehen mit der Müllerstochter. Fliehen vor mir, wahrscheinlich ohne sich umzudrehen. Ich selbst habe das

Geld dafür zur Verfügung gestellt. Marga lachte bitter. Und es ist Krieg. Viele Männer sind schon gefallen. Überall warten Witwen, viel zu viele. Jede von ihnen ist froh, wenn sie überhaupt wieder einen Mann abkriegt. Die Chancen dafür stehen denkbar schlecht. Einen Mann braucht jede, ganz egal, was für einen. Einer, der die Frau schlägt, das Geld vertrinkt und ansonsten zu nichts nutze ist? Immer noch besser, als allein zu sein. Und ich bin allein. Noch nicht ganz, aber sicher bald.

Marga seufzte. Der Seufzer kam tief aus ihrem Innersten.

Robert darf einfach nicht weggehen. Er darf mich nicht verlassen! Was immer auch geschehen ist, ich werde ihm verzeihen. Wenn er nur bei mir bleibt! Ich werde dieser Schwangeren, meiner Rivalin, noch mehr Geld in den Rachen werfen, ja, ich werde alles drangeben, wenn es sein muss. Hauptsache, Robert bleibt bei mir. Bitte!

Marga stand auf. Gänsehaut überzog ihre Arme. Sie strich darüber und erschauerte. Dann trat sie ans Fenster und sah hinaus auf die Straße. Draußen, auf der Katharinenstraße, herrschte der übliche Hochbetrieb. Hier ging es direkt zum Marktplatz.

Bauern kamen mit ihren Karren vorbei. Ein altes Weib trug ein dürres Huhn unter dem Arm, das sie nicht hatte verkaufen können. Zwei kleine Jungen schleppten leere Kiepen, die beinahe so groß waren wie sie selbst. Ein schwarz gekleideter Reiter trieb sein Pferd ohne Rücksicht auf die Fußgänger vorbei, sodass diese zur Seite springen mussten. Ein Bettelmönch rief zur Umkehr und Reue auf. In das Lärmen, Schimpfen und Lachen schlug die Glocke der nahen Nikolaikirche. Das Leben, dachte Marga, geht weiter, als ob nichts geschehen wäre. Niemanden kümmert es, was mit mir, was aus mir wird. Für einen kurzen Augenblick flammte Wut in ihr auf. Doch gegen wen sollte sie diese Wut richten? Sie war eine Frau, war verdammt zum Verlieren, verdammt zum Dienen, verdammt zur Unterwürfigkeit.

Sie griff in ihren Nacken, löste die Spange, mit der sie das blonde Haar hielt, dessen Farbe an von der Sonne verbranntes Schilf erinnerte. Sie schüttelte es, ließ die Strähnen durch ihre Hände gleiten. Wieder durchfuhr sie ein schmerzlicher Gedanke: Nicht nur ihr Mann verachtete sie, sondern auch ihr Sohn. Und nicht nur sie wurde verachtet, nein, die beiden sahen auf alle Frauen herab. Wenn ich mich nur selbst lieben würde, dachte Marga, könnte ich Robert vielleicht auch dazu bringen, mich zu lieben. Sie sah die Schwangere vor sich, die selbstgefällig über ihren Bauch gestrichen hatte, davon überzeugt, Macht zu haben. Das war dumm, vielleicht. Vielleicht hatte sie ja auch wirklich Macht – dann aber nur für eine lächerlich kurze Zeitspanne.

Marga seufzte, dann hob sie die Mundwinkel, verzog die Lippen zu einem Lächeln und schöpfte wieder Hoffnung. Wenn man etwas nur richtig will, dachte sie, dann wird es am Ende Wirklichkeit. So heißt es doch immer. Man muss nur wollen, dann wird es, wie dieses Lächeln.

Mit Willenskraft zog sie die Mundwinkel nach oben. Und je länger sie mit verzogenem Mund dastand, umso leichter fiel ihren Lippen das Lächeln.

Sie ging in die Küche und setzte Wasser auf, um sich ein

Bad zu bereiten. Endlich dampfte das Wasser in dem großen Zuber. Sie zog sich aus und goss noch ein wenig Milch ins Bad. Wohlig räkelte sie sich eine Weile darin, dann rieb sie die Haut mit feinem Sand ab. Nach dem Bad spülte sie das Haar mit Essig und salbte sich mit wohlriechendem Öl, bevor sie sich wieder ankleidete. Hundert Bürstenstriche zählte sie, bis ihr Haar wieder trocken war und glänzte. Mit einem Glas Wein setzte sie sich in die Wohnstube und wartete auf Robert.

Sie hatte in einem Armlehnstuhl Platz genommen, die Beine auf einen Schemel gelegt und sich auf eine lange Wartezeit gefasst gemacht, doch sie saß kaum, als sie Robert kommen hörte. Marga hoffte, dass er zu ihr ins Wohnzimmer träte, doch das tat er nicht. Sie hörte, wie er die Tür zu seinem kleinen Arbeitszimmer öffnete und wieder schloss. Ich muss zu ihm, dachte sie. Zu allem Übel muss ich nun auch noch zu ihm. Doch wenigstens weiß ich, was ich zu tun habe. Wenn er nicht freiwillig bei mir bleibt, dann werde ich ihn zwingen. Denn ich weiß jetzt auch, wie.

Sie stand auf, klopfte kurz an seine Tür und trat ein, ohne eine Aufforderung abzuwarten.

»Was willst du?«, fragte Robert. Er hatte die Füße mit den schlammstarrenden Stiefeln auf den Tisch gelegt, die Arme vor der Brust verschränkt. Alles an ihm schien ihr zu sagen, dass sie störte. Er wirkte satt und zufrieden. Wie eine Made, die aus einer Speckseite guckt, dachte Marga mit leisem Widerwillen.

»Mit dir reden will ich«, sagte sie kläglicher, als sie es sich gewünscht hatte.

»Worüber?«

»Über unsere Zukunft.« – »Was gibt es da zu reden?«, wollte Robert wissen.

»Die Tochter des Papiermüllers vom Anger ist schwanger von dir. Sie verlangt, dass du dich von mir trennst und mit ihr zusammenlebst.«

Robert nahm die Beine vom Tisch und setzte sich kerzengerade hin. »Woher weißt du das?«

Sein Gesicht wirkte jetzt angespannt, die Blicke hielt er lauernd auf sie gerichtet.

»Was spielt das für eine Rolle?«

»Ich möchte wissen, wer mich verleumdet.«

Marga lachte auf. »Lass den Unsinn. Wir wissen beide, was die Wahrheit ist. Ich habe ihrem Bruder dreihundert Joachimstaler gegeben, damit er dich nicht wegen Vergewaltigung anzeigt.«

Robert beugte sich nach vorn und legte die Unterarme vor sich auf den Schreibtisch. »Was willst du?«, fragte er.

Marga antwortete nicht sogleich. Sie nahm sich Zeit, ihren Mann zu betrachten. Er war nicht mehr jung. Schon lange nicht mehr. Sechsunddreißig Lenze zählte er bereits und hatte längst die ersten Zähne verloren. Sein Haar wurde an den Schläfen schon grau, die Haut war von roten Adern durchzogen, der Wanst hing ihm über den Hosenbund. Trotz allem war er kein unattraktiver Mann. Seine braunen Augen glänzten wie reife Kastanien. Wenn er lächelte und sich dabei durch das noch immer dichte, lockige Haar fuhr, so sah Marga in ihm manches Mal noch den Mann, der er vor achtzehn Jahren gewesen war.

»Also: Was willst du?«, wiederholte Robert.

»Ich will, dass ich die einzige Frau in deinem Leben

bin«, sagte Marga mit ruhiger Stimme und sah ihm dabei fest in die Augen.

»Was?« Robert lachte, als hätte seine Frau einen Witz gemacht.

»Ich will die einzige Frau in deinem Leben sein«, wiederholte Marga. »Mach mit der Dirne, die du geschwängert hast, was du willst. Ich verlange von dir, dass sie niemals – hörst du? –, niemals wieder in unser Haus kommt. Gib ihr noch mehr Geld, streite die Vaterschaft ab, was weiß ich. Hauptsache, sie verschwindet aus unserem Leben. Danach schwörst du mir auf die Bibel, dass ich die Einzige bin.«

Robert lachte, lehnte sich zurück, legte die schmutzigen Stiefel wieder auf den Tisch. »Was willst du tun, wenn ich nicht mache, was du verlangst?«

Marga legte den Kopf ein wenig schief und schenkte ihrem Mann ein liebenswürdiges Lächeln. »Es gibt mehrere Möglichkeiten. Zum einen hat mir deine schwangere Dirne gedroht, dich wegen Vergewaltigung anzuzeigen. Ich denke, ich könnte ihren Bruder mit weiteren Joachimstalern dazu bringen, diese Aussage vor einem Richter zu wiederholen. Zum anderen werde ich mich ansonsten weigern, die Abgaben in die Kriegskasse zu bezahlen, sodass du wohl oder übel in die Schlacht ziehen musst. Von Glück kannst du reden, wenn du von dort mit heiler Haut zurückkehrst.«

Sie nickte ihm zu, lächelte noch immer, wollte sich umdrehen, doch Robert war aufgestanden, hatte ihr Handgelenk gepackt und zog sie zu sich heran. Seine Augen funkelten, doch plötzlich beugte er sich zu ihr hinab und schnupperte an ihr. Dabei erwachte ein Grinsen in seinem

Gesicht, welches man nur als feist bezeichnen konnte. »Du hast dich also gesalbt«, sagte er leise und mit unüberhörbarer Häme. »So sicher bist du dir, dass du mich herumkriegst? So genau weißt du, dass ich dich sogleich besteige?«

Er lachte, und Marga spürte, wie ihr die Schamesröte ins Gesicht sprang. Sie wusste, dass sie viel Boden verloren hatte. Aller Nachdruck war verflogen. Wie ein Weib, das mit geschürzten Röcken auf der heißen Herdplatte sitzt, kam sie sich vor. Er fasste sie um die Taille, zog sie an sich, pustete ihr leicht auf die Wange, dann stieß er sie so brüsk von sich, dass sie gegen die Wand taumelte.

»Ich brauche Bedenkzeit«, sagte er leichthin. »Vielleicht sage ich dir morgen, wie ich mich entschieden habe, vielleicht übermorgen oder nächste Woche. Ich melde mich, wenn ich neue Nachrichten für dich habe.« Er warf ihr eine Kusshand zu, lachte, dann warf er kopfschüttelnd die Tür hinter sich zu und verschwand.

Marga stand mit hängenden Armen und vor Scham brennendem Gesicht da. Sie hätte gern geweint, doch die Tränen wollten nicht kommen. Sie hätte gern irgendetwas zerschlagen, doch sie fühlte sich zu schwach, um auch nur den Arm zu heben. Am liebsten hätte sie vergessen. Am liebsten wäre sie gestorben.

Langsam und mit den schleppenden Schritten einer alten Frau schlurfte sie in die Küche. Sie öffnete die Vorratskammer, griff nach einer großen Flasche mit Wein, brach das Siegel und zog mit den Zähnen den Pfropfen heraus. Mit letzter Kraft hob sie die schwere Flasche, setzte sie an den Mund und trank. Der Wein floss in ihre Kehle, über ihr Kinn. Er brannte in der Nase, nässte ihre Haut. Sie schluckte und schluckte, hätte sich am liebsten erbrochen, doch sie schluckte weiter und weiter. Sie trank, bis ihr Bauch zu platzen drohte, bis ihre Arme die Flasche und die Beine ihren Körper nicht mehr halten konnten. Dann fiel sie wie ein gefällter Baum zu Boden. Neben ihr zersprang die Flasche in tausend Stücke.

Lila erwachte in einem fremden Bett. Als Erstes erinnerte sie sich an das verwüstete Haus und daran, dass ihr Mann im Krieg war.

»Wo … wo sind meine Kinder?«, stammelte sie.

»Sie sind bei mir. Gesund und munter wie die Fische im Main. Sie wissen nichts von dem, was gestern geschehen ist.« Judith saß neben Lilas Bett und tätschelte ihr die Hand. »Und ihr werdet noch eine ganze Weile bei mir bleiben«, fügte sie liebenswürdig hinzu. »Ich habe Titus und Damaris bereits ihre Kammern gerichtet. Es geht ihnen gut. Sie haben von dem … dem Vorfall nichts mitbekommen. Damaris war bei den Nonnen, Titus in der Stadtschule.«

Judith hätte gern noch weiter geplaudert, so froh war sie, dass Lila die Augen aufgemacht hatte. Aber sie sah auch, dass Lila erschöpft war. Ihre Haut war wachsbleich, die Augen glanzlos, die Lippen blutleer.

»Was ist geschehen in deinem Haus?«, fragte sie trotz allem und drückte Lilas Hand. »Sag mir, was dort vorgefallen ist.«

Aber Lila schloss nur die Augen und schüttelte leicht ihren Kopf.

Judith blieb noch eine Weile neben ihr sitzen. Als sie merkte, dass Lila tatsächlich wieder eingeschlafen war, stand sie leise auf und verließ das Haus.

Judith hatte nicht erwartet, dass Rieke sie mit offenen Armen willkommen hieß, aber sie hatte auch nicht erwartet, wie eine Scherenschleiferin vor der Haustür abgefertigt zu werden.

»Was willst du?«

»Du weißt, was mit Lila geschehen ist?«

Rieke lachte. »Ist sie aus dem Gefängnis ausgebrochen? Oder, nein, halt, sie war ja schon in Freiheit. Hat man sie erneut verhaftet? Sitzt sie jetzt gar im Schuldturm?«

Judith verzog den Mund. Sie mochte Riekes Häme nicht, konnte ihre Überheblichkeit nicht ausstehen. Wer ist sie denn, dass sie sich das erlauben konnte?, dachte Judith einmal mehr.

»Lila ist in ihrem Haus überfallen worden«, erklärte sie. »Man hat alles zerstört, hat das ganze Haus verwüstet. Sie hat nichts mehr als das nackte Leben.«

»Für eine wie sie ist das schon fast zu viel«, meinte Rieke schnippisch.

»Willst du mich nicht einlassen? Soll ich wie eine Bettlerin vor deiner Tür stehen?«, wollte Judith wissen.

»Nun, wenn mich nicht alles täuscht, so bist du als Bettlerin gekommen, oder etwa nicht?«

»Ein Kleid für Lila. Eins nur. Was macht es dir schon aus, Rieke? Deine Truhen quellen über vor Kleidern, Unterkleidern, Umhängen, Mänteln und Pelzen.«

Rieke sog die Luft scharf ein. Sie trat zur Seite, und Judith trat ins Haus.

»Warte hier!«, sagte Rieke. Sie ließ Judith einfach in dem dunklen Flur stehen und schritt die Treppe hinauf.

Judith blickte ihr nach. Hinter dem ersten Treppenabsatz sah sie nur noch eine schlanke Hand anmutig über das breite Geländer gleiten. Während sie wie geheißen wartete, betrachtete sie die kostbaren Schnitzereien und die sorgfältig gedrechselten Säulen. Diese Treppe musste ein Vermögen gekostet haben, wie alles in dem Haus, das sich die Frau von Andreas Geisenheimer eingerichtet hatte.

Kurze Zeit später kam Rieke zurück und reichte Judith ein Kleid, das nicht einmal auf den zweiten Blick tragbar schien. Mottenlöcher reihten sich aneinander. Im Mieder waren die Schnüre gerissen, große Flecken zierten das Brusttuch, der Saum war an manchen Stellen eingerissen.

»Da! Das ist alles, was ich geben kann. Es herrscht Krieg. Ein jeder muss selbst sehen, wo er bleibt.«

Judith nahm das Kleid, betrachtete es, dann ließ sie es einfach fallen. »Du solltest dich schämen, Rieke Geisenheimer. Schämen vor Gott und den Menschen. Möge es dir nie so schlecht ergehen, dass du auf die Hilfe anderer angewiesen bist. Mögen sie dir dann nicht Gleiches mit Gleichem vergelten.«

Mit diesen Worten wandte sich Judith zum Gehen.

Sie sah nicht Riekes Gesicht, das nun doch Betroffenheit zeigte. Ich bin zu weit gegangen, dachte Rieke. Dieses Mal habe ich den Bogen überspannt. Doch sie beruhigte sich schnell wieder, hob das Kleid auf und warf es der Köchin vor die Füße.

»Nimm du das Stück hier, wenn du es brauchen kannst.«

Die Köchin nickte, nahm das Kleid und strich es glatt.

»Ich wollte den Speisezettel mit Euch besprechen, Herrin«, sagte sie, doch Rieke stemmte die Arme in die Hüften.

»Kannst du nicht einmal selbst etwas entscheiden? Die Speisekammer ist voll. Du wirst schon etwas finden, das uns satt macht. Ich habe andere Sorgen!« Mit diesen Worten stürmte sie aus der Küche.

Es stimmte. Sie hatte andere Sorgen. Heute Morgen hatte Andreas verkündet, dass er den Vorarbeiter endlich entlassen würde. Rieke war es kalt über den Rücken gelaufen, als sie das hörte. Sie brauchte Trajan noch. Solange sie nicht mit Sicherheit wusste, ob sie schwanger war, durfte er nicht aus ihrer Nähe verschwinden. Doch so sehr Rieke auch nach einem Plan sann, ihr wollte einfach nichts einfallen.

Lila war noch schwach auf den Beinen. Bei jedem Schritt brach ihr der Schweiß aus. Sie war noch keine drei Häuser weit gekommen, da klebte ihr das Kleid schon auf der Haut. Immer wieder blieb sie stehen und lauschte. Ihr war, als könne sie von Weitem Kanonendonner vernehmen, doch dann schüttelte sie den Kopf. Höchst war viel zu weit weg. Aber wenn sie ihren Blick zum Himmel richtete, sah sie die Rauchwolken, die im Osten aufstiegen und ganz sicher vom Schlachtfeld kamen. Die meisten Häuser von Höchst wären in Flammen aufgegangen, hatten die Leute erzählt. Judith brachte die schlimmsten Neuigkeiten vom Markt mit. Zwar hatte Christian von Braunschweig die kleine Stadt an der Mündung von Main und Nidda doch nicht ohne Weiteres einnehmen können und war an der tapferen Bürgerwehr gescheitert, doch nun wurde Höchst vom Heer belagert. Die Bewohner litten Hunger. Und von Arno kein Wort. Kein Brief, keine Nachricht, nichts.

Plötzlich verschwamm alles vor Lilas Augen. Sie musste sich an der Hauswand abstützen, um nicht zu fallen.

Es wäre besser gewesen, wenn ich auf Judith gehört hätte und im Bett liegen geblieben wäre, dachte sie. Doch sie wusste, dass sie dort keinen ruhigen Augenblick gehabt hätte. Sie musste in ihr Haus, musste mit eigenen Augen sehen, was davon noch übrig war. Vielleicht würde sich noch etwas retten lassen. Das zumindest hatte sie Judith erzählt. In Wirklichkeit ging es Lila nicht um irgendwelche Besitztümer. Es ging ihr einzig und allein um ihr geheimes Kästchen. Und vielleicht, wenn sie ganz viel Glück hatte, fand sie noch etwas, das sich verkaufen ließ. Seit sie im Heerlager gewesen war – nein, das stimmte nicht –, seit jener Mann sie bei der Poststation begrüßt hatte, war ihr Leben in Gefahr. Und nicht nur ihr Leben, sondern auch das ihrer Familie. Dazu kamen der Krieg und erst vorgestern der Überfall auf ihr Haus, auf ihr Heim. Lila erschauerte, wenn sie daran dachte. Der Überfall war für sie das Schlimmste von allem. In ihrem Haus hatte sie sich geborgen und geschützt gefühlt. Dort, und nur dort, konnte ihr nichts passieren. Dann kam der Überfall, und Lilas Sicherheit verwandelte sich in ein Trugbild. Ich kann nicht länger da wohnen, dachte sie. Es ist mir gerade, als hätte das Haus an mir Verrat geübt. Sie wusste, dass ihre Gedanken unsinnig waren, aber sie hatte keinen Einfluss darauf.

Sie war jetzt vor ihrem Haus angelangt. Mit Ekel betrachtete sie die zerschlagene Tür. Sie zögerte einzutreten, musste sich überwinden, ging einen Schritt vor, einen zurück, holte schließlich tief Luft und stand dann im Korridor. Das Erste, was ihr auffiel, war, dass der Geruch des Hauses sich verändert hatte. Sonst hatte es leicht nach Kräutern gerochen, die in der Küche an einem Balken hingen. In den Räumen oben hatte ein sanfter Duft nach Rosenöl vorgeherrscht, der von ihrem Duftwasser ausging. Über allem aber lag stets der Geruch nach dem Lavendelwasser, mit dem die Magd die frische Wäsche und jeden Morgen auch das Bettzeug besprühte. Jetzt roch es nach Staub, nach Lehm, nach Holz. Es roch nach Zerstörung, und die Atmosphäre im Haus kam ihr viel kälter vor als sonst. Sie vermeinte sogar, einen Eishauch zu spüren, der durch die Zimmer strich und sich an der Wärme ihres Körpers labte. Ein Schauer kroch über ihren Rücken. Sie dachte an Arno und war froh, dass er die Zerstörung seines Hauses nicht miterleben musste. Ich bin schuld, klagte sie sich an. Es ist alles meine Schuld. Ich muss es wiedergutmachen. Aber zuallererst muss ich unsere Kinder wegschicken. Sie sollen in einem Kloster unterschlüpfen. So lange, bis hier wieder alles in Ordnung ist. Lila schlang die Arme um ihren Körper und wiegte sich sanft hin und her. »Es wird alles wieder gut«, flüsterte sie. »Alles, alles wird wieder gut werden.«

Jetzt war sie so weit. Jetzt konnte sie die Zerstörung begutachten, ohne dass es ihr das Herz brach. Langsam ging sie von Raum zu Raum und nahm Abschied von den Dingen, die ihr einst gehört hatten. Sie strich über die samtenen Vorhänge, die in Fetzen hingen, fuhr mit der Hand über die aufgeschlitzten Polster der Stühle, blieb in der Wohnstube stehen.

Dort hatte Arno den morgenländischen Wandbehang anbringen lassen. Jetzt hing dort nur noch ein Streifen Stoff. Den Rest hatten die Eindringlinge zerschnitten und sich unter Gejohle damit den Hintern abgewischt, nachdem sie den Kamin zur Latrine umfunktioniert hatten.

In einer Truhe, die unter dem Fenster stand und Alltagstischwäsche beherbergt hatte, fand Lila unter den Lumpen doch noch etwas. Einen kleinen Lederbeutel, randvoll mit Frankfurter Mark. Geldstücke, so glatt und glänzend, als kämen sie direkt aus der Münze. »Sie sind das Metall nicht wert, auf das sie geprägt sind«, murmelte Lila, doch sie steckte den Beutel ein und besichtigte die übrigen Zimmer ihres Hauses. Nur das Schlafzimmer mied sie. Sie war zu glücklich darin gewesen.

Zum Schluss stieg sie auf den Dachboden, lief zielstrebig zur hintersten Ecke in das Kabinett mit dem losen Dielenbrett. Sie hob es an, barg das Kästchen an ihrer Brust, hielt es eine Weile und wiegte es wie einen Säugling. Obwohl das Kästchen aufgebrochen war, fehlte auf den ersten Blick nichts darin. Sie sah die Haarlocke, sah die Kette mit dem Anhänger in Sternform, doch der Siegelring war fort! Der Schreck fuhr Lila in alle Glieder und lähmte sie. Ihre Beine versagten ihr den Dienst. Lila sackte in die Knie, die Finger um das Kästchen gekrallt. Minutenlang war sie wie erstarrt. Einzig ihr Busen hob und senkte sich hastig.

Bisher hatte sie nur geahnt, dass der Überfall mit ihrer Vergangenheit zu tun hatte. Nun wusste sie es. Sie allein hatte Schuld daran, dass ihr Heim zerstört worden war.

* * *

Judith war froh, in diesen Zeiten nicht allein in ihrem Haus wohnen zu müssen. Jeden Morgen brachten die Auswärtigen neue Nachrichten in die Stadt, und die wenigsten davon waren beruhigend.

Jetzt hieß es, Christian von Braunschweig wolle die Kapitulation von Höchst erzwingen und setze sein Heer zum Sturm auf Höchst an. Viele Höchster waren auf der Flucht. Erst am Vormittag hatte Judith Frauen gesehen, die ihre wenige Habe auf einem Karren hinter sich herzogen, an der Hand ein rotznasiges Kind, auf dem Arm einen greinenden Säugling. Obwohl die Flüchtlinge und die bedrohlichen Nachrichten Ängste schürten, fühlten sich die Frankfurter in ihrer Stadt ziemlich sicher. Was sollte ihnen auch schon passieren? Sie waren zwar mehrheitlich evangelisch, doch selbst im Rat gab es genügend Katholiken. Seit der Reformation hatten es die Stadträte vermieden, sich endgültig auf eine religiöse Richtung festzulegen. Zu viel hatte die Stadt zu verlieren: Ihren Status als freie Reichsstadt, nur dem Kaiser unterstellt, das Messeprivileg und einiges mehr. Die Stadt hielt sich aus allem heraus. Nicht immer war das von Vorteil gewesen, doch in diesem Krieg hatte es sich bisher als günstig erwiesen. Kein Heer, weder ein katholisches, noch ein evangelisches war Frankfurt bisher zu nahe gekommen.

Allerdings hatte dies die Stadt Unsummen gekostet. Dazu kam die allgemeine Teuerung. Auch ohne Feinde vor den Toren war das Leben in Frankfurt derzeit nicht einfach. Doch auf dem Markt hatte erst gestern ein Händler aus Kelsterbach berichtet, dass der Main in der Nacht rot gewesen sei vom Blut der Leichen. Die Schlacht tobte, und im Fluss trieben die Leichen wie Holzstämme nebeneinander mainabwärts.

Es hatte Judith geschüttelt bei dieser Nachricht, und sie war froh gewesen, Lila im Haus zu haben. So gern sie Lila und den Kindern Unterschlupf gewährte, einen Nachteil musste sie dennoch in Kauf nehmen. Judith musste nun öfter zum Einkaufen auf den Markt gehen. Normalerweise erledigte das eine Magd, doch seit Lila und ihre Kinder bei Judith wohnten, kam die Magd mit der Arbeit kaum hinterher. Außerdem war Judith, was das Einkaufen betraf, sehr pingelig. Das Fleisch musste aus der Wetterau sein, Fisch aus der Nidda, die Butter aus der Milch der Taunuskühe, die Eier von einem bestimmten Bauern aus Richtung Vilbel. Judith mochte das Einkaufen nicht. Sie mochte es vor allem nicht, zu feilschen. Es schien ihr einfach nicht recht zu sein. Sie war vermögender als die Krämer auf dem Markt. Wie konnte sie dann mit ihnen handeln? Am liebsten wäre es Judith gewesen, einen Preis genannt zu bekommen und diesen zu zahlen. Aber das konnte sie unmöglich machen. Es würde keinen Tag brauchen und alle Händler würden wissen, dass sie eine von denen war, die man über den Tisch ziehen konnte. Also vermied sie es, einkaufen zu gehen. Missmutig schlenderte Judith zwischen den Ständen auf und ab. Das Angebot erschreckte sie.

»Wo habt Ihr Euer Brot, Bäckerin?«, fragte sie.

Die Frau zuckte mit den Schultern. »Wir haben nichts mehr. Das Heer braucht alles, was wir backen können. Ein bisschen Kleiebrot ist noch da. Nehmt es schnell, ehe auch das weg ist und Ihr das Nachsehen habt.«

Judith schüttelte den Kopf. Kleiebrot! Was dachte die

Bäckerin von ihr? Kleiebrot! Gefangene im Verlies bekamen so etwas, die Leprösen im Siechenhaus, aber doch nicht sie! Selbst die Söldner beim Heer bekamen wenigstens Kommissbrot.

Judith sah die Bäckersfrau empört an und ging ohne ein Wort weiter. Doch nirgends fand sie Brot. An allen Ständen hörte sie dasselbe: »Wir sind gezwungen, das Heer zu beliefern.«

Auch die anderen Lebensmittelhändler hatten fast nichts in ihren Auslagen. »Zwanzigtausend Einwohner hat Frankfurt«, stöhnte ein Meier. »Und zwanzigtausend Leute liegen vor den Toren und wollen zusätzlich verpflegt sein. Ich arbeite jeden Tag sechzehn Stunden. Auch ohne das Heer. Und meine Kühe geben so viel Milch, wie sie überhaupt nur können. Denen ist es gleichgültig, ob Krieg ist oder nicht.«

An den Fleischbänken stank es erbärmlich. Streunende Hunde schlichen überall herum, wurden hin und wieder durch Stiefeltritte verjagt, jaulten auf und kamen sogleich zurück.

Judith sah auf die blanken Knochen, die an einem Stand lagen und von Fliegen umschwirrt waren. »Na, wollt Ihr ein wenig Suppe kochen? Vielleicht geben die Knochen noch etwas her«, sagte die Metzgersfrau leiernd. Judith schüttelte den Kopf.

Sie blieb ein Weilchen vor dem Stand einer Seifensiederin stehen und roch an mehreren der angebotenen Stücke. Sie hätte gern für Lila ein Stück wohlriechende Seife gekauft, doch das, was hier vor ihr lag, verströmte keine Wohlgerüche, sondern war aus Asche gemacht.

Ganz in Gedanken versunken stand sie vor der Ware, die

sie verschmähte. Doch dann glaubte sie hinter sich jemanden zu spüren. Natürlich war der Markt voll von Leuten, doch sie fühlte ganz deutlich die Blicke von jemandem in ihrem Nacken. Ihre Kopfhaut begann zu kribbeln. Sie ließ Seife und Badeöl sein und wandte sich um. Vor ihr stand Lennart.

Judith schluckte und fasste sich mit der Hand an die Kehle. Dann grüßte sie knapp und wollte an dem Nadelmacher vorbei, doch der packte sie am Handgelenk und hielt sie fest.

»Bitte, Judith. Warte einen Augenblick, ich möchte mich mit dir unterhalten.«

»Ich wüsste nicht, worüber!«, versetzte Judith und wollte sich losreißen. Tränen brannten in ihren Augen, und sie konnte förmlich spüren, wie sich rote Flecke auf ihrem Gesicht und Hals ausbreiteten. Sie wandte sich ab, damit Lennart ihre Tränen nicht sah. Doch er griff nach ihrem Kinn, drehte Judiths Gesicht zu sich herum. »Was ist? Warum meidest du mich?«

Judith schluckte. Sie hätte Lennart gern in die Augen geblickt, um zu sehen, ob er sich über sie lustig machte. Doch sie hatte Angst, in seinen Augen zu ertrinken.

»Ich meide dich nicht. Das kommt dir nur so vor«, erwiderte sie leise.

Lennart griff nach ihrem Kinn und zwang sie, ihn anzusehen. »Bedeute ich dir denn gar nichts?«, fragte er.

Judith riss sich los. »Das fragst du? Wer hat sich denn eine Frau ins Haus geholt, die allen erzählt, dass sie nackt durch deine Räume läuft und von der jeder weiß, dass sie deine heimliche Geliebte ist?«

Sie wandte sich um und wollte weglaufen, doch im selben Moment verhedderte sich ihr Kleid. Der Stoff wickelte sich um ihre Füße, als wollte er sie fesseln. Keinen Schritt konnte Judith mehr tun, nicht einmal mit dem Fuß aufstampfen. Sie blickte zu Lennart, der sich tapfer ein Grinsen verbiss.

»Darf ich dir helfen?«

Mit zusammengebissenen Zähnen nickte Judith. Lennart wickelte Judith aus ihrem Kleid, dann nahm er sie einfach in die Arme und küsste sie auf offener Straße.

Judith spürte, wie ihr die Knie weich wurden. Sie ließ sich in Lennarts Arme sinken. Nur für diesen Kuss, dachte sie, nur für diesen einen. Dann dachte sie gar nichts mehr. Aber an ihrem Ohr hörte sie Lennart wenig später flüstern: »Dummchen, du. Ich bin doch Pate von Käthis ältester Tochter und war der beste Freund ihres verstorbenen Mannes. Ich musste sie bei mir aufnehmen, wollte ich nicht handeln wie ein Schuft. Aber du bist die Einzige, die ich liebe, du, Judith Geisenheimer.«

8

Dieses Säckchen Geld ist alles, was ich noch habe.« Lilas Stimme klang ruhig.

Judith saß ihr gegenüber am Tisch in der Wohnstube. Die Sonne schien durch die gelblich getönten Butzenscheiben, hüllte alles in ein goldenes Licht. Lila sah schlecht aus, fand Judith. Blass und abgezehrt das Gesicht, die Augen dunkel verschattet und glanzlos, die Lippen blutleer und schmal. Nicht einmal das lange rote Haar glänzte wie sonst, sondern hing stumpf und strähnig um ihr Gesicht herum.

»Du brauchst kein Geld, solange du bei mir bist. Was ich habe, reicht auch für dich und deine Kinder.«

Lila lächelte blass. »Danke, das ist sehr lieb von dir. Aber du weißt selbst, dass ich niemals so leben könnte.«

»Was ist mit Andreas? Du kannst zu ihm gehen und ihn um Geld bitten. Es steht dir zu. Schließlich führt dein Mann gemeinsam mit ihm das Handelshaus.«

Lila schüttelte den Kopf. »Nein, ich will ihn nicht mit meinen Sorgen belasten. Es ist so schon schwer genug, alles, was das Heer braucht, heranzuschaffen. Andreas weiß sicher nicht, wo ihm der Kopf steht.«

Sie lächelte Judith zu. Das Argument floss ihr glatt von den Lippen. Aber insgeheim dachte sie, ich kann mich nicht an meinen Schwager Andreas wenden, selbst, wenn ich es wollte. Er würde darauf bestehen, den Überfall anzuzeigen. Der Richter würde Fragen stellen und Ermittlungen aufnehmen. Am Ende käme alles heraus, was ich seit Jahren im Dunklen halte. Nein, das darf nicht geschehen. Niemals!

Ihr Blick verlor sich im Nirgendwo. »Was wird nur Arno sagen, wenn er zurückkommt? Ich bin eine schlechte Frau, habe sein Haus schlecht gehütet.« Sie ließ den Kopf auf die Tischplatte sinken. Ein verzweifeltes Schluchzen schüttelte sie, dass ihr die Schultern bebten.

Judith sah auf die blinkenden Münzen und seufzte. »Ich weiß nicht, Lila, meine Liebe, wie ich dir helfen kann.« Sie nahm ein Geldstück zur Hand, ließ es auf den Tisch fallen. Lila hob den Kopf, starrte auf die Frankfurter Mark.

Ihr tränennasses Gesicht verzog sich zu einem leichten Lächeln. »Jetzt weiß ich, was ich zu tun habe«, erklärte sie, sprang auf und wirbelte um den Tisch herum.

Judith sah ihr zu, erleichtert und verblüfft zugleich. »Was hast du vor?«

Lila nahm wieder Platz, legte beide Hände vor sich auf den Tisch. »Weißt du, was ›Kipper und Wipper‹ sind?«

Judith nickte. »Du meinst die Geldbetrüger, nicht wahr?«

Lila nickte. »Ja, ich meine die, die altes Geld einschmelzen und das Silber mit Kupfer vermischen. Wenn sie davon neue Münzen prägen, werden aus zehn Gulden plötzlich fünfzehn. Gewippte Gulden. Und dann sind da noch die anderen, die die Ränder der alten Geldstücke beschneiden und so ihren Wert mindern. Die heißt man Kipper.«

Judith nickte. »Ja, davon habe ich auch schon gehört. Was aber hat das mit dir zu tun?«

Lila straffte sich. Judith sah verwundert, wie ihr Haar plötzlich zu glänzen begann, die Schatten unter den Augen verschwanden und sich die bleichen Lippen mit Blut füllten. »Hier habe ich alles, was ich brauche«, sagte Lila. »Ich werde über die Dörfer ziehen, werde den braven Bauern die alten Geldstücke abschwatzen und ihnen dafür die neuen, glänzenden geben.«

»Aber das ist Betrug, Lila«, wandte Judith ein. »Bauernfängerei ist das, wenn du ihnen ihr gutes Geld in schlechtes wechselst.«

Lila nickte. »Ja, ich weiß. Denke nicht, dass mich das nicht unglücklich macht. Aber ich weiß mir nicht anders zu helfen. Damaris und Titus müssen aufs Land geschickt werden. Schließlich herrscht Krieg.«

Ich muss meine Kinder in Sicherheit bringen, dachte sie. Seit dem Überfall weiß ich, dass nicht nur mein Leben, sondern auch das ihre in Gefahr ist.

»Sie können bei mir bleiben, das sagte ich doch. Wir kommen schon über die Runden«, bot Judith an.

Lila schüttelte energisch den Kopf. »Die Kinder, auch deine Julia, müssen aufs Land. Bei dir ist es doch auf Dauer auch zu eng. Wir stehen dir doch ständig auf den Füßen. Ja, ich bin eine Betrügerin. Du tust recht daran, mich Diebin zu nennen. Aber ich weiß mir keinen anderen Rat. Es geht nicht nur um mein zerstörtes Haus, Judith. Es geht um mein ganzes Leben.«

Marga schreckte hoch, stöhnte, fasste sich ans Herz, das laut und hart gegen ihre Rippen trommelte.

»Na, du Säuferin? Bist du jetzt wach?«

Sie sah sich verwirrt um und fand sich auf dem Fußboden in der Küche wieder. Neben ihr befand sich eine zerbrochene Flasche, in der Wein gewesen war. Sie selbst lag in einer riesigen Lache. Eiskaltes Wasser rann ihr aus den Haaren ins Gesicht, durchtränkte ihre Kleider. Über ihr stand ihr Sohn und hielt einen leeren Eimer in der Hand.

Noch immer verwirrt wischte sich Marga einige Tropfen aus dem Gesicht. »Was … was ist los?«, fragte sie mit fremder, rauer Stimme.

»Besoffen wie eine alte Hure bist du, das ist los!«, fauchte ihr Sohn und spuckte ihr vor die Füße. »Ein Weib, das sich aufführt wie du, hat den Knüppel verdient.«

Marga hob die Hand, legte sie sich auf die Stirn, hinter der ein dumpfer Schmerz wütete. In ihrer Kehle brannte der Durst, ihre Zunge schien um das Doppelte angeschwollen zu sein und schmeckte nach alten Fußlappen.

Sie hatte keine Kraft, ihrem Sohn zu widersprechen. Am liebsten hätte sie sich wieder zurück auf den Boden sinken lassen und wäre in einen todähnlichen Schlaf gefallen.

»Lass mich«, flüsterte sie. »Lass mich einfach in Ruhe.«

»Das hast du dir gedacht, du Schlampe«, zischte ihr Sohn und zerrte an Margas Arm. »Hoch mit dir! Was sollen die Leute denken, die in die Druckerei wollen? Ich möchte nicht wissen, was sie schon jetzt reden, wenn am helllichten Tag noch die Läden geschlossen sind.«

»Schrei nicht so!«, bat Marga. Langsam kam sie auf die Füße. Doch sofort wurde ihr schwindelig, sie musste die Augen für einen Moment schließen. Als sie sie wieder öffnete, erschrak sie. Dieser Blick, mit dem ihr Sohn sie betrachtete! Voller Abscheu sah er auf seine Mutter.

»Was siehst du mich so an?«, fragte sie. »Dein Vater ist einmal in der Woche betrunken. Aber ihn hast du noch nie mit solcher Verachtung angeschaut.«

»Das ist etwas anderes«, schnaubte Konstantin. »Was einen Mann männlicher macht, macht eine Frau lächerlich. Nur liederliche Weiber, nur Huren, Kebsen und Vagantinnen betrinken sich. Abschaum.«

Er kam näher. So nahe, dass sie seinen Atem riechen konnte. »Du bist Abschaum«, zischte er. »Bist schlimmer als die schlimmste Hure. Du bist eine Strafe Gottes. Kein Mann hat eine Frau wie dich verdient.«

Konstantins Augen blitzten. Sein Mund hatte sich voller Widerwillen verzogen. Gern hätte Marga hineingeschlagen in dieses Gesicht voller Selbstgerechtigkeit. Hundertmal schon war ihr Sohn betrunken gewesen, hatte bekotzt im Straßengraben gelegen, war stinkend nach Hause gekommen. Hineinschlagen in diese Fratze, dachte sie, die sich anmaßt zu urteilen, als wäre sie Gott. Sie hob die Hand und ließ sie sofort wieder sinken. Sie würde ihren Sohn nicht schlagen. Er würde zurückschlagen. Jeden einzelnen Schlag würde er ihr doppelt und dreifach vergelten. Sie war zu schwach, um das durchzustehen.

Einmal. Ein einziges Mal hatte sie sich betrunken. Und das nur, weil sie ihre Sorgen für ein paar Stunden vergessen wollte. Ausruhen, dachte sie. Ich wollte doch nur ausruhen.

Wortlos taumelte sie an ihrem Sohn vorbei und erklomm die Stiege, die nach oben führte. Kaum hatte sie sich gewaschen, kaum waren die Holzläden vor der Druckerei aufgetan, da kam ihr Mann. Das Hemd hing ihm aus der Hose und war mit Flecken übersät. Der Umhang war zerrissen, sein Haar zerwühlt. Er machte Anstalten zu singen, doch Marga eilte flugs aus dem Haus und zerrte ihren Mann heim, bevor er das erste Lied anstimmen konnte. Konstantin stand in einer Ecke und grinste. Dann hieb er seinem Vater anerkennend auf die Schulter und machte sich auf den Weg zu seinem Dienstherrn.

Kaum war er weg, taumelte Robert auf Marga zu, stieß ihr seinen Finger scherzhaft gegen die Brust: »Ich lasse mich nicht erpressen. Nicht … *hick* … nicht von dir, du dumme Trine.« Er lachte, stieß sie von sich.

Marga verschränkte die Arme vor der Brust. »Was soll das heißen?«, fragte sie.

»Dass ich mich nicht von meinem süßen Liebchen trennen werde. Keine hat einen weicheren Busen, keine einen wärmeren Schoß als sie.«

»Sie ist schwanger, schon vergessen?«

Robert winkte ab, geriet dabei aus dem Tritt und stolperte zwischen den Druckerpressen umher.

»Na und? Dann geht das Balg, sobald es geboren ist, zu einer Amme aufs Land.« Er kicherte, fuchtelte mit dem Zeigefinger vor seiner Nase herum. »Genau, aufs Land.«

Marga holte Luft. Ganz tief. So tief, dass ihr die Werkstatt vor Augen verschwamm. Dann streckte sie einen Arm aus und sagte mit einer Stimme, die sie selbst an sich nicht kannte: »Hinaus!«

»Was?«

»Pack deine Sachen und verschwinde. Ich will dich hier nie wieder sehen.«

* * *

Rieke stand am Fenster und starrte hinüber zum Brunnen, an dem heute niemand war. Doch vor ihrem inneren Auge sah sie Trajan. Trajan, dessen Oberkörper vor Nässe glänzte, dessen Muskeln spielten, der vor Kraft und Saft strotzte wie eine Baumknospe im Mai. Ein Schauer lief ihr über den Rücken. Rieke seufzte tief und fuhr sich mit der Hand über die Kehle. Sie war unruhig, ungeduldig und unduldsam, fühlte sich getrieben, hielt es nirgendwo lange aus. Trajan hatte Rieke die Lust gezeigt, hatte das Weib in ihr geweckt. So nachhaltig, dass sich diese Lust nicht mehr stillen ließ. Rieke konnte an nichts anderes mehr denken. Sie seufzte wieder, strich sich mit dem Handrücken über ihre Brüste und spürte, wie ihr Schoß erwachte. Unruhig wandte sich Rieke vom Fenster ab, lief durch den Raum wie ein gefangenes Tier, holte schließlich ihren Umhang und verließ das Haus. Auf der Straße irrte sie durch die Gassen, durcheilte unbekannte Quartiere und kam schließlich wie aus Versehen zum ärmlichsten Viertel der ganzen Stadt, welches sich gleich hinter der Friedberger Warte über etliche Straßen erstreckte. Hier waren die Gassen nicht gepflastert, und Rieke versank mit ihren feinen Lederschuhen im Morast. Die Häuser waren nicht aus Stein, sondern aus Lehm, hatten keine Glasfenster, sondern lediglich geölte Tierhäute in den Öffnungen oder hölzerne Läden. Auf den Gassen spielten dürre Kinder, die Haare verfilzt und die Kleider verdreckt. Ein kleiner Junge hatte Geschwüre im Gesicht, ein etwas älteres Mädchen war nur in Lumpen gehüllt. Ein paar magere Hühner gackerten am Wegesrand, eine einäugige Katze blinzelte, als Rieke an ihr vorüberlief.

Wie riecht Armut?, hatte Rieke Lila einmal fragen hören.

Hier hätte sie die Antwort gefunden. Es roch nach schimmeligem Kohl, nach Unrat aller Art, nach verwestem Abfall, nach Urin, Kot und Lehm. Selbst die Sonne schien hier weniger hell als anderswo in der Stadt. Die Katen standen so dicht, dass die Strahlen kaum bis in die Gasse drangen. Rieke blinzelte, rümpfte die Nase. Am liebsten wäre sie sofort wieder von hier weggelaufen, doch sie tat es nicht, sondern ging die Gasse auf und ab und störte sich nicht an den neugierigen Blicken der Leute, die eine so gut und reich gekleidete Frau in dieser Straße noch nie gesehen hatten.

»Pscht!«, machte es neben ihr. Zwei starke Arme griffen nach ihr, zerrten sie in eine Nische zwischen den Katen, direkt neben einem Abfallgraben. Hier zog Trajan sie an seine Brust, umklammerte sie so fest, dass sie beinahe keine Luft mehr bekam. Er presste seine Lippen hart auf ihren Mund, sodass die Lust in ihr wie eine Flamme aufloderte. Dann stieß er sie von sich.

»Was machst du hier? Was hast du hier zu suchen?«, herrschte er sie an.

Rieke machte sich los. »Ich gehe spazieren. Dies ist eine freie Reichsstadt.«

Trajan fasste nach ihrem Handgelenk und umklammerte es so fest, dass sie aufschrie. »Was willst du hier?«, fragte er in einem Ton, der keine Ausflüchte duldete.

Rieke versuchte, ihr Handgelenk frei zu bekommen. Sie hielt dabei den Blick gesenkt, scharrte mit der Spitze ihres Schuhes im Dreck. Die Scham brannte ihr auf den Wangen, in ihrem Schoß loderte erneut die Lust.

»Ich … ich … ähm … ich … oh … bin … wollte dich sehen«, stammelte sie schließlich.

»Aber nicht hier!«, herrschte er sie an. »Das hier ist mein Revier, meine Liebe. Hier hast du nichts zu suchen. Mach dich fort. Geh! Scher dich davon!« Er stieß sie so hart von sich, dass sie beinahe in den Abfallgraben gefallen wäre.

»Warum?«, fragte sie kläglich. Sie stand bis zu den Knöcheln im Matsch. Ihr Kleidersaum starrte vor Schmutz. Sie fühlte sich so bedürftig wie noch nie in ihrem Leben. »Warum?«, wiederholte sie. Ganz hinten in ihrem Kopf dämmerte ein Gedanke auf. Früher habe ich bestimmt, dachte sie. Jetzt hat er das Sagen. Wie konnte das nur geschehen? Doch sie hatte keine Zeit, den Gedanken bis zum Ende zu verfolgen.

»Du hast nicht verhindert, dass dein Mann mich rauswirft. Ich bin nicht mehr euer Angestellter. Ich muss also auch dir nicht mehr zu Diensten sein.«

»Ich … ich konnte nicht, Trajan. So glaube mir doch. Ich habe alles versucht, doch mein Mann fand, dass du in letzter Zeit zu häufig der Arbeit ferngeblieben bist. Was hätte ich dagegen sagen sollen?«

Er lachte bitter auf. »Hättest ja sagen können, wo ich war in der Zeit. In deinem verdammten Bett nämlich.«

Rieke erstarrte. »Verdammtes Bett? Hat es dir etwa nicht gefallen bei mir?«

Trajan stieß ein hämisches Lachen aus. »Gefallen? Du hast mich gezwungen. Schon vergessen? Die Sache mit der Haarspange? Jetzt kannst du mich nicht mehr anzeigen. Niemand würde dir glauben. Entlassen bin ich ohnehin!«

»Und ich? Vermisst du mich nicht ein wenig?«

Trajan schüttelte den Kopf, trat ganz dicht an Rieke heran. »Weißt du nicht, wie alt du bist? Drei Jahre älter als ich!

Deine Haut ist feist und schwammig von dem vielen weißen Brot und dem guten Essen, das ihr genießt. Träge bist du, ohne Spannung, schlaff. Sieh dich doch einmal an! Dein Haar und deine immer feuchten braunen Augen. Deine hungrigen Lippen, die wie eine Wunde aussehen, wenn du sie mit dieser roten Paste bestreichst. Nein, Rieke. Du bist nicht begehrenswert für mich – bist es nie gewesen.«

Rieke schluchzte auf, wollte weg, doch im selben Augenblick stand ein Kind vor ihr. Ein kleiner Junge mit wilden Locken und einem offenen, engelhaften Gesicht. »Vater, wer ist die Frau?«

»Geh, die ist nicht wichtig. Geh zu deiner Mutter. Sag ihr, dass ich gleich komme.«

Das Kind gehorchte und verschwand. Rieke aber sah dem Knaben hingerissen nach. »Ein schönes Kind«, flüsterte sie.

»Es hat schöne Eltern«, erklärte Trajan ungerührt.

Rieke wandte sich ganz ihm zu. Flehentlich legte sie beide Hände auf seine Brust. »Mach mir ein Kind, Trajan. Ich bitte dich, mach mir ein Kind.«

»Was bekomme ich? Wirst du dafür sorgen, dass ich wieder eingestellt werde?«

Rieke nickte. »Ja, ja, ja. Alles, was du willst. Aber mach mir ein Kind, Trajan.«

»Komm heute Abend hinunter zum Mainufer«, bestimmte der Mann. »Und sieh zu, dass du fünf Silbertaler bei dir hast.«

Mit diesen Worten wandte er sich um und verschwand.

* * *

Nur selten hielt ein Bote vor Judiths Haus. Sie bekam nie Post. Wer sollte ihr auch schreiben? Heute aber zügelte einer sein Pferd, stieg ab, kramte in der Satteltasche, holte einen versiegelten Brief heraus und klopfte an die Haustür.

Judith öffnete.

»Ein Brief für die Geisenheimerin. Man sagte mir, dass sie bei Euch wohnt.«

Judith nahm den Brief und las darauf Lilas Namen. »Das ist richtig. Sie wohnt bei mir. Ich werde ihr die Nachricht aushändigen.« Sie gab dem Boten ein Geldstück und nickte ihm zu. Der bestieg sein Pferd, grüßte und ritt davon. Einen Augenblick lang blieb Judith in der Tür stehen und genoss den Junitag. Die Sonne schien von einem leicht bedeckten Himmel herab. Ein sanfter Wind streichelte ihr Gesicht. Am Horizont jedoch türmten sich schwarze Wolken auf. Den ganzen Tag über hatte die Köchin bereits gejammert und das kommende Gewitter als Reißen in den Knochen gespürt. Judith seufzte und murmelte: »Ich muss oben die Läden zuklappen.« Dann ging sie ins Haus hinein, die Stiege nach oben und klopfte an Lilas Kammertür.

Drin war Lila gerade dabei, ihrer Tochter das Haar zu bürsten. »Was gibt es?«, fragte sie.

»Ein Brief ist gekommen.« Judith streckte den Arm mit der Nachricht aus. Lila nahm ihr das Papier ab, sah die Schrift. Sie begann zu zittern. Zuerst bebten nur die Nasenflügel, dann zitterten ihre Hände, schließlich schlotterte sie am ganzen Körper und ließ sich schwer auf einen Schemel fallen. Sie sah mit großen Augen auf Judith. »Er ist von Arno.«

»Das ist gut. Ich freue mich für dich«, erwiderte Judith,

doch Lila schüttelte den Kopf. »Ich habe Angst. Wir sind im Zorn auseinandergegangen.«

Ihr Gesicht war blass. Sie biss sich auf die Unterlippe, riss kleine Hautfetzen davon ab.

Judith verschränkte die Arme vor der Brust, lächelte mütterlich. »Arno liebt dich. Jetzt lies erst einmal. Du wirst schon sehen, dass deine Angst keinen Grund hat.«

»Meinst du?«

Judith nickte.

Langsam brach Lila das Siegel, entfaltete das Papier und las:

»Lila, Liebste,

es war falsch, mich so von dir zu trennen. Hier im Feld sehe ich, wie zerbrechlich so ein Mensch ist, wie schnell ein Leben ausgelöscht werden kann. Täglich sterben neben mir Söldner, Marketenderinnen und andere aus dem Lager. Auch Kinder trifft es manchmal.

Ich möchte dich um Verzeihung bitten, meine Liebste. Du weißt, wie sehr ich dich liebe. Es hat mich getroffen, dass du kein Vertrauen zu mir hattest, aber ich, Lila, will Vertrauen zu dir haben und sage mir, dass alles, was du tust und getan hast, seine Richtigkeit für dich hat. Ich bete für dich, Lila. Und ich bete dafür, bald wieder bei dir zu sein. Küsse die Kinder und lass dich umarmen von Deinem

Arno.«

9

Marga hatte gedacht, sie würde vor Sehnsucht nach Robert vergehen. Er war es doch, den sie seit Jahr und Tag geliebt hatte, ohne dass ihre Liebe erwidert wurde. Er war es doch, für den sie am Morgen aufstand, die Werkstatt öffnete, für den sie sich am Abend zurechtmachte. Wenn sie ehrlich zu sich war, so musste sie zugeben, dass sie sich in den letzten Jahren sehr vernachlässigt hatte. Robert hinten, Robert vorne, und niemals die Möglichkeit, ihm etwas recht zu machen. Immer war sie unzulänglich und immer, immer, immer bemüht, alles so zu machen, dass Robert sie bemerkte. Schon vor Jahren hatte sie die Hoffnung aufgegeben, von ihm geliebt zu werden. Aber wenigstens bemerken sollte er sie. Das Bemühen darum war ihr wichtiger als alles andere. Sie hatte Freundinnen gehabt, früher. Jetzt hatte sie keine mehr. Ihre Verwandten hatten sie besucht. Jetzt blieb das Haus auch am Sonntag leer.

Doch nun war Robert weg, und statt der gefürchteten großen Sehnsucht verspürte sie nur Erleichterung. Sie stand in der Werkstatt, hatte die Fenster und Türen weit aufgerissen, sodass die frische Luft in jede Ecke fuhr. Am liebsten hätte Marga gesungen, doch ihr fiel nur ein schwermütiges Liebeslied ein, welches so gar nicht zu ihrer Stimmung passte. Also summte sie vor sich hin und schwenkte die Röcke bei jeder Bewegung wie ein junges Mädchen.

Ihr Sohn kam die Treppe herunter und riss die Tür zur Werkstatt auf. »Wo bleibt das Frühstück?«, brüllte er.

»Du hast gesunde Hände, und du weißt, wo Brot und Butter stehen. Mach dir etwas, wenn du Hunger hast. Im Topf auf dem Herd findest du Buchweizengrütze.«

Mit diesen Worten drehte sie sich einfach um, sodass sie sein wütendes Gesicht nicht mehr sehen musste. Als sie die Küchentür klappen hörte, schüttelte sie vor Verwunderung den Kopf. Ihr Sohn hatte auf sie gehört!

Marga war so überrascht, dass sie ihm in die Küche folgte, sich an den Tisch setzte und zusah, wie er mit aufgestützten Ellbogen die noch warme Grütze aus einer Tonschüssel löffelte.

»Setz dich gerade hin«, bestimmte sie. »Und nimm die Ellenbogen vom Tisch. Du bist kein Bauer.«

Konstantin sah sie von unten her an. »Vater isst auch so.«

»Ja!«, gab Marga zu. »Aber dein Vater ist weg.«

Der Junge ließ den Löffel sinken. »Wo ist er?«

Marga zuckte mit den Schultern. »Er konnte von seiner Liebsten nicht lassen. Also habe ich der Stadt die Heeresabgabe nicht gezahlt, sodass dein Vater in den Krieg ziehen musste.«

»Was?« Der Junge war aufgesprungen, hielt den Löffel wie eine Waffe vor sich.

»Du hast richtig gehört. Dein Vater hatte die Wahl. Er hätte sich nur von dem Mädchen trennen müssen, mehr wollte ich nicht.«

Ungerührt betrachtete Marga die Veränderungen im Gesicht ihres Sohnes. Eine blaue Ader schwoll auf seiner Stirn, die Wangen färbten sich rot, das Kinn wurde kantig und weiß. Seine Augen sprühten Funken, und seine Nasenflügel bebten wie bei einem Stier.

»Du! Du! Du!«, keuchte er, als wäre er plötzlich schweratmig. »Du elendes Weib! Du hast meinen Vater in den Tod getrieben, hast ihn in den Krieg geschickt. Wenn ihm dort auch nur ein Haar gekrümmt wird, bringe ich dich um!«

Marga zuckte mit den Achseln. Dann sagte sie betont ruhig: »Ein Heer verschlingt Unsummen. Ich bin sicher, schon bald wird die nächste Abgabe fällig werden. Gebe Gott, Konstantin, dass ich dann zahlungsfähig bin.«

Sie stand auf, war versucht, ihrem Sohn den Kopf zu tätscheln, doch dann ließ sie es lieber sein und ging in die Werkstatt.

Sie hatte gerade einige Lettern aus dem Setzkasten genommen, als es an der Tür klopfte und Hermann Schein hereinspaziert kam. »Gelobt sei Jesus Christus, schöne Druckerin«, grüßte er und lüpfte dabei seinen Hut, auf dem eine kecke Feder schwang. »Wie ist das werte Befinden?«

»Oh, mit jedem Tag besser«, erwiderte Marga lächelnd.

»Ich sehe es«, antwortete der Thomaskantor. »Mir scheint, Ihr seid in einen Jungbrunnen gefallen. Eure Augen glänzen wie die Morgensonne, Eure Wangen zeigen das erste Rot des lichten Tages, das Haar fließt wie Wasser über Eure Schultern.«

Marga lachte. »Hört auf, Kantor. Sonst zitiert Ihr mir nächstens noch aus dem Hohelied Salomons.«

»Oh nein.« Der Kantor wehrte bescheiden ab. »Für Euch würde ich ein neues Lied ersinnen.«

Marga lächelte. »Seid Ihr gekommen, um Eure Lieder abzuholen?«

Der Kantor nickte und knüllte seinen Hut in der Hand. »Ja, die Lieder. Ich nehme sie mit. Ja.«

Er wippte von den Zehen auf die Fersen und zurück und machte keinerlei Anstalten, den Packen Druckblätter zu nehmen und zu gehen.

»Kann ich noch etwas für Euch tun?«, fragte Marga, nachdem sie den geringen Betrag für das Material kassiert hatte.

Der Kantor schüttelte den Kopf. »Danke, nein.« Dann griff er in seinen Ärmel und brachte eine Papierrolle zutage. »Da!«, sagte er und reichte sie Marga. »Dieses Lied habe ich für Euch geschrieben. Ich habe vor, es am nächsten Sonntag von meinen Thomanern in der Kirche singen zu lassen.«

Er sah sie Beifall heischend an, aber Marga wehrte ab. »Kantor Schein! Was ist in Euch gefahren? Ich bin eine verheiratete Frau!«

»Im Augenblick nicht. Im Augenblick seid Ihr eine Strohwitwe. Und mit jedem Tag länger, die dieser verdammte Krieg dauert, wächst die Möglichkeit, dass Ihr zur Vollwitwe werdet. Ich jedenfalls werde dafür beten.«

»Herr Kantor! Wie könnt Ihr nur so etwas sagen!«, empörte sich Marga, doch der Komponist zeigte keinerlei Anzeichen eines schlechten Gewissens. »Ich spreche aus, was die meisten in dieser Stadt denken. Alle wissen, dass der Eure ein Säufer und Hurenbock ist. Damit ist er zwar nicht alleine in Leipzig, doch zählt er zu den Schlimmsten.«

»Geht jetzt, Kantor Schein«, bat Marga. Der Kantor verbeugte sich, nahm den Papierstapel unter den Arm und verließ die Druckerei. Marga sah ihm nach. Auf dem Arbeitstisch lag das Lied. Eine feine Feder hatte schwungvoll auf das Titelblatt »Der Holden« geschrieben.

Als Lila das Eschenheimer Tor passiert hatte, glaubte sie, sich im Hades wiederzufinden. Um sie herum waren die Felder verwüstet, der Wald abgeholzt. Ein totes Pferd lag am Straßenrand. Ein Mann kniete daneben und schnitt mit einem Messer Fleischstücke aus dem Kadaver, während über seinem Kopf Raben und Krähen kreisten. Gleich daneben lag ein zerbrochener Wagen im Straßengraben. Eine alte Frau versuchte, mit einem stumpfen Beil ein wenig Holz davon abzuhacken, doch es gelang ihr nur unter größten Mühen. Weitere Flüchtlinge kamen Lila entgegen. Weinende Frauen, die ihr Hab und Gut in einem Bündel auf dem Rücken trugen und ihre Säuglinge an die Brust gepresst hielten.

Lila wurde von Mitleid überwältigt. »Wo kommt Ihr her?«, fragte sie.

»Von Höchst«, klagte eine der Frauen. »Wir wurden belagert und konnten im letzten Augenblick fliehen.« Die Frau zitterte vor Erschöpfung. »Habt Ihr vielleicht einen Schlafplatz für uns? Wir wissen nicht, wo wir hin sollen. Mein Jüngster, gerade acht Wochen ist er alt, glüht vom Fieber.«

Lila schüttelte den Kopf. »Ich bin selbst bei einer Verwandten untergekrochen.«

Sie ging weiter, doch mit jedem Schritt wurden ihre Füße schwerer. Sie sah einen Mann, der keine Beine mehr hatte, nur noch blutdurchtränkte Lappen dort, wo einst die Knie gewesen waren. Er hing zwischen zwei Krücken und bewegte sich mühsam forwärts. Ein Mädchen folgte ihm mit starrem Blick und zerfetztem Kleid. Eine Brust hing heraus, doch die blutjunge Frau störte sich nicht daran.

Es schien, als wäre sie nicht von dieser Welt. Sie summte leise vor sich hin, immer und immer wieder dieselbe Melodie.

»Was ist mit ihr?«, fragte Lila den Krüppel.

»Landsknechte haben sie vergewaltigt. Eine ganze Nacht lang. Zwölf an der Zahl waren es oder mehr. Sie ist darüber verrückt geworden.«

Bevor Lila etwas antworten konnte, bewegte sich der Mann weiter. Lila sah den beiden mit brennenden Augen nach.

Endlich war sie an einem Mietstall vor den Toren der Stadt angelangt. Sie entlieh sich einen alten Rappen, der von ruhigem Blut war, und ritt mit ihm in Richtung Wetterau. Nach einer Stunde hatte sie das Dörfchen Vilbel erreicht. Lila stieg ab und führte das Pferd am Zügel die Dorfstraße entlang. Nachdenklich musterte sie die Häuser. Die Katen und Lehmhütten beachtete sie nicht weiter. Doch beim ersten Steinhaus hielt sie an, band den Rappen an einen Baum und klopfte an die Haustür. Eine Frau in mittleren Jahren mit einem verkniffenen Gesicht öffnete ihr.

»Wir kaufen nichts!«, fuhr sie Lila an und wollte die Tür zuschlagen, doch Lila hatte ihr schönstes Lächeln aufgesetzt.

»Sehe ich wie eine fahrende Händlerin aus?«, fragte sie sanft.

Die Frau trat vor die Tür und verschränkte die Arme vor ihrer mageren Brust. »Wie eine Händlerin nicht gerade. Aber wer kann das schon genau sagen in diesen Zeiten?«

Lila behielt das Lächeln im Gesicht, als wäre es ein Hut, den sie nach Belieben auf- und absetzen konnte. »Ich bin aus der Stadt. Eine Kaufmannsfrau bin ich und habe gehört, wie die Söldner hier bei Euch und anderswo gehaust haben. Ihr habt viel erdulden müssen, nicht wahr?«

»Und ob. Und ob! Unsere Felder haben sie verwüstet. Dreißig Fuder Korn musste das Dorf abgeben und vierzig Fässer Wein. Was sollen wir jetzt trinken, frage ich Euch?«

Lila nickte. »Es ist eine Schande, ich weiß es. Zeit wird es deshalb, dass einmal jemand mit guten Nachrichten zu Euch kommt.«

Sie griff nach dem Lederbeutelchen, das sie am Gürtel trug, und holte ein blinkendes Geldstück heraus, legte es auf ihren Handteller und hielt es der verkniffenen Frau vor die Nase.

»Seht, neues Geld. Frisch geprägt. Zum Tageskurs. Ihr wisst ja selbst, dass alles teurer geworden ist, seit der Krieg herrscht. Nun, das Geld ist geblieben, wie es ist. Ein Gulden ist ein Gulden. Die Frage ist nur, wie lange die Vorkriegsgulden noch gültig sind. Alle Welt redet von einer neuen Währung. Je nachdem, welcher Herrscher demnächst über uns regiert.«

»Da ist was Wahres dran«, bestätigte die Verkniffene. »Niemand weiß, was kommt. Der Meine hat auch schon um seine paar Gulden gebarmt.«

»Ich habe hier frisch geprägtes Geld. Das wird noch lange gültig sein. Schließlich ist es echte Frankfurter Mark. Die Stadt ist freie Reichsstadt. Wie der Krieg auch gerade steht oder ausgeht, Frankfurt wird immer frei bleiben und seine Währung stabil.«

»Das leuchtet ein«, gab die Frau zu, trat aber unsicher von einem Bein auf das andere. Lila lächelte noch immer.

»Ihr versteht bestimmt, dass ich Euch nicht mehr als zehn Frankfurter Mark gegen Gulden tauschen kann, nicht wahr? Die anderen wollen auch wenigstens etwas von ihrem Gut gerettet wissen.«

Die Frau kniff misstrauisch die Augen zusammen. »Und was habt Ihr davon? Was springt für Euch dabei heraus?«, wollte die Frau wissen.

Lila hatte lange nach einer Erklärung gesucht. »Durch den Krieg, der ja ganz besonders in Böhmen gewütet hat, sind viele Silberbergwerke geschlossen worden. Das Rohmetall für die Münzprägung fehlt. Deshalb möchte ich Euer altes Geld. Um neues daraus zu prägen.«

»Ich gebe Euch also das alte Geld, das möglicherweise sowieso bald nichts mehr wert ist, und Ihr gebt mir dafür neue Frankfurter Mark zum Umrechnungskurs und garantiert, dass diese noch lange ihre Gültigkeit behalten. Ist das richtig so?«

Lila nickte, noch immer lächelnd. »Ein Geschäft, bei dem jeder Beteiligte gewinnt. Aber denkt daran, nur zehn Gulden kann ich Euch abnehmen.«

Die Frau nickte. Lila sah, dass noch ein letzter Rest Misstrauen in ihren Augen nistete. Sie winkte die Frau mit dem Finger zu sich heran. Die Verbitterte kam näher, und

Lila flüsterte ihr ins Ohr: »Mein Mann ist Ratsherr und Patrizier. Und er befindet sich beim Heer in Höchst. Alle Neuigkeiten erfahre ich deshalb aus erster Hand.«

Die Frau blickte Lila verschwörerisch an, dann sagte sie: »Wartet hier, ich komme gleich zurück.«

Während die Frau im Inneren des Hauses verschwunden war, sah Lila sich um. Das Haus wirkte nicht ärmlich, doch gewiss auch nicht protzig. Die Kleidung der Frau war einfach gewesen, aber sauber. Es ist nicht recht, dass ich ihnen etwas nehme, dachte Lila. Dann straffte sie die Schultern und hob den Kopf. Aber ich tue es, um meine Familie zu schützen. Ich will meine Kinder vor einem weiteren Überfall in Sicherheit bringen. Wie könnte ich also dafür in die Hölle kommen?

Die Frau erschien wieder, sah sich verstohlen um und zog Lila in den dunklen Korridor. »Hier ist das Geld«, sagte sie. »Hier sind die Gulden. Gebt mir jetzt die Frankfurter Mark.«

Lila zählte der Frau das Geld in die Hand. Die nahm eines der Stücke, betrachtete es so genau, als wolle sie es malen, dann nahm sie es zwischen die Zähne und biss darauf herum.

»Alles in Ordnung?«, fragte Lila. Die Frau nickte. »Jetzt geht. Ich möchte im Dorf nicht ins Gerede kommen. Es soll nicht heißen, ich mache gemeinsame Sache mit denen aus der Stadt.«

Lila zog die Augenbrauen in die Höhe. »Warum das nicht?«

Die Frau zuckte mit den Achseln. »Wir hier draußen mögen die Städter nicht besonders. Sie versuchen dauernd, uns übers Ohr zu hauen. Doch die Bauern sind meist schlauer als die Leute aus der Stadt.«

Lila nickte, wünschte Gottes Segen und machte, dass sie davonkam. Sie bestieg ihren Rappen und ritt zum Weiler Dottenfeld, von dort nach Dortelweil und weiter über Petterweil und Karben bis Wöllstadt. Am Ende des Tages hatte sie alle neuen Geldstücke gegen gute alte Gulden getauscht. Am nächsten Tag brachte sie einen Teil davon in die Judengasse und erhielt dafür ein größeres Säckchen mit frisch geprägten Münzen. Am Tag darauf tauschte sie erneut alte Gulden gegen frisches Geld, und in der Woche darauf noch drei Mal.

Dann schickte sie Titus und Damaris in Begleitung von Julia zu den Benediktinerinnen ins Kloster Engeltal in der Wetterau und machte sich daran, Handwerker für das Haus zu suchen. Lila war sich ganz sicher, dass weder der Krieg noch andere Gefahren ihre Kinder dort treffen konnten, denn das Kloster lag weitab der Straßen und gut versteckt im Wald.

Rieke hatte die Demütigung, die ihr Trajan angetan hatte, noch nicht verwunden. Sie war wütend auf ihn, sie hasste ihn, und doch konnte sie ohne ihn nicht sein. Die Lust brannte in ihrem Schoß, ließ sich weder durch kalte Waschungen noch durch Kräuter stillen. Das wiederum verstärkte ihre Wut. Sie, die schöne, stolze, unbeugsame Ritterstochter, war vernarrt in einen davongejagten Auflader, in einen gemeinen Bediensteten, und musste ganz für sich zugeben, dass sie ihm hörig war.

»Sieh zu, dass dein Mann mich wieder einstellt«, hatte

Trajan gesagt, und Rieke hatte begriffen, dass er es ernst meinte. Er würde sie fallen lassen. Sie brauchte ihn. Er dagegen benötigte sie nicht. Eine Anstellung war ihm wichtig, alles sonst hatte er, und wie es schien sogar im Überfluss.

Als Andreas am Abend nach Hause kam, tat sie so verliebt wie damals, als sie sich kennen lernten. Sie sorgte dafür, dass sein Lieblingsgericht aufgetischt wurde und genügend Wein da war. Sie legte ihm ein Kissen für seinen Rücken in den Stuhl, stellte einen Schemel für die Füße an den Kamin und fuhr ihm ab und an mit weicher Hand über das Haar und über den Rücken.

»Ist etwas?«, fragte Andreas.

»Was soll sein? Du bist mein Mann, und ich bin froh, dass du zu Hause bist.«

Andreas betrachtete seine Frau, schwieg aber. Er hatte ein Kontorbuch mitgebracht und begann darin zu blättern. Rieke saß ihm im Lehnstuhl gegenüber vor dem Kamin, der an diesem warmen Junitag nicht brannte, und hielt einen Stickrahmen in der Hand.

»Ich stehe manchmal am Fenster und schaue in den Hof«, begann sie. Andreas brummte zustimmend und blätterte.

»Und dann schaue ich nach den Arbeitern. Ich erfreue mich daran, wie sie unseren Reichtum mehren. In letzter Zeit aber bemerke ich Schlendrian. Die Auflader stehen beieinander und halten Maulaffen feil. Wenn sie dann endlich arbeiten, dann so langsam, dass man ihnen beim Laufen die Schuhe besohlen könnte. Als der Vorarbeiter noch da war, war alles ganz anders.«

»Mein Eindruck ist ein anderer«, erwiderte Andreas knapp. »Was immer er in meinem Unternehmen gemacht hat, um seine Arbeit hat er sich nur am Rande gekümmert.«

»Nun ist es jedenfalls noch schlimmer geworden«, klagte Rieke weiter. »Vielleicht solltest du doch Gnade vor Recht ergehen lassen und ihn wieder einstellen.«

Andreas fuhr auf. »Was hast du nur dauernd mit diesem Auflader? Schon mehrmals hast du mir mit dem Mann in den Ohren gelegen. Was ist mit ihm? Man könnte glauben, du hättest ein besonderes Interesse.«

»Nein, nein«, wiegelte Rieke ab, hob die Hände. »Ich kenne den Mann doch gar nicht. Aber meine Augen können sehen, und meine Ohren können hören. Und ich höre und sehe, dass alles auf dem Hof schlechter läuft als vorher.«

Jetzt schlug Andreas mit der flachen Hand auf den Tisch. Rieke zuckte zusammen. So kannte sie ihren Mann nicht. »Kümmere du dich um den Haushalt und deinen Stickrahmen und lass mich meine Arbeit tun«, zischte er.

Rieke duckte sich und nickte. Aber ihr Herz schlug schmerzhaft gegen ihre Rippen. Sie verzehrte sich nach Trajan. Sie wollte sich an ihn schmiegen. Haut auf Haut. Herz an Herz.

Als Rieke am nächsten Morgen aufstand, war ihr so übel, dass sie sich gleich wieder hinlegen musste. Sie erbrach das Frühstück, konnte nicht einmal eine warme Milch bei sich behalten. Auch ihre Brüste schmerzten, fühlten sich prall wie gut gestopfte Daunenkissen an. Sie wusste, was diese Anzeichen bedeuten konnten. Doch sicher war sich Rieke erst, als die morgendliche Übelkeit die ganze Woche anhielt und dafür ihre Monatsblutung ausblieb. Sie war schwanger.

Und auf einmal änderte sich alles. Ihr Schoß loderte nicht mehr, sondern war still und weich und warm. Ihre Brüste brannten nicht mehr Trajans Händen entgegen, sondern schmiegten sich wie Töchter an ihren Leib, bereit zu nähren, statt genährt werden zu wollen. Ihre Haut wurde von ganz allein rosig, ihre Augen hatten Glanz. War Rieke früher hübsch gewesen, so war sie nun schön. Ihr Körper wurde runder, ihre Züge weicher. Alles an ihr war mütterlicher, weiblicher. Die Männer wandten sich auf der Straße nach ihr um. Das hatten sie früher auch getan, und wenn Rieke am Hafen vorbeigegangen war, so hatte manch einer nach ihr gepfiffen. Die Blicke, die sie nun erntete, waren Blicke, die man einer Göttin angedeihen ließ. Und Rieke sonnte sich darin. Wer war Trajan? Kaum mehr vorstellbar, dass sie sich nach ihm verzehrt hatte. Der Gedanke, er würde wieder als Auflader bei Andreas arbeiten, schreckte sie nun. Sie war schwanger und wollte diese Schwangerschaft mit niemandem teilen. Es gab nur ein Problem dabei: Sie hatte seit Ewigkeiten nicht mit Andreas geschlafen. Wenn er ihre Schwangerschaft bemerken würde, so wäre alles verloren. Rieke musste ihn auf der Stelle, spätestens aber am Abend, dazu bringen, mit ihr zu schlafen.

Den ganzen Tag überlegte sie, aber ihr fiel partout nicht ein, wie sie Andreas das Kind unterschieben konnte. Schließlich schlenderte sie durch die Gassen der Stadt und besah die Auslagen in den Handwerksgeschäften. An einer Bratküche, die auf dem Rossmarkt aufgebaut war, stand ein Betrunkener. Er lachte ihr zu: »He, Frangfoddr Mädsche«, rief er und warf ihr eine Kusshand zu. »Bist du allaah, Frangfoddr Mädsche? Soll isch dir Gesellschaft leiste? Hab schon immer was übrisch gehabt für die Dralle. In dene sprudelt der meiste Lebenssaft.«

Er schwankte hin und her, sodass Rieke fürchtete, er würde ihr vor die Füße fallen, doch dann fing er sich wieder, griff nach einem Weinkrug, setzte ihn an und trank bis zum letzten Tropfen. »He, Frangfoddr Mädsche, du bist genauso ein Lebenssaft wie das hier.« Er grinste von einem Ohr zum anderen, dann fiel er um, als hätte man ihn abgesägt.

In diesem Augenblick wusste Rieke, was sie zu tun hatte, und eilte nach Hause.

Sie badete, richtete sich das Haar, trug der Magd auf, die Betten frisch zu beziehen, schickte die Köchin noch einmal auf den Markt, damit sie Sellerie auftreibe. Dann verfügte sie sich selbst in die Küche und braute mit den Kräutern aus der Vorstadt einen Trank, in den sie auch Bilsenkrautsamen und vor allem Tollkirsche gab.

Dann setzte sie sich hin und wartete auf Andreas. Den ganzen Abend war sie wortkarg, sah zu, dass sie ihm so wenig wie möglich auf die Nerven ging, und sorgte dafür, dass sein Glas immer gut gefüllt war.

Es dauerte, bis sie bei Andreas erste Anzeichen von Trunkenheit spürte. Dann öffnete sie ihr Mieder, sodass die Ansätze ihrer nunmehr vollen Brüste gut zu sehen waren, und setzte sich ihrem Mann auf den Schoß.

Sie schmiegte ihre Wange an seine und spürte, wie er sich unter ihr verkrampfte, doch sie hörte nicht auf, ihn zu streicheln und zu verzärteln. Gleichzeitig reichte sie ihm ein um das andere Mal Würzwein. Sie fühlte, dass sie Andreas lästig war, dass er sie nicht auf seinem Schoß haben wollte, doch darauf konnte sie keine Rücksicht nehmen.

Rieke strich mit der Hand über seine Schenkel, hatte die andere auf seine Brust gelegt und flüsterte ihm Dinge ins Ohr, die sie bei Tag niemals gesagt hätte. Die Kerze auf dem Kaminsims brannte langsam herunter. Noch immer saß Andreas so steif wie eine Statue, hatte die Arme links und rechts neben dem Körper hängen und dachte gar nicht daran, seine Frau zu halten. Rieke balancierte auf seinem Schoß, reichte ihm ein frisch gefülltes Glas, welches er sogleich hinunterstürzte. Schließlich kippte sein Kopf nach hinten, die Augen schlossen sich, und gleich darauf begann Andreas zu schnarchen.

Rieke lächelte und stieg von seinem Schoß. Dann öffnete sie seine Beinkleider, zerrte sie ihm unter dem Hintern hervor und schob sie bis auf die Knöchel. Auch die Bruche, die Unterhose, ließ sie folgen. Als sie sein Gemächt so ungeschützt und einem dicken weißen Wurm gleich vor sich liegen sah, überkam sie Mitleid. Einen Lidschlag lang dachte sie an Trajan, dessen harte Männlichkeit im krassen Gegensatz zu diesem weichen, nachgiebigem Fleisch stand, dann holte sie aus der Küche ein wenig Dickmilch. Mit dieser betupfte sie die Spitze des schlafenden Wurmes. Ein paar Spritzer fanden auch den Weg auf Andreas' weißen Bauch. Nur die Bruche verschonte sie. Dann betrachtete sie ihr Werk, lächelte zufrieden und ging ins Bett.

* * *

Als sie am nächsten Morgen aufstand, war Andreas schon wach. Er saß im Wohnzimmer und aß die Grütze, die die Magd zum Morgen gekocht hatte.

»Du bist ja schon wach, mein Liebling«, flötete Rieke. Sie legte ihrem Mann von hinten beide Arme um den Hals, küsste seine Wange und flüsterte ihm ins Ohr: »Die letzte Nacht war schön wie eine richtige Hochzeitsnacht. Du hast mir viel Freude gemacht.«

Dann strich sie scheinbar beiläufig über seinen Schritt und setzte sich ihm gegenüber.

»Was war letzte Nacht?«, fragte Andreas. Er konnte nicht verhindern, dass ihm die Schamesröte ins Gesicht stieg.

»Oh«, flötete Rieke und sah ihn von unten her an. »Du hast mich bestiegen wie ein Hengst seine Stute.«

Dann senkte sie den Blick und lächelte.

Seit Tagen riss Judith jeden Morgen die hölzernen Läden auf, beugte sich weit hinaus und betrachtete überaus kritisch den Himmel. Erst, wenn kein Wölkchen das strahlende Blau trübte, atmete sie auf. Sie wünschte sich mehr als alles andere, dass am Sonntag nach der Kirche die Sonne ebenso scheinen würde wie heute. Überhaupt, der Sonntag. Wie langsam doch so eine Woche vergehen konnte!

Wenn es nach mir ginge, dachte sie, wenn ich könnte, wie ich es wollte, dann wäre es bereits Samstagabend. Aber leider ist es erst Dienstag. Und das noch Stunden um Stunden. Sie seufzte. Bitte, mach, dass es nicht regnet, flehte sie zu Petrus. Am Sonntag brauche ich das schönste Wetter, die lindeste Luft, das anschmiegsamste Kleid, die strahlendste Haut. Bitte, lieber Petrus, bitte, ihr lieben Engel, seid am Sonntag mit mir. Denn am Sonntag treffe ich Lennart und gehe mit ihm am Main spazieren – wenn schönes Wetter ist. Hört ihr?

Damit der Spaziergang glückte, tat Judith alles, was ihr möglich war. Sie ging an jedem Abend zur Messe, opferte täglich eine dicke Wachskerze, gab den Bettlern und den Siechen, war freundlich zu jedermann – und hoffte, dass Gott, der Herr, ihr diese Milde am Sonntag insgesamt vergüten wolle. Kurz hatte sie sogar überlegt, sich ein neues Kleid schneidern zu lassen. Aber dies erschien ihr nicht nur eine zu große Anschaffung für eine doch noch recht ungewisse Beziehung, es war auch nicht schön Lila gegenüber, die weder Heim noch Haus hatte.

Am Sonntag hingen die Wolken wie die prallen Brüste einer jungen Amme über der Stadt, doch dazwischen leuchtete das Blau des Himmels.

Judith war so aufgeregt, dass sie glaubte, am ganzen Körper zu zittern, doch es war nur ihre Seele, die bebte. Sie bürstete sich das Haar, bis es glänzte. Sie ölte ihre Haut, schminkte das Gesicht mit Bleiweiß, färbte die Wangen rot und trug eine satte rote Paste auf ihren Lippen auf. Dann wählte sie ein Kleid mit großzügigem Ausschnitt, in den sie ihren Rubinanhänger an einer kostbaren Goldkette hängte.

Zum Schluss nahm sie einen leichten Umhang vom Haken, rief einen Gruß ins Haus hinein und machte sich auf den Weg zum Bartholomäusdom. Normalerweise besuchte Judith am Sonntag den Gottesdienst in der Nikolaikirche auf dem Römer, denn sie war evangelisch. Doch heute war sie mit Lennart im Bartholomäusdom verabredet, der Kirche, in die er jeden Sonntag ging.

Er wartete vor dem großen Portal auf sie. Judith spürte, wie sie zu zittern begann. Ihr Gang blieb sicher, aber ihr Kopf wackelte wie der einer alten Frau. Schon stieg ihr die Schamesröte ins Gesicht. Es ist doch wie verhext, dachte sie. Da habe ich endlich mal wieder eine Verabredung, und wie erscheine ich? Knallrot und mit wackeligem Kopf. Ich bin wohl wirklich zu dumm.

Doch dann war alles viel einfacher, als sie es sich vorgestellt hatte. Lennart beugte sich zu ihr herunter, küsste sie sanft auf die Wange. Er nahm ihren Arm und geleitete sie in den Dom hinein. Die Leute sahen zu ihnen, und Judith grüßte mit dem Stolz einer begehrten Frau lächelnd nach rechts und links.

»Nach der Messe werden wir Stadtgespräch sein«, flüsterte Judith.

»Das hoffe ich«, erwiderte Lennart. »Ganz Frankfurt soll erfahren, welch schöne Frau mir heute die Ehre gegeben hat.«

Judith brach in ein Kichern aus, doch als sie die empörten Blicke einiger alter Frauen sah, schlug sie die Hand vor den Mund und verstummte. Die ganze Predigt über klopfte ihr Herz so laut, dass sie glaubte, der Pfarrer müsse es hören. Lennart hielt ihre Hand, streichelte sie manchmal sanft mit dem Daumen. Judith konnte das Ende des Gottesdienstes kaum erwarten, aber endlich erteilte der Pfarrer den Segen.

Wenig später spazierten die beiden am Mainufer entlang, bogen am Allerheiligentor ab und machten sich auf den Weg durch die Heide bis ins lustige Dörfchen Bornheim, das eine halbe Wegstunde von Frankfurt entfernt lag. Die Sonne hatte sich noch immer nicht gegen die Wolkentürme durchsetzen können, doch es war warm.

Nebeneinander schritten sie den staubigen Weg durch das Heideland entlang. Judith hatte ihren Arm unter Lennarts Arm geschoben.

»Wie war sie?«, fragte sie dann.

»Wer?«

»Deine Frau. Du hast sie sehr geliebt, nicht wahr? Sie ist dir im Kindbett gestorben und hat das Kleine mit sich genommen?«

Lennarts Gesicht, gerade noch weich und offen, verschloss sich.

»Ja, ich habe Lydia geliebt.«

Er verfiel in Schweigen, starrte beim Gehen vor sich hin.

»Du willst nicht über sie sprechen?«, fragte Judith leise.

Lennart sah sie an. »Erzähl du mir von deinem Mann. Wie war er?«

Judith bemerkte, wie auch sie sich versperrte. Sie wollte nicht über Matthias reden. Aber es ging wohl nicht anders. Sie mussten beide von ihren alten Liebschaften sprechen, ehe sie etwas Neues beginnen konnten.

»Er war kein schlechter Mensch, aber auch kein guter«, sagte Judith schließlich leise. »Manchmal, wenn ich gestickt habe, hat er sich neben mich gesetzt und mir Lieder vorgesungen. Und manchmal hat er mich betrogen. An Vollmondabenden hat er mir oft das Haar gebürstet. In mondlosen Nächten hat er mich bisweilen geschlagen. Seine Tochter hat er geliebt und gleichzeitig keinen Hehl daraus gemacht, dass er sie als Sohn noch lieber gehabt hätte. Er war laut, dann wieder so still, dass es beinahe schon gespenstisch war. Er war fordernd, dann wieder zärtlich. Alles in allem war er wohl ein Mann, der bis zur Lächerlichkeit und Gemeinheit hin ein Mann sein wollte. Er war ein Nachkomme des großen Bertram Geisenheimer, allerdings der Sohn von dessen Tochter. Und dass töchterliche Nachkommen weniger zählen als die Nachkommen von Söhnen, davon war Matthias leider überzeugt.«

Judith brach ab, seufzte. Dann sah sie zu Lennart, als müsste sie sich vergewissern, dass sie tatsächlich neben ihm hier ging. Sein Gesicht war nicht mehr so zugesperrt wie ein verschlossenes Bürgerhaus, sondern aufmerksam und angespannt. Er schenkte ihr ein Lächeln, das frei von Mitleid war. »Ich bin froh, dass du nicht mehr verheiratet bist«, war alles, was er sagte.

Und dieser einfache Satz machte Judith glücklich. Ich kann warten, dachte sie. Wenn du mir nichts über deine Frau erzählen magst, so macht das nichts. Ich kann warten.

»Lydia war viel jünger als ich«, begann Lennart dann doch. »Und sie war schön. Sie war es auf eine etwas aufdringliche Art, und manchmal schien es mir, als wäre alles an ihr eine winzige Spur übertrieben. Die Augen ein klitzekleines bisschen zu blau, die Lippen ein wenig zu voll und zu rot. Der Busen einen Hauch zu weit vorgewölbt, die Haare einen Fingerbreit zu lang. Und Zähne hatte sie zwei mehr als andere Menschen. Sie war in allem üppig. Üppig wie ein wogendes Weizenfeld im Juli, wie ein Fass frisch geschlagene Butter, wie eine Schale süßer Sahne am Sonntag. Sie roch auch so. Nach süßer Sahne und Sonntag. Manchmal habe ich sie im Schlaf beobachtet. Sie lag zusammengerollt wie eine Katze, die gleich zu schnurren anfängt.«

Sie ist tot, dachte Judith während Lennarts Erzählung. Es gibt keinen Grund eifersüchtig zu sein. Sie ist tot. Doch sie konnte nicht verhindern, dass ein merkwürdiges Gefühl in ihr aufstieg. Hör auf, hätte sie am liebsten geschrien. Hör auf, so von ihr zu schwärmen!

Stattdessen drückte sie seine Hand, so fest sie konnte.

»Wie war sie als Hausfrau?«, fragte Judith, um etwas Sachlichkeit in das Gespräch zu bringen.

»Sie konnte hervorragend kochen. Nie habe ich zarteres Fleisch als aus ihren Töpfen gegessen. Sie war auch eine sehr gute Wäscherin. Niemals hätte sie unsere Sachen einer Fremden anvertraut. Meine Hemden waren blütenweiß und duftig, die Laken blitzsauber, die Tischdecken ebenso. Mit Geld konnte Lydia ebenfalls sehr gut umgehen. Jeden Sonntag gab ich ihr einen Gulden, der für die Einkäufe einer ganzen Woche reichte. Alle Nachbarn kamen, um ihren Rat einzuholen. Unser Kräutergarten war in der ganzen Straße bekannt. Und Lydia war freigiebig. Einmal hörte sie das Nachbarskind husten. Schon pflückte sie Thymian, braute einen Sud daraus, vermischte ihn mit Honig und brachte der Mutter des kranken Kindes davon. Ein anderes Mal stand eine Bettlerin vor der Tür, eine noch junge Frau. Ihr Kleid war zerrissen, genau über der Brust. Die junge Frau deckte die Hand darüber, doch viel half das nicht. Da nähte Lydia ihr das Kleid und gab ihr noch ein Hemd von sich dazu.«

»Es klingt, als wäre sie eine Heilige gewesen«, bemerkte Judith nicht ohne Bitterkeit. Sie erwartete, dass Lennart lachen würde, sie vielleicht sogar küsste und ihr ein Kompliment machte. Sie wollte unbedingt etwas von Lennart hören, um sich nicht länger so unzulänglich fühlen zu müssen. Doch Lennart schwieg.

»War sie eitel?«, fragte Judith und dachte, wenigstens das muss sie gewesen sein. Wenigstens das.

Lennart schüttelte den Kopf. »Sie war nicht eitler als andere. Sie hatte Geschick für Kleidung, verstand es, sich zurechtzumachen. Aus wenig machte sie viel. Eine Borte hier, ein Gürtel dort, und schon konnte sie sich mit den elegantesten Frauen messen. Ihr Gang war so anmutig, sie hielt den Rücken so gerade wie eine Königin.«

Im selben Augenblick, in dem Lennart diese Worte aussprach, stolperte Judith und stürzte hin, landete mit dem Mieder direkt in einer schlammigen Pfütze. Sie spürte, wie ihr der Dreck ins Gesicht spritzte und in den Augen brannte. Noch mehr aber brannte die Scham in ihr. Sie raffte sich auf, ohne nach Lennart zu schauen, dann wischte sie sich mit einem Rockzipfel das Gesicht sauber und lief so schnell sie konnte davon.

10

Fast platzend vor Stolz trug Rieke ihren Bauch vor sich her, als wäre sie die erste Schwangere auf dieser Welt. Sie lief oder ging nicht mehr, sie bewegte sich. Die Hände schützend über den Bauch gelegt, setzte sie Fuß vor Fuß, als liefe sie auf Eiern, obwohl sie rank und schlank war und ihr noch niemand die Schwangerschaft ansah. Doch Rieke feierte ihren Zustand und ihren Leib, der ihr auf einmal unendlich zerbrechlich erschien. Ansonsten lag sie einen Großteil des Tages auf einer gepolsterten Liege und träumte vor sich hin. Der Arzt kam einmal pro Woche, weil sie das eben so wollte. Die Hebamme, die ebenfalls wöchentlich vorbeischaute, riet ihr, sich zu bewegen, doch Rieke hielt nichts davon. Sie wollte dieses Kind gesund zur Welt bringen. Nichts sonst. Sie wollte das Kind auf jeden Fall schützen. Nicht auszudenken, wenn sie auf der Straße gestürzt wäre! Nein, sie wollte nichts riskieren. Ohnehin ging sie nicht gerne spazieren. Aber sie liebte es, schwanger zu sein. Sie liebte es, mit ihrem Kind in engster Verbindung zu stehen, obwohl sie bisher noch nichts von ihm spürte. Enger, näher war nicht möglich. Niemand war dem Kind so nahe wie sie. Nicht Andreas, nicht ihre Schwägerinnen, niemand. Es war ihr Kind. Ganz allein. Manchmal setzte sich Andreas zu ihr und fragte, ob er die Hand auf ihren Bauch legen könne, doch Rieke gestattete es höchstens für einen einzigen Augenblick. Manchmal hatte sie Angst, Andreas würde spüren, dass das Baby nicht von ihm war. Meist aber war sie sich ihrer Sache sicher. Dieses Ungeborene hatte nur eine Mutter. Einen Vater gab es nicht. Am liebsten würde sie es auch ganz allein aufziehen. Nur sie und der Säugling. Für immer miteinander verbunden.

An Trajan dachte sie selten. Sie war zu beschäftigt, ihr Körper war zu beschäftigt, um Sehnsucht nach irgendetwas anderem als dem Kind zu empfinden. Sie konnte sich kaum noch daran erinnern, wie es war, mit Trajan zu schlafen. Schier unmöglich, dass ihr einst der Schoß geglüht hatte beim bloßen Gedanken an ihn. Rieke schüttelte den Kopf, wenn sie daran dachte.

Sie lag auf der Liege, eine Hand auf ihrem Bauch, die andere unter den Kopf gestützt, und träumte mit offenen Augen. Da betrat Andreas das Zimmer. »Es ist Sonntag. Die Sonne scheint. Du warst nicht in der Kirche. Meinst du nicht, es ist an der Zeit, sich wieder einmal den Leuten zu zeigen?«

Rieke lächelte, richtete sich seufzend ein wenig auf. »Du meinst, damit sie sehen, wie glücklich wir sind?«, fragte sie.

Andreas zuckte mit den Achseln. »Wenn du es so nennen willst.«

Nein, dachte Rieke. Das will ich nicht. Es ist mein Kind. Ganz allein mein Kind. Wenn sich jemand damit zeigt, dann ich.

»Ich fühle mich heute ein wenig schwer«, berichtete sie. »Außerdem hat die Köchin vorhin davon gesprochen, dass es bald ein Gewitter geben wird. Sie spürt es in ihren Knien, sagt sie.«

Andreas nickte, dann ging er. Rieke legte sich lächelnd wieder hin und dachte daran, wie sie Andreas das Kind untergeschoben hatte. Die Sache mit dem Würzwein hat zumindest funktioniert, erinnerte sie sich. Wenn auch der Sellerie ein zweites Mal versagt hat. Der Wein ist das bessere Mittel gewesen. Andreas hat zwar wie immer nicht das geringste Interesse an Zärtlichkeiten gezeigt, aber wenigstens hat er am nächsten Morgen so eindeutige Lücken in seiner Erinnerung gehabt, dass ich ihm hätte alles erzählen können. Alles. Selbst dass er mich geschwängert hat in jener Nacht. Ob er mir wirklich glaubt? Ich weiß es nicht. Aber es ist mir auch gleich. Hauptsache, er gibt sich als der Kindsvater. Und das tut er. Und wie! Er hat beim Schreiner eine Wiege bestellt. Er wollte sich schon nach einer Amme umtun. Aber da kennt er mich schlecht. Ich werde das Kind großziehen. Ich allein. Und es ist mir ganz egal, dass Patrizierfrauen so etwas eigentlich nicht tun. Es ist mein Kind. Meines. Meines ganz allein.

Andreas' Mutter wohnte seit einigen Jahren im Haus ihres Sohnes. Rieke hatte dafür gesorgt, dass sie die Kammer weitab von den ehelichen Gemächern bekam. Sie mochte ihre Schwiegermutter Amalia nicht und nahm ihr übel, dass diese sie anscheinend auch nicht mochte. Nur wenn ohnehin Gäste zu Tisch kamen, spielte sie die ergebene Schwiegertochter und bat sie mit an die Tafel. Eines Morgens war ihr die Alte unversehens auf der Treppe begegnet, als Rieke sich schwerfällig den Bauch hielt. »Wessen Bastard willst du meinem Sohn unterschieben?«

»Frag deinen Sohn, ob er der Vater ist«, hatte Rieke hochmütig geantwortet. »Frag ihn doch, und dann urteile über mich.«

Mit diesen Worten hatte sie die alte Frau stehen gelassen und der Magd Anweisungen erteilt, Amalia in ihrem Zimmer zu beschäftigen. »Es ist mir gleichgültig, wie du es anstellst, aber halte mir die Alte vom Hals.«

Am nächsten Tag klagte sie ihrem Arzt über Rückenschmerzen. Doktor van Aaken massierte ein wenig ihren Lendenbereich, doch dann empfahl er ihr dringend einen Spaziergang. »Ihr liegt zu viel. Das tut weder Euch noch dem Kind gut«, meinte er.

Andreas hatte danebengestanden. Obwohl Rieke ganz und gar keine Lust hatte, draußen herumzurennen, wie sie es nannte, machte sie sich doch auf den Weg, denn sie wollte vor ihrem Mann nicht als eine Frau erscheinen, die nichts auf den Rat ihres Arztes gab und womöglich das Kind schädigte. Also ging sie. Schritt für Schritt. Die Gasse hinunter bis zum Römer. Von dort den Weg entlang bis zu den Mainwiesen. Rieke wäre auch noch weiter gegangen, aber was sollte sie dort? Wie Wasser aussah, wusste sie. Was Fischer und Wäscherinnen dort unten trieben ebenfalls. An den Vorgängen im Hafen hatte sie kein Interesse. Der Geruch nach Fisch und Flusskrebsen verursachte ihr Übelkeit, und die Gesichter der Huren deprimierten sie. Also schlug sie die andere Richtung ein und schlenderte durch das Viertel um den Römer, besah sich die Auslagen der Kaufleute und Handwerker und genoss das laue Wetter.

Plötzlich trat Trajan ihr in den Weg. Rieke erschrak. Sie

hob die Hände, als wolle sie ihren Leib schützen, doch Trajan hatte von ihrer Schwangerschaft längst gehört.

»Es ist mein Kind, das du unter deinem Herzen trägst«, stellte er fest.

Rieke schüttelte den Kopf. »Du täuschst dich, mein Lieber. Das Kind ist von meinem Mann. Von wem denn auch sonst.«

Sie machte ein hochmütiges Gesicht und betrachtete Trajan, als wäre er ein widerliches Insekt.

Er griff nach ihrem Handgelenk, doch Rieke schüttelte ihn ab. »Schlaf mit mir«, bat er sie, bedrängte er sie, kam so dicht heran, dass sie seinen Atem riechen konnte.

Sie stieß ihn weg. »Wie kommst du mir denn vor?«, fragte sie erstaunt. »Warum sollte ich mit dir schlafen? Warst du es nicht, der mir vor Kurzem noch versichert hat, ich wäre nicht begehrenswert?« Sie war über sein Ansinnen so verwundert, als wären sie einander gänzlich fremd. Zu verwundert sogar, um Empörung zu zeigen.

»Schlaf mit mir«, wiederholte Trajan. »Sonst erzähle ich deinem Mann, von wem das Kind wirklich ist.«

Rieke schüttelte ungläubig den Kopf. »Warum das?«, rief sie aus. »Meinst du, damit bekommst du deine Stelle wieder? Das schlage dir gleich aus dem Kopf. Also, warum sollte ich?«

Trajan sackte in sich zusammen. Das hatte er sich anders vorgestellt. Verlegen trat er von einem Fuß auf den anderen.

»Warum?«, wiederholte Rieke, die spürte, dass sich die Kräfte gründlich verschoben hatten. Nun war sie nicht mehr die Bittstellerin. Nun hatte sie wieder die Macht.

Und Trajan war noch nicht einmal mehr ein kleiner Dienstbote. Nein, er hatte wirklich nichts mehr von ihr zu erwarten. »Nun also, ich warte. Sag schon, warum?«

»Weil ich mich in dich verliebt habe.« Der Satz kam leise, verschämt, blass.

Rieke lachte. »Faxenkram!«, erwiderte sie. »Du bist nicht in mich verliebt, und ich brauche dich nicht mehr. Du hast deine Aufgabe für mich erfüllt.« Sie zog ihre Geldbörse aus der Tasche ihres Unterkleides, kramte darin herum und reichte Trajan einen Silbergulden. »Hier, nimm. Das ist viel Geld. Selbst in dieser Zeit, in der ein halbes Brot schon so viel kostet wie vor Jahresfrist ein halbes Schwein.«

Trajan schüttelte den Kopf. Rieke sah, dass er die Zähne zusammengebissen hatte. Sie steckte ihm das Geldstück einfach in sein Wams und wollte gehen, doch Trajan ließ sich nicht so einfach abschütteln. »Ich sage deinem Mann, dass das Kind von mir ist.«

Rieke lachte. »Er wird dir nicht glauben.«

»Vielleicht nicht sofort«, erwiderte Trajan, »doch wenn schon bald die ganze Stadt darüber spricht, dass der Ladeknecht Rieke Geisenheimer das Kind aufgeladen hat, kann auch dein Mann seine Ohren nicht mehr verschließen.«

Einen Augenblick lang sah Rieke ihm tief in die Augen. Sie sah, dass er meinte, was er sagte. Er hatte sich tatsächlich in sie verliebt. Und er war entschlossen, sie zu gewinnen.

»Und was wird mit deiner Frau?«, fragte sie schnippisch. »Und mit deinen Kindern?«

»Nichts«, erwiderte Trajan. »Sie sind von mir abhängig. Wir sind auf ewig aneinandergekettet. Nichts wird mit ihnen sein. Sie werden den Mund halten, und meine Frau wird mit dem zufrieden sein, was ich ihr gebe.«

Rieke wandte sich ab. »Ich werde darüber nachdenken«, beschied sie ihn, als sei er ein kleiner Krämer, dessen Angebot zu schlecht war, um es anzunehmen, und ließ Trajan einfach stehen.

Lila war wochenlang in den Dörfern unterwegs gewesen und inzwischen Stammkundin der Geldwechsler. Nun hatte sie genügend Geld für die Handwerker, die das verwüstete Haus endlich in Ordnung bringen sollten. Heute streifte sie über den Markt, um zu sehen, was es noch zu kaufen gab. Die Händler auf dem Holzmarkt standen vor ihren leeren Karren. Stellmacher, Böttcher, Schreiner, Tischler und andere Handwerker hatten alle Holzbestände aufgekauft. Den Rest, das wusste Lila, verschlang das Heer. Täglich gingen Dutzende Fuhren mit Bauholz in Richtung Höchst. Inzwischen gab es im Umkreis von zehn Kilometern kein einziges Klafter trockenes Holz mehr. Selbst aus dem Taunus kamen nur noch wenige Karren in die Stadt. Das Heer war wie ein alles fressendes Ungeheuer, wie ein Drache aus einem Volksmärchen, der alles verschlang, was ihm unterkam.

»Ich brauche dringend ein halbes Klafter Bauholz«, erklärte Lila einem Holzhändler, der von der anderen Seite des Mains aus Rumpenheim kam.

»Gute Frau, wo nichts ist, da ist nichts. Ich habe keinen halben Stamm mehr.« Er breitete die Arme aus.

Lila seufzte. »Mein Mann ist der Ratsherr Geisenheimer. Er ist beim Heer, tut alles, damit die Stadt Frankfurt verschont bleibt. Er ist auch dort, um Euren Hintern zu retten.«

Wieder hob der Mann die Schultern. »Gottes Lohn ist ihm sicher, gute Frau. Und so hat jeder seine Aufgabe. Der eine verkauft Holz, der andere rettet Städte. Wäre es umgekehrt, so stünde der Eure hier, und mein Hintern wäre im Heerlager.«

Jede andere Frau hätte ihre Niederlage eingestanden und wäre gegangen. Nicht aber Lila. Sie hatte in den Augen des Mannes ein Funkeln bemerkt, welches ihr signalisierte, dass er zu einem Wettstreit bereit war. Wenn sie ihn mit Argumenten zu überzeugen wüsste, so würde er so viel Holz auftreiben, wie sie brauchte. Lila lächelte ihr berühmtes Lächeln, strich sich die Haare aus der Stirn und drückte das Kreuz durch.

»Wenn mein Mann aber nicht draußen im Heer wäre und die Horden bisher davon abgehalten hätte, in die Stadt einzufallen, so stündet Ihr nun auch nicht hier.«

Der Mann lachte. »Da habt Ihr recht, gute Frau. Doch was bedeutet dies? Was wollt Ihr mir damit sagen?«

»Dass meinem Mann ein Teil Eures Holzes ohnehin zusteht.«

»Soviel ich weiß, hat der Eure keine Provision mit mir vereinbart.«

»Eine solche Provision bedarf keiner ausdrücklichen Vereinbarung. Es ist eine moralische Provision, zu zahlen von jedem, der sich für einen Ehrenmann hält.«

»Mir ist es lieber, die Leute halten mich für einen guten und klugen Geschäftsmann statt für einen Ehrenmann. Ehre allein macht nicht satt.«

Lila lachte, und der Mann stimmte dröhnend ein. Das ist also geklärt, dachte Lila. Wir werden ins Geschäft kommen. Jetzt geht es nur noch um Details. Das ging schneller als gedacht. Sie sah dem Holzhändler ins lachende Gesicht und bemerkte, wie sich von der Seite her jemand heranschob und sich neben sie stellte. Irritiert schaute sie hin. Ein Mann sah sie an, lüpfte den Hut und sprach, jedes Wort betonend: »Gott zum Gruße. Es ist schön, dich wiederzusehen, Lilith.«

Lila erstarrte. Sie war kalkweiß geworden. Ihre Augen loderten wie grüne Flammen. Sie starrte auf den Mann, als wäre er das Tor zur Hölle. Dann raffte sie ihre Röcke und rannte so schnell sie konnte davon. Sie stolperte, ein glitschiges Kohlblatt hätte sie beinahe zu Fall gebracht. Doch sie fing sich und rannte weiter, rempelte Fußgänger an, trat einer Katze in die Seite und rannte, rannte, rannte.

Marga war am Sonntag nicht in der Kirche gewesen. Sie wäre gern gegangen, hätte so gern von den Thomanern das Lied vorgetragen bekommen, das Hermann Schein für sie geschrieben hatte. Doch sie war zu Hause geblieben. Die Leute redeten ohnehin schon. Der Mann wäre ihr davongelaufen, hieß es. Sogar ihr Sohn betätigte sich als Gerüchtemacher. Eine Nachbarin hatte ihr berichtet, er hätte überall verkündet, seine Mutter sei eine Ziege mit trockenem Schoß, die seinen Vater mit ihrem Gemecker vertrieben hatte. Marga lächelte darüber. Was sollte sie auch sonst tun? Hatte sie etwa Mitleid erwartet? Nein, natürlich nicht. Lief der Mann weg, war die Frau schuld. Jeder wusste das. Selbst wenn alles ganz anders gewesen war. Manchmal dachte Marga, dass es mehrere Arten von Wahrheit gab, die ein unterschiedliches Gewicht hatten. Es gab die Wahrheit Gottes, die über allem stand und von den Pfarrern gehütet wurde wie der Heilige Gral. Gleich danach kam die Wahrheit der Männer. Die unterschied sich oft so grundlegend von der Wahrheit der Frauen, dass von vornherein die wahrhaftigere Wahrheit feststand: die der Männer. Frauen hatten von Wahrheit keine Ahnung. Gott hatte ihnen diese Erleuchtung verwehrt. Deshalb galt das, was Frauen für die Wahrheit hielten, als Einbildung – wenn sie leise vorgetragen wurde. Brachte eine Frau ihre Wahrheit laut und nachdrücklich zum Ausdruck, so blieb es bei der Einbildung – und man nannte die Frau zänkisch, ein böses Weib, mit dem Teufel im Bunde, eine Hexe gar. Das alles wusste Marga seit Langem. Und sie wusste auch, dass es nichts gab, was sie dagegen tun konnte. Also versuchte sie, sich so unauffällig wie möglich zu verhalten, um dem Geschwätz nicht noch zusätzlich neue Nahrung zu geben. Deshalb hatte sie auch die Kirche und ihr Lied gemieden. Heute aber, am Freitag, wenn die Thomaner zur Vesperstunde ihre Motetten sängen, würde sie in die Kirche gehen. Sie würde sich ganz nach hinten setzen, sich hinter einem Pfeiler verbergen und dem Knabengesang lauschen.

Marga verschloss die Werkstatt und machte sich auf den Weg zur Kirche. Langsam schritt sie die Katharinenstraße entlang. Die Frau des Bäckers kam ihr entgegen. Marga grüßte. Zuerst schaute die Frau zur Seite, dann wandte sie der Druckerin doch noch ihr Gesicht zu und nickte knapp. Einige Meter weiter standen drei Mägde beieinander. Sie hatten die geflochtenen Weidenkörbe mit den Einkäufen vom Markt vor sich auf den Boden gestellt, die Arme vor den Brüsten verschränkt und die Köpfe zusammengesteckt. Eine sprach, die anderen beiden warfen die Köpfe in den Nacken und lachten mit weit aufgerissenen Mündern. Marga schob sich an ihnen vorbei, hörte, wie eine der Mägde flüsterte: »Seht, das ist sie. Das ist die Druckerin, der der Mann davongelaufen ist.«

Schnell ging Marga weiter, doch auch die Antwort der anderen blieb ihr nicht erspart. »Seht doch, wie dürr sie ist. Da zieht sich doch jeder Mann einen Splitter ein! Weich wollen die Mannsbilder liegen. Üppige Kurven wollen sie haben, sich anschmiegen können und am liebsten zwischen den prallen Schenkeln einer Frau liegen. Kein Wunder, dass er ihr weggelaufen ist. Sie ist ja so dürr, dass man zweimal hinschauen muss, will man sie einmal sehen.«

Marga musste an sich halten, um nicht in Tränen auszubrechen. Warum gibt mir nur jeder die Schuld? Sie grübelte oft darüber nach, doch eine Antwort wusste sie nicht darauf. Unterdessen hatte sie den Marktplatz erreicht. Gerade wurde die Fahne eingeholt, die am Rathaus das Marktrecht verkündete. Das Rathaus. Lotters Rathaus. Marga musste lächeln. Hieronymus Lotter war vor fünfzig Jahren Stadtbaumeister gewesen und hatte das Rathaus gebaut. Viele Anekdoten rankten sich um ihn. Auch die Pleißenburg hatte er gebaut, jedoch in einer solchen Geschwindigkeit, dass sie kurz nach ihrer Fertigstellung schon an allen Ecken und Enden zu bröckeln anfing. Seither hieß eine liederlich ausgeführte Arbeit in Leipzig eine Lotterwirtschaft.

Die Händler bauten die Stände ab, der Marktmeister lief in den Gängen umher und sorgte dafür, dass niemand mehr etwas verkaufte. Nur ein paar Gaukler standen noch am Rand des Platzes. Einer jonglierte mit Lumpenbällen, ein anderer spielte auf der Laute, und eine Frau mit weiten, bunten Röcken und klimpernden Armreifen tanzte dazu.

Als Marga an den Gauklern vorüberging, hielt eine zahnlose Alte sie am Arm fest. »Soll ich dir die Zukunft aus der Hand lesen, mein Liebchen?«, fragte sie.

Zuerst schüttelte Marga den Kopf und wollte weitereilen, aber dann überlegte sie es sich anders und reichte der Frau ihre Linke. Die Hand, die vom Herzen kam.

Die Alte starrte darauf, rief dann eine junge Frau zu sich, zeigte auf eine Linie und sprach ein paar Sätze in einer fremden Sprache. Die andere betrachtete Marga neugierig, dann lächelte sie.

»Was ist?«, fragte Marga.

»Eure Hand erzählt eine ungewöhnliche Geschichte. Mit Männern hattet Ihr bisher kein Glück, und auch Eure Familienlinie ist nicht sehr ausgeprägt. Aber Ihr seid auserwählt, eine Sippe zusammenzuhalten.«

Marga schüttelte den Kopf. »Das kann nicht sein. Ich bin die Geringste. Auf mich wartet in dieser Hinsicht niemand.« Sie sah zur Seite und fügte leise und nur für sich hinzu: »Und in anderer Hinsicht leider auch nicht.«

»In Eurer Hand steht es aber«, beharrte die Alte. »Ich habe mich noch nie getäuscht.«

»Und was lest Ihr noch darin?«

»Enkel werdet Ihr bekommen, aber das dauert noch. Eine schwere Krankheit steht Euch ins Haus, aber Ihr werdet sie überleben. Euer Liebster allerdings wird dabei versterben, und es wird Euch sein, als werde Euch das Herz bei lebendigem Leibe herausgerissen.«

Marga blickte die Frau an. »Sprecht Ihr die Wahrheit?«

Die Alte nickte.

Marga zog eine Münze hervor und wollte sie der Alten geben, doch die wies das Geld zurück. »Ihr seid ein Sternenkind«, sprach sie. »Im Augenblick Eurer Geburt fiel ein Stern zu Boden und sprang in tausend Stücke. Die braunen Fleckchen auf Eurer Nase künden davon. Die Unwissenden sagen, es seien Sommersprossen. Aber in Wirklichkeit ist es Sternenstaub. Sternenkinder, mein Liebchen, erkennen sich, wenn sie einander treffen. Und deshalb bist du mir nichts schuldig.«

Marga fühlte sich von diesen Worten ungemein getröstet. Sie war nicht bloß eine verlassene Frau, sie war ein Sternenkind.

Sie ging weiter und störte sich plötzlich nicht mehr an den mal mitleidigen, mal hämischen Blicken ihrer Leipziger Mitbürger und erreichte pünktlich beim ersten Ton der Motette die Kirche. Sie schlüpfte durch die große, eisenbeschlagene Tür und setzte sich wie geplant in die letzte Reihe direkt hinter einen Pfeiler. Die Knaben füllten das große Kirchenschiff mit ihren unschuldigen, engelsgleichen Stimmen. Marga spürte, wie ihr ein Schauer des Entzückens den Rücken hinabjagte. Dann aber, als tatsächlich das Lied gesungen wurde, welches Hermann Schein für sie geschrieben hatte, rannen ihr Tränen aus den Augen. Es schien Marga, als sei etwas in ihr aufgebrochen. Eine Kruste, die sich in den letzten Jahren um Herz und Seele gebildet hatte, schmolz dahin und machte sie empfänglich für das Schöne, für das, was das Herz berühren kann. Sie presste eine Hand auf ihre Brust, unterdrückte mit Mühe ein Aufschluchzen. Sie war traurig und glücklich zugleich, war erleichtert und beschwert durch das Lied, war Weib und Mutter, Verlassene und Liebende in einem, aber vor allem anderen war sie eine Frau, die wieder Hoffnung hatte.

Die Wolken hingen wie eine schwere Last über den Dächern Frankfurts. Die Leute schleppten sich langsam dahin, als müssten sie die Wolken auf ihren Schultern tragen. Hunde und Katzen lagen träge am Straßenrand und zuckten nicht einmal, wenn sich große, grün schillernde Schmeißfliegen auf ihre offenen Augen setzten. Die Hühner, die den Fußgängern sonst stets gackernd zwischen den Füßen herumgelaufen waren, hatten sich zwischen die Häuser verkrochen. Ein Reiter trieb sein Pferd mit der Peitsche an, aber dem Tier quoll schon im langsamen Schritt weißer Schaum aus dem Maul.

Auch Judith ging langsam, blieb häufig stehen. Das Kleid klebte ihr am Körper, ihr Haar war im Nacken nass vom Schweiß, auf Stirn und Oberlippe hatten sich feine Tröpfchen gebildet, die sie mit einem Damasttüchlein abtupfte. Sie rang nach Atem, aber ihr schien, als bestünde die Luft heute aus einem dicklichen Brei, der ihr die Kehle verklebte und den Mund füllte. Sie blickte nach oben zum Fensterbeet im ersten Stockwerk eines Hauses und sah, dass selbst die Blumen die Köpfe hängen ließen. Die ganze Stadt schien wie gelähmt. Von weit her ließen schwere Geschütze ihr Donnergrollen hallen. Judith wusste, dass die Schlacht bei Höchst in vollem Gange war, doch sie war zu müde und abgespannt, um einen Gedanken daran zu verschwenden. Eine Frau ging vorüber, nuschelte ihr träge einen Gruß zu, den Judith ebenso phlegmatisch erwiderte. Sie seufzte. Noch dreihundert Meter bis nach Hause. Ein Klacks normalerweise für eine Frau in ihrem Alter. Heute aber schien ihr die Strecke zehnmal so weit. Jeder Schritt kostete unendliche Mühe. Judith tastete sich an der Hauswand entlang, sah auf die Gasse und blickte nur einmal kurz auf, als in der Ferne ein Donnern und Grollen ertönte, das nicht wie Schlachtenlärm klang.

Gleichzeitig fuhr ein Wind durch die Gassen, der die stickige Luft nicht verjagte, sondern nur neu verteilte. Ein welkes Blatt trieb vor ihr her. Ein struppiger Straßenköter sperrte das Maul auf, als es an ihm vorübertreidelte, doch er machte keine Anstalten, sich zu bewegen.

Endlich war Judith zu Hause. Inzwischen war nicht nur ihr Unterkleid, sondern auch das Oberkleid von Schweiß durchtränkt. Die Haut klebte. Judith fühlte sich schmutzig, doch sie war zu schwach, um sich zu waschen und umzuziehen. So, wie sie war, ließ sie sich auf ihr Bett sinken.

11

Boten ritten vom Römer aus in alle vier Himmelsrichtungen der Stadt. Sie trugen Kapuzen über ihren Köpfen, in die kleine Sehschlitze eingebracht waren. Vor Mund und Nase war eine Art langer Schnabel befestigt, der mit Kräutern gefüllt war. Ihre Hände steckten trotz der Hitze in festen Lederhandschuhen, die Hosen waren fest in die Stiefel gesteckt. Überall, wo sich zwei Gassen kreuzten, blieben sie stehen, schüttelten eine Messingglocke und verkündeten aus dem Stegreif ihre niederschmetternde Nachricht: »Die Pest ist ausgebrochen! Die Pest ist in der Stadt!«

Die Bürger blieben stehen. Männer rissen die Hüte vom Kopf und bekreuzigten sich. Weiber fielen auf die Knie und blickten mit gefalteten Händen zum Himmel. Mütter zogen ihre schreienden Kinder mit festen Händen hinter sich her, alte Frauen nickten, als hätten sie nichts anderes erwartet. An der Ecke zu Judiths Straße predigte ein Bettelmönch seinen zahlreichen Zuhörern, dass die Pest Gottes Strafe für den tobenden Krieg sei. Und die Zuhörer nickten, opferten das bisschen Geld, das sie hatten, für Kerzen.

Einen Tag später war die Stadt wie ausgestorben. Niemand war auf den Gassen zu sehen, die Stadttore blieben geschlossen, die Mainschiffer fuhren an Frankfurt vorbei,

Reisende nahmen große Umwege in Kauf. Nur die acht Stadtärzte eilten angetan mit langen Umhängen und Schnabelmasken von Haus zu Haus. Hinter den Fenstern standen die Bürger und sahen ihnen nach. Sobald einer von den Ärzten ein Stück Kreide aus der Tasche holte und das Pestkreuz an eine Haustür malte, stöhnten die Leute auf und fühlten, wie die Angst um das kleine bisschen Leben ihnen die Kehle zuschnürte. Selbst die Pfarrer, die nicht genug davon bekommen konnten, den Himmel zu preisen, klebten plötzlich an ihrem Erdendasein, als gäbe es keine ewige Glückseligkeit.

Nur die Schlacht tobte weiter, als wäre nichts geschehen.

Zwei Tage später fuhren die ersten Leichenkarren durch die Straßen. Die Toten lagen dicht an dicht und waren vorsichtshalber mit Kalk bestäubt worden. Auf den Friedhöfen arbeiteten die Totengräber fast rund um die Uhr, auch sie angetan mit einer Schnabelmaske. Die Advokaten verbarrikadierten sich in ihren Häusern, nicht bereit, den Erkrankten die Testamente aufzusetzen, Pfarrer weigerten sich, den Sterbenden die Sakramente zu spenden. Männer ließen ihre kranken Frauen allein im Elend, ein alter Mann wurde von seiner Familie einfach ausgesetzt, als sich bei ihm die ersten Anzeichen der Pest zeigten.

»Wir müssen hier weg«, bestimmte Rieke, drückte ihr Kreuz durch, sodass ihr erst wenig gerundeter Bauch sich weiter nach vorn wölbte. »Wir müssen ganz schnell hier weg.«

Andreas schüttelte den Kopf und wich Riekes Blick aus. Seit sie schwanger war, kümmerte er sich liebevoll um sie, doch konnte er ihr nicht mehr in die Augen sehen.

»Ich kann hier nicht weg. Arno ist in der Schlacht, und einer muss die Geschäfte führen.«

»Faxenkram! Du hast Prokuristen. Sollen die die Arbeit machen. Sie werden ja schließlich dafür bezahlt. Ohnehin ist im Augenblick nicht allzu viel los. Die Stadt steht still, und mit ihr der Handel.«

»Trotzdem, eine Firma lässt man nicht einfach allein. Die Pest geht meist so schnell wie sie gekommen ist. Du wirst sehen, in ein paar Wochen ist der Spuk hier vorbei.«

»Willst du das Leben deines Kindes aufs Spiel setzen?«, schnappte Rieke.

Andreas wand sich. »Du kannst im Haus bleiben. Niemand zwingt dich, mit den Kranken in Berührung zu kommen.«

»Und wenn ich nun einen Arzt brauche? Soll dann einer kommen, der Augenblicke zuvor anderen Leuten die Pestbeulen aufgestochen hat? Ist es das, was du willst, Andreas?«

»Du kannst alleine aufs Land gehen. Nimm dir zwei von den Arbeitern zur Begleitung. Bleib dort, genieße die Ruhe und die gute Luft. Im Taunus wärst du gut aufgehoben.«

Rieke schnaubte empört durch die Nase, drückte den Bauch noch ein wenig mehr heraus, sodass sie krumm wie eine Mondsichel dastand. »Du weißt, wie lange es gedauert hat, bis ich endlich schwanger geworden bin. Die Schwangerschaft selbst ist nicht einfach. Was ist, wenn ich sterbe? Willst du mich ohne ein letztes Wort, ohne einen warmen Händedruck von dir gehen lassen?«

Andreas verdrehte die Augen. »Du wirst nicht sterben, Rieke. Du nicht. Aber entscheiden musst du dich. Willst du hier bleiben, oder willst du um des Kindes willen aufs Land?

Ich ermögliche dir beides, doch begleiten kann ich dich nicht.«

Rieke sah ihren Mann an, als hätte sie ein Insekt vor sich. Plötzlich fiel ihr Trajan ein. Sie hoffte, dass er der Pest zum Opfer fallen würde, doch auf diesen Gefallen seinerseits konnte sie sich nicht verlassen. Es wäre gut, für einige Zeit nicht hier in der Stadt zu sein. Noch besser wäre es, wenn Andreas mit ihr käme. Aber daran war wohl nicht zu denken.

»Gut«, sagte sie schließlich, trat dicht an ihren Mann heran und legte ihm eine Hand auf die Brust. »Ich bedaure es unendlich, dass du nicht mitkommen kannst. Doch ich werde fahren. Schon morgen werde ich abreisen.«

Sie presste und schaffte es tatsächlich, zwei Tränen über ihre Wangen rollen zu lassen. »Ich hatte gehofft«, flüsterte sie, »dass meine Schwangerschaft uns hilft, wieder zueinanderzufinden. Offensichtlich habe ich mich getäuscht.«

Sie wartete mehrere Atemzüge lang gespannt auf Andreas' Antwort, doch der streichelte ihr nur kurz über den Rücken.

Judith war müde, so unendlich müde, dass sie es nicht fertigbrachte, sich aufzurichten und etwas zu trinken. Dabei war sie durstig wie schon lange nicht mehr. Und der Becher stand direkt neben ihrem Bett. Sie brauchte nur zuzugreifen. Aber sie lag da, die Augen geschlossen, und fühlte sich sterbenselend. Sie hörte die Tür gehen, doch sie war zu schwach, die Augen zu öffnen. Lila hatte die Straße unter Judiths Fenster mit Stroh aufschütten lassen, um das Rumpeln der Karren zu dämpfen und die Kranke zu schonen.

Jetzt stand Lila vor ihrem Bett. »Guten Morgen«, sagte sie leise. »Wie geht es dir heute?«

Judith brummte. Dann hob sie die Hand, bedeckte damit die geschlossenen Augen. »Nicht, bitte nicht!«, flüsterte sie.

Lila verstand und zog die Vorhänge sofort wieder vor das Fenster, sodass die Sonne nicht direkt in das Zimmer scheinen konnte.

»Das Licht tut dir weh, nicht wahr?«

Judith nickte.

Sie hörte Lila näherkommen, spürte ihre Hand unter dem Kinn und gleich darauf den Becher an ihren Lippen. Gierig trank sie, ließ sich zurück ins Kissen sinken und seufzte.

»Wie geht es dir?«, fragte Lila noch einmal.

Judith schluckte schwer und schüttelte den Kopf.

Lila hob die Bettdecke an, betrachtete Judiths Körper. Sie sah die beulenartigen Schwellungen unter den Achseln, am Hals und in den Leisten. Schwellungen, die sich bereits dunkel färbten. Lila erschrak, aber sie bemühte sich, Judith nichts davon merken zu lassen.

»Möchtest du etwas essen? Eine Milchsuppe vielleicht?« Bei diesen Worten betrachtete Lila noch einmal die dicken Beulen an Judiths Hals. Sie ahnte, dass jeder Bissen unerträglich schmerzen würde, aber Judith hatte bereits den dritten Tag nichts gegessen. Auch heute schüttelte sie den Kopf.

Lila holte eine Schüssel mit lauwarmem Wasser, wusch Judith ein wenig und streichelte ihr Gesicht. Schließlich sagte sie leise: »Auch wenn du es nicht willst – ich werde einen Arzt holen.«

Judith öffnete den Mund. Ihre Worte waren ein einziges Krächzen: »Er kann mir auch nicht helfen.« Dann schloss sie die Augen, und Lila verließ das Krankenzimmer.

Sie ging aus dem Haus, um Doktor van Aaken zu holen. Wie gut, dass Titus und Damaris im Kloster Engelthal sind, dachte sie. Die Wetterau ist hoffentlich nicht nur weit genug vom Krieg und der Vergangenheit, sondern hoffentlich auch weit genug von der Pest entfernt. Und Julia ist ebenfalls dort, das ist gut so. Sie soll ihre Mutter so nicht sehen.

Die Straßen waren zwar noch immer beängstigend leer, und an viele Haustüren waren mit Kreide die Pestzeichen gemalt, aber trotzdem glaubte Lila, so etwas wie Hoffnung zu atmen. Lag es daran, dass eine junge Mutter mit ihrem Säugling lächelnd die Straße entlangkam? Oder war es die alte Frau, die an einer Ecke Blumen verkaufte? Lila begann ebenfalls zu lächeln. Sie schnüffelte in der Luft, um den Pesthauch zu suchen, von dem alle Welt sprach. Doch sie roch nur eine vom nächtlichen Regen gereinigte Stadt.

Als sie um die nächste Ecke bog, trat Lennart Leuthold ihr in den Weg. »Wie geht es Judith?«, fragte er atemlos und nahm sich nicht einmal die Zeit für einen Gruß.

Das Lächeln schwand von Lilas Gesicht. »Es geht ihr nicht gut. Ich weiß nicht, was ich machen soll. Gerade bin ich auf dem Weg zu Doktor van Aaken.«

»Ich will sie sehen«, bat Lennart. »Ich muss sie sehen. Sie ist mir bei unserer letzten Begegnung davongelaufen. Bevor sie stirbt – was der Herr verhüten möge –, möchte ich ihr noch einmal sagen, dass ich sie liebe.« Und leiser fügte er hinzu: »Ich weiß, warum sie mir davongelaufen ist. Ich habe zu viel von meiner Frau Lydia gesprochen.«

Lila zuckte mit den Achseln. Judith hatte ihr nichts von dem verunglückten Sonntagsspaziergang erzählt.

Lila schüttelte den Kopf. »Ein Besuch bei Judith ist keine gute Idee. Wenn Ihr sie besuchen kämt, so würdet Ihr nur unnötig ihr Herz beschweren. Ich bin sicher, sie wäre gegen einen Besuch, weil sie Euch nicht anstecken möchte. Aber ausrichten werde ich ihr alles, was Ihr gesagt habt. Jedes einzelne Wort.«

Sie drückte Lennarts Hand und ging rasch weiter. Sie wusste nicht, was sie ihm noch hätte sagen können. Es gab keinen Trost in dieser Situation. Außerdem musste sie rasch zum Medicus. Wenn einer außer Gott helfen konnte, dann er. Sie musste zu ihm. Auch wenn der Besuch bei diesem Heiler ihr den Tod bringen konnte.

Schnell durchquerte Lila die Straßen. Einmal musste sie einer Kutsche Platz machen. Der Kutscher schlug mit der Peitsche auf die Tiere ein, die durch die Straßen preschten, als wäre der Teufel hinter ihnen her. Lila erhaschte nur einen kurzen Blick durch das Seitenfenster. War das wirklich Rieke, die da in der Kutsche saß? Lila hob die Hand zum Gruß, doch Rieke wandte sich ab. Kurz darauf brachte der Kutscher die Pferde zum Stehen, sprang vom Bock und riss die Tür auf. Rieke beugte sich heraus. »Lila, komm her«, rief sie mit einer Stimme, von der Lila dachte, dass sie für Anweisungen an die Dienstboten vorbehalten war. Sie zögerte. Dann hörte sie von Weitem eine Totenglocke läuten. Wer weiß, ob wir uns jemals wiedersehen, dachte sie. Es ist nicht gut, sich in der Ewigkeit verstritten zu begegnen. Gemächlichen Schrittes näherte sie sich der Kutsche. »Wie geht es dir?«, fragte sie nach der Begrüßung.

Rieke betrachtete Lila von oben bis unten, rümpfte dann die Nase. »Mir? Gut geht es mir. Sehr gut sogar. Und gleich wird es mir noch besser gehen. Wenn ich dir nämlich sage, dass ich schwanger bin und das Erbe von Gero Geisenheimer nicht mehr ungeteilt durch deine Finger läuft.«

»Oh, herzlichen Glückwunsch«, erwiderte Lila und streckte Rieke die Hand hin. Doch Rieke betrachtete sie nur, als wäre sie über und über mit Dreck besudelt.

Wieder erklang eine Totenglocke, diesmal ganz in der Nähe. »Wollen wir nicht Frieden schließen?«, fragte Lila. »Jetzt, wo der Tod stündlich an unsere Türen klopfen kann?«

Rieke richtete sich kerzengerade auf. »Nun, an meine Tür klopft er bestimmt nicht. Es heißt, ordentliche Christenmenschen haben die Pest nicht zu fürchten. Ich an deiner Stelle würde jedoch sehen, dass ich zurück in den Schutz meines Hauses komme.« Sie lachte hämisch, dann knallte sie die Kutschentür heftig ins Schloss und gab dem Kutscher ein Zeichen, die Pferde erneut anzutreiben.

Lila stand mit hängenden Armen da. Die Kutsche hatte ihr Kleid beim Weiterfahren mit Straßenkot bespritzt. Und sie fühlte sich beschmutzt und beschämt von Riekes Worten. Sie wusste selbst nicht, warum es ausgerechnet ihrer Schwägerin immer wieder gelang, sie zu kränken. Sie muss mir etwas bedeuten, dachte Lila immer wieder. Sonst könnte sie mich nicht treffen. Einmal hatte sie mit Arno darüber gesprochen. »Du hast ihr etwas weggenommen«, war seine Meinung gewesen. »Sie ist die Schönste der Geisenheimers gewesen.«

»Aber das ist sie doch noch.«

»Ja«, hatte Arno genickt. »Von außen schon. Doch es gilt das Innen und das Außen.«

Langsam ging Lila weiter und wischte sich beim Gehen einen Dreckspritzer aus dem Gesicht. Sie hätte gern geweint, aber sie verkniff sich die Tränen. Sie musste zu Doktor van Aaken, musste Judith helfen.

Noch war um Leipzig herum alles ruhig, während der Krieg andernorts tobte. Spanische Truppen besetzten die Rheinpfalz. Die katholische Liga besiegte gemeinsam mit den kaiserlichen Heeren die evangelischen Gegner. Schlachten fanden bei Mansfeld, bei Höchst, Wimpfen und Stadtlohn statt. Heidelberg wurde von General Tilly erobert und die Universität geschlossen, Gábor Bethlen verzichtete auf den ungarischen Thron, der Kaiser verpachtete das Prägerecht für Münzen an ein sogenanntes Münzkonsortium, der Komponist Heinrich Schütz schuf das »Auferstehungsoratorium«, und die Stadt Paris wurde Erzbistum.

Die Leipziger aber litten im Juni 1622 unter einem heißen Sommer mit heftigen Gewittern.

In Schleußig, so hieß es, wäre ein Kalb mit sechs Beinen geboren worden. Eine Gerberin vor dem Hallischen Tor hatte Drillinge zur Welt gebracht, die alle gleich nach der Geburt gestorben waren. In der Grimmaischen Straße hatte ein Lagerhaus gebrannt, und bei einem Goldschmied war eingebrochen, aber nichts gestohlen worden. Im Barfußgässchen hatte man den achtzigsten Geburtstag eines Mannes gefeiert, der seit zwanzig Jahren nicht mehr sein Haus verlassen hatte, und eine Meierin war an den Pranger gestellt worden, weil sie gestreckte Milch verkauft hatte. All das hörte Marga nicht nur bei ihren Gängen durch die Stadt, auch die Kunden erzählten ihr, was sie erlebt hatten. Manch eine Geschichte verbreitete sich wie ein Regenschauer durch die Stadt und war am Ende eine ganz andere. Einige Berichte gewannen bei jedem, dem sie neu erzählt wurden, an Einzelheiten dazu.

Manchmal schien es Marga, als wisse sie alles und nichts über das Geschehen in der Stadt. Krieg hin oder her, sie wollte erfahren, was um sie herum geschah. Aber es passierte so viel. Und dann die Fülle der immer neuen Verordnungen! Die Flut der Nachrichten, die die Fremden aus aller Welt mit in die Stadt brachten! Was davon war wirklich neu, was galt schon längst nicht mehr, wenn sie endlich davon erfuhr? Marga wusste, dass sie nicht allein war in ihrem Hunger nach verlässlichen Nachrichten.

Zwar gab es seit etlichen Jahren in Leipzig den sogenannten Zeitungskrämer, der an jedem Markttag Flugschriften verkaufte. Der baute sich auf einem alten Fass auf, schrie seine Nachrichten lauthals heraus und schwang die Zettel, die reißenden Absatz fanden.

Zu den Messen erschienen zusätzlich die Relationes Semestrales, die halbjährlichen Nachrichten, doch all das reichte nicht aus, um den Bedarf der Leipziger an Neuigkeiten zu decken. Etwas Neues musste her!

Die Druckerei lief gut, doch Marga hatte sich noch nicht ganz vom schlechten Vorjahr erholt. Sie hatte am Rande des Konkurses gestanden, auch, weil ihr Mann immer viel zu viel Geld ausgegeben hatte. Mehr, als sie mit der Druckerei erwirtschaften konnte. Das alles war jetzt vorbei. Marga war eine freie Frau, die endlich tun konnte, was ihr beliebte. Offiziell leitete ja immer noch Robert die Druckerei. Nur war er just wegen des Krieges am Alltagsgeschäft verhindert. Das genügte der Zunft – einstweilen.

Und in der Zwischenzeit sann Marga darüber nach, eine Zeitung zu gründen. Keine, die nur aus einem einzigen losen Flugblatt bestand und nur an Markttagen unter den Menschen verteilt wurde, sondern eine, die mindestens zwei Seiten hatte. Auf der ersten Seite würden Nachrichten aus dem Kriege stehen, die zweite Seite wäre für die Leipziger Neuigkeiten vorbehalten.

Als dieser Gedanke das erste Mal in Margas Kopf Gestalt angenommen hatte, war sie darüber erschrocken gewesen. Nun aber wurde ihr der Gedanke immer vertrauter.

»Was meint Ihr zu einer Zeitung, die täglich erscheint?«, fragte sie Hermann Schein, der regelmäßig in der Werkstatt vorbeischaute, auch wenn er keinen neuen Druckauftrag für die Thomaner mitbrachte.

»Der Einfall ist gut, er hätte von mir sein können. Woher aber, sagt mir, wollt Ihr all die Nachrichten bekommen, um die Seiten zu füllen?«

Marga brauchte nicht lange zu überlegen. »Ich werde mich an der Poststation erkundigen. Dort treffen die Nachrichten aus allen Teilen des Landes ein.«

»Hmm«, brummte Hermann Schein. »Aber eine Gewissheit, dass das, was Ihr dort erfahrt, auch der Wahrheit entspricht, habt Ihr nicht.«

Marga nickte. Auch daran hatte sie bereits gedacht. »Es geht vielleicht gar nicht darum, die Wahrheit zu schreiben«, sagte sie leise. »Vielleicht geht es viel eher darum, das zu schreiben, was die Leute lesen möchten. Was nützt es ihnen, genau zu wissen, wie viele Tote es bei der letzten Schlacht in Mansfeld gegeben hat? Was sagen Zahlen schon aus? Die meisten Leute kennen den Unterschied zwischen einhundert und eintausend nicht. Es wäre vergeudete Zeit, so etwas zu schreiben. Stünde in der Zeitung jedoch, was so ein Söldner in Mansfeld erlebt hat, wie es sich anfühlt, wenn eine Kugel einem die Schulter zerfetzt, dann wären die Leute zufrieden. Das ist es, was sie wissen wollen. Wenn es darauf ankommt, interessiert sich jeder nur für sein eigenes Geschick. Was in der Welt geschieht, ist nur dann wichtig, wenn es Auswirkungen auf das eigene Leben hat. Das ist von Gott vielleicht nicht so gewollt, aber es ist so. Wie wird das Wetter? Wie stehen die Sterne? Können wir mit einer guten Ernte rechnen? Das wollen sie wissen. Wachsen in den Wäldern und Auen schon die ersten Pilze? Was gibt es Neues aus der Vorstadt? Wann findet die nächste Hinrichtung statt? Das sind die Themen, die die Leipziger interessieren. Und ich möchte ihnen genau das geben.«

Marga hatte sich in Begeisterung geredet. Ihre Wangen waren gerötet, die Augen strahlten. Unter ihrer Haube hatte sich eine Haarsträhne gelöst und hing ihr über der linken Wange. Sie pustete sie weg, dann strahlte sie den Kantor an.

»Ich habe Euch noch nie so fröhlich gesehen«, sagte der und betrachtete die Druckerin voller Bewunderung.

Verlegen strich sich Marga über das Gesicht, senkte dann den Blick. »Ich weiß, dass ich mich ungebührlich benehme«, sagte sie leise und verschämt.

»Wie das? Was meint Ihr?«, fragte der Kantor nach.

»Ich bin eine verlassene Frau. Ich sollte mich verkriechen, sollte mich schämen, weil es mir nicht gelungen ist, den

Meinen bei mir zu halten. Wie eine Witwe sollte ich leben, jedem Vergnügen abschwören und mich mit einem Platz in der Ecke des Lebens begnügen.«

Sie sah auf, traf seinen Blick, der ruhig und liebevoll auf ihrem Gesicht ruhte. »Aber das kann ich nicht, Kantor«, sprach sie weiter. »Ich fühle mich so erleichtert und so jung, wie ich mich nicht einmal mit sechzehn Jahren gefühlt habe. Es ist, als wäre eine Last von meinen Schultern geglitten. Nie hätte ich gedacht, dass das Leben ohne Mann so unbeschwert sein kann. Es heißt immer, eine Frau ohne Mann sei nichts wert. Aber ein Mann, der seiner Frau jeden Wert nimmt, ist auch nicht das, was in der Bibel steht.«

Der Kantor lächelte. »Ihr habt recht. Und ich freue mich, dass es Euch gut geht. Auch über Euren Zeitungseinfall freue ich mich und denke, dass Ihr damit Erfolg haben könntet. Wie aber wollt Ihr diese Aufgabe finanzieren?«

»Ganz einfach«, lachte Marga. »Ich werde von jedem einen Groschen verlangen. Das ist nicht viel, das kann sich jeder leisten.«

»Und wer soll die Zeitungen verkaufen?«

»Hmm«, machte Marga nachdenklich. »Darüber habe ich noch nicht nachgedacht.«

»Gut«, antwortete der Kantor. »Ich denke, dass ich Euch dabei helfen kann. Einige Knaben aus meiner Thomasschule sind arm und haben wohl nichts dagegen, sich mit dem Verkauf von Zeitungen ein paar Pfennige dazuzuverdienen.«

Jetzt strahlte Marga über das ganze Gesicht. Als Hermann Schein sich erhob, stand sie ebenfalls auf. Ganz dicht stand sie vor ihm. Da hob er beide Hände, legte sie sanft um ihre Wangen und sagte leise: »Noch nie wart Ihr so schön wie heute, Marga.«

Als auch Trajans Frau und seine Kinder an der Pest starben, gab es längst keine Totenausruferin mehr. Und Trajan hatte lange suchen müssen, bis er einen Priester fand, der die Sterbesakramente spendete. Holz für die Särge bekam er nirgendwo. Die Tischler hoben bedauernd die Schultern, doch sie konnten ihm nicht weiterhelfen. Das Heer vor den Toren der Stadt hatte alle Holzvorräte aufgebraucht.

»Näht Eure Toten in Säcke«, riet einer der Tischler. »So sind sie nicht ganz ungeschützt in der Erde.«

Trajan nickte. Aber woher sollte er Säcke bekommen? Am Hafen arbeitete niemand, das Kaufhaus war geschlossen. Widerwillig und ängstlich, aber doch entschlossen machte er sich schließlich auf den Weg. Doch je näher er seiner alten Arbeitsstätte kam, umso zögernder wurden seine Schritte. Andreas Geisenheimer hatte ihn rausgeschmissen. Nein, noch schlimmer. Er hatte ihn vom Hof gejagt wie einen räudigen Hund. Zwar hatte er recht gehabt, als er Trajan vorwarf, öfter der Arbeit ferngeblieben zu sein, aber, Himmelherrgott, warum war er denn nicht dort gewesen, wo er hingehörte? Weil Rieke ihn zu sich gerufen hatte! Er, Trajan, war der Firma treuer gewesen, als Andreas Geisenheimer es sich vorstellen konnte.

Das große Holztor, das in den Hof und zu den Lagerräumen führte, stand einen Spalt offen. Dahinter hörte Trajan Geräusche. Ein Fass wurde über Pflaster gerollt, ein Mann fluchte, ein anderer pfiff vor sich hin. Trajan stieß das Tor auf und trat ein. Niemand bemerkte ihn. Er stand im Schatten und betrachtete die Vorgänge. Er erblickte den alten Jakob, der ihn damals, als er des Diebstahls der Spange verdächtigt wurde, nur lahm und lauwarm in Schutz genommen hatte.

Mehrere Männer waren dabei, ein Fuhrwerk abzuladen, auf dem gut durchgetrocknete Holzstämme lagen.

Weiß der Geier, woher Geisenheimer das Holz hat, dachte Trajan. Aber schon stand Andreas selbst auf dem Hof. »Schließt gefälligst das Tor«, brüllte er. »Soll hier jeder, der gerade des Weges kommt, sehen, was bei uns geschieht? Auf, na los, macht schon. Schiebt den Riegel vor.«

Einer der Auflader, ein sehr junger Kerl, mit dem Trajan sich immer gut verstanden hatte, rannte auf das Tor zu und schob den schweren Eisenriegel vor. Trajan presste sich eng an die Wand in den Schatten. Er hatte Glück. Niemand sah ihn an. Jeder ging seiner Arbeit nach, und Trajan ließ seine Blicke weiter schweifen. Kurz kam ihm der Gedanke, Andreas Geisenheimer um Holz für die Särge seiner Familie zu bitten, doch dann ließ er es sein. Geisenheimer würde ihn eher noch einmal vom Hof jagen, als ihm auch nur das geringste Scheit zu geben.

Ungefähr zwanzig Meter von Trajan entfernt lag ein Stapel grober Säcke. Trajan schluckte. Seit er auf dem Hof war, wusste er, dass er die Säcke stehlen musste, wenn er hier etwas haben wollte. Schritt für Schritt und immer an die Mauerwand gepresst, bewegte er sich auf die Säcke zu. Als die Glocke Mittag schlug, leerte sich der Hof. Schritt für Schritt kam Trajan den Säcken näher. Noch einmal sah er sich um, raffte sechs von ihnen zusammen und rannte zum Tor. Mit aller Kraft riss er am Riegel und stürmte hinaus – direkt in die Arme von Andreas Geisenheimer!

12

Nur langsam ging es Judith besser. Lila saß stundenlang neben ihrem Bett. Doktor van Aaken hatte die Pestbeulen aufgestochen, Lila den ablaufenden Eiter mit alten Lappen aufgefangen und die Lappen dann im Küchenofen verbrannt. Sie war hinunter zum Main gelaufen, um am Ufer nach Pestwurz zu suchen. Zu Hause braute sie aus der Wurzel und den Stängeln einen Sud, der gallebitter schmeckte und das Haus mit seinem ekelhaften Geruch füllte. Die Blätter stampfte Lila zu einem Brei, bestrich feinen Nesselstoff damit und legte ihn Judith auf die aufgestochenen Pestbeulen am Hals, in den Achseln und in den Leisten.

Als der Eiter abgelaufen war und die Beulen geschrumpft waren, wusch Lila mithilfe der Magd die Kranke und zog ihr neue Sachen an. Danach kamen die Bettwäsche und die alte Nachtwäsche ins Feuer.

Zum Schluss bestellte Lila eine Kräuterfrau ins Haus, die jedes einzelne Zimmer mit Weihrauch und anderen Pflanzen ausräucherte, dazu einen Priester, der das Haus segnete.

Jetzt lag Judith in den Kissen, blass und schmal wie ein Kind, aber fieber- und schmerzfrei.

»Wie geht es dir, meine Liebe?«, fragte Lila.

Judith lächelte matt. »Es geht mir so gut, wie es mir nur gehen kann.« Sie griff nach Lilas Hand und drückte sie ganz fest. »Ich werde nie vergessen, was du für mich getan hast. Du hast mich unter Lebensgefahr gepflegt. Niemand hätte es dir verübelt, wenn du mich allein und elend hier im Haus dem Tod überlassen hättest. Aber du bist geblieben, hast weder Ekel noch Angst gezeigt. Ich durfte unter deinen Händen in Würde gesunden. Du hast mir das Leben gerettet, Lila. Dafür kann ich dir gar nicht genug danken.«

»Du übertreibst«, wehrte Lila ab. »Und du vergisst Doktor van Aaken.«

»Ja«, flüsterte Judith. »Den hätte ich beinahe vergessen.« Ihre Wangen färbten sich bei diesen Worten ein wenig und straften sie Lügen.

Doktor van Aaken war jeden Tag bei Judith gewesen. Er hatte neben ihrem Bett gesessen, hatte ihr den Schweiß von der Stirn gewischt, ihr Wasser und verdünnten Wein eingeflößt, ihre Hand gehalten, wenn die Fieberträume zu schrecklich wurden, sie getröstet, wenn sie weinte und sich vor Schmerzen im Bett hin und her warf.

Lennart hatte sich in der ganzen Zeit nicht blicken lassen. Nachdem Lila ihn auf der Straße getroffen hatte, hatte er am nächsten Tag ein Sträußchen Blumen geschickt, dazu beste Wünsche für eine rasche Genesung. Ansonsten nichts. Lila hatte befürchtet, dass auch er ein Opfer der schwarzen Seuche geworden war, doch als sie seine Nadelmacherei aufsuchte, fand sie ihn frisch und munter in der Werkstatt. Er hatte sie nicht sofort gehört und war noch tief ins Gespräch mit einer Frau versunken gewesen, in der Lila Käthi Weyrauch erkannte. Lennart hatte seiner Nachbarin sogar eine Hand auf den Unterarm gelegt und mit ihr zusammen gelacht. Judith gegenüber verlor Lila darüber kein Wort. Und so groß ihre Angst vor Doktor van Aaken auch war, sie war zugleich froh, dass er sich so rührend um Judith kümmerte.

»Hat er gesagt, wann er heute kommt?«, fragte Judith sogleich.

Lila schüttelte den Kopf. »Er muss sich zuerst um die Kranken kümmern, hat er gemeint. Danach wollte er zu dir kommen.«

Judith stützte sich ächzend auf die Ellbogen. »Ich möchte schön aussehen, wenn er kommt«, sagte sie. »Kannst du mir helfen, mein Haar zu waschen? Kannst du meine Augenbrauen in Form bringen und mir ein wenig von der roten Paste auf die Wangen streichen?«

Lila lächelte und nickte. Dann wusch sie ihrer Schwägerin das Haar, kämmte und schminkte sie, so gut sie es vermochte.

Trajan hatte erwartet, dass Andreas Geisenheimer ihn mit den gestohlenen Säcken unter dem Arm sofort zum Rathaus schleifen und den Bütteln übergeben würde, auf dass sie ihm wegen Diebstahls den Prozess machten. Aber nichts war geschehen. Geisenheimer war einen Schritt zurückgewichen. Dort, wo sein Ärmel mit Trajan in Berührung gekommen war, hatte seine Hand gewischt und gerieben.

»Was willst du hier?«, hatte er dann gefragt, Trajan dabei aber nicht in die Augen gesehen.

»Meine Familie. Sie sind alle tot. Ich wollte sie in Särgen begraben, wie es sich gehört. Doch es gibt nirgendwo

Holz. Das Heer hat alles verschlungen. Deshalb habe ich die Säcke vom Hof gestohlen. Ich will sie einnähen, um sie nicht nackt in die Erde legen zu müssen.«

Andreas Geisenheimer hatte genickt und mit der Hand gewedelt, als wolle er eine lästige Stubenfliege vertreiben.

Trajan war so überrascht, dass er einfach stehen blieb. »Ihr … Ihr wollt mich nicht anzeigen?«, fragte er.

Andreas Geisenheimer verzog das Gesicht. »Geh einfach. Geh schnell«, erwiderte er und wedelte erneut mit der Hand.

Trajan machte, dass er davonkam. Schneller als er wollte war er wieder daheim. Ein Schauder lief ihm über den Rücken, als er vor seiner Haustür stand. Da drinnen lagen fünf Tote. Die fünf Menschen, die er auf der Welt am meisten geliebt hatte. Zumindest noch bis vor Kurzem.

»Ich bin schuld«, murmelte er, stieß die Tür auf und sank dahinter auf die Knie. Schluchzen schüttelte seinen Körper. Er ließ den Kopf sinken und weinte, wie nur ein Mann in tiefster Verzweiflung weinen kann. »Ich bin schuld«, stieß er immer und immer wieder hervor. Es dauerte lange, bis er sich beruhigt hatte. Dann nahm er die größte Nadel, die er im Nähkasten seiner Frau finden konnte, holte eine Rolle grobes Garn und die Säcke. Zuerst nähte er den Säugling in einen Sack. Gerade ein paar Tage alt war das Kind. Geboren, als die Frau schon von Pestbeulen übersät war. Ein Junge. Und niemand hatte Zeit gehabt, ihn zu taufen. Ob er direkt in die Hölle kommt?, fragte sich Trajan. Er strich dem Säugling über die Stirn, malte ein Kreuzzeichen darauf. »Verzeih mir, mein Sohn«, sagte er. »Nicht du, ich sollte in der Hölle schmoren.«

Trajan weinte ohne Unterlass, während er die anderen drei Kinder einnähte. Aber erst als er seine Frau vor sich liegen hatte, verlor er jede Fassung.

»Ich wollte das nicht«, schrie er. »Ich wollte das alles nicht. Du musst mir glauben. Das Weib hat mich verhext. Rieke Geisenheimer ist schuld.« Dann beruhigte er sich langsam und kniete neben seiner toten Frau nieder. »Ich weiß, Liebste, dass Gott mich für meine Untreue gestraft hat, indem er euch die Pest geschickt hat. Wenn ich es wiedergutmachen könnte, glaube mir, ich würde es tun. Aber Rieke Geisenheimer hat mich verhext. Noch jetzt wirkt ihr Zauber in mir. Ich kann nichts dafür. Verzeih mir, bitte.«

Er beugte sich über sie, küsste ihre geschlossenen Lider, dann zog er den Sack über sie und nähte ihn zu. Als der Karren des Totengräbers vor der Tür hielt, war Trajan fertig. Er lud seine tote Familie auf den Karren, lief als Einziger hinter ihm her und bekreuzigte sich, als die Toten nacheinander in einer großen Grube zu liegen kamen. Dann kehrte er in sein Haus zurück. Er packte ein Bündel, öffnete alle Türen und Fenster und ging, ohne sich noch ein einziges Mal umzudrehen.

Zwei Tage war Marga weg gewesen. Sie war in Richtung Elbe geritten, denn dort sammelten sich die neuen Truppen. Ernst von Mansfeld hatte bei Dessau viele tausend Söldner verloren. Während sich das restliche Heer in der Altmark von der Schlacht erholte, rekrutierten die Werber im ganzen Land neue Soldaten. Vor jeder größeren Stadt hatten sich Sammellager gebildet. Gerüchte tobten wie Gewitterstürme durch das Land.

Ernst von Mansfeld, bis dato Söldnerführer Friedrichs V. von der Pfalz, wollte die Seiten wechseln, hieß es. Gemeinsam mit Christian von Braunschweig vertrat er die Sache der Evangelischen, doch nunmehr wurde gemunkelt, dass von Mansfeld und von Braunschweig in die Vereinigten Niederlande wollten, um an der Seite der Niederländer gegen das katholische Spanien zu kämpfen.

Im Sammellager vor den Leipziger Toren, welches sich in der Nähe von Schkeuditz befand, fand Marga diese Gerüchte bestätigt. Sie streifte ungern zwischen den Zelten umher. Die Söldner waren ein raues Volk, riefen ihr derbe Scherze und Zoten nach, grabschten nach ihrem Hintern, griffen nach ihren Knöcheln, rissen ihre Röcke in die Höhe, zerrten an der Haube, zogen am Brusttuch und am Mieder. Sie grölten, rotzten, spuckten, seierten, sabberten, fluchten, soffen, furzten und kotzten, wo sie gingen und standen. Manche lagen wie tot neben einer erloschenen Feuerstelle. Nur der Dunst nach Branntwein, der über ihnen hing, zeigte, dass sie noch am Leben waren. Andere drückten sich bei den Krämerinnen und Pastetenbäckerinnen herum, wühlten mit ihren dreckigen Pfoten unter den Kleidern der Frauen, die wie Ferkel quiekten. Langeweile lag über dem Lager, machte die Männer aggressiv. Kein Kartenspiel, bei dem es nicht Streit gab. Kein Feuer, an dem sich nicht geprügelt wurde. Die Verpflegung ließ ebenfalls zu wünschen übrig. Die Söldner machten sich in die Wälder auf, schossen, was ihnen vor die Flinte kam. Wildschweine wurden auf Spieße gesteckt und über Feuern gedreht, Hasen, Kaninchen, einmal sogar ein Reh. Andere plünderten die Scheunen der Bauern, drangen in die

Vorratskammern ein, nahmen sich, was ihnen ins Auge stach. Sie griffen sich die Butterfässchen, packten ganze Schinken und Schweinehälften über die Schulter und machten sich davon. Die wenigen Wachleute hatten es schon lange aufgegeben, Einzelne für ihre Verbrechen zu bestrafen. Wenn eine Frau ihre Vergewaltiger zur Anzeige bringen wollte, zuckten sie mit den Schultern und rieten ihr, sich in Zukunft weniger aufreizend zu benehmen. Klagte ein Bauer über den Diebstahl einer Kuh, wurde ihm gesagt, er solle seinen Stall verschließen. Kam ein Gutsherr, der seinen Knecht vermisste, so hieß es, er solle ihn selbst suchen. Zucht und Ordnung waren so weit vom Feldlager entfernt wie der Himmel von der Hölle.

Nein, das Heerlager war kein Ort für eine anständige Frau. Aber für ihre Zeitung musste Marga wohl oder übel mindestens einmal die Woche dorthin, auch wenn es ihr schwerfiel. Sie setzte sich zu den Marketenderinnen ans Feuer und ließ sich von ihnen die Neuigkeiten erzählen. Sie sprach mit den jungen Söldnern, manche noch beinahe Kinder, die in der Nacht vor Heimweh nach ihren Müttern weinten. Und manchmal gelang es ihr sogar, einen Leutnant nach dem Stand des Krieges zu befragen. Alle diese Begegnungen dienten zwar vorrangig dem Zweck ihrer neu gegründeten »Leipziger Nachrichten«, doch wenn Marga ganz ehrlich war, so suchte sie nach Robert. In jedem Fußknecht, der betrunken gröhlend vor ihr herstolperte, sah sie ihren Mann. Jeder Söldner, der mit der Hand unter dem Rock einer Frau wühlte, konnte Robert sein. Und jeder Mann, der sich mit einem anderen laut fluchend prügelte, sah ihrem Gatten ähnlich.

Marga verstand sich selbst nicht mehr. Sie war doch erleichtert gewesen, als Robert endlich gegangen war. Sie war seither jeden Morgen ausgeruht erwacht, während sie in den ganzen Jahren zuvor schlecht geschlafen hatte und am Morgen wie gerädert war. Ihre Augenringe waren blasser geworden, der bittere Zug um den Mund herum hatte sich entspannt. Auch ihr Haar begann allmählich wieder zu glänzen. Marga hatte sogar schon zwei Mal gelacht. So richtig gelacht, von Herzen und mit zurückgeworfenem Kopf. Und doch fehlte ihr Robert. Sie kam sich so schutzlos vor ohne Mann. Jeder, der es wollte, konnte sie anstarren, jeder nach ihr greifen, ohne dass er dafür bestraft wurde. Einer verheirateten Frau rief man keine Zoten nach, zerrte nicht an deren Brusttuch. Einer mannlosen Frau schon. Und die Kunden der Druckerei erst! Nur die wenigsten wagten es, einen guten Handwerker um seinen gerechten Lohn zu betrügen. Bei einer Frau aber versuchte jeder, ihr den Gewinn zu beschneiden. Und dann war da noch Konstantin. Er vermisste seinen Vater. Marga wusste das, ohne dass er darüber sprach.

Aus diesen Gründen fehlte ihr Robert, aber viel mehr fehlte ihr ein Mann. Marga seufzte. Sie hatte heute genug vom Heerlager gesehen und ritt langsam zurück in die Stadt. Es war heiß. Der Schweiß stand ihr auf der Stirn. Sie hätte am liebsten angehalten und an einem kleinen See ein Bad genommen, doch sie musste sich eilen. Die Neuigkeiten aus dem Lager wollten in Sätze gefasst und gedruckt werden, damit der Nachbarsjunge die »Leipziger Nachrichten« gleich morgen bei Marktbeginn verkaufen konnte. Margas Magen rumorte. Sie hatte Hunger, denn sie war am gottfrühen Morgen gleich nach Öffnung der Tore ohne Frühstück aufgebrochen. Auch getrunken hatte sie heute noch nichts. Sie sehnte sich nach einem Becher frischem Brunnenwasser, nach einer Scheibe Brot und danach, sich mit einem feuchten Lappen über Gesicht und Hals zu fahren. So viel Zeit musste sein. Aber dann musste sie sofort in die Werkstatt und die angefallenen Aufträge erledigen. Marga seufzte. Es würde ein anstrengender, arbeitsreicher Tag werden. Gleichzeitig aber freute sie sich, denn sie fühlte sich frei und unbeschwert.

Endlich hatte sie das Hallische Tor erreicht. Sie ritt durch die Gerberstraße, am Brühl entlang, bog nach links in die Katharinenstraße ein. Schon von Weitem sah sie, dass die hölzernen Läden an Wohnhaus und Werkstatt aufgeklappt waren. Freude durchzog Marga. Sie seufzte auf, und ein Lächeln zog über ihr Gesicht. Er hat mir verziehen, dachte sie. Endlich hat mir Konstantin verziehen. Sie dachte an die letzten Tage und konnte nicht verhindern, dass ein Schauer über ihren Rücken rann.

»Du bist eine Mörderin«, hatte Konstantin seine Mutter angeschrien. »Du hast meinen Vater aus dem Haus und in den Krieg getrieben. Du bist eine Mörderin!«

»Nein!«, hatte sie ihm entgegengesetzt. »Ich bin keine Mörderin. Dein Vater hat sich frei entschieden.«

»Das hat er nicht. Du hast ihn weggeschickt. Ich weiß es, ich habe es gehört.«

»Er hatte die Wahl. Er hätte nur die anderen Frauen lassen sollen. Mehr nicht. Ist das zu viel verlangt?«

»Ja!«, schrie Konstantin. »Kein Mann ist mit nur einer Frau zufrieden, so er ein richtiger Kerl ist.«

»Und was ist mit mir? Was ist mit meiner Würde? Wie, meinst du, fühlt sich eine Frau, die jahrelang von ihrem Mann betrogen wird, betrogen, belogen und verhöhnt?«

Da war Konstantin ganz still geworden, hatte seine Mutter angeschaut, als hätte er sie noch nie als Mensch gesehen. Und sie hatte genickt. »Ja, sieh mich ruhig an. Ich bin eine Frau wie die Jungfrau Maria eine Frau war. Ich bin ein Mensch, geschaffen von Gott, geschaffen nach seinem Abbild.«

Schon hatte sich Konstantin wieder gefangen. »Nein, Mutter«, hatte er gesagt. »Du bist kein Mensch wie ein Mann ein Mensch ist. Du bist nur ein Weib, mehr nicht. Und ein Weib, das predigt selbst der Pfarrer von der Kanzel, ist nicht einmal halb so viel wert wie ein Mann. Und deswegen ist es nur gerecht, wenn ein gesunder Mann mehr als nur eine Frau hat.«

Da war Marga stumm geworden. Was hätte sie auch dazu noch sagen sollen? Stumm und traurig war sie geworden und hatte schon jetzt die Frau bedauert, die ihr Sohn einmal zum Weib nehmen würde.

Aber nun war alles anders. Er hatte ihr verziehen, hatte eingesehen, dass sie keine andere Möglichkeit hatte, als ihren Mann und seinen Vater vor die Tür zu setzen. Margas Lächeln wurde breiter. Sie grüßte lachend nach allen Seiten. Der Verkehr war dicht geworden. Die gesamte Katharinenstraße war verstopft von den Karren der Händler, die auf den Markt wollten. Ein dürrer Junge trieb ein paar Ziegen vor sich her, ein älteres Mädchen versuchte vergeblich, einen Esel, der über und über beladen war, vorwärts zu zerren. Marga stieg von ihrem Pferd, das sie sich nun, da Robert nicht mehr das Geld in die Schänke trug, leisten konnte.

Sie bahnte sich mit den Ellbogen einen Weg bis zu ihrem Haus. Sie stieß das Tor auf, das neben der Werkstatt zum Stall führte, sattelte das Pferd ab, schüttete ihm Hafer und Wasser in die Tröge und wollte gut gelaunt die Tür zur Werkstatt aufstoßen. Doch das Holz widerstand ihr, der Riegel war vorgelegt.

Marga wich zurück, runzelte die Augenbrauen. Sie versuchte, durch die Fenster in die Werkstatt zu sehen, und erkannte ihren Sohn, der mit verschränkten Armen an der Druckerpresse lehnte.

»He, Konstantin, ich bin es. Mach die Tür auf«, rief sie, doch der Junge rührte sich nicht. Da schlug sie mit beiden Fäusten gegen die Tür, bis ihr Sohn endlich kam. Er riss die Tür auf und stellte sich breitbeinig in den Rahmen.

»Du kommst hier nicht rein«, sagte er.

In seinen Augen funkelte die Wut, und Marga wusste, dass sie sich getäuscht hatte. Konstantin hatte ihr nicht verziehen, würde ihr niemals verzeihen und noch nicht einmal versuchen, seine Mutter zu verstehen.

»Du kommst hier nicht rein«, wiederholte er.

»Du spinnst«, erklärte Marga kalt und wollte ihren Sohn zur Seite schieben. Doch dieser holte aus und schlug ihr mit der Faust so heftig vor die Brust, dass sie rückwärts taumelte.

»Warum?«, fragte Marga, als sie sich gefangen hatte.

»Du hast meinen Vater lächerlich gemacht, indem du ihn rausgeschmissen hast. Du hast ihn dem Tod preisgegeben, hast seine Ehre besudelt. Du bist nicht länger meine

Mutter. Ich war bei der Innung. Man hat mir gestattet, während Vaters Abwesenheit der Werkstatt vorzustehen.«

Seine Unterlippe zitterte, als er das sagte. Marga sah es, und am liebsten hätte sie ihren Jungen in den Arm genommen. Doch er war nicht mehr ihr Junge. Er war ihr Feind.

»Konstantin!« Sie streckte bittend die Hände nach ihm aus, aber der junge Mann schüttelte den Kopf. »Scher dich weg hier, ehe ich dich vom Hof jage wie einen Hund. Jetzt bin ich der Herr über Werkstatt und Haus, jetzt bestimme ich, wer hier ein- und ausgeht.«

Marga nickte. Sie wusste, dass er das Recht dazu hatte. Er war der Erbe seines Vaters. Sie konnte durchsetzen, dass er für sie sorgte, damit sie dem Armenkasten nicht zur Last fiel. Sie konnte gegen ihren Sohn klagen. Aber bis dahin? Wo sollte sie hin? Wovon sollte sie leben?

Mit hängenden Schultern und schlurfenden Schritten ging sie vom Hof. Der Tag drückte auf ihren Nacken, dass sie glaubte, den Kopf nicht länger oben halten zu können. Tiefe Traurigkeit überfiel sie. So heftig, dass ihre Knie zu zittern begannen. Aber als sie ein paar Schritte gegangen war, spürte sie noch etwas anderes in sich. Ein Gefühl, welches so kraftvoll war, dass es ihr schier die Luft nahm. Sie spürte förmlich, wie sie wuchs, wie sich ihr Rücken aufrichtete, die Schultern sich strafften, die Schritte länger und fester wurden. Marga drehte sich um, hob die Faust und rief so laut sie konnte: »Du willst meinen Untergang? Du wirst ihn nicht kriegen, mein Sohn. Du nicht, dein Vater nicht und auch kein anderer Mann auf dieser Welt.«

* * *

Rieke langweilte sich. Sie langweilte sich so unendlich, dass sie sich beinahe schon wünschte, die Pest zu bekommen. Da hätte sie wenigstens etwas, um das sie sich kümmern konnte. Aber so … Ein Tag verlief wie der andere. In diesem Taunuskaff war nichts los, aber auch gar nichts. Morgens krähte der Hahn, mittags brüllte eine Kuh, und am Abend sang die Nachtigall. Das war's. Rieke konnte nicht einmal spazieren gehen. Sie ging nie spazieren. Sie mochte es einfach nicht, sinnlos in der Gegend herumzulatschen, wie sie es bei sich nannte, aber vor lauter Langeweile hatte sie es nun bereits mehrfach versucht. Auch jetzt verfügte sich Rieke hundert Schritte die Dorfstraße entlang nach links und dann hundert Schritte die Dorfstraße entlang nach rechts. Doch schon war ihr die Sache wieder zu langweilig geworden. Ihre Tage waren so leer und unerfüllt, dass sie sich sogar mit ihrer Schwiegermutter unterhielt. Andreas hatte darauf bestanden, dass seine Mutter mit ihr reiste.

Rieke hatte sich zähneknirschend gefügt. Amalia Geisenheimer war eine verwöhnte Frau. Einst Tochter des bedeutendsten Frankfurter Juwelenhändlers, dann Ehefrau eines sehr reichen Kaufmanns, hatte man ihr zeitlebens alle Wünsche von den Augen abgelesen. Das allein hätte Rieke nicht gestört. Doch dass Amalia obendrein klug und einfühlsam genug war, um ihre Schwiegertochter zu durchschauen, das störte Rieke ganz gewaltig. Sie mied die Begegnung, wo sie nur konnte. In Frankfurt nahmen sie nur an Festtagen die Mahlzeiten gemeinsam ein. Ansonsten blieb Amalia in ihren Gemächern, empfing dort ihre Freundinnen, stickte, las oder ging in die Kirche.

Anfangs hatte sich Amalia noch um ihre Schwiegertochter gekümmert. Ihre Raubrittermanieren mussten ausgebügelt werden. Rieke hatte von Amalia viel gelernt. Sie wusste sich in jeder Gesellschaft zu benehmen, verstand es, Männer zu bezaubern, ohne dabei billig, aufdringlich oder kokett zu wirken. Sie war stets vornehm, wenn auch immer noch manchmal etwas zu auffällig gekleidet, wusste graziös zu speisen und sich zu unterhalten. Als Amalia jedoch befand, dass sich die Erziehung der Schwiegertochter nun nicht mehr verbessern ließ, hatte sie sich zurückgezogen und damit offenbart, was sie wirklich von Rieke hielt: nämlich nichts.

»Ich bin für deine Mutter nicht interessanter als die Magd«, beklagte sich Rieke bitter bei ihrem Mann. »Sie stellt mich nicht ihren Freundinnen vor, nimmt mich weder zu ihrer Schneiderin noch zu ihrer Putzmacherin mit und kommt auch nie, um sich mit mir zu unterhalten.«

Andreas zuckte mit den Achseln. »Sie tut, was sie für richtig hält. Das hat sie schon immer getan. Du kannst sie nicht ändern.«

Rieke war zwar die Frau des bekannten Frankfurter Kaufherrn und Ratsmitglieds Andreas Geisenheimer, aber zur Familie gehörte sie trotzdem nicht richtig. Von dem Moment an, als ihr klar geworden war, dass Amalia niemals zu ihrer Freundin werden würde, hatte Rieke in ihr eine Feindin gesehen. Doch jetzt, in der Einöde, sehnte sie sich so sehr nach Abwechslung, dass sie beschloss, ihrer Schwiegermutter einen Besuch abzustatten. Sie lehnte sich noch einmal aus dem Fenster der kleinen Herberge, in der sie Quartier genommen hatten – und glaubte ihren Augen nicht zu trauen. Direkt vor dem Haus zügelte ein Bauer sein Pferd, das einen Wagen voller Weinfässer zog. Vom Kutschbock sprang Trajan! Er rief dem Bauern ein Dankeschön und einen Gruß zu, dann sah er an der Front der Herberge hinauf. Rieke presste eine Hand auf ihr laut pochendes Herz und wusste nicht, wofür sie beten sollte. Dafür, dass Trajan sie nicht bemerkte? Oder dafür, dass er gekommen war, um sie von dieser unsäglichen Langeweile zu befreien?

Einen langen Augenblick stand sie mit jagendem Herzen, dann trat sie zurück an das Fenster und sah hinaus. Die Straße lag wieder leer und verlassen vor ihr. Hatte sie sich nur eingebildet, Trajan gesehen zu haben?

Sie seufzte, doch im selben Augenblick klopfte es an ihrer Zimmertür.

Sie erschrak und freute sich zugleich. Rasch öffnete sie, und bevor Trajan ein Wort sagen konnte, hatte Rieke ihn schon zu sich hereingezogen.

Trajan drückte sie an sich, presste seine harten Lippen auf ihren weichen Mund, saugte sich an ihr fest, als wäre sie allein es, durch die er atmen könnte. Er drehte sich mit ihr, schob sie bis zu dem hölzernen Bett, stieß sie sanft an und ließ sich mit ihr darauf fallen.

Judith kam nur langsam wieder zu Kräften. Das war nicht verwunderlich, denn in der Stadt gab es kaum Lebensmittel, die für eine Genesende gut waren. Obwohl die schwere Schlacht bei Höchst seit einem Monat Geschichte war und der Juli langsam dem Ende zuging, hatte sich die Versorgungslage noch nicht entscheidend gebessert. Lila stand jeden Morgen beim ersten Hahnenschrei auf und eilte zum Markt, um vielleicht doch noch ein oder zwei Eier, ein winziges Stück Butter oder ein Häppchen mageres Fleisch zu ergattern. Meist hoffte sie vergeblich. Das Heer war weitergezogen in Richtung Niederlande, doch die Bauern der Umgebung hatten sich noch lange nicht von der Belagerung erholt. Kühe, Schweine und Schafe waren gestohlen und geschlachtet; die Wälder von Wilddieben geleert und auch die Flüsse leer gefischt. Die Felder lagen brach, waren abgebrannt oder verwüstet. Woher sollten die Bauern das Korn nehmen, was sollten die Müller mahlen, womit die Bäcker backen? Woher sollten die Bauern das Vieh nehmen, das Fleisch gab und Milch, Leder und Wolle, Käse und Butter?

Lila schritt seufzend mit dem leeren Korb an den ebenso leeren Ständen vorbei. Sie dachte an Arno, dachte daran, dass er bald nach Hause kommen musste. Die ersten Frankfurter waren längst zurückgekehrt. Abgerissen waren sie, verdreckt und hungrig. Wie und vor allem wann würde Arno wiederkommen? Wenn Lila ehrlich war, dann musste sie zugeben, dass sie Angst hatte. Das Haus war verwüstet. Zwar hatten die Handwerker schon einiges erreicht, doch noch war das Haus nicht so, wie Arno es verlassen hatte. Aber das war nicht ihre größte Sorge. Sie hatte immer gedacht, sie würde es fühlen, wenn jemand, den sie liebte, Schaden erlitt. Doch sie hatte nichts gefühlt. Glaubte sie ihrem Gefühl, so musste Arno noch leben und gesund sein. Warum aber war er dann noch nicht wieder da? Lila seufzte und spürte, wie sich ihr Magen verkrampfte. Sie durfte jetzt nicht daran denken, sie musste die Einkäufe erledigen, musste zusehen, dass sie etwas auftrieb, das Judith wieder auf die Beine brachte. Doch so tief sie auch in den Markt eindrang, die Stände blieben leer. Bürsten gab es in rauen Mengen, Nadeln lagen in Bergen, Milchkannen in Hülle und Fülle, aber Lebensmittel waren knapp. Einen Knochen nur, dachte sie. Einen guten Rindsknochen, um daraus eine Suppe zu kochen. Ein bisschen Butter dazu, ein Ei, um es in die Suppe zu quirlen. Dazu ein Viertelchen guten Rotweins. Doch der Markt war wie leer gefegt. Mutlos lief Lila die Gasse entlang. Plötzlich kam ihr ein Gedanke. Sie drehte auf dem Absatz um und lief bis zum Kontor des Handelshauses Geisenheimer. Im Kontor herrschte trotz gerade überstandener Pest und Schlacht Hochbetrieb. Alle Schreibpulte waren besetzt. Fernhändler boten ihre Waren an, natürlich zu überhöhten Preisen, es war schließlich Krieg und Notzeit. Bauern aus der Umgebung baten um Zahlungsaufschub. Karren rollten auf den Hof, wurden von den Aufladern übernommen. Die Schreiber eilten hin und her, Geldwechsler schütteten Münzen auf eine Goldwaage, und über all dem herrschte der Lärm eines erfolgreichen Geschäftshauses. Wie verloren stand Lila in diesem Trubel, der vor Kurzem noch zu ihrem Alltag gehört hatte. Endlich entdeckte sie Andreas. Er stand von seinem Stuhl hinter dem großen Kontortisch auf, kam auf Lila zu, fasste sie bei den Schultern und küsste sie auf die Wange. »Ich grüße dich, Schwägerin. Hast du etwas von Arno gehört?«

Lila schüttelte den Kopf. »Ich sorge mich«, erwiderte sie. »Am liebsten würde ich mich selbst nach Höchst begeben, um nach ihm zu sehen.«

Andreas schüttelte den Kopf. »Ich werde jemanden schicken. Es ist zu gefährlich für dich. Wie geht es dir sonst?«

Lila nickte und lächelte fein. »Im Haus geht es voran. Die Handwerker sind fleißig. Aber an manchen Dingen fehlt es halt.«

»Sag mir, was du brauchst. Du weißt, ich bin da für dich und die Deinen.«

»Danke, Andreas. Ich möchte es so gern allein schaffen. Du hast genug mit dem Handelshaus zu tun, arbeitest für zwei, seit Arno weg ist. Ich möchte dich so wenig wie möglich mit meinen Sorgen belasten.«

»Ach was. Du bist Familie. Zu wem solltest du auch sonst gehen. Also, wo fehlt es? Brauchst du Holz?«

Lila nickte. Andreas wandte sich um, rief einen Schreiber herbei. »Notiert, wie viel Holz die Geisenheimerin braucht, und lasst es zu ihrem Haus liefern«, bestimmte er knapp.

Dann wandte er sich wieder an Lila. »Was brauchst du noch? Du bist doch nicht wegen des Holzes gekommen.«

»Es geht um Judith. Sie hat die Pest gerade überstanden, ist noch schwach und kommt einfach nicht wieder auf die Beine. Es gibt kaum Lebensmittel. Sie braucht Butter, Eier, Milch. Aber die Stände auf dem Markt sind leer.«

»Komm mit«, erwiderte Andreas kurz.

Er verließ das Kontor, ging hinüber in das Wohnhaus, betrat die Küche und gab der Magd Anweisungen, Eier, Butter, Sahne, Speck, ein fettes Hühnchen, weißes Mehl und ein wenig Gemüse in einen Korb zu packen.

»Komm wieder, wenn du etwas brauchst«, sprach er dabei zu Lila. »Zier dich nicht. Auch Judith gehört zur Familie. Es soll euch an nichts fehlen.«

Lila bedankte sich. Dann fragte sie nach Rieke. »Sie ist auf dem Land«, entgegnete Andreas knapp.

»Weißt du, wie es ihr dort geht?«

Andreas sah Lila prüfend an. Dann hob er die Schultern. »Sie hat alles, was sie jemals wollte. Warum sollte es ihr nicht gut gehen?«

Er grüßte knapp, aber herzlich, und ließ Lila mit ihrem schweren Korb allein.

Lila sah ihm nachdenklich nach, doch als ihr Blick auf die Schätze im Korb fiel, überzog ein Lächeln ihr Gesicht. Hastig lief sie zu Judiths Haus, welches noch immer auch ihr Zuhause war. Sie fühlte sich plötzlich unbeschwert. Alles würde gut werden, da war sie sich ganz sicher. Andreas würde einen Boten nach Höchst schicken, der nach Arno suchte. Judith bekam etwas Nahrhaftes zu essen, und für Holz war auch gesorgt. Kein Grund mehr, Trübsal zu blasen.

Sie hatte das Haus noch nicht erreicht, als sie den Mann sah. Er stand mitten auf der Gasse und blickte ihr entgegen. Lila stoppte mitten im Lauf, blieb wie angewurzelt stehen, presste eine Hand auf ihr laut klopfendes Herz. Sie schaute sich gehetzt um, doch der Mann hatte sie längst gesehen. Langsam, Schritt für Schritt, ging sie weiter, direkt auf den Mann zu. Der stand, rührte sich nicht vom Fleck, hielt seinen Blick auf Lila gerichtet. Immer näher kam sie ihm, immer näher. Gerade vor Judiths Haus trafen sie aufeinander. »Guten Tag, Lilith«, sagte der Mann und beugte leicht den Kopf. »Oder sollte ich dich lieber mit ›Shalom, Lilith‹ begrüßen?«

13

Noch immer wütend, aber mit so klarem Kopf wie lange nicht mehr, ging Marga durch die Stadt. Sie wusste nicht, wo sie hin sollte, wusste nicht, was sie machen sollte. Sie setzte einfach Fuß vor Fuß. Schließlich fand sie sich vor der Thomaskirche wieder. Langsam öffnete sie die schwere Tür und trat in das kühle Gewölbe. Die Ruhe, die in der Kirche herrschte, hüllte sie sofort wohltuend ein. Sie setzte sich auf eine Bank, streckte die Füße von sich und bemerkte erst jetzt, wie erschöpft sie war. Der Hunger rumorte in ihrem Magen, der Durst hatte ihre Lippen spröde gemacht. Ihre Augen brannten. Am liebsten hätte sie sich hier auf der harten Kirchenbank zusammengerollt und geschlafen. Stattdessen aber starrte sie nach vorn auf das Kreuz über dem Altar, schaute gerade in das Antlitz des Gemarterten und betete leise. Sie betete ohne Worte, formulierte ihre Gedanken nicht in Sätze, sondern ließ alles aus ihrer Seele strömen und schickte es auf die Reise zu Gott, der ihr vielleicht, vielleicht Hilfe senden würde. Lange saß sie so. Sie begann zu frieren. Eigentlich müsste ich jetzt aufstehen, dachte sie. Doch wohin soll ich denn nur? Sie schaute auf die Christusfigur am Kreuz und wartete auf Hilfe. Ganz im Vertrauen auf Gott hielt sie die Hände im

Schoß gefaltet. Das Knarren der Kirchentür durchbrach die Stille. Schritte waren zu hören. Marga wandte sich nicht um. Doch dann stand Hermann Schein neben ihr.

»Marga!«, rief er. »Was, um Himmels willen, macht Ihr am hellichten Arbeitstag in der Kirche?«

Marga lächelte mit schmalem Mund. »Ich habe auf ein Zeichen Gottes gewartet«, gab sie zu.

Der Thomaskantor setzte sich neben sie, griff nach ihrer Hand, nahm sie zwischen seine beiden und wärmte sie.

»Was ist passiert?«, fragte er.

»Mein Sohn Konstantin hat mich vor die Tür gesetzt«, sagte sie einfach.

Der Thomaskantor nickte. »Das hat ja so kommen müssen.«

Dann saßen sie beide nebeneinander, Hand in Hand, und schwiegen.

Marga wusste nicht, wie lange sie dort gesessen hatten, als Hermann Schein sich endlich erhob und sagte: »Gehen wir.«

Marga stand auf, folgte ihm aus der Kirche, folgte ihm bis in die Burgstraße, betrat nach ihm ein zweigeschossiges Giebelhaus, schritt hinter ihm eine Holzstiege nach oben. Sie ging ihm einen dunklen Korridor entlang nach, blieb stehen, als Hermann Schein schließlich eine Tür öffnete.

»Da könnt Ihr bis auf Weiteres wohnen«, sagte er. »Die Kammer steht sonst leer. Ich werde der Magd gleich auftragen, das Bett zu beziehen. Sie soll Euch alles bringen, was Ihr benötigt. Wenn Ihr wollt, so gehe ich gern in Euer Haus in die Katharinenstraße und verlange von Eurem Sohn, dass er Eure Kleidung herausgibt.«

Marga nickte. Sie drehte sich um und sah dem Thomaskantor in die Augen. Sie fand darin Mitleid und Güte, Besorgnis und Achtung. Marga nahm seine rechte Hand, schmiegte ihr Gesicht für einen Augenblick dort hinein. »Ich danke Euch«, sagte sie leise. Dann ließ sie die Tränen rinnen, tränkte den Ärmel des Kantors damit, bis er sie schließlich in seine Arme zog und ihr sanft wieder und wieder über den Rücken strich.

Rieke wälzte sich auf dem Laken, schmiegte sich an Trajan, drängte ihren Leib gegen seinen, suchte nach seinen Lippen, wand sich unter seinen Händen, stöhnte, jauchzte, wimmerte. Als sie schließlich ermattet nebeneinanderlagen, wusste sie wieder, was sie so vermisst hatte, dass alles andere sie langweilen musste.

Danach stand sie auf, stellte sich vor ein kleines Tischchen, auf dem ein Spiegel stand, bürstete mit langsamen Bewegungen ihr Haar und tat, als wäre sie allein.

Trajan lag nackt auf dem Bett, die Arme unter dem Kopf verschränkt. »Willst du mich loswerden?«, fragte er.

Rieke lachte. »Im Gegenteil, ich vergehe vor Langeweile. Ginge es nach mir, du könntest Tag und Nacht hier verbringen. Aber ich bin nicht allein. Meine Schwiegermutter ist ebenfalls in diesem Haus. Es wäre zu gefährlich, wenn du bliebest.«

Trajan verzog abschätzig die Lippen. »Was soll uns die Alte schon tun?«

Rieke antwortete nicht, doch ihr Gesicht sagte, dass sie bei ihrer Meinung bleiben würde.

»Ach, komm schon, Rieke«, lockte Trajan und streckte

die Hände nach ihr aus. »Komm zu mir. Mit keiner ist es schöner im Bett als mit dir.«

Rieke schüttelte den Kopf. »Was machst du eigentlich hier?«, fragte sie, als fiele ihr diese Frage gerade in diesem Augenblick ein. »Müsstest du nicht in Frankfurt sein? Und woher weißt du, dass ich hier bin?«

Trajans Gesicht verdüsterte sich. »Meine Frau ist tot. Die Kinder auch. Gott hat mich für meinen Ehebruch auf diese Art gestraft. Mich, Rieke, nicht dich.«

Sie zuckte mit den Achseln. »Das sind nicht meine Sorgen«, meinte sie leichthin. »Sag mir lieber, wie du mich gefunden hast.«

Trajan richtete sich auf. »Nein. Das sind wahrhaftig nicht deine Sorgen. Aber es werden bald deine Sorgen sein. Ich habe niemanden mehr auf der Welt als dich. Und ich habe mich in dich verliebt. Deshalb hat Gott die Pest zu den Meinen geschickt. Ich bitte dich, Rieke, lass uns zusammen fliehen. Lass uns zusammen ein neues Leben beginnen. Irgendwo. Ganz gleich wo. Wir nehmen einfach eine Kutsche und fahren davon. Es muss ja nicht der Kutscher sein, der dich gebracht hat. Wenn du heimlich wegwillst, dann nicht mit dem. Der hat bereitwillig erzählt, wo du zu finden bist.«

Einen Augenblick stand Rieke starr, dann begann sie zu lachen. Sie lachte so herzlich, dass ihr die Tränen über die Wangen liefen und sie sich den Bauch halten musste. »Was denkst du nur, Trajan?«, rief sie und wurde von einer neuen Lachsalve geschüttelt. »Was denkst du nur? Dass ich mit einem Auflader durch das Land ziehe wie eine Vorstädterin? Dass ich im Heu schlafe und von dem esse, was andere mir übrig lassen? Niemals, Trajan. Ich bin von Adel. Hast du das vergessen?«

Sie warf den Kopf in den Nacken und sah auf Trajan hinab. »Meine Familie ist tot«, wiederholte er. »Meine Frau, meine Kinder, sie alle sind gestorben, weil ich mit dir die Ehe gebrochen habe.«

»Ach, was!«, herrschte Rieke ihn an. »Du warst Knecht im Haus meines Mannes. Als Abraham ein Kind wollte und Sara keines bekam, hat er Hagar, die Magd, geschwängert. Und als sie gebären sollte, nahm Sara sie zwischen ihre Beine. Schon war es ihr Sohn, der da auf die Welt kam. Ihr Sohn, verstehst du? Hagar war nur die Magd. Und du bist der Knecht. Also, wo ist der Ehebruch, wenn es nur darum geht, ein Kind zu bekommen? Das frage ich dich. Gott selbst hat es so gewollt. Wenn nicht, so wäre ich von Andreas schwanger geworden. Hör auf, mir die Ohren mit dem Tod der Deinen voll zu heulen. Ich habe genug eigene Sorgen.«

Trajan erwiderte nichts. Doch er war aufgestanden, hatte Rieke um die Hüfte gefasst und sie aufs Bett geworfen. »So nicht«, keuchte er über ihr. »So nicht. Du hast nicht genug von mir bekommen können, hast dich wie eine rollige Katze gebärdet. Du kannst mich jetzt nicht einfach wegschicken.«

Wieder presste er seinen Mund hart auf ihre weichen Lippen. Rieke wollte weg, begann zu zappeln, aber Trajan hielt sie mit seinen starken Händen so fest, drückte seinen Leib so heftig auf ihren, dass eine Flucht unmöglich war. Mit dem Knie drängte er ihre Schenkel auseinander und drang heftig in Rieke ein. Sie presste ihre Lider fest aufeinander und spürte ihre Tränen rinnen. Gleichzeitig aber bewegte sie sich mit Trajan im selben Rhythmus und ließ ihrer Lust freien Lauf. Sie hörte nicht, dass die Tür knarrte und sich plötzlich einen Spalt weit auftat. Doch als sie für einen Moment die Augen öffnete, sah sie genau in das Gesicht ihrer Schwiegermutter. Schon schloss sich die Tür wieder, schon segelte Rieke auf den höchsten Wellen der Lust und wusste nicht mehr zu sagen, ob das Antlitz von Amalia Traum oder Wirklichkeit gewesen war.

Eine Stunde später verließ Rieke ihre Kammer in der Herberge und begab sich nach unten in den Gastraum, um das Abendessen einzunehmen.

Sie setzte sich zu Amalia an den Tisch, zögerte nur einen Moment, ehe sie der Schwiegermutter in die Augen blickte und einen Ausdruck von Frieden darin fand.

Ich habe mich getäuscht, dachte Rieke. Sie hat mich doch nicht mit Trajan gesehen.

»Wie hast du heute den Tag verbracht?«, fragte Amalia und blickte gleichzeitig zum Fenster hinaus.

Warum fragt sie, wenn sie es doch nicht wissen will, dachte Rieke. Doch sie antwortete: »Ich habe viel gelegen. Die Hebamme hat gesagt, ich solle mich schonen.«

»So?«, fragte Amalia spitz. »Schonen sollst du dich also.«

Rieke sah auf. »Du möchtest doch sicher auch, dass es deinem Enkel gut geht, oder?«

Amalia lachte kurz und hart auf. »Meinem Enkel soll es gut gehen. Das schon. Meinem Enkel. Meinem.«

Der Herbergsvater brachte das Essen. Es gab ein Wildgericht mit Kohl und Brot, dazu verdünntes Bier.

Die Frauen aßen schweigend. Erst als die Mahlzeit fast

vorüber war, sagte Amalia: »Ehe ich es vergesse. Andreas kommt morgen. Ich teile dir das nicht wegen dir, sondern wegen ihm mit.«

Rieke sah hoch. »Wie meinst du das? Ich verstehe nicht.«

»Dann denk darüber nach.«

Amalia nickte dem Wirt zu, dann verfügte sie sich in ihr Zimmer.

Rieke war plötzlich der Appetit vergangen. Unruhe machte sich in ihr breit. Amalia war so anders gewesen. Nicht nur gleichgültig wie sonst, sondern beinahe schon feindselig. Und was sollte ihr letzter Satz bedeuten? Rieke stand auf und verließ eilig die Gaststube, stürzte die Stiege hinauf in ihr Zimmer. Trajan lag auf dem Bett und schlief. Rieke rüttelte an seiner Schulter: »Los, steh auf, du musst weg hier!«

Trajan brummte nur und drehte sich auf die andere Seite, doch Rieke ließ nicht locker. »He, aufwachen habe ich gesagt.«

»Was ist denn?« Trajan richtete sich verschlafen auf, strich sich über das Haar und gähnte.

Rieke zog ihm die Bettdecke weg, sammelte seine Kleider vom Boden auf und warf sie ihm hin. »Hier, zieh dich an. Und dann verschwinde. Mein Mann kommt morgen. Ich möchte wirklich nicht, dass dich jemand hier sieht.«

Trajan ließ sich zurück ins Kissen sinken. »Wenn er morgen erst kommt, warum soll ich dann heute schon gehen?« Er griff nach der Bettdecke, zog sie über sich. »Außerdem geht es mir nicht gut. Ich glaube, ich habe mich vorhin überanstrengt.« Er grinste schief, aber sein blasses Gesicht mit den vor Fieber glänzenden Augen sprach die Wahrheit.

Rieke hielt inne. »Zeig mir deine Leisten«, sagte sie barsch. Trajan schob seufzend die Bettdecke von sich. Rieke beugte sich über ihn, tastete.

»Noch ist keine Beule zu sehen«, murmelte sie. »Aber spüren kann ich sie schon.« Sie holte tief Luft und sagte: »Los, raus hier. Zieh dich an. Schnell.«

Sie packte seinen Fuß und zerrte ihn mit aller Kraft aus dem Bett. Schließlich machte Trajan sich los und stand auf. »Zieh dich an. Aber hurtig«, befahl Rieke.

Trajan stand nackt und zitternd vor ihr, in der Hand sein Hemd. »Wo soll ich denn hin?«

Rieke zuckte mit den Achseln. »Was weiß ich? Ich habe dich nicht gebeten, hierher zu kommen.«

»Es wird gleich dunkel. Wo erhalte ich jetzt noch ein Dach über dem Kopf?«

»Ich habe keine Ahnung, aber ich bin sicher, du wirst etwas finden.«

»Rieke, ich fühle mich nicht wohl. Vielleicht bin ich sogar krank.«

»Auch dafür kann ich nichts. Morgen kommt mein Mann. Wenn du nicht verschwindest, wird er dich umbringen. Du siehst, du hast sowieso keine Wahl. Es war eine Schnapsidee von dir, mich hier aufzusuchen.«

Trajan zog sich an. Mühsam kletterte er in seine Hosen, schlüpfte in die Stiefel, das Hemd und das Wams. Er war noch blasser geworden. Auf seiner Oberlippe hatten sich Schweißtröpfchen gebildet.

»Schick mich nicht weg«, bat er und wollte nach Riekes Hand greifen.

Doch Rieke schlug ihm die Hand weg. Sie packte ihn

bei den Schultern und schrie: »Hau endlich ab! Mach, dass du wegkommst. Ich will dich nie wieder sehen. Du wagst es, mich um Obdach zu bitten? Bist du von Sinnen? Du bist krank, steckst mich am Ende noch an, bringst das Kind und mich in Gefahr! Nicht besser als ein Mörder bist du. Hau ab, ehe ich einen kräftigen Bauern rufe, um dir mit seinem Dreschflegel Beine zu machen.«

Trajan starrte sie an, als hätte er den Teufel vor sich. Dann kniff er die Augen zu schmalen Schlitzen zusammen. »Das wirst du bereuen«, stammelte er und verschwand.

Seufzend ließ sich Rieke auf das Bett sinken und holte tief Atem. Dann wurde sie geschäftig. Sie hieß den Wirt, neue Bettwäsche zu bringen, wischte höchstselbst die Kammer, stellte eine Bienenwachskerze auf, kniete sich davor und betete lange. Danach war sie so ruhig wie schon lange nicht mehr. Sie zog sich aus, kuschelte sich in die frische Wäsche und überließ sich angenehmen Träumen.

Marga genoss die frische Luft, die durch das offene Fenster in ihre neue Kammer strömte. Es war noch früh am Morgen, doch sie war bereits gewaschen und angezogen, hatte das Haar gekämmt und unter einer Haube verborgen. Die Hände im Schoß, saß sie auf einem Schemel und lauschte auf die Geräusche von der Straße.

Ein Kesselflicker pries lauthals seine Dienste an. Karren rumpelten über das Pflaster, Kirchenglocken läuteten.

Zwei Frauen kamen tratschend die Straße entlang, blieben gerade unter Margas Fenster stehen. »Und ich sage dir, er hat sie rausgeschmissen«, hörte sie. Die eigene Mutter hat er vor die Tür gesetzt. Das musst du dir mal vorstellen.«

»Ich habe gehört, sie sei selbst schuld. Den Mann soll sie an die Werber verkauft haben.«

»Ach, was! Als ob ein Mann sich so einfach an die Werber verkaufen ließe! Wer das sagt, der redet dummes Zeug! Kennst du einen Leipziger, der sich von seiner Frau verkaufen ließe?«

»Da hast du schon recht, aber fest steht, dass ihr Mann weg ist und ihr Sohn sie auf die Straße gesetzt hat. Ich habe gehört, dass der Sohn von ihr wie von einer Hure spricht. Den Vater habe sie ihm weggemordet, zänkisch sei sie und habe einen kalten, trockenen Schoß.«

Die andere lachte. »Woher will der Sohn das wissen?«

Jetzt lachten beide Frauen, dann gingen sie weiter.

Marga hatte mit angehaltenem Atem zugehört. Tränen liefen ihr nun über die Wangen. Sie saß ganz still, schluchzte nicht, hatte die Lippen fest geschlossen. Lange saß sie so, und sie hatte das Gefühl, dass mit den Tränen auch all ihre Lebensfreude und ihr Mut aus ihr herausflossen. Die Kirchturmuhr hatte schon zwei Viertelstunden geschlagen, als sie sich endlich in den Saum ihres Kleides schneuzte, sich mit den Ärmeln die Tränen aus dem Gesicht wischte und herzzerreißend seufzte.

Dann raffte sie sich auf und wollte hinunter in die Küche gehen, doch schon wurde ihr schwindelig. Marga musste sich an der Wand abstützen. Schweiß brach ihr aus allen Poren. Sie schaffte es gerade noch, sich auf das Bett zu legen und die Augen zu schließen. Sie war müde, so unendlich müde. Am liebsten wäre sie gestorben. Sie stellte sich vor, sie verließe das Haus und ginge hinunter zur Elster, dem Fluss, der sich träge durch die Auen wand. Sie würde am Ufer stehen und auf das Wasser blicken. Irgendwann würde sie aus ihren Schuhen schlüpfen, die Röcke heben und langsam, einen Fuß vor den anderen setzend, in den Fluss steigen. Sie spürte schon das kalte Wasser, das ihre Knöchel umspielte, fühlte, wie das Kleid schwer und immer schwerer wurde und sie bei jedem Schritt tiefer in die Fluten zog. Irgendwann würde das Wasser ihr bis zum Hals reichen. Sie schmeckte es bereits in ihrer Kehle, fühlte, wie es auch in die Nase stieg und ihr das Atmen unmöglich machte. Endlich würde der grüne Fluss sich über ihr schließen. Für ein paar Augenblicke würde sie die Landschaft unter Wasser sehen können, Algen, ein paar Flusskrebse vielleicht. Dann würde sich ihr Geist aus dem Körper lösen, ihre Seele würde zum Himmel aufsteigen, und sie würde endlich, endlich glücklich sein.

Marga spürte etwas Nasses auf ihren Wangen und schlug die Augen auf. Die Helligkeit des Morgens blendete sie. Sie brauchte einen Moment, bis sie wusste, wo sie sich befand. Dann wurde sie sich ihres Traumes bewusst und schämte sich. Wie hatte sie nur an Selbstmord denken können? Hermann Schein hatte sie mit zu sich genommen. Wie konnte sie ihn nur so enttäuschen?

Schnell stand Marga auf, richtete Haar, Gesicht und Kleid, dann ging sie hinunter in die Küche und half der Magd ohne viele Worte beim Herrichten des Frühstücks.

Lilas Herz schlug bis zum Hals. Sie drängte sich an dem Mann vorbei, tat, als hätte sie ihn nicht gesehen und nicht gehört, doch in ihren Ohren dröhnte es. »Lilith.« »Shalom.« Die Worte klangen wie Hammerschläge.

Sie schluckte, kurz verschwamm ihr die Straße vor Augen, doch sie lief weiter wie an Fäden, erreichte schließlich die Haustür wie ein rettendes Ufer, krallte sich an der Klinke fest, riss daran, öffnete, schlüpfte ins Haus und wollte die Tür rasch hinter sich schließen. Doch der Mann hatte seinen Fuß in den Türspalt gestellt.

»Was ist, meine kleine Lilith? Geht es dir nicht gut? Habe ich dich erschreckt? Das wollte ich nicht, kleine Lilith. Ich wollte schon immer nur dein Bestes, nicht wahr? Erinnerst du dich nicht, Lilith? Denkst du noch manchmal an die kleine Gasse in Antwerpen, in der ich dich gefunden habe?«

Lila hielt sich die Ohren zu und schüttelte den Kopf. »Nein«, flüsterte sie. »Nein, nein, nein. Ich will das nicht hören.«

Am liebsten hätte sie sich auch noch die Augen zugehalten.

»Du kannst nicht länger so tun, als wäre nichts geschehen«, sagte der Mann. »Meine kleine Lilith, bald wird alles an den Tag kommen, denk daran. Und denke auch immer daran, dass du deine Herkunft nicht verleugnen kannst. Von der Mutter das Blut, vom Vater die Knochen, von Gott die Seele. Du hast doch eine Seele, meine kleine Lilith? Und in deinen Adern fließt doch das Blut deiner Mutter Rachel, und die Knochen deines Vaters ben Levy sind es, die dich tragen.«

Lila lehnte an der Wand, das Gesicht so bleich wie ein Leichentuch, mit zitternder Unterlippe und bebendem Busen. »Ich weiß«, flüsterte sie. »Ich weiß das alles, habe nichts vergessen, nicht einen Tag.«

Dann schloss sie die Augen und flehte Gott an, ihr eine Ohnmacht zu schicken. Doch Gott hörte sie nicht. Oder schlief er vielleicht, weilte über dem Feld?

Lila öffnete die Augen wieder, starrte ungläubig. Der Mann war verschwunden, das Haus lag still. Nur in der Küche hörte sie die Magd rumoren. Lila griff sich an die Kehle und rutschte mit dem Rücken langsam die Wand hinab, bis sie auf den Dielen saß. Sie streckte die Beine von sich und ließ ihre Gedanken zurückschweifen in eine Zeit, in der sie eine andere gewesen war.

Lilith kam in Antwerpen zur Welt, am Neujahrstag der Juden, Rosh Hashana, das sie als ersten Tischri des Jahres 5270 in ihrem Kalender zählten. Sie war die jüngste Tochter des mittlerweile schon fast sechzigjährigen Juwelenhändlers Aaron ben Levy und seiner sehr viel jüngeren Frau Rachel. Erzogen wurde Lilith mit Küssen und Zärteleien. Abends, wenn ihr Vater aus dem Geschäft oder der Synagoge nach Hause kam, durfte sie sich auf seine Beine setzen und bis zu den Füßen hinunterrutschen. Meist brachte Aaron ihr Zuckerwerk mit oder eine Kleinigkeit aus Backwerk. Die großen Schwestern spielten mit Lilith, als wäre sie eine lebendige Puppe. Sie zogen sie an und um, flochten ihr Zöpfe oder banden ihr Bänder und Kränze ins Haar. Manchmal luden sie die Kleine sogar auf einen hölzernen Karren und zogen sie durch die gesamte Judengasse.

Lila lächelte, als sie an ihre Kindheit dachte. An den Geruch ihrer Mutter, an den gefillte Fisch, den es freitags gab, sobald der Vater aus der Synagoge nach Hause kam, an den Zuckerkuchen und die vielen Töpfe und Pfannen, die zwei

Sorten Geschirr und Besteck, das eine für Fleischgerichte, das andere für mit Milch zubereitete Speisen.

Sie dachte an ihre Schwestern und Brüder und dachte auch an Isaak, den Sohn des Nachbarn, der nur zwei Jahre älter gewesen war als sie. Alle in der Judengasse sprachen davon, dass Isaak und sie einmal heiraten würden. Und auch Lilith glaubte daran und redete mit Isaak darüber, als wäre es das Normalste von der Welt. Doch dann kamen die Religionskriege. Plötzlich spalteten sich die Christen in Alt- und Neugläubige. Kirchen brannten in Antwerpen, Männer wurden verschleppt, Frauen geschändet, Kinder geprügelt. Und als für all das Leid ein Schuldiger gefunden werden musste, da waren es wieder einmal die Juden gewesen, die den Zank und Streit, die Gewalt und das Blut in die Stadt gebracht hatten. Lilith war sechzehn Jahre alt, als eines Tages der Mob das Gitter zur Judengasse aufbrach und mit Knüppeln und Pistolen, mit Hakenbüchsen und Stangen in die friedliche Gasse eindrang. Sie brachen Türen auf, traten Fenster ein, schleiften die Männer, egal ob jung oder alt, auf die Straße und prügelten auf sie ein. Sie holten die jungen Frauen und verhöhnten sie, während die alten Frauen knien und ihrem Gott abschwören sollten, so ihnen ihr Leben lieb war. Viele überlebten die Gewalt nicht und starben unter den Knüppeln. Andere wurden so von Scham und Schuld gebeutelt, dass sie den Freitod wählten. Und die, die überlebt hatten, wurden wie Hunde zum Stadttor hinausgejagt. Nur Lilith war noch da. Sie war in einen Schrank geschlüpft, als die wütenden Männer ins Haus gedrungen waren. Sie hatte sich hingekauert, die Arme um die Knie gelegt, die Lider geschlossen und sich hin und her gewiegt. Dabei hatte sie ein Lied gesummt, ganz leise, sich ganz und gar auf dieses Lied konzentriert und die Schreie und Schläge, das Fluchen und Heulen, das Jammern und Wimmern nicht wahrgenommen. Lange hatte sie in diesem Schrank gesessen. Sehr lange. Aus dem Morgen wurde Abend, dann Nacht, dann wieder Morgen und wieder Nacht. Erst danach kletterte Lilith hervor und sah sich um. Sie erstarrte. Alles in ihr gefror zu Eis. Sie sah Blutflecke auf dem Boden, daneben die Schürze ihrer Mutter. An einer anderen Stelle fand sie büschelweise graue Locken. Sie ahnte, dass dieses Haar von ihrem Vater stammte. Ihre größere Schwester fand sie später im Garten. Sie lag da mit verdrehten Gliedern und einer großen Wunde am Kopf, in der die Fliegen summten. Rotes Blut auf weißen Gänseblümchen. Noch heute sah sie dieses Bild manchmal vor sich. Und noch mehr sah sie: Bilder, von denen sie nicht wusste, wie sie sie fassen sollte, ohne in ihrem Inneren zu zerreißen. Damals war sie in den Schrank zurückgekrochen, doch auch dorthin hatten die Bilder sie verfolgt.

»Lila!« Sie schrak auf, dankbar, dass jemand sie aus ihren Erinnerungen gerissen hatte.

»Judith!«, rief sie zurück. »Judith, ich komme.«

Sie nahm den Korb, betastete die Eier, denen nichts geschehen war. In ihr tobten die unterschiedlichsten Gefühle. Auf der einen Seite war sie glücklich, dass sie entronnen war, auf der anderen Seite besorgt und auf einer dritten Seite voller Wehmut. Aber auch Angst spürte sie, Angst vor dem Mann, der sie Lilith nannte. Gnadenlose Angst.

* * *

Judith lag noch immer im Bett, war noch immer blass und bleich. Aber sie war gesund. Das zumindest fand Doktor van Aaken. Lila hingegen war der Meinung, dass mit Judith noch lange nicht alles stimmte. Sie müsste aufspringen, das Leben neu begrüßen, das Haus mit Blumen schmücken und sich Lennart in die Arme stürzen. Stattdessen aber lag sie noch immer im Bett, weigerte sich, die Sonne ins Zimmer zu lassen, und sagte, sie bekomme vom Duft der Blumen Kopfschmerzen.

»Was ist los, Judith?«, fragte Lila, setzte sich auf die Bettkante und hielt ihre Hand. »Erzähle mir, was dich bedrückt.«

Judith seufzte, dann schüttelte sie den Kopf, zwang sich ein Lächeln ins Gesicht. »Es ist nichts, meine Liebe.« Aber Lila sah, dass ihr Tränen in die Augen stiegen. »Hast du kein Vertrauen zu mir?«

»Das ist es nicht, meine Liebe.«

»Was dann?«

Judith seufzte erneut, und wieder traten Tränen in ihre Augen. »Es ist alles anders als vorher«, flüsterte sie.

»Was ist anders?«

»Das ganze Leben. Ich hätte nie gedacht, dass wir so nahe am Tod wohnen. Ich dachte nicht, dass ich so krank werden könnte. Ich habe geglaubt, so etwas geschähe immer nur den anderen. Den Armen oder denen, die Schuld auf sich geladen haben. Ich wäre beinahe gestorben, Lila. Aber ich finde keinen Grund, warum Gott mich so strafen sollte. Ich weiß einfach nicht, wo ich gefehlt habe.«

Sie sah ihre Schwägerin an.

»Das hat dich erschreckt, nicht wahr?«, fragte Lila.

Judith schüttelte den Kopf. »Nein, das hat es nicht. Es geht nicht um mich, sondern darum, wie wertvoll und kostbar und einzigartig so ein Leben doch ist. Und wie unsagbar kurz. Man kann so vieles falsch machen, verstehst du. Die Verantwortung, die Gott uns mit diesem Leben zusammen gegeben hat, ist größer als ich sie tragen kann.«

Lila streichelte Judiths Hand, strich auch kurz über ihre Wange.

»Verstehst du?«, fragte Judith.

Lila schüttelte den Kopf. »Nicht ganz.«

»Das Leben ist so kostbar und einzigartig, dass ich Angst davor habe, etwas falsch zu machen. Ich möchte dieses Leben so gut nutzen wie nur möglich, denn ich habe nur ein einziges davon.«

»Jetzt verstehe ich dich«, erwiderte Lila. »Aber worum genau geht es dir? Ist es Lennart?«

Judith seufzte. »Er hat mich nicht besucht, nicht wahr? Aber ich hatte die Pest, vielleicht hätte ich ihn angesteckt. Es wäre viel zu gefährlich gewesen. Nun, er hat Blumen geschickt. Aber nur ein einziges Mal. Ein winziges Sträußchen.«

»Bist du deswegen traurig?«

Judith sah Lila gerade in die Augen. »Ich weiß es nicht, Lila. Ich weiß es wirklich nicht. Ich dachte, ich liebe Lennart. Aber vielleicht stimmt das ja gar nicht. Vielleicht wollte ich nur nicht noch länger ohne Mann sein. Vielleicht war meine Sehnsucht nach Zweisamkeit einfach so groß, dass ich mir eingebildet habe, Lennart zu lieben.«

»Und jetzt bist du dir nicht mehr ganz sicher, ob du ihn liebst, oder?«

»Ja«, gestand sie. »Ich hatte keine Sehnsucht nach ihm, verstehst du? Ich habe ihn nicht vermisst, habe nur selten an ihn gedacht. Er hat mir einfach nicht gefehlt.«

Lila lächelte. »Das ist nicht schlimm. Wie gut, dass ein Herz sich nicht belügen lässt.«

»Ist das so, Lila? Lässt sich ein Herz nicht belügen? Weißt du das genau?«

Lilas Blick schweifte in die Ferne. »Du hast recht, ich weiß es nicht.«

»Doktor van Aaken war jeden Tag bei mir«, fuhr Judith leise fort. »Er hat mir die Hand gehalten, den Schweiß abgewischt. Er hat mich zur Ader gelassen, mir die Pestbeulen aufgeschnitten. Er kennt das Ekligste an mir. Und er ist trotzdem immer wieder gekommen. Auch, als es schon lange nicht mehr nötig war.«

»Was soll das heißen, Judith?«, fragte Lila, doch noch ehe diese antworten konnte, klopfte es unten laut an die Tür. Lila ging die Treppe hinab und öffnete. Vor ihr stand Lennart Leuthold, der Nadelmacher. In der Hand hielt er einen Blumenstrauß, der deutlich größer war als der letzte.

»Ich habe gehört, sie ist wieder gesund«, sagte er und lächelte Lila an. »Da wollte ich sie besuchen.«

»Wo wart Ihr, als es ihr schlecht ging?«, fragte Lila.

Lennart verzog das Gesicht. »Sie lag auf den Tod danieder. Sie hätte mich anstecken können. Wem wäre mit meinem Tod gedient gewesen? Ihr selbst habt mir geraten, mich von ihr fernzuhalten. Erinnert Ihr Euch?«

Lila nickte. Lennart machte Anstalten, an ihr vorbei und ins Haus zu gelangen, doch Lila verstellte ihm die Tür, ohne ihm die Blumen abzunehmen.

»Wartet hier. Ich muss erst fragen, ob Judith Euch empfangen möchte.«

Mit diesen Worten eilte sie ins Haus zurück und die Treppe nach oben. Schon wenige Augenblicke später war sie wieder zurück. »Es tut mir leid, Nadelmacher«, sagte sie. »Sie will Euch nicht sehen.«

»Gut!« Lennart ließ die Blumen sinken. »Dann werde ich morgen noch einmal wiederkommen.«

Lila schüttelte den Kopf. »Nein. Sie will Euch nicht wiedersehen. Vielleicht habt Ihr später einmal Glück.«

»Warum denn das? Was ist geschehen?«, fragte der Nadelmacher verblüfft, aber Lila gab ihm keine Antwort, sondern hob nur bedauernd die Achseln und wünschte ihm einen schönen Tag.

Der Gang in die Katharinenstraße fiel Marga weiß Gott nicht leicht. Ihre Füße fühlten sich an, als hingen Bleigewichte daran, und ließen sich kaum heben. Auf den Schultern spürte Marga eine Last, die sie niederdrückte. Am liebsten wäre sie einfach in ihrer Kammer beim Kantor liegen geblieben, doch das hatte Hermann Schein nicht zugelassen. »Du musst kämpfen«, hatte er gesagt. »Du darfst dich nicht einfach vertreiben lassen. Sprich mit deinem Sohn.«

Das »Du« zwischen ihnen war noch neu und fühlte sich sperrig im Mund an. Aber der Thomaskantor war mittlerweile der einzige Freund, den sie hatte. Um ihn nicht zu enttäuschen, hatte sie sich also aufgemacht. Und nun war sie auf dem Weg in die Buchdruckerei zu ihrem Sohn. Was wollte sie dort? Was nur? Konstantin würde nicht mit sich reden lassen. Dazu kannte Marga ihn zu gut. Vielleicht würde er ihre Sachen herausgeben, aber sie würde nicht darum bitten. Er hatte sie genug gedemütigt. Mehr, als ihre Seele ertragen konnte. Doch sie hatte es Hermann Schein versprochen. Langsam ging sie an der alten Waage vorbei und sah das Zunfthaus der Drucker. Einen Augenblick lang dachte sie daran, dorthin zu gehen und den Zunftmeister um Recht zu bitten. Doch sie sah ein, dass dieses Vorhaben sinnlos war. Vielleicht hätte sie Glück gehabt, wäre ihr Sohn nicht auch Buchdrucker geworden. An Werkstätten wie der ihren mangelte es in der Stadt. Seit die Drucker mit Gutenbergs Methode arbeiteten, hatte das Druckerhandwerk viel zu tun bekommen. Über hundertfünfzig Jahre haben wir sie schon, die beweglichen Lettern, dachte Marga, und das Druckerhandwerk ist wirklich in Bewegung gekommen. Immer mehr Bücher wollen vervielfältigt sein, immer mehr Schriften werden gebraucht. Und in einer Messe- und Universitätsstadt wie Leipzig, da kommen wir kaum nach mit den Aufträgen. Trotzdem muss ein Meister die Werkstatt führen, so ist eben die Zunftordnung. Marga seufzte. Erst wenn sich kein Meister findet, darf eine Frau ran. Und das auch nur, weil die Auftragslage so gut ist. Marga seufzte wieder und ging langsam über den Markt.

Als sie vor der Druckerei und ihrem ehemaligen Zuhause stand, schlug ihr das Herz bis zum Hals. Zögernd klopfte sie an die Werkstatttür. Dann aber riss sie sich zusammen. Kein Wunder, dass mich mein Sohn demütigt, dachte sie. Kein Wunder, da ich mich ja demütig verhalte.

Sie öffnete schwungvoll die Tür und trat ein. Die Werkstatt lag still, die Druckerpressen schwiegen.

»Grüß Gott«, rief sie, doch niemand antwortete. Sie ging durch die Druckerei bis zu der Seitentür, die in die Wohnung führte. Auch hier herrschte Stille. Nur aus der Küche drangen Geräusche.

»Grüß Gott, Wilma«, sprach Marga, als sie die Magd beim Töpfeschrubben antraf.

Die Magd fuhr herum. »Ach, Ihr seid es.« Sie fuhr mit dem Unterarm über ihre Stirn, um sich eine Haarsträhne aus dem Gesicht zu wischen. Dann lauschte sie ins Innere des Hauses.

»Er hat gesagt, ich dürfe Euch nicht hereinlassen, wenn Ihr kommt«, sagte sie leise.

»Ich dachte es mir«, erwiderte Marga. »Wo ist er? Warum arbeitet niemand in der Werkstatt?«

Die Magd seufzte. »Er steht nicht vor Mittag auf.«

Marga nickte und lächelte.

»Sag ihm nicht, dass ich da war«, bat sie, und die Magd nickte.

14

Die Sonne stand schon hoch am Himmel, als Rieke am nächsten Morgen aufstand. Sie frühstückte allein in der Schankstube. Amalia war längst in ihre Kammer zurückgekehrt. Rieke löffelte lustlos die Grütze, die ihr die Magd serviert hatte, und dachte an Trajan. Wie war er nur auf die Idee gekommen, dass sie ihn willkommen heißen, gar mit ihm fliehen würde? Gut, dass er weg ist, dachte sie. Besser wäre es gewesen, wenn er gar nicht erst aufgetaucht wäre. Aber das lässt sich jetzt nicht mehr ändern.

Derweil tratschten die Küchenmädchen mit der Schankmaid. Die Durchreiche zur Küche stand offen, und Rieke konnte gar nicht anders als mithören.

»… und dann taumelte er die Straße entlang wie ein Betrunkener. Aber ich habe sofort gesehen, dass er nicht besoffen war. Krank war er. Schweiß quoll ihm aus allen Poren, es war schrecklich. Gestunken hat er, und wie. Aber nicht nach Branntwein. Wo wollt Ihr hin, habe ich ihn gefragt. Und er hat geantwortet, in den Himmel zu meiner Frau und den Kindern.«

Rieke erstarrte, den Löffel auf halbem Weg zwischen Schüssel und Mund.

»Und dann?«, hörte sie die Magd fragen.

Das Küchenmädchen wurde noch lauter. »Ja, was hätte ich denn machen sollen? Ihn mit nach Hause nehmen?«

Die Magd kicherte dumm.

»Ich habe ihm einen Apfel geschenkt. Den hatte ich in der Tasche. Und ich habe ihm gezeigt, wo die Scheune des Müllers steht. Dort kann er sich schlafen legen, habe ich ihm gesagt und auch, dass es zum Mühlteich nur ein paar Schritte sind, falls er Durst hat.«

»Was meinst du, welche Krankheit er hatte?«, fragte die Magd.

»Was weiß denn ich?«, erwiderte das Küchenmädchen. »Ich frage mich nur, wie er hierher in unser Dorf gekommen ist und was er hier gewollt hat.«

Rieke schob die Schüssel mit der Grütze von sich. Sie hatte plötzlich keinen Appetit mehr. Trajan, dachte sie. Die beiden Mädchen haben von Trajan gesprochen. Und das heißt, dass er noch immer hier ist.

»Verdammt!«, fluchte sie leise und schlug mit der Faust auf den Tisch. »Verdammt, verdammt, verdammt. Wenn Andreas ihn hier sieht, ist das alles andere als gut. Und an einen Zufall wird er ganz bestimmt nicht glauben.«

Kurzentschlossen stand sie auf und machte sich auf den Weg nach draußen. Sie ging die wenigen Schritte bis zum Kirchturm und sah dort auf die Uhr. Es hatte gerade die neunte Stunde geschlagen. Andreas konnte frühestens gegen zehn Uhr hier sein. Sie hatte eine Stunde Zeit, um Trajan zu finden.

Bald hatte Rieke den Dorfrand erreicht. Nicht weit entfernt stand die Mühle. Rieke achtete nicht auf die sengende Sonne, ihre feinen Rehlederschuhe waren ihr gleichgültig.

Bald war sie angekommen. Neben dem Mühlteich stand die Scheune, von der die Küchenmagd gesprochen hatte.

Das Mühlrad drehte sich knarrend, ansonsten war nichts zu hören, kein Mensch zu sehen. Die Umgebung immer im Blick, näherte Rieke sich auf leisen Sohlen der Scheune. Sie schob den hölzernen Riegel zur Seite und stemmte beide Hände gegen die große, schwere Tür.

Drinnen war es dunkel. Nur durch die Dachluken fielen ein paar Sonnenstrahlen, in denen Rieke den Staub tanzen sehen konnte.

Es roch nach Heu und nach Sonne. Rieke sah sich um. »Trajan«, rief sie leise. »Trajan, wo bist du?«

Alles blieb still. Sie ging weiter hinein, blickte hinter die Pfosten, stieg über Heuballen. Schon bald waren ihre Hände zerkratzt. Auch über ihre Wange zog sich ein langer blutiger Striemen. Halme hingen in ihrem Haar, die Stiefelchen waren von einer dicken Staubschicht überzogen. Immer und immer wieder musste Rieke niesen, doch Trajan fand sie nicht.

Sie wollte schon erleichtert die Scheune verlassen, als sie aus der hintersten Ecke ein Stöhnen hörte.

»Trajan, bist du das?«

Rieke eilte dem Stöhnen nach, fand ihren Liebsten schweißüberströmt und vor Fieber schlotternd im Heu. Sie kniete sich neben ihn, legte ihm die Hand auf die Stirn. »Kannst du mich hören, Trajan?«, fragte sie. Doch er antwortete nicht, sondern stöhnte nur laut und leckte sich die aufgerissenen Lippen.

»Wasser«, murmelte er schließlich. »Ich brauche Wasser.«

Rieke sah sich um, doch nirgendwo fand sie ein Gefäß.

Schließlich lief sie so zum Mühlteich, tränkte die Säume ihres Kleides, bis sie tropften, und begab sich hastig zurück in die Scheune. Sie wrang den Stoff über Trajans Lippen aus, betupfte seine Stirn, strich ihm über die Wangen. Selbst im Halbdämmer der Scheune erkannte sie die dicken Pestbeulen an seinem Hals. Sie erschrak, obwohl sie geahnt hatte, dass Trajan sich angesteckt hatte.

Er hat seine Frau betrogen, dachte sie. Er hat Ehebruch begangen. Und er hatte recht, Gott hat ihn dafür mit der Pest gestraft. Sie stand auf, blickte lange auf ihren Geliebten. Dann schlug sie ein Kreuzzeichen und verließ so schnell sie konnte die Scheune.

Judith war endlich von ihrem Krankenlager aufgestanden. Sie hatte sogar ihr Haar gewaschen und es mit Kamille gespült. Noch immer war ihr Gesicht blass und die Augen dunkel umschattet. Doch Judiths Bewegungen waren straffer, energischer geworden. Jetzt saß sie am Fenster in einem gepolsterten Sessel und hielt einen Stickrahmen in den Händen. Aber ihre Finger ruhten. Judith schaute auf das Muster, ohne es zu sehen, und lächelte still und etwas wehmütig vor sich hin.

Sie lauschte nach den Geräuschen im Haus, hörte das Klatschen der Wäsche im Bottich, das Klappern der Töpfe und das Knistern des Herdfeuers. Die Magd, die Köchin und die Wäscherin taten ihren Dienst, während Lila unterwegs war.

Der Messingklopfer schlug heftig gegen das Holz. Judith hörte, wie die Magd die Tür öffnete, ein paar Worte sagte und dann die hölzerne Treppe hinaufeilte.

»Herrin«, sprudelte sie hervor. »Es ist der Stadtarzt. Es ist Doktor van Aaken.«

Judith zog erstaunt die Augenbrauen hoch. »Warum regt dich das so auf? Doktor van Aaken kommt jeden Tag.«

»Ja, aber heute ist es anders. Er trägt sein bestes Wams und … und …«

»Was, und?«

»Er hat Blumen dabei.« Die Magd strahlte bei diesen Worten über das ganze Gesicht, als hätte der Stadtarzt die Blumen für sie mitgebracht. Auch Judith lächelte. »Bitte ihn herein und bring uns eine Karaffe mit gutem Rheinwein.«

Die Magd nickte eifrig und stürzte davon. Auch Judith hatte es plötzlich eilig. Sie stand auf und betrachtete sich in einem kleinen Handspiegel, fuhr sich über das Haar, biss sich auf die Lippen und kniff sich in die Wangen. Schon hörte sie seine Schritte auf der Treppe. Schnell verbarg sie den Spiegel unter einem Kissen und setzte sich zurück in den Lehnstuhl.

Der Arzt klopfte wohlerzogen an die offene Tür und trat erst ein, als Judith ihn dazu aufforderte.

»Wie geht es Euch, meine Liebe?«, fragte er, eilte auf sie zu und reichte ihr die Hand. Sein Blick lag dabei ruhig, freundlich und liebevoll auf ihrem Gesicht.

»Es geht mir gut, Doktor van Aaken. Außer einem kleinen Anflug von Schwermut steht alles zum Besten.«

»Das freut mich sehr. Immerhin habt Ihr auf den Tod daniedergelegen. Kein Wunder, dass Ihr jetzt ein wenig Zeit braucht, um wieder richtig ins Leben zu finden. Lasst mich Euch dabei helfen, so gut ich es vermag.«

Judith lächelte und neigte den Kopf ein wenig, dann deutete sie auf den Stuhl, der ihrem gegenüberstand. Doktor van Aaken setzte sich. Schon kam die Magd mit einem Tablett, auf dem Gläser, Rotwein und eine Vase mit dem Blumenstrauß standen.

Doktor van Aaken trank Judith zu. Dann blickte er sie ernst an. Verlegen spielte sie mit einer Blütenranke in der Vase.

»Dies ist kein Krankenbesuch«, sagte er und schaute dabei bedeutungsvoll.

»Wie Ihr selbst sagt, ich bin ja auch nicht mehr richtig krank«, erwiderte Judith. Sie betrachtete Doktor van Aaken, dessen Hände unruhig in seinem Schoß lagen. Der Arzt aus Antwerpen war kein schöner Mann. Er war groß und sehr dünn, konnte beinahe schon mager genannt werden. Das Haar war ihm zu großen Teilen schon ausgefallen, sodass seine Frisur einer Mönchstonsur ähnelte. Er hatte blaugraue Augen, die sowohl sanft als auch stechend blicken konnten. Seine Nase war ein wenig knollig und der Mund scharf konturiert. Er hatte noch alle Zähne, was für einen Mann in seinem Alter durchaus ungewöhnlich war. Alles in allem wirkte Doktor van Aaken gesund. Er war zuverlässig, verfügte über ein annehmbares Einkommen, bewohnte ein Haus, das nicht zu den größten, wohl aber zu den schönsten in der Stadt zählte. Sein Ruf war tadellos. Wäre Luuk van Aaken kein Ausländer gewesen, so hätte er sicherlich schon längst einen Platz im Rat der Stadt innegehabt.

»Was, wenn nicht meine überstandene Krankheit, hat Euch denn hierhergeführt, Doktor?«, fragte Judith, beugte sich leicht nach vorn und legte für einen Augenblick ihre warme Hand auf seinen Unterarm.

Der Arzt holte tief Luft, dann setzte er ein feierliches Gesicht auf. »Liebe Judith Geisenheimer«, sprach er, dann aber musste er sich räuspern. Er trank einen Schluck und begann von Neuem. »Liebe Judith Geisenheimer! Während der langen, quälenden Tage Eurer Krankheit habe ich Euch in mein Herz geschlossen. Ihr bedeutet mir mehr als alle anderen Frauen in dieser Stadt. Deshalb erlaube ich mir die Frage, ob Ihr meine Frau werden wollt.«

Judith schrak zurück, presste beide Hände auf ihre Brust. »Ihr überrascht mich, Doktor. Das ist … nun ja … unerwartet.«

Der Arzt senkte den Kopf. »Verzeiht, ich wollte Euch nicht zu nahe treten«, murmelte er.

»Aber nein, so ist es nicht«, beschwichtigte Judith. »Es ist nur so, dass ich nicht mit einem Antrag von Euch gerechnet habe.«

»Ich verstehe.« Luuk van Aaken stand auf, verbeugte sich steif. »Entschuldigt, dass ich Euch belästigt habe.«

Jetzt stand auch Judith auf. »Ich glaube, Ihr versteht mich falsch, Doktor. Lasst mich über Euren Antrag nachdenken. Gebt mir einfach ein paar Tage Zeit. Ich bin seit vielen Jahren Witwe, habe lange allein gelebt. Zudem bin ich gerade dem Tod von der Schippe gesprungen – dank Eurer Hilfe. Kommt in einer Woche wieder, dann werdet Ihr meine Antwort erhalten.«

Luuk van Aaken blickte zu ihr auf. »Ihr meint, es gibt noch Hoffnung?«, fragte er.

Judith lächelte, strich ihm sanft über den Oberarm.

»Hoffnung gibt es immer. Das wisst Ihr als Arzt doch am allerbesten.«

Kaum hatte der Doktor das Haus verlassen, setzte sich Judith an ihren Schreibtisch. Ein leeres Blatt Papier lag vor ihr. In der Hand hielt sie eine Schreibfeder. Rechts von ihr standen ein Tintenfass und eine Büchse mit Löschsand.

Judith kaute an ihrer Lippe und sah in die Ferne. Dann nickte sie, tunkte die Feder in die Tinte und begann zu schreiben.

»Lieber Lennart,

es ist einige Zeit vergangen, seit wir uns das letzte Mal gesehen haben. Erinnerst du dich? Wir sind nach Bornheim spaziert, und du hast mir von deiner Frau erzählt. Ich war immer sehr gern mit dir zusammen. Über die Zukunft haben wir jedoch nie gesprochen. Falls du das jetzt tun möchtest, so bitte ich dich, dich noch in dieser Woche bei mir zu melden.

Deine Judith.«

Dann rief sie die Magd, übergab ihr das Briefchen und trug ihr auf, die Nachricht zum Nadelmacher zu bringen. Die Magd sah sie fragend an.

»Es hat alles seine Richtigkeit«, erklärte Judith. »Und alles wird so kommen, wie Gott es will.«

Marga lief den ganzen Tag durch die Flussauen. Sie fragte sich, was sie falsch gemacht hatte, dass sie jetzt hier lief, als hätte sie nichts zu tun, verlassen vom eigenen Mann, verstoßen vom eigen Fleisch und Blut. Unverrichteter Dinge war sie aus ihrem eigenen Haus gegangen. Nichts hatte sie erreicht, nichts mitgenommen. Sie ärgerte sich über sich selbst und achtete nicht auf den Weg, der sie bisweilen knöcheltief durch den Sumpf führte. Die Säume ihres Kleides wurden nass und schwer vom Schlamm, doch Marga bemerkte es nicht. Und je länger sie durch die Auen marschierte, umso ruhiger wurde sie. Wessen Schuld es auch war, dass alles so wurde, wie es jetzt ist, es ist nicht mehr zu ändern, dachte sie. Ich habe nichts mehr. Keinen Menschen, der zu mir gehört, kein Haus, keine Werkstatt, kein Geld. Sie hatte versäumt, den kleinen Lederbeutel mit Gero Geisenheimers Gulden mitzunehmen, und sie glaubte auch nicht, dass Konstantin ihn ihr freiwillig aushändigen würde. Sie war ganz unten, doch sie war weniger traurig als in den Tagen, in denen sie noch das Bisschen halten wollte, welches sie zu haben geglaubt hatte. Was kann mir jetzt noch widerfahren, dachte sie. Marga fühlte, wie Schwere und Traurigkeit allmählich von ihr abfielen und einem neuen Gefühl Platz machten. Ja, es gab Hoffnung.

Sie blickte hinauf zum Himmel, hielt ihr Gesicht in die Sonne und ließ sich von den warmen Strahlen wärmen. Dann kehrte sie in die Stadt zurück. Sie ging mit geradem Rücken, mit festen Schritten und zurückgenommenen Schultern. Sie lächelte dem Torwächter zu, grüßte eine ehemalige Nachbarin und gab einem Bettler, der vor dem Tor der Thomaskirche auf dem Boden saß, einen Groschen.

Hermann Schein kam sofort herbeigestürzt, als er die Haustür gehen hörte. Er legte Marga fürsorglich einen Arm um die Schulter und führte sie in die Küche. Dort stand schon ein Becher mit gewürztem Wein für sie bereit. »Komm, setz dich. Ruhe dich aus«, sprach der Kantor.

Marga erwiderte mit heiterer Miene, die er sich nicht erklären konnte: »Es geht mir gut, Hermann.«

Sie nahm den Becher und trank ihn in einem Zug leer. Dann fuhr sie sich mit dem Unterarm über den Mund. »Ah, das hat gutgetan«, murmelte sie.

»Wie war es bei deinem Sohn?«, fragte Schein.

Marga zuckte mit den Achseln. »Ich habe wohl keinen Sohn mehr«, erwiderte sie einfach. »Ich habe nichts mehr. Nur noch das, was ich auf dem Leib trage.«

Sie lächelte den Kantor an und wirkte so heiter wie seit Jahren nicht mehr.

Der Kantor schüttelte den Kopf. »Du wirkst so fröhlich, als hättest du gerade ein schönes Erlebnis hinter dir. Was ist es, das dich so beschwingt?«

Marga zuckte mit den Achseln. »Ich weiß es nicht. Vielleicht die Gewissheit, dass alles Schlimme schon geschehen ist.«

»Du kannst bei mir bleiben, so lange du magst«, sagte der Kantor, errötete, betrachtete die Tischplatte vor sich, als hätte er sie noch nie gesehen, und fügte leise hinzu: »Von mir aus für immer.«

Marga aber schüttelte den Kopf. »Ich muss gehen, ich muss ins Feld und Robert suchen. Er soll seinem Sohn den Kopf zurechtrücken, damit der mir gibt, was mir gehört. Dann werde ich die beiden nicht mehr belästigen. Sollen sie huren und saufen, sollen sie den ganzen Tag im Bett liegen, das ist mir gleich. Ich möchte nur das, was mein ist.«

Der Thomaskantor nickte. »Ich verstehe dich, aber ist das

nicht zu gefährlich? Wie willst du deinen Mann finden? Die ersten Söldner sind weitergezogen in die Altmark. Wenn Christian von Braunschweig und Ernst von Mansfeld ihre Truppen zusammenhaben, machen sie sich auf den Weg in die Niederlande. Zehntausend sind bereits unterwegs. Es soll sogar schon zu ersten Kampfhandlungen gekommen sein.«

»Aber irgendwer muss doch meinen Sohn zur Vernunft bringen«, hielt Marga dagegen. »Es geht nicht nur um mich, es geht auch um ihn. Seine Seele ist in Gefahr. Ich bin seine Mutter, ich muss ihn schützen. Doch allein kann ich es nicht. Robert muss mir dabei helfen.«

Sie wurde leiser, blickte in ihren Schoß. »Das ist alles, was ich noch für mein Kind tun kann.«

Der Kantor nickte nachdenklich. »Ja, so ist das wohl. Und ich werde dir dabei helfen. Denk an deine Pläne, an deine Träume. Die Zeitung für Leipzig hattest du für ein paar Wochen. Sie hat dich glücklich gemacht. Halte fest an diesem Traum, damit du am Ende deines Lebens nicht mit leeren Händen dastehst und einsehen musst, versagt zu haben.«

»Was soll ich denn tun, Hermann? Wie soll ich eine Zeitung machen, ohne eine Druckerei zu haben?«

Der Kantor lächelte. »In der Nikolaistraße, gleich hinter der Kirche, steht eine Druckerei leer. Der Drucker ist verstorben, Nachkommen hat er keine. Auch die Zunft hat niemanden, den sie in die Werkstatt setzen kann. Ich bin der Pate des Zunftmeisterkindes, wie du weißt. Nun, gestern habe ich mit seinem Vater gesprochen. Der Zunftmeister ist einverstanden, dass du die Druckerei übernimmst. Es mangelt an guten Druckern hier in der Stadt. Die Universität beklagt sich, nicht über ausreichende Schriften zu verfügen. Du müsstest die Aufträge für die Universität übernehmen. Was du darüber hinaus druckst, ist allein dir überlassen.«

Der Kantor strahlte sie an, doch Marga schüttelte den Kopf. »Es ist ganz wunderbar, dass du für mich gesprochen hast, aber ich habe kein Geld, um die Druckerei zu kaufen. Ich sagte schon, mein Sohn hat mein Geld, und nur sein Vater ist in der Lage, ihm diese Gulden abzunehmen und mir zu übergeben.«

Hermann Schein winkte ab. »Wie oft hast du mir geholfen, wenn es um meine Lieder ging?«, fragte er. »Sind wir nicht Freunde? Und sind Freunde nicht da, um einander zu helfen? Ich habe Geld, habe kürzlich von einer entfernten Tante geerbt. Ich gebe es dir. Mach deine Druckerei auf und zahle mir das Geld zurück, sobald du es hast. Es ist längst Zeit, dass ich mich bei dir erkenntlich zeige.«

Er strahlte sie an, als hätte er vor, der Sonne Konkurrenz zu machen.

Marga aber schwieg. Erst nach einer ganzen Weile fragte sie: »Wie lauten deine Bedingungen?«

Hermann Schein schüttelte den Kopf. »Bedingungen? Ich habe keine.«

»Ich finde, du solltest dir Zeit lassen, Judith. Bedenke alles genau.«

Lila fasste nach Judiths Hand, hielt sie einen Augenblick in der ihren.

»Was gibt es da groß zu bedenken? Ich habe lange über alles nachgedacht. Lila, du weißt, dass ich mir schon ewig wünsche, nicht länger allein zu sein. Julia ist sechzehn Jahre alt. Wie lange dauert es noch, bis sie heiratet? Und dann bin ich ganz allein. Soll ich etwa als alte Jungfer enden, die Tag und Nacht in der Kirche verbringt und deren einzige Freuden die Beichte am Freitag und das Abendmahl am Sonntag sind?«

Lila lachte und tätschelte ihr die Hand. »Aber nein, das sollst du nicht. Du sollst glücklich sein und geliebt und begehrt werden. Du sollst jeden neuen Tag als ein Geschenk betrachten und Gott für seine Güte loben. Aber willst du dir nicht trotzdem etwas Zeit lassen?«

Judith schluckte, sah Lila lange in die Augen, dann sagte sie leise: »Ich hatte Lennart vor einigen Tagen einen Brief geschrieben. Wenn ihm etwas an mir liegt, so möge er sich bei mir melden, schrieb ich. Die Magd hat die Nachricht überbracht. Sie erzählte mir, er habe ihr das Schreiben aus der Hand genommen und ohne ein Lächeln oder ein anderes Zeichen von Freude auf den Tisch gelegt, als machte es nichts, wenn er es vergaß. Zwei Tage später traf ich die Nachbarin vor der Haustür. Sie erkundigte sich scheinheilig nach meinem Befinden. In Wahrheit hat sie jedoch nur darauf gelauert, mir zu erzählen, dass der Nadelmacher eine neue Liebste hat. In der Kirche hätte man sie zusammen gesehen. Arm in Arm. Käthi Weyrauch und Lennart. Und danach wären sie zu einem Spaziergang ins lustige Dörfchen Bornheim aufgebrochen. Die Nachbarin war sich nicht ganz sicher, ob die beiden schon Pläne für die Zukunft geschmiedet hätten. Die Käthi, so hieß es, habe sich zumindest beim Gewandschneider eine neues Kleid anmessen lassen. Was sagst du dazu?«

Lila zuckte mit den Schultern. »Was soll ich schon dazu sagen? Die Leute reden viel, wenn der Tag lang ist. Wer weiß, ob das stimmt. Ich finde es jedenfalls nicht merkwürdig, wenn sich eine Frau beim Schneider ein neues Kleid machen lässt. Jede Frau tut das hin und wieder. Wenn sie es nur irgendwie kann.«

»Und was sagst du dazu, dass er sich auf meinen Brief bis heute nicht bei mir gemeldet hat? Wie hast du es aufgenommen, dass er so wenig Anteil an meiner Krankheit genommen hat?«

Lila wiegte den Kopf hin und her. »Männer sind so«, meinte sie schließlich. »Es wäre übereilt, Lennart daraus einen Strick zu drehen.«

Judith schüttelte den Kopf. »Mag sein, dass manche Männer so sind. Ich aber möchte nicht mit einem von ihnen leben. Ich weiß, was es heißt, in einer unglücklichen Ehe zu stecken. Nicht noch einmal, das sage ich dir. Ich brauche einen Mann, der mich liebt, der zu mir hält, besonders wenn es mir schlecht geht. Lennart scheint von anderer Art zu sein, also ist er nichts für mich.«

»Du machst es dir sehr einfach, Judith«, klagte Lila.

»Es ist einfach«, widersprach Judith und sah Lila aufmerksam an. »Warum redest du eigentlich so? Hat Lennart dich beauftragt, bei mir um gutes Wetter zu bitten? Wieso verteidigst du ihn?«

»Das ist es nicht«, erklärte Lila und seufzte.

»Was dann? Hast du kein Vertrauen zu mir?«

Lila schluckte, dann richtete sie sich auf und sah Judith direkt in die Augen. »Es gefällt mir nicht, dass der Stadtarzt so um dich herumscharwenzelt.«

Judith runzelte die Brauen. »Warum nicht?« Sie hatte schon beinahe angesetzt und Lila von Luuk van Aakens Heiratsantrag berichtet, aber irgendetwas hielt sie nun zurück.

»Ich finde, er hat etwas … etwas … hm … wie soll ich sagen? … ähem … etwas Bedrohliches an sich.«

Judith legte den Kopf schief und runzelte die Stirn.

»Wie kommst du darauf?«

»Er kommt jeden Tag. Einfach jeden Tag. Wieder und immer wieder. Das ist, als wolle er dich überwachen, als gönne er dir keine freie Stunde, keinen freien Gedanken.«

Lila hatte hastig gesprochen, beinahe schon aufgeregt. Ihre Wangen hatten sich gerötet. Sie fasste nach Judiths Hand und drückte sie so fest, dass Judith sich ihr entzog.

»So ein Unfug«, widersetzte sich Judith. »Luuks Besuche tun mir gut. Er ist Arzt. Es ist sein Beruf, nach den Leuten zu sehen, wenn sie krank sind.«

»Luuk?«

»Ja. Luuk. So heißt er.«

»Du nennst ihn beim Vornamen?«

Judith nickte, aber Lila wandte den Kopf ab. Sie schluckte, öffnete den Mund, als wolle sie etwas sagen, aber dann unterließ sie es. Sie stand auf, öffnete das Fenster. Der Sommerwind blähte die leichten Vorhänge und trieb den Duft von Heu in die Stadtwohnung.

»Was hast du gegen den Arzt?«, fragte Judith.

Lila seufzte, wandte sich um. »Du weißt, dass ich dir ein bisschen Glück von ganzem Herzen gönne, nicht wahr?«

Judith nickte. »Ja, das weiß ich.«

»Aber lass dir Zeit, Judith. Du bist dem Tod gerade von der Schippe gesprungen. Da ist man dankbar, da ist man verletzlich. Lass deine Gefühle zur Ruhe kommen und entscheide dann.«

»Was heißt das, Lila? Was willst du mir die ganze Zeit über sagen?«

Lila senkte den Kopf. Sie schämte sich plötzlich ein wenig, doch das nützte nichts. »Er ist nicht der Richtige für dich, Judith. Lass die Finger von ihm. Vergiss ihn einfach. Versprich es mir.«

»Aber warum denn das?« Judiths Gesicht zeigte einen verständnislosen Ausdruck.

»Vertraue mir einfach«, bat Lila.

Andreas kam um die Mittagszeit. Er wirkte erschöpft und gereizt.

»Wie steht es in Frankfurt?«, fragte Rieke.

Andreas wedelte mit der Hand. »Nicht gut, aber schon etwas besser. Die Pest ist abgeklungen, das Heer weitergezogen. Allerdings liegen die Felder noch brach, es gibt wenig zu essen. Da aber die Schiffe wieder fahren und die Straßen frei sind, kommen neue Waren in die Stadt. Eine Teuerung steht ins Haus, von der wir als Kaufleute profitieren, als Einkäufer aber Einbußen erleiden werden.«

Rieke nickte. Sie stand in ihrer Kammer am Fenster und knüllte ein Taschentuch in den Händen. »Bist du gekommen, um uns zu holen?«

Andreas nickte. »Ja, ich habe eine Kutsche mitgebracht. Gleich morgen früh kehren wir in die Stadt zurück.«

Rieke schluckte. »Hast du schon mit deiner Mutter gesprochen?«, fragte sie und sah in Gedanken das Gesicht von Amalia Geisenheimer vor sich, als sie mit Trajan geschlafen hatte und dabei von ihr erwischt worden war. Andreas schüttelte den Kopf. »Ich werde wohl jetzt zu ihr gehen.«

Rieke nickte, aber als Andreas aufstand und sich zum Gehen wandte, hielt sie ihn am Arm fest. »Halt! Warte bitte!«

»Was ist?«

Andreas sah seiner Frau ins Gesicht, und Rieke erkannte den Überdruss in seinem Blick. Sie schaute auf ihre Schuhspitzen und schüttelte den Kopf. »Nichts. Es ist nichts. Während du zu deiner Mutter gehst, werde ich ein wenig durchs Dorf spazieren.«

Sie nahm ihren Umhang vom Haken und verließ vor ihrem Mann das Zimmer. Draußen atmete sie tief ein und aus. Der würzige Geruch frisch gemähter Wiesen drang ihr in die Nase. Staubig hing die Sonne unter dem von Hitze verblassten Julihimmel. Schon lange hatte es nicht mehr geregnet. Die Straßen waren trocken, vereinzelte Risse zogen sich entlang. Ein kleiner Bach neben dem Weg war fast ausgetrocknet, aber Rieke hatte keinen Blick dafür. Mit gerafften Röcken hetzte sie zur Scheune neben der Mühle. In der Hand schlenkerte der kleine Tonkrug, den sie aus dem Schankraum hatte mitgehen lassen, als sie das Haus verließ.

Trajan lag noch am selben Fleck wie gestern. Seine Lippen waren rissig, die Augen glänzten vor Fieber. Er stöhnte, öffnete den Mund, doch er brachte kein Wort hervor.

Rieke lief hinunter zur Mühle, füllte den Krug, gab Trajan zu trinken.

»Wie geht es dir?«, fragte sie. Der Auflader bewegte den Kopf nur ein wenig. Die Pestbeulen am Hals waren daumendick angeschwollen.

»Ich …«, stammelte Trajan. »Ich möchte beichten.«

»Wie stellst du dir das vor? Soll ich etwa einen Priester holen?«

Trajan nickte und stöhnte zugleich.

»Das geht nicht. Wie soll ich erklären, was du in der Scheune machst und wie ich dich in der Scheune gefunden habe? Andreas ist da. Ich muss gleich wieder zurück. Bete, Trajan. Der Herr wird dich erhören und dich zu sich nehmen.«

Der Kranke schüttelte den Kopf. »Beichten will ich«, flüsterte er. »Hole den Priester, ich flehe dich an.«

Rieke zog ihre Unterlippe zwischen die Zähne, kaute darauf herum.

»Bitte, Rieke. Ich flehe dich an. Lass mich nicht als Sünder sterben.«

Das Sprechen strengte Trajan so sehr an, dass er ganz grau wurde im Gesicht. Auf seiner Stirn bildeten sich Schweißtropfen. Er zitterte am ganzen Körper.

»Und was soll ich Andreas sagen, wo ich so lange war? Nein, Trajan, es geht nicht. Ich werde in den nächsten Tagen eine Kerze für dich anzünden.«

Sie bückte sich zu ihm hinunter und zeichnete ein Kreuzzeichen über seiner Stirn. »Gott sei mit dir«, flüsterte sie, dann lief sie aus der Scheune.

Sie hastete den staubigen Weg zurück, achtete nicht auf Kleid und Schuhe. Getrieben fühlte sie sich, getrieben von Trajans Blick. Es war die Pflicht eines jeden Christenmenschen, einem anderen im Tode beizustehen. Rieke wusste, Trajan würde in der Hölle landen, wenn er sich nicht von seinen Sünden freisprechen lassen konnte. Aber wenn er seine Sünden enthüllte, dann würden auch die ihren zur Sprache kommen. Rieke war nicht naiv, aber sie hing doch dem Glauben an, dass alles, was nicht ausgesprochen wurde, auch nicht existierte. Endlich war sie wieder im Dorf angelangt. Sie blieb wie angewurzelt stehen. Wenn sie Trajans Flehen nicht nachkam, wenn sie den Priester nicht holte, verspielte sie dann nicht auch ihr Seelenheil? Würde Gott sie dafür strafen? Am Ende vielleicht sogar mit dem Tod des Kindes, das ja von Trajan war? Rieke legte eine Hand auf ihr laut pochendes Herz, dann wandte sie sich um und ging zum Pfarrhaus. Eine Magd öffnete ihr.

»Zum Pfarrer möchte ich«, verlangte Rieke herrisch, aber die Magd, eine dicke Person mit roten Wangen, ließ sich nicht aus der Ruhe bringen.

»Was gibt es denn?«, wollte sie wissen.

»Das sage ich dem Herrn Pfarrer schon selber.«

»Nun, dann müsst Ihr wohl warten, bis er seine Bibellektüre beendet hat. Ich darf nur in dringenden Fällen stören.«

»Faxenkram! Das ist ein dringender Fall.«

»Weiß ich's?«

»Du kannst mir das schon glauben, wenn ich es sage.« Rieke sah die Frau mit diesen Worten streng an, aber die hielt weiter die Arme vor den Brüsten verschränkt und äußerte sich nicht.

»Also gut. Es geht um einen Sterbenden. Er braucht die letzte Ölung.«

»Wer ist es denn?«

»Niemand von hier. Jemand aus der Stadt.«

»Aha. Wartet hier.«

»Halt! Wollt Ihr nicht wissen, wo er ist?«, rief Rieke der Magd hinterher, doch die hörte nicht. Wenig später kam der Pfarrer, ein ebenfalls dicker Mann mit roten Wangen, der aussah, als wäre er der Zwillingsbruder seiner Haushälterin.

»Ein Sterbender also«, sagte er nach dem Gruß. »Wo ist er?«

Rieke schluckte. »In der Scheune des Müllers.«

»Und wie ist er dorthin gekommen?«

Rieke zuckte mit den Achseln. »Was fragt Ihr mich? Reicht es nicht, dass ich meine Christenpflicht tue und Euch zu ihm rufe?«

Mit diesen Worten wandte sie sich um und ging, ohne weiter auf die Rufe des Pfarrers zu reagieren.

Sie kam rechtzeitig in die Herberge, Andreas war noch mit seiner Mutter beschäftigt. Rieke bürstete den Staub aus den Haaren und dem Kleid, dann legte sie sich, eine Hand auf ihrem gewölbten Bauch, auf das Bett, schloss die Augen und sank in einen friedlichen Schlaf.

Am nächsten Morgen, gleich nach dem Frühstück, drängte Andreas zum Aufbruch. In der Nacht war ein Gewitter losgebrochen, wie sie es selten erlebt hatten. Ein Blitz jagte den nächsten. Donner polterten wie Höllengetöse, der Wind jaulte durch den Kamin und schlug die Zweige einer jungen Birke gegen die hölzernen Läden. Sturzbäche strömten vom Himmel, verwandelten die ausgetrockneten Straßen in Schlammwüsten, füllten die trockenen Bachläufe und trieben das Mühlrad so heftig an, dass der Müller fürchtete, es würde brechen. Der Pfarrer aber eilte in die Kapelle, in der ein fremder Toter aufgebahrt war, dessen Namen niemand kannte. Er entzündete vier Kerzen, dann setzte er sich neben den Leichnam auf einen Schemel und betete. Als das Gewitter vorüber war, sah er den toten Mann lange an und fragte leise: »Welche Schuld hast du auf dich geladen, dass dir sämtliche Engel des Himmels zürnen?«

Endlich zog das Gewitter weiter. Die Straßen und Wiesen dampften in der Sonne.

Die Kutsche stand vor der Herberge. Zwei Hausknechte verstauten die Reisetruhen von Rieke und ihrer Schwiegermutter, während die beiden Frauen, angetan mit leichten Reisekleidern und Fächern in der Hand, am Eingang zur Herberge im Schatten warteten.

Rieke sah den Priester erst, als er vor ihr stand.

»Wer war der Mann?«, fragte er sie.

Rieke zuckte mit den Achseln, sah sich nach Andreas um. Amalia hielt eine Hand hinter ihr linkes Ohr, um besser zu hören.

»Ich weiß nicht, wovon Ihr sprecht«, erwiderte Rieke schnippisch mit einem Blick auf ihre Schwiegermutter.

»Sagt mir seinen Namen. Oder wollt Ihr, dass er wie ein Hund vergraben wird?«

Rieke drehte den Kopf in die andere Richtung und fächelte sich Luft zu, ohne den Priester weiter zu beachten.

Der Kirchenmann nickte, dann sagte er leise: »Ich weiß nicht, ob Ihr es wart, die ihm das Leben und die Würde gestohlen habt. Nehmt ihm nicht auch noch den Tod. Nennt mir seinen Namen.«

Aber Rieke Geisenheimer drehte sich um und bestieg schweigend die Kutsche. Ihre Schwiegermutter Amalia sah ihr dabei aufmerksam zu.

15

Arno!« Der Ruf drang durch die Gassen, jubilierte in jedes Haus hinein, schickte seine Freude in alle Fenster. »Arno, Arno, Arno, Arno!«

Lila hatte gerade das Haus verlassen wollen, als sie ihren Mann die Gasse heraufkommen sah. Sie ließ den Weidenkorb einfach fallen, rannte ihm entgegen, direkt in seine Arme.

Sie schmiegte sich an seine Brust, bedeckte sein Gesicht mit Küssen, nahm es zwischen ihre Hände und betrachtete es. Sie strich zart über seine Wangen, die von Bartstoppeln bedeckt waren. »Arno«, flüsterte sie. »Arno. Endlich bist du wieder da.«

»Ja«, erwiderte er ebenso leise. »Ich bin wieder da. Bin wieder bei dir.«

Er umarmte sie fest, verbarg sein Gesicht an ihrem Hals, rieb mit seinen Bartstoppeln über ihre weiche Haut. Eine Weile standen sie so auf der Straße, neugierig beäugt von den Vorübergehenden. Dann gingen sie Hand in Hand, Lilas Kopf an Arnos Schulter gelehnt, zu Judiths Haus.

Sie sagten nichts, sie fragten nichts. Alles das hatte Zeit. Jetzt mussten sie sich nur spüren, mussten sich einander und aneinander vergewissern. Er ist wieder da, dachte Lila froh. Arno ist wieder da. Sie sagte sich diesen Satz in Gedanken vor wie einen Rosenkranz. Aber neben der Freude war noch ein anderes Gefühl in ihr. Eines, das sich schwer beschreiben ließ und das sie nicht haben wollte. Sie war damals weggelaufen. War, ohne Arno etwas zu sagen, zum Heer gelaufen und mit einer Pistole in der Hand verhaftet worden. Noch heute wusste Arno nicht, was sie dort gesucht hatte. Und deshalb, und nur deshalb, hatte er zugestimmt, Verbindungsmann zwischen dem Rat und dem Heer zu werden. Sie war schuldig geworden und Arno ein Held. Doch damit nicht genug. Während seiner Abwesenheit war ihre Angst Wahrheit geworden. Man hatte sie gefunden, war in ihr Haus eingestiegen, hatte es verwüstet. Der Held Arno aber kam zu ihr, der Fehlbaren, zurück. Sie spürte die Schuld auf ihren Schultern. Nein, Arno hatte kein Wort des Vorwurfs gesagt, noch nicht einmal einen Blick der Enttäuschung gesandt. Aber gerade das war es ja! Er war so vollkommen, so fehlerlos, während sie ihre Schwächen hatte. Ihre Schwächen – und ein dunkles Geheimnis.

Noch immer schweigend zogen sie zu Hause ihre Kleider aus, lagen Haut an Haut, lagen Herz auf Herz.

Später redeten sie. »Ich habe das Haus nicht gut gehütet«, berichtete Lila. »Ich bin überfallen worden, das Haus verwüstet. Die Täter kannte ich nicht, es werden hungrige Söldner gewesen sein.« Die Lüge brannte ihr auf der Zunge.

Arno nickte, streichelte über Lilas Haut. Dann redeten sie über die Kinder, die noch immer im Kloster Engelthal waren, sprachen über Judith, über Bekannte, alle möglichen

Nichtigkeiten. Aber keiner von beiden rührte noch einmal an der alten Wunde. Warum war Lila damals im Lager gewesen? Was hatte sie mit der Pistole vorgehabt? Es war, als wären alle alten Dinge ausgelöscht, die Zukunft ganz weiß und nach allen Richtungen gestaltbar. Immer wieder strichen Lilas Finger über Arnos Gesicht. Immer wieder rieb er seine Haut an ihrer. Sie waren wieder beisammen, waren nicht mehr wie zwei Hälften, die ihr Gegenstück vermissten.

Später am Tag, während Arno im Zuber saß und sich von einem Barbier Haare und Bart scheren ließ, ging Lila über den Markt. Inzwischen war das Angebot ein wenig besser geworden, doch noch weit entfernt von dem der Vorkriegszeit. Sie kaufte ein paar Rindsknochen, um daraus eine schöne Brühe zu kochen, außerdem Flusskrebse und Karotten. Mit einem Lächeln im Gesicht schwang sie ihren Korb, grüßte jedermann strahlend. Plötzlich aber blieb sie wie angewurzelt stehen. Ihr Gesicht verdüsterte sich. »Was wollt Ihr?«

»Shalom, meine schöne Lilith. Wie geht es dir? Ich hörte, dein Mann ist zurück aus der Schlacht, in der er für die Stadt gesprochen hat. Für die freie Reichsstadt Frankfurt, die sich evangelisch nennt. Wusstest du, dass hier in der Stadt die größte jüdische Gemeinde lebt? Von dreitausend Frommen ist die Rede, stell dir nur vor. Und das, obwohl es im ganzen Heiligen Römischen Reich Deutscher Nation nur rund zehntausend Juden gibt, ein Drittel allein in Frankfurt, meine kleine Lilith. Was sagst du jetzt? Macht dich das nicht stolz?«

»Lasst mich!«, sagte Lila, wollte an dem Mann vorbei, doch der stellte sich ihr in den Weg.

»Dein Geheimnis, meine kleine Lilith, ist bei mir sicher. Aber die Zeiten sind schlecht. Ein jeder muss sehen, wo er bleibt.«

»Was wollt Ihr?«, fragte Lila. Ihr Gesicht wirkte plötzlich ganz klein und blass.

»Geld. Was sonst. Du weißt es doch.«

»Wie viel?«

»Hundert Gulden zunächst. Ansonsten kennst du den Preis. Wir hatten ihn in Antwerpen fest vereinbart.«

»Seid Ihr verrückt? Hundert Gulden! Das ist das Jahreseinkommen eines Handwerkers. So viel habe ich nicht, so viel bringe ich nicht auf.«

»Das wirst du schon, da bin ich mir ganz sicher. Du hast schon ganz andere Dinge geschafft. Shalom, meine kleine Lilith.«

Der Mann tätschelte ihr die Wange, dann ließ er sie stehen. Lila atmete ganz tief ein und aus. Ihr war ein wenig schwindlig. Sein »Shalom, Lilith« dröhnte in ihren Ohren.

Gerade mal zehn Jahre war es her, dass in Frankfurt der Fettmilch-Aufstand getobt hatte. Lila konnte sich noch gut daran erinnern. Auch an ihre Angst, die sie monatelang nicht verlassen hatte. Das Gefühl, all dies schon einmal erlebt zu haben, die Hilflosigkeit, die Ohnmacht, die grauenvolle, alles überschattende Angst.

Angefangen hatte alles, als die Zunftmeister anlässlich der Wahl des neuen Kaisers Matthias vom Rat die Verlesung der Privilegien der Stadt forderten. Bei jeder neuen Kaiserwahl war es üblich, den Bürgern ihre kaiserlich verbrieften Abgabebefreiungen zu bestätigen. Diesmal aber weigerte sich der Rat, und die Klatschbasen wussten schon bald, warum. Der Rat wollte die Bürger dumm halten, auf dass sie von ihren Rechten keinen Gebrauch machen konnten. So redeten nicht nur die Mägde am Brunnen und die Krämerinnen auf dem Markt, so sprachen auch die Zunftmeister in ihren Stuben. Und die Meister erzählten es den Gesellen, die Gesellen den Lehrbuben, und die Lehrbuben pfiffen es wie die Spatzen von den Dächern. Der Rat will dem braven Bürger, dem kleinen Mann ans Eingemachte, hieß es an allen Ecken. Vinzenz Fettmilch, seines Zeichens Lebkuchenbäcker, machte sich zum Sprecher der kleinen Leute und verlangte Einsicht in die Rechnungsbücher der Stadt. Auch die anderen Zunftmeister, Mitglieder des Rates, wollten Klarheit.

Bald stellte sich heraus, dass die Stadt hoch verschuldet war. Da gab es für die tapferen Aufständler kein Halten mehr. Dann wurde auch noch bekannt, dass das Schutzgeld, welches die Juden jedes Jahr zu zahlen hatten, nicht in die Stadtkasse gegangen war. Die Ratsmitglieder hatten das Geld stattdessen unter sich aufgeteilt. Nun hieß es, dass die Patrizier und die Juden gemeinsame Sachen machten, und zwar zum Nachteil des kleinen Mannes. Fettmilch schäumte vor Wut.

Er betätigte sich als Einpeitscher, und schon brach ein Aufstand in Frankfurt los. Die Wut und der Zorn richteten sich wie stets gegen das schwächste Glied in der Kette. Und im August 1614 war es dann so weit. Eine Rotte betrunkener Handwerksgesellen fiel in die Judengasse ein. Zwei Juden und ein Handwerker starben. Die Juden flüchteten auf den angrenzenden Friedhof, während der Mob die Gasse plünderte. Am Abend war ein Schaden von hundertsiebzigtausend Gulden angerichtet, mehr, als siebzehnhundert Handwerker zusammen pro Jahr verdienten.

In den Tagen darauf erzwang Vinzenz Fettmilch die Vertreibung aller Juden aus Frankfurt. Die meisten flüchteten in die Nachbarstädte. Im September war dem Kaiser das Treiben zu bunt geworden. Er verhängte die Reichsacht über Fettmilch und seine engsten Anhänger. Ein Jahr darauf stand der Lebkuchenbäcker mit seinen Getreuen vor dem Richter. Vier Todesurteile später wurden ihre Köpfe am Brückenturm aufgespießt. Da hingen sie heute noch, wusste Lila. Wann immer ihr danach war, konnte sie sie betrachten. Und manchmal tat sie das auch. Damit sie nie vergaß, wo sie herkam und was einer wie ihr jederzeit wieder blühen konnte, wenn herauskam, woher sie stammte. Sie musste ihre Kinder schützen. Arno hatte nichts gegen Juden. Er handelte mit ihnen, trank manchmal mit ihnen, lieh Geld, machte Geschäfte. Nie hatte Lila gehört, dass er abfällig über sie sprach. Es war, als merke er gar nicht, dass sie anders waren als die Christenmenschen.

Lila seufzte. Die Freude über Arnos Wiederkunft war verflogen. Woher sollte sie hundert Gulden nehmen? Sie wusste es nicht. Sie fasste sich mit der Hand an ihren Hals, als müsse sie ihren Kopf zusätzlich stützen. Und plötzlich hatte sie eine Idee. Ihr Körper straffte sich, sie eilte davon in die Judengasse, die acht Jahre nach dem Fettmilch-Aufstand wieder bewohnt und belebt war wie eh und je. Vor dem Haus eines Juwelenhändlers und Geldleihers blieb sie stehen, griff noch einmal nach ihrer Kette, dann trat sie ein.

* * *

»Geschafft!« Marga wischte sich mit dem Unterarm den Schweiß von der Stirn und sah sich um. Die neue Werkstatt war nicht mit der alten in der Katharinenstraße zu vergleichen, aber dafür war es nun wirklich die ihre. Bezahlt mit dem Geld von Hermann Schein, das er natürlich zurückbekommen würde. Den Boden deckten keine Dielen, der gestampfte Lehm lag bloß. Die Druckerpresse war nicht verankert, sondern stand auf einem dicken Eichenbrett. Trübe wie Milch waren die Fenster und auch mit dem besten Putzmittel nicht sauber zu bekommen. Es fehlte noch an einigen Dingen, aber alles das machte ihr nichts aus. »Ich werde meine Zeitung weiter drucken können«, jubelte Marga. »Schon in der nächsten Woche wird sie erscheinen.«

»Was willst du darin schreiben?«, fragte Hermann Schein.

»Dasselbe wie vorher – Nachrichten aus dem Krieg, Neuigkeiten aus der Nachbarschaft, Bekanntmachungen des Rates, Verlobungen, Hochzeiten, Todesfälle. Alles, was die Leipziger interessiert. Du wirst sehen, sie werden mir die Leipziger Nachrichten aus den Händen reißen.«

Hermann Schein blickte auf seine Hände, die nervös ineinander verschlungen waren. »Würdest du auch über meine Lieder schreiben?«, fragte er verlegen.

Marga dachte einen Augenblick nach. »Jetzt nicht. Im Moment ist nicht die Zeit für Lieder. Lass die Truppen abziehen, dann werde ich über deine Lieder schreiben.«

Der Kantor lächelte sie an, und Marga hob die Hand zum Gruß, ging zum nächsten Mietstall und ritt kurz darauf durch das Hallische Tor in Richtung Schkeuditz. Es dauerte den halben Vormittag, bis sie im Sammellager der neuen Söldner angekommen war. Sie gab ihr Pferd einem Pferdeknecht in Obhut, dann spazierte sie durch das Lager, lauschte den Gesprächen und erfuhr dabei mancherlei Neuigkeit. Einige munkelten, dass das gemeinsame Heer des Braunschweigers und Mansfelds unterwegs in die Niederlande auf ein spanisches Heer getroffen war, das die Stadt Bergen op Zoom belagerte. Auch hier, im Krieg zwischen Spanien und den Niederlanden, ging es um den Glauben. Das katholische Spanien kämpfte gegen das evangelische Holland, nunmehr mithilfe der deutschen Truppen, die den Auftrag erhielten, die Stadt zu befreien. Würde es zu einer Schlacht kommen, ehe die restlichen Truppen, die sich noch im deutschen Reich sammelten, dorthin gelangten? Das war die große Frage in diesen Tagen.

Ansonsten hörte Marga von Plünderungen, Vergewaltigungen, Raub, Diebstahl und Brandschatzung. Das Grauen ermüdet, dachte sie, wenn es täglich auftritt. Sie überlegte, wie sie später darüber schreiben würde, aber es fiel ihr nichts ein. Die Worte hatten sich abgenutzt, hatten ihren Schrecken verloren. Blut. Dieser Begriff, vor Kurzem noch ein Wort wie ein Signal, war plötzlich nur noch ein Wort. Es hatte seinen Schmerz verloren, seinen Geruch, selbst die Farbe war in den Köpfen der Leute verblasst. Während sie weiter nachsann, sah sie einen Mann am Feuer sitzen, den Kopf auf die Knie gelegt. Seine Schultern bebten, und Marga sah, dass er weinte.

Sie setzte sich neben ihn. Nach einer Weile fragte sie: »Was ist? Warum weint Ihr? Habt Ihr das Weib oder den

Bruder verloren?« Der Mann hob den Kopf, sah sie tränenüberströmt an. »Schlimmer«, murmelte er. »Viel schlimmer.«

»Was kann schlimmer sein als jemanden zu verlieren, den man liebt?«, fragte Marga. Der Mann holte ein schmutziges Tuch aus seiner Tasche und schnäuzte sich.

»Wenn man jemanden verliert, den man liebt, dann bleibt dessen Liebe bei uns. Für immer. Manchmal ist es besser, wenn die Liebste stirbt, anstatt von ihr verlassen zu werden. Man entgeht damit der Zurückweisung, versteht Ihr?«

Marga nickte. Sie hatte noch nie so gedacht, doch jetzt schien ihr, als habe der Mann recht. Sie würde auch besser damit umgehen können, wenn Robert tot wäre. So war und blieb sie die verlassene, die zurückgewiesene Frau. Für immer. Wäre er tot, so wäre sie für immer die geliebte Frau geblieben.

»Was ist Euch Schlimmes geschehen?«, fragte sie noch einmal.

»Ich bin Maler«, berichtete der Mann. »Ich komme aus dem Mansfeldischen, habe dort zuletzt in einer Kirche in einem Dorf am Süßen See ein Altarbild gemalt. Die Evangelischen haben die Kirche gestürmt und mein Bild zerstört. Sie haben es auf den Boden geworfen, sind darauf herumgetrampelt, haben sogar darauf geschissen. Das, liebe Frau, ist schlimmer als alles andere.«

»Seid Ihr nicht ein wenig eitel?«, fragte Marga mit sanftem Ton.

Der Mann schüttelte den Kopf. »Ihr versteht nicht«, sagte er. »Wie solltet Ihr auch? Ich gehöre selbst zu den Evangelischen. Aber es ist nicht recht, dass sie die Kirchen der Altgläubigen stürmen und alles darin zerstören. Zwar hat Gott gesagt: Ihr sollt Euch kein Bildnis machen, aber es geht hier nicht um Glauben und Krieg, es geht um Kunst. Versteht Ihr jetzt?«

Marga schüttelte den Kopf. »Erklärt es mir genauer.«

»Es geht nicht um mich. Es gibt Wichtigeres als ein Menschenleben.«

Marga wollte ihm widersprechen, doch der Mann hob den Arm. »Nein, nein, seid still. Ich weiß, was ich sage. Seht Euch um. Seht Ihr all die Menschen hier? Sie saufen, huren, furzen, kotzen und brüllen bei allem, was sie tun. Was macht es schon, wenn einer von ihnen ins Gras beißt? Wird die Welt dadurch ärmer? Nein. Vielleicht wird sie sogar ein kleines bisschen besser. Aber ein Altar! Der bleibt länger bestehen als ein dürftiges Menschenleben. Er ist erbaulich, lehrreich, tröstend. Die Kunst ist erbaulich, lehrreich, tröstend. Sie allein gibt Zeugnis von dem, was war. Deshalb ist es eine Tragödie, wenn die Kunstschätze in den Kirchen zerstört werden. Begreift Ihr jetzt?«

Marga sah den Mann an. Sie konnte den Schmerz in seinem Antlitz deutlich erkennen. Langsam nickte sie. »Ihr habt recht. Ein Menschenleben ist nicht alles. Es gibt Höheres.«

Der Mann lächelte. »Das Verrückte daran ist, dass dieses Höhere, die Kunst also, ebenfalls von Menschen geschaffen ist. Und ausgerechnet dieses Höhere, die Kunst, gibt es nur, weil Menschen sie gemacht haben. Damit ist also nicht der Mensch, sondern das, was er schafft, das Höchste. Verrückt, nicht wahr?«

Marga lachte. »Ich bin kein Philosoph. Ich drucke, und zudem bin ich ein Weib, fürs Denken einfach nicht gemacht.«

Sie hob die Hand zum Gruß, dann wandte sie sich um und verließ den traurigen Mann. Sie schlenderte weiter, sprach hier mit einem Trommler, dort mit einem Pferdeknecht. Eine Marketenderin rief ihr einen Gruß zu und schwenkte ein Blatt der »Leipziger Nachrichten«. Auch der Hufschmied hatte einen Gruß für sie, bevor er sich wieder einem feisten Apfelschimmel zuwandte. Und überall flackerten Feuer, um die sich Männer gelagert hatten. Marga grübelte. Stimmte das, die Kirchen wurden zerstört? Warum griff Gott dann nicht ein? Wie konnte er zulassen, dass seine Tempel geschändet wurden?

Tief in Gedanken, blieb Marga mit ihrem Rockzipfel an einem unordentlich aufgerichteten Stapel Brennholz hängen. Als sie sich endlich befreit hatte, glitt ihr Blick über die Feuerstelle am Weg. Ein Paar hatte es sich dort gemütlich gemacht. Margas Atem stockte. Sie starrte auf die Gestalt mit offenem Wams und bekleckerten Beinkleidern, die den Kopf in den Schoß einer jungen Frau in einem abgetragenen Kleid gelegt hatte. Der Mann schien zu schlafen. Die Frau sah Margas Blick. »Was glotzt du so?«, fragte sie mit heiserer Stimme.

Marga deutete mit dem Finger. »Das ist mein Mann, den du da im Schoß hast.«

Riekes Schwangerschaft machte Fortschritte. Die morgendliche Übelkeit war vorüber, unter dem Kleid ließ sich die Wölbung des Bauches erkennen.

Sie waren schon seit einigen Tagen wieder zurück in der Stadt, aber noch immer hatte Andreas nicht gefragt, was der Priester von ihr gewollt hatte. Rieke wartete beim Frühstück darauf, beim Mittagessen und beim Abendmahl. Doch Andreas schwieg, und auch ihre Schwiegermutter tat, als hätte dieser Vorfall niemals stattgefunden. Trotzdem war sich Rieke sicher, dass Andreas etwas wusste. Oder sollte Amalia den Mund gehalten haben? Aber aus welchem Grund? Sie hatte bestimmt kein Interesse daran, Rieke zu schützen. Wahrscheinlicher war, dass sie auf den richtigen Zeitpunkt wartete. Vielleicht sogar darauf, dass das Kind geboren war. Ob sie erst schauen wollte, wem es ähnlich sah? Nur eine Mutter kann mit Bestimmtheit sagen, wer der Vater ihres Kindes ist, dachte Rieke. Und selbst sie ist sich nicht immer sicher. Andreas braucht einen Erben, der ist nun bald da. Aber dann? Was wird mit mir? Dann braucht mich niemand mehr. Rieke lief durch das Zimmer wie eine Gefangene. Ihre Gedanken drehten sich im Kreis, aber eine Lösung fand sie nicht. Sie konnte schier spüren, wie sich das Unheil über ihrem Kopf zusammenbraute.

Sie hob eine Hand, ballte sie zur Faust, biss sich in die Fingerknöchel und starrte wohl eine Viertelstunde lang auf ein- und denselben Fleck. Dann warf sie den Kopf entschieden in den Nacken, raffte ihren Rock und begab sich zum Zimmer ihrer Schwiegermutter. Sie klopfte, doch sie wartete nicht, bis sie hineingebeten wurde, sondern betrat das Zimmer sogleich.

Sie sah, wie Amalia zusammenzuckte, doch schon hatte sich Andreas' Mutter wieder im Griff.

»Was möchtest du, meine Liebe?«, fragte sie mit eisiger Stimme und setzte hinzu: »Ich habe dich zwar klopfen gehört, doch hatte ich dich nicht gebeten, einzutreten.«

Rieke rümpfte die Nase. »Ist es dir lieber, wenn ich wieder gehe? Das kann ich mir vorstellen. Wer hat dich sonst denn schon so gesehen?«

Sie deutete mit dem Finger auf die zarte Frau, die im Nachthemd auf einem Schemel neben dem Bett saß. Sie sah die mit schmerzhaften Geschwüren bedeckten dürren Beine, die Arme, an denen die Haut wie ein alter Lappen herabhing, die ganze abgemagerte Gestalt, die einer Toten ähnlicher sah als einer Lebenden. Das Gesicht, von Falten durchzogen, wirkte verhärmt, die Haut war von dunklen Flecken übersät. Rieke ekelte sich vor ihrer Schwiegermutter. Amalia hatte nichts Liebliches, nichts Schönes mehr an sich. Wie anders war da Riekes Großmutter gewesen! Auch sie war alt gewesen, als Rieke sie zum letzten Mal gesehen hatte. Ihre Haut aber war nicht hässlich oder abstoßend gewesen, sondern zart und sanft wie ein Stück kostbarer Seide, welches die Zeit mit Fältchen gezeichnet hatte. Oder wie feinstes Pergament, das sich weich unter der Hand anfühlte und mit den feinen Linien erst für die rechte Vornehmheit sorgte. Amalias Haut hatte nichts Feines, nichts Vornehmes. Es war nur alte Haut, die lappig herunterhing, die vielleicht nicht einmal mehr gut roch, wenn man näher kam. Haut einfach, die zu groß war für den Körper, der in ihr steckte. Haut, in der man sich nicht wohlfühlen konnte.

»Du hast recht, mein Kind, mir geht es nicht gut. Meine Zeit läuft ab, das kann ich fühlen. Und wie mir scheint, kannst du es sehen.« Amalia Geisenheimer lächelte mit schiefem Mund. »Aber du bist sicherlich nicht gekommen, um dich mit mir über meine Zukunft zu unterhalten. Also, was willst du?«

Rieke setzte sich in den Armlehnstuhl neben dem Bett. »Ich möchte wissen, was du vorhast.«

»Was sollte ich denn vorhaben?«

Die alte Frau lächelte Rieke unverwandt an. Dann richtete sie den Blick auf den sanft gewölbten Leib ihrer Schwiegertochter. Rieke spürte, wie Ärger in ihr hochstieg. Noch nie hat sie mich für voll genommen, dachte sie. Immer behandelt sie mich wie eine Schmarotzerin, nie begegnet sie mir mit Respekt, nie mit Hochachtung. Und jetzt schaut sie sogar auf mein ungeborenes Kind herab. Arrogantes Weib! Begreift sie denn wirklich nicht, dass ihre Zeit vorbei ist? Dass sie mir Respekt schuldet, mir, der Frau ihres Sohnes, mir, die ihr den lange ersehnten Enkel zur Welt bringen wird?

Rieke beugte sich vor, griff nach dem dürren Arm der Alten und drückte ihn so fest, dass Amalia aufschrie.

»Was hast du vor? Wir wissen beide, was im Dorf geschehen ist. Und jetzt will ich erfahren, was du mit deinem Wissen anzufangen gedenkst. Hast du Andreas etwas gesagt? Wirst du es ihm sagen?«, fuhr sie die alte Frau herrisch an.

Amalia lächelte noch immer, und diesmal gab sie sich keinerlei Mühe, ihre Herablassung zu verbergen. »Du meinst, es wäre Zeit, meinem Sohn zu offenbaren, dass er mit einem Flittchen verheiratet ist? Oder sollte ich ihm lieber sagen, dass du eine Erbschleicherin bist? Welcher Ausdruck trifft es besser? Dein Dünkel, deine Gier, dein Hochmut, all das ist uns, mir und ihm, bestens bekannt. Aber dass du so weit gehst, meinem Sohn einen Kuckuck ins Nest zu legen, das hätte ich dir bei Gott nicht zugetraut. Also, wie soll ich dich nennen, wenn ich meinem Sohn von dir erzähle? Hure? Skrupelloses Weib? Gierschlund? Erbschleicherin?« Sie lachte höhnisch.

Rieke drückte ihren Arm noch fester.

»Mach ruhig weiter so«, forderte Amalia ihre Schwiegertochter auf. »Dann kann ich morgen meinem Sohn und natürlich dem Arzt die blauen Flecken zeigen, die du mir verpasst hast. Vielleicht sollte ich mich die Treppen hinunterfallen lassen und mir womöglich einen Arm brechen, um dem, was ich zu sagen habe, Nachdruck zu verleihen.«

»Warum hast du bisher geschwiegen? Es müsste dir doch ein Vergnügen sein, Andreas die Wahrheit zu erzählen. Also, warum hast du bis jetzt nichts gesagt?«

Amalia sah Rieke mit einer solchen Verachtung an, dass der jungen Frau kalte Schauer über den Rücken liefen.

»Weil ich meinen Sohn liebe. Kannst du dir vorstellen, was in einem Mann vorgeht, wenn er erfährt, dass er belogen und betrogen worden ist?«

Rieke fühlte sich bei diesen schlichten Worten plötzlich so klein und unbedeutend, nicht mehr wert als die geringste Aushilfsmagd. Ein Eindringling war sie, das hatte Amalia ihr oft genug gesagt. Kaltherzig obendrein und ohne die Fähigkeit zur Liebe. Nein, ihre Schwiegermutter nahm fürwahr kein Blatt vor den Mund, wenn sie es sich einmal vorgenommen hatte, ihre Meinung zu sagen.

Rieke legte beide Hände schützend über ihren Bauch

und sah Amalia an. »Ich bekomme den Erben. Du kannst mir nichts mehr tun. Mein Platz ist sicher. Andreas will ein Kind, und er kann gut verdrängen.«

Amalia nickte. »Das stimmt. Das kann er. Doch nur, wenn außer dir niemand davon weiß. Nun gibt es aber noch einen Mitwisser, nämlich mich. Und Andreas ist ein Mann von großem Stolz. Ein Wort von mir, und er lässt dich fallen. Du kannst dorthin zurückkehren, wo du hergekommen bist – wenn du Glück hast. Er könnte dich allerdings auch öffentlich der Untreue bezichtigen. Dann sieht die Sache für dich viel schlimmer aus.«

Rieke erstarrte. Sie wusste, dass auf Ehebruch für Frauen die Todesstrafe stand. Jeden Freitag, den Gott werden ließ, wurden in Frankfurt die Urteile vollstreckt. Frauen, die sich des Ehebruchs schuldig gemacht hatten, wurden ertränkt. Einfach in ein Fass gesteckt und in den Main geworfen. Sie schluckte und warf einen Seitenblick auf die alte Frau. Betrachtete sie in ihrer Gebrechlichkeit, sah den hochmütigen Blick. Wut packte sie. Gnadenlose, blindwütig rasende Wut. »Du wirst mein Leben nicht zerstören«, zischte sie. Sie fasste ihre Schwiegermutter an den Armen, zerrte sie vom Schemel. Die alte Frau wollte schreien, aber Rieke versetzte ihr eine heftige Maulschelle und warf sie aufs Bett. Schon hatte sich die Alte wieder gefangen, öffnete sie den Mund erneut zum Schrei, aber da kniete Rieke plötzlich über ihr, hatte die dürren Arme an den Handgelenken gepackt. Und noch ehe der erste Schrei den schwiegermütterlichen Mund verlassen hatte, wurde er von einem dicken Daunenkissen erstickt.

Amalia zappelte, aber gegen diese mörderische Wut

konnte sie nichts ausrichten. Mit aller Kraft drückte Rieke das Kissen nieder. Es ging um ihr Kind! Das allein zählte. Diese alte Vettel kam ihr nicht in die Quere, ihr nicht!

Rieke wusste nicht, wie lange sie gedrückt hatte, wann das schwache Zappeln aufgehört hatte, wann der Geruch des Todes ins Zimmer getreten war. Lange starrte sie auf den Kissenbezug, der mit Girlanden von Vergissmeinnicht bestickt war. Ihr Herz raste, sie spürte, wie ihr der Schweiß vom Nacken den Rücken hinabrann. Erst allmählich beruhigte sich ihr Puls. Rieke löste die schmerzenden Finger vom Kissen und richtete sich auf. Sie zitterte. Wie gerne wäre sie aufgestanden und einfach davongelaufen, aber das konnte, das durfte sie sich nicht erlauben. Endlich nahm sie das Kissen von Amalias Gesicht.

Es kostete sie alle Überwindung, auf die Tote zu sehen. Da lag sie. Mit blau angelaufenem Gesicht, offenem Mund und vor Entsetzen weit aufgerissenen Augen. Rieke ertrug den Anblick nicht. Gerade noch schaffte sie es bis zum Fenster und riss es auf. Schon übergab sie sich in hohem Bogen auf die Gasse.

Erst nach einer Weile konnte sie wieder einen klaren Gedanken fassen. Sie wandte sich zum Bett.

Noch war Amalias Körper weich und biegsam, noch war er warm. Rieke beugte sich über die Tote und zerrte an deren Gliedern. Endlich war es geschafft. Amalia Geisenheimer lag da, als ob sie schliefe. Rieke würgte wieder. Rasch eilte sie in die Küche und ließ sich von der Köchin einen Trank gegen Übelkeit bereiten. Der Aufguss beruhigte ihre Nerven so weit, dass sie sich von der Magd ankleiden lassen konnte. In einer Stunde nämlich begann die Feier zu Judiths Verlobung, und Rieke wollte dabei wirklich nicht fehlen.

Jeder Gast erhielt ein Geschenk. Das war ungewöhnlich, aber Judith war so glücklich, dass sie ihr Glück unbedingt teilen wollte. Und wie sollte sie das tun, ohne die anderen zu beschenken? Alles war anders und besser als je zuvor. Sogar die Sonne schien, worüber sich jedoch nur Rieke beschwerte, bei deren Verlobung es in Strömen gegossen hatte.

Selbst das Haus war verändert. Es schien Heiterkeit zu atmen, Unbeschwertheit. Judith hatte alle Tische, Borde, Simse und Aufsätze mit Blumen geschmückt. Ihr Duft zog durch alle Räume. Die Vorhänge waren neu, die dunklen, schweren Stoffe ausgetauscht gegen hellere, die sich sanft bauschten. Und auch Judith selbst strahlte und wirkte jünger als je zuvor. Sie trug ein Kleid im englischen Stil, wie es seit der letzten Messe allerneueste Mode war. Eine Spitzenhaube bekrönte ihr Haar, das Kleid selbst hatte einen hohen, abfallenden Kragen, war über und über mit Blüten bestickt, der tiefe Ausschnitt war mit spinnwebfeiner Gaze bedeckt, der weite Rock fiel bis auf den Boden und war am Saum mit Bordüren besetzt. An ihrer Hand leuchtete der Verlobungsring, den Luuk van Aaken Judith feierlich über den Finger gestreift hatte. Es war der Ehering seiner Mutter, hatte er gesagt, Gelbgold mit einem haselnussgroßen Topas.

Und auch Luuk van Aaken strahlte, als wolle er in Wettstreit mit der Sonne treten. Er war ebenfalls im englischen Stil gekleidet. Die Knopfleiste an dem bestickten Wams reichte bis zur Taille, die Manschetten waren ganz aus Spitze gearbeitet. Dazu trug er einen Gürtel, der mit Schmucksteinen besetzt war, eine Pumphose, Strumpfbänder und hochhackige Schuhe mit Rosetten.

Judith und Luuk standen neben der Tür, empfingen die Gäste, nahmen die Geschenke in Empfang und verteilten ihrerseits Geschenke. Endlich waren alle Gäste versammelt und die Gesellschaft verfügte sich ins Wohnzimmer, das zur Feier des Tages ganz und gar ausgeräumt war. Nur in der Mitte befand sich eine riesige Tafel, die mit Speisen und Getränken beladen war.

Schon bald wühlten die Gäste in den Schüsseln, grabschten nach den Platten, griffen nach Kannen und Bechern, brachen Brot, bröselten, krümelten, spritzten, sabberten und rülpsten, dass es eine Freude war.

Nur Lila saß still und hob nur selten den Blick von ihrem Silberteller. Meist richtete sie ihn flüchtig auf Luuk van Aaken, manchmal auf Judith und beobachtete jede Regung des Verlobungspaars. Es schien, als warte sie auf etwas. Ganz angespannt war ihr Körper, die Schultern steif, zwischen ihrem Rücken und dem Lehnstuhl eine Handbreit Platz. Sie nahm von den Speisen nur löffelweise, nippte an ihrem Weinglas, tat alles so angespannt und wachsam, als wartete sie jeden Augenblick auf eine Katastrophe.

»Was ist mit dir? Warum hast du dem Arzt bei der Begrüßung nicht die Hand gegeben?«, fragte Arno und streichelte die Hand seiner Frau.

Lila, eben noch mit starrem Lächeln, versperrte ihr Gesicht. »Oh, wirklich? Habe ich das?«, fragte sie.

»Ja, das hast du. Und das weißt du ganz genau«, erwiderte Arno.

Er legte sein Besteck zur Seite. »Ich weiß nicht, was du vor mir verbirgst«, sagte er leise. »Ich möchte dir nur sagen, dass ich fühle, dass etwas mit dir ist. Ich bitte dich, rede mit mir, hab Vertrauen zu mir.«

Lila seufzte. Sie hatten dieses Gespräch so oft schon geführt, seit Arno wieder da war, aber sie konnte und konnte ihm keine Antwort geben. Sie war fest davon überzeugt, ihr Leben hinge von ihrem Schweigen ab. Auch jetzt sah sie ihn nur an und schüttelte leicht den Kopf. »Es ist schon September, aber noch immer ist es sehr warm. Wahrscheinlich ist es das Wetter, das mir zu schaffen macht.«

Rieke hatte alles genau beobachtet. Sie lehnte im Stuhl, die Beine von sich gestreckt, eine Hand auf dem Tisch, die andere auf ihrem Bauch, und beobachtete die Leute. Sie tat dies nicht nur, weil es sie interessierte, sondern vor allem, weil Andreas nicht mit ihr sprach. Sie wusste nicht, ob er sie jemals geliebt hatte, und es interessierte sie auch nicht. Sie wusste ja noch nicht einmal, ob sie ihn geliebt hatte und ob es so etwas wie Liebe überhaupt gab. Das war auch nicht wichtig. Wichtig war, dass sie eine angesehene Dame der Frankfurter Gesellschaft, eine Patrizierin war, die von allen geachtet wurde und der es an nichts, aber auch rein gar nichts fehlte. Nicht einmal Trajan fehlte ihr. Warum sollte er auch? An dieser Festtafel hatte ein einfacher Auflader weiß Gott nichts verloren, und auch sonst nichts mehr in ihrem Leben, sie war ja nun schwanger. Eigentlich, hatte sie sich überlegt, war es ein Glück, ein Zeichen Gottes gar, dass Trajan gestorben war. Gott hatte ihr damit wohl gezeigt, dass ihre Taten durchweg rechtens waren. Oder etwa nicht? Er hatte ihr den Feind als Schemel unter die Füße gelegt. Ja, ihr Feind, dazu war Trajan geworden. Nie hätte er sie in Ruhe gelassen. Im Nachhinein wusste Rieke das genau. Er wäre doch wieder angekrochen gekommen, hätte eine neue Anstellung, dann vielleicht ein Dutzend Gulden, dann ein neues Wams und am Ende vielleicht sogar wieder ihre Liebe verlangt und den Sohn, den sie bekommen würde. Es war gut, dass Trajan tot war. Und es war besser, dass sie mit seinem Tod nicht das Geringste zu tun hatte. Er war krank gewesen, hatte die Pest gehabt. So war es gewesen. Niemand hätte ihm helfen können. Rieke lächelte bei diesem Gedanken und nahm sich noch ein Stück von den glasierten Obsttörtchen, die vor ihr standen.

Dann glitt ihr Blick zum Tisch neben dem Kamin, auf dem die Geschenke aufgebaut waren. Kurz überflog Rieke die Gaben. Als sie feststellte, dass es weniger waren, als sie damals zu ihrer Verlobung bekommen hatte, lächelte sie noch ein wenig breiter.

»Wie geht es deiner Schwiegermutter, meine Liebe?«, wurde sie plötzlich von Judith gefragt.

Rieke zuckte zusammen. Das Lächeln verschwand aus ihrem Gesicht wie ein Schatten im hellen Sonnenlicht. »Wie soll es ihr gehen?«, fragte sie.

»Sie ist eine alte Dame, Rieke. Manchmal hat man da Beschwerden. Ist alles in Ordnung mit ihr? Ich hatte auch sie eingeladen.«

»Sie wollte dir schreiben, sagte sie mir.«

Judith nickte. »Das hat sie auch. Sie schrieb, es wäre ihr zu anstrengend. Ich möge nicht böse sein darüber.«

»Und? Bist du es?«, fragte Rieke, die förmlich spürte, wie das Blut aus ihrem Gesicht wich.

»Nein, natürlich nicht. Sie ist eben eine alte Dame. Ich werde sie in den nächsten Tagen besuchen.«

»Tu das«, antwortete Rieke. »Das wird sie freuen. Ihr geht es in letzter Zeit nicht so besonders. Vielleicht ist es die Hitze.«

Judith nickte und seufzte ein wenig, aber dann strahlte sie schon wieder. »Du hast recht, es ist heute wirklich sehr heiß. Doch die Fenster sind alle geöffnet, sodass ein Lüftchen durchziehen kann. Ist es nicht trotzdem ein herrlicher Tag?«

Später, als die Schüsseln leer, die Platten verschmiert, die Teller beschmutzt, die Tischtücher befleckt, die Kerzen heruntergebrannt und die Blumengestecke ein wenig welk geworden waren, rief Judith nach den Bediensteten. Die hoben die Tischplatte an und trugen sie ächzend hinaus. Schnell waren die Böcke, auf denen die Tafel geruht hatte, beiseitegeschafft, die Bänke an die Wand geschoben. Kissen wurden herbeigebracht, Lehnstühle und Schemel neben die Bänke gestellt. Vor der Tür warteten bereits die Musiker mit Fidel, Flöten, Schellenkranz und Laute. Kaum hatten die Gäste Platz gefunden, bauten sich die Musikanten vor dem Kamin auf und begannen zu spielen. Sie wussten genau, was von ihnen erwartet wurde, und enttäuschten nicht. Das Neueste vom Neuen war gerade gut genug für diese Verlobung. Schon erklangen die aktuellen Modetänze, der wilde Proporz, ein bäuerischer Hüpftanz, der vornehmere Basse danse, Recoupe, Tourdion, Pavane, Saltarello, Piva und Galliard. Und Judith kannte sie alle.

Sie hatte nur Augen für ihren Verlobten, und alle anderen hatten nur Augen für sie. Lila betrachtete das Paar mit zusammengekniffenen Lippen und senkte jedes Mal den Kopf, wenn Luuks Blick sie streifte. Sie vermied es, ihm in die Augen zu sehen. Er hingegen suchte ihren Anblick förmlich.

Lila war ihm während Judiths Krankheit aus dem Weg gegangen. Nur zwei Mal hatte sie ihm die Tür öffnen müssen. Dann hatte sie den Kopf gesenkt und nur einen lauen Gruß gemurmelt. »Mir kommt es vor, als verstecktest du dich vor Judiths Verlobten«, sagte Arno und tippte ihr leicht gegen das Kinn.

»So?« Lila zwang sich eine heitere Miene auf. »Kommt dir das so vor? Das tue ich vielleicht, weil du mich dauernd so prüfend ansiehst. Es ist nicht gut, vom Ehemann auf diese Art betrachtet zu werden. Schlimmer noch ist es aber, wenn ein Arzt einen so anschaut.« Sie lachte, und Arno war es zufrieden.

Die Klänge des Saltarello trieben Andreas und seine Frau an ihnen vorbei. Rieke lachte übertrieben, legte den Kopf in den Nacken und warf ihrem Mann zärtliche Blicke zu. Arno und Lila sahen sich an und schwiegen. Doch Rieke hatte ihren Blick bemerkt. Ihr Mund verzog sich zu einem schmalen Strich. Mit gerunzelter Stirn stieß sie Andreas in die Seite.

»Tu etwas!«, zischte sie. »Dein Bruder und seine ehrenwerte Gattin machen sich lustig über uns.«

»Es wundert mich, dass jemand etwas an uns zum Lachen findet«, erwiderte Andreas. »Mir scheint, wir beide geben eher ein trauriges Paar ab.«

Rieke bedachte ihren Mann mit einem Blick, der nichts

Zärtliches mehr hatte. Hass loderte für einen Moment in ihren Augen. Doch sofort hatte sie sich wieder zusammengerissen und lachte. »Du mit deinen merkwürdigen Späßen!« Sie lächelte, tanzte wieder ganz dicht an Arno und Lila heran, so dicht, dass sie die Hitze der anderen Leiber spüren konnte. Dann neigte sie den Kopf und sagte in warmherzigem Ton: »Wie ich sehe, Lila, trägst du gar keinen Schmuck. Hat man dich schon wieder bestohlen?«

Als Lila vor Schreck erstarrte und nach ihrem nackten Hals griff, lachte Rieke und tanzte davon.

16

Wieder öffnete sich die Tür zum Haus der Geisenheimers. Wieder trat die Totenausruferin, angetan mit einem schwarzen Kleid, das Gesicht von einem schwarzen Schleier verhüllt, heraus, hob die Hand wie einen Trichter an den Mund und heulte so laut, dass die Fensterscheiben klirrten: »Amalia Geisenheimerin ist tot!«

Und wieder blieben die Menschen auf der Straße stehen. Die Männer nahmen ihre Mützen und Hüte ab, die Frauen bekreuzigten sich. Sechs Sargträger traten auf die Straße und schritten gemessen auf die Kirche zu. Der Trauerzug schloss sich an.

Rieke ging mit Andreas direkt hinter dem Sarg. Sie trug dasselbe Gewand wie beim Tod Gero Geisenheimers, nur dass das Kleid nun etwas spannte. Der Schleier verdeckte unzureichend ihre zufriedene Miene. Andreas hingegen war tatsächlich betrübt. »Nun sind wir beide ganz allein«, hatte er zu seinem Bruder gesagt. Rieke hatte es genau gehört. Aber Arno hatte erwidert: »Nein, allein sind wir nicht. Nur mutterlos. Wir haben doch noch unsere Eheweiber.«

Andreas hatte zwar genickt, aber Rieke wusste genau, dass ihm sein Eheweib weit weniger Trost war als Lila für

Andreas. Sie hatte keine Angst, dass herauskommen könnte, wie Amalia Geisenheimer zu Tode gekommen war, das nicht. Schließlich war die alte Frau nicht gesund gewesen. Gott war mit Rieke, so war das. Auch in der Bibel gab es immer wieder Tote. Selbst bei den Zehn Geboten schien der Herr hin und wieder Ausnahmen zu machen. Rieke hatte kein schlechtes Gewissen, im Gegenteil. Ich habe es doch für uns getan, dachte sie. Es war das Beste für Andreas, das Kind und mich. Die Alte hat niemandem genützt. So wenig, wie ihr Wissen irgendwem genützt hätte. Wenn die Natur trödelt, muss man einfach nachhelfen.

Während sie neben Andreas schritt, schluchzte sie in regelmäßigen Abständen laut auf und tupfte sich die Augen. Rieke stützte sich auf ihren Mann, als wäre es ihre Mutter, die man da zu Grabe trug.

»Reiß dich zusammen!«, zischte Andreas seiner Frau zu, so laut, dass Lila und Arno, die hinter ihnen gingen, es gut hören konnten.

Lila kam nach vorn. »Soll ich mit dir gehen?«, fragte sie, doch Rieke schenkte ihr nur einen verächtlichen Blick.

Am Grab dann liefen Andreas die Tränen über die Wangen. Er löste sich von seiner Frau, faltete die Hände, starrte auf den Sarg seiner Mutter und schluchzte wie ein kleiner Junge. Auch Arno weinte, und Lila hielt ihn, streichelte seinen Rücken, schwieg, war einfach da. Rieke aber riss ihren Mann am Arm. Als er nicht reagierte, schluchzte sie so laut auf, dass selbst die, die ganz hinten standen, den Aufschrei hörten, dann sank Rieke einfach neben dem Grab nieder. Noch im Fallen sah sie ihren Mann an. Es war kein liebevoller Blick. Während Judith sogleich herbeigeeilt kam, sich über Rieke beugte, das Riechfläschchen aus ihrer Tasche kramte und es der Schwangeren unter die Nase hielt, lachte Lila auf. Mit einer Hand strich sie ihrem Mann über den Rücken, mit der anderen streichelte sie Andreas, ihr Mund aber lachte Rieke aus.

»Stell dich nicht so an!«, rief sie. »Heute begraben wir die Mutter deines Mannes. Verzichte doch wenigstens an diesem Tag einmal darauf, im Mittelpunkt stehen zu wollen. Lass ihn doch wenigstens in Ruhe trauern.«

Da rappelte sich Rieke hoch, stützte sich dabei schwer auf Judith. »Bitte«, raunte sie. »Kannst du mich nach Hause bringen? Lilas Spott ist mehr, als ich in meinem Zustand vertragen kann.«

Judith nickte, schickte einen tadelnden Blick zu Lila, legte Rieke den Arm um die Hüfte und brachte sie weg. Nur zu gerne ließ Rieke den Friedhof hinter sich, die Trauernden, Andreas und ihr Verbrechen.

War sie am Grab dem Tod näher gewesen als dem Leben, so verbesserte sich ihr Befinden mit jedem Schritt, der sie näher zu ihrem schützenden Haus brachte.

»Soll ich nicht doch Luuk holen lassen?«, fragte Judith alle zwanzig Meter, doch Rieke schüttelte jedes Mal den Kopf.

»Ein kleiner Schwächeanfall, nichts weiter. Du weißt ja, ich bin sehr empfindsam. Der Tod einer lieben Angehörigen geht mir doch sehr nahe. Wenn Lila wenigstens ihr böses Maul gehalten hätte, hätte ich vielleicht sogar noch den Leichenschmaus geschafft.«

Judith nickte verständnisvoll. Gemeinsam mit der Magd brachte sie Rieke die Treppe hinauf und bettete sie auf einen Berg von Kissen und Decken. Die Magd eilte in die Küche, um einen stärkenden Trank aus Rotwein, Eigelb und Honig zu brauen, während Judith sich auf einem Schemel neben dem Bett niederließ.

»Und du brauchst wirklich keinen Arzt?«, fragte sie.

»Nein, verdammt!«, brauste Rieke auf, um sofort nach Judiths Hand zu fassen. »Verzeih, meine Liebe. Ich wollte nicht so barsch sein, aber nun siehst du selbst, wie stark mich der Tod meiner Schwiegermutter und vor allem aber das schlechte Benehmen meiner Schwägerin trifft.«

Sie kniff die Augen zusammen, und es gelang ihr wahrhaftig, ein paar Tränen zwischen ihren Lidern hervorzupressen.

»Nicht doch, aber nicht doch«, murmelte Judith, kramte nach einem Schnupftuch und wischte ihr die Wangen.

»Ist sie zu dir auch so grausam?«, fragte Rieke mit leidender Miene.

Judith zögerte einen Augenblick. »Nein«, entgegnete sie schließlich. »Und ich glaube auch nicht, dass sie es böse mit dir meint.«

Rieke richtete sich ein wenig im Bett auf, ließ sich von Judith mehrere Kissen in den Rücken stopfen und genoss den gewürzten, stärkenden Wein.

»Erzähl! Hat sie dir auch einmal wehgetan?«

Judith schluckte. »Ich weiß nicht, ob ich darüber sprechen sollte. Wahrscheinlich habe ich mich nur getäuscht, wahrscheinlich etwas falsch verstanden. Es ist besser, manches bleibt unerwähnt.«

Rieke zog einen Schmollmund. »Ich habe dir vertraut, habe dir von meinen geheimsten Kümmernissen erzählt. Und du weist mich einfach ab?«

Sie zwang erneut zwei Tränen aus ihren Augen und ließ sie über die Wangen rollen.

»Nicht doch, meine Liebe«, lenkte Judith ein. »Es ist nur so, dass ich glaube, sie mag meinen Bräutigam nicht. Wie oft hat sie versucht, mir die Verlobung mit Luuk auszureden. Ich wäre nach meiner Erkrankung noch nicht so weit, müsste mich noch schonen, meine Gefühle zur Ruhe bringen, hat sie gesagt. Immer wieder. Selbst am Morgen meiner Verlobung kam sie noch einmal an und riet mir: »Überlege es dir, Judith. Noch kannst du zurück. Ich halte zu dir, wenn es Ärger geben sollte, du kannst dich darauf verlassen. Ich habe sie nach dem Grund gefragt, aber sie hat mir nie erklärt, warum.«

Rieke tätschelte ihr die Hand. Angespornt von diesem Lob, beugte sich Judith zu Rieke hinab und flüsterte: »Ich glaube, sie verbirgt ein Geheimnis. Vielleicht hat dies sogar mit meinem Luuk zu tun.«

Rieke riss die Augen auf. »Was sagst du da?«, fragte sie gierig. »Ein Geheimnis?«

Wieder fiel ihr Geros Testament ein. Es begünstigte Lilas Familie so sehr. Und wie schnell starben Kinder! Falls dem Säugling bei der Geburt etwas widerfuhr, wenn es die nächsten Jahre nicht überlebte, stand Rieke da, ohne etwas von dem Erbe zu haben.

»Was für ein Geheimnis?«, wiederholte sie, richtete sich nun ganz auf und umklammerte Judiths Hand.

Judith schluckte, wurde sogar rot, und Rieke erkannte, dass die frisch Verlobte es schon bereute, davon gesprochen zu haben.

»Was für ein Geheimnis? Nun sag schon!«

Judith schüttelte den Kopf. »Ich muss gehen. Die Magd wird sich um dich kümmern. Wahrscheinlich kommt Andreas auch bald nach Hause. Wenn es dir schlechter gehen sollte, so zögere nicht, nach mir oder nach Luuk zu schicken. Ich wünsche dir rasche Besserung.«

Judith wollte aufstehen, doch Rieke umklammerte ihr Handgelenk so fest, dass es schmerzte. »Du kannst mich doch nicht allein lassen«, klagte sie. »Sieh, wie bleich ich noch bin. Ich habe Angst um mein Kind. Eine Schwangere verkraftet solche Sachen schlechter als eine Frau, die kein Kind erwartet. Bleib hier, Judith.«

Die Frau zögerte, sah auf Rieke, lauschte dann nach draußen auf den Lärm der Straße. »Ich … ich … habe heute noch nicht eingekauft«, brachte sie schließlich stammelnd hervor.

»Das macht nichts«, schritt Rieke sofort ein. »Sage mir, was du brauchst, dann schicke ich sofort die Magd zum Markt. Aber, in Gottes Namen, lass mich hier in diesem Zustand nicht allein liegen. Wer weiß denn schon, ob die Seele der Toten noch im Hause ist? Und wer weiß schon so genau, ob sie dem Kind in meinem Leib nicht schadet?«

Bei diesem Argument setzte sich Judith entschlossen wieder hin. Sie holte ein kleines Holzkreuz aus ihrer Rocktasche und behielt es in der Hand. »Du hast recht, man weiß nie, wohin die Seele der Toten entschwindet. Am Ende schlüpft sie tatsächlich durch eine deiner Leibesöffnungen in den Körper deines ungeborenen Kindes.«

Rieke verzog bei dieser Vorstellung das Gesicht, nahm das Kreuz, küsste es, bekreuzigte sich, nahm dann Judiths Hand und strich sanft darüber.

»Ich merke doch, meine Liebe, dass dich Lilas Geheimnis belastet. Hast du nicht schon genug Schlimmes hinter dir? Die schreckliche Ehe, der tragische Tod deines Mannes. Deine schwere Krankheit. Und nun musst du dich mit einem Geheimnis herumplagen. Geteiltes Leid ist halbes Leid. Waren wir zwei nicht immer füreinander da? Sind wir nicht wie Freundinnen zueinander? Du hast mich heute nach Hause gebracht, hast dich um mich gekümmert. Ich habe einiges bei dir gutzumachen. Erzähle mir also das Geheimnis. Erleichtere dein Herz. Lass uns diese Last zusammen tragen.«

Judith war nicht dumm, aber sie war gutgläubig. Sie glaubte an das Gute im Menschen, und alle gegenteiligen Erfahrungen fruchteten nichts. Judith war einfach eine Seele von Mensch, völlig frei von Argwohn und Falsch. Rieke wusste sie zu packen. Und Judith erzählte.

»Erinnerst du dich, als in ihrem Haus eingebrochen wurde und die Einbrecher das Haus verwüsteten?«

Rieke nickte. »Natürlich erinnere ich mich. Das ist noch gar nicht so lange her. Arno war kurz davor in die Schlacht gezogen.«

Judith nickte. »Dann erinnerst du dich vielleicht auch daran, dass ich es war, die Lila in ihrem Haus fand, bewusstlos auf dem Boden!«

»Ich erinnere mich. Sie verdankt dir ihr Leben. Ich hoffe, sie hat sich dafür erkenntlich gezeigt.«

Judith ging nicht auf den Einwand ein, sondern sprach weiter. »Ich habe sie damals im ganzen Haus gesucht. Sogar auf dem Dachboden war ich.«

»Und?«

Judith schloss die Augen und besann sich auf diesen Tag. »Wie staubig es dort oben war! Ich hatte Angst vor Fledermäusen. Es heißt, sie hausen auf den Dachböden. Aber da war nichts und niemand. Nur Fußspuren. Ich folgte ihnen. Ich wusste schon, dass sie mich nicht zu Lila führen würden, aber ich erhoffte mir wenigstens Hinweise. Dann stand ich in einem kleinen Kabinett vor einem losen Dielenbrett. Ich hob es an und fand darunter ein Kästchen.«

»Was war darin? Nun sag schon, was befand sich in dem Kästchen?«

Judith hob die Hand, und Rieke war still. Dann sprach sie leise weiter. »Eine Haarlocke. Sanft und seidig, als wäre sie von einem Kind. Und eine Kette mit einem Anhänger. Ein Davidstern.«

»Das Judenzeichen?«, fragte Rieke verblüfft.

»Ja, der Stern mit den sechs Ecken.«

»Und weiter?«

»Ein Siegelring«, hauchte sie.

»Ein Siegelring? Mit welchem Wappen? Kanntest du es?«

»Nein. Ein Frankfurter Wappen war es wohl nicht.«

»Hatte es Besonderheiten?«, drängte Rieke. »Kannst du dich auf etwas besinnen? Ein Tier, eine Pflanze oder etwas in der Art?«

Judith schüttelte den Kopf und öffnete die Augen. »Nein. Es war einfach nur ein Siegelring. Gewiss hat er nichts zu bedeuten.«

Auf einmal wirkte Rieke, als wäre sie gerade einem Jungbrunnen entstiegen. Ihre Augen glänzten, die Lippen waren prall und rot. Ihre Haltung war straff. »Erinnere dich!«, forderte sie.

Judith hob die Schultern. »Warum interessierst du dich so dafür?«

Rieke lächelte. »Weil ich glaube, dass du recht hast. Lila hat ein Geheimnis. Und Geheimnisse interessieren mich nun einmal brennend.«

Judith zog die Unterlippe zwischen die Zähne und sah plötzlich betroffen aus. »Es ist ihr Recht, ein Geheimnis zu haben. Wir sollten das respektieren.«

Rieke legte ihre Hand auf Judiths Unterarm. »Natürlich sollten wir das. Aber haben wir nicht auch die Pflicht, den Namen Geisenheimer vor aller Schuld und Schande zu bewahren?«

Judith rutschte unruhig auf ihrem Stuhl hin und her. Plötzlich stand sie auf. »Ich muss jetzt wirklich gehen. Es wird Zeit für mich. Andreas wird bestimmt gleich kommen.«

Rieke nickte. »Ich danke dir, dass du mir beigestanden hast, als es mir schlecht ging.« Sie lächelte Judith an, griff erneut nach ihrer Hand und drückte sie. »Nicht jede hätte das getan.«

Judith lächelte ebenfalls, allerdings mit schmalerem Mund. Dann verabschiedete sie sich und verließ Riekes Gemach so schnell, als hätte sie es tatsächlich sehr eilig.

Marga starrte auf den Schoß der Marketenderin, auf den Kopf ihres Mannes. Der öffnete die Augen, blinzelte und betrachtete sie, als wäre sie ein Stück Vieh auf der Weide. Er wird mir nicht helfen, dachte sie. Er nicht. Und schon gar nicht, wenn es um seinen Sohn geht und meinen Kampf mit ihm. »Was willst du?«, fragte er barsch.

Marga versuchte es trotzdem. »Konstantin hat mich aus der Werkstatt geworfen. Ich will, dass du mitkommst und ihm den Respekt einbläust, den er mir verweigert. Tu es um seinetwillen.«

»Was sagst du da?«, fragte Robert. »Er hat dich rausgeschmissen?«

»Aus der Werkstatt und aus meinem Haus. Er ist dein Sohn, braucht gerade jetzt eine feste Hand. Oder willst du, dass er ein unrechter Mensch wird?«

Robert begann zu lachen. Er rappelte sich hoch, hieb sich auf die Schenkel, riss den Mund so weit auf, dass man die gelb verfärbten Zähne sehen konnte, stieß seine Gefährtin an, die ebenfalls in Gelächter ausbrach. Die Leute, die sich in der Nähe aufhielten, kamen näher und fragten, was los sei, doch Robert lachte und lachte, und die Marketenderin lachte ebenfalls. Sie kreischte, zeigte mit dem Finger auf Marga, rang nach Atem, um sofort wieder in einen Lachkrampf zu verfallen.

Marga sah sich die beiden an, dann raffte sie ihre Röcke und suchte nach einem Offizierszelt. Es dauerte eine ganze Weile, bis sie einen Befehlshaber fand, der ihr zuhörte. Der erste, ein Offizier aus dem Braunschweiger Heer, lachte nur, als sie verlangte, er solle ihren Mann wegen Ehebruchs vor dem Militärgericht anklagen. Der zweite hörte ihr zwar zu, schickte sie dann aber doch unverrichteter Dinge fort. Der dritte schließlich nickte bei jedem ihrer Worte. »Ich hasse die Unzucht, die im Felde herrscht«, stieß er hervor. »Man muss eingreifen. Ihr habt recht, Weib. Der Eure muss bestraft werden. Wer rumhurt, bevor er das Schlachtfeld erreicht hat, ist es nicht wert, im Heer zu kämpfen.«

Er zog sein Wams straff, setzte sich einen Hut mit einer wippenden Feder auf den Kopf und bedeutete ihr, ihm zu folgen. Neben dem Offizier lief Marga das Lager ab, doch als sie zu der Feuerstelle kamen, an der sie ihren Mann mit der Marketenderin zurückgelassen hatte, waren die beiden verschwunden.

»Hier! Hier ist er gewesen! Eben war er noch da!«, stammelte Marga.

Der Offizier sah sie mit gerunzelten Brauen an. »Ich habe meine Zeit nicht gestohlen, Weib. Also, wo ist der Eure?«

Marga sah sich um, betrachtete die Männer, die am Nachbarfeuer saßen und taten, als wären sie ganz und gar in ihr Kartenspiel vertieft.

»Ich … ich weiß nicht, wo er ist. Eben … gerade eben …«

»Ich weiß, gerade eben war er noch hier.« Der Offizier schüttelte den Kopf, dann drehte er sich um und stapfte davon.

Die Männer am Feuer hoben den Kopf. Einer von ihnen sagte: »Wenn das mein Weib wäre, würde ich sie den Knüppel kosten lassen. Was macht sie überhaupt hier im Feld? Wollte sie schnüffeln?«

Die anderen Männer brummten zustimmend, und Marga machte, dass sie davonkam.

Es war noch früh, als Lila das Haus verließ. Nur wenig Licht fiel in die schmalen Gassen zwischen den tief gestaffelten Giebelhäusern. Gerade erst hatten die Wächter die Stadttore geöffnet, doch schon quollen die Gassen über von Menschen und Tieren. Lila hielt sich dicht an den Hauswänden. Sie hatte sich eine Kapuze übergezogen, die mehr als die Hälfte ihres Gesichtes verdeckte. Sie eilte durch die Stadt bis zum Dominikanerkloster. Dort blieb sie stehen und sah sich um. Niemand beachtete sie. Hausfrauen und Mägde eilten auf den Markt, Wäscherinnen schleppten volle Körbe hinunter zum Main. Alte Frauen eilten zum Gottesdienst, eine Gruppe Mönche lief gemessenen Schrittes in Richtung Dom, und zwei Leprakranke bimmelten mit ihren Glöckchen und baten um eine milde Gabe. Lila presste eine Hand auf ihr klopfendes Herz und eilte weiter. Am Tor, welches die Judengasse von den christlichen Wohnvierteln trennte, stand ein Wächter, der sich gerade mit einem Dolch die Fingernägel reinigte und Lila nicht einen Blick zuwarf. Lila schlüpfte durch das Tor, atmete einmal tief ein und aus und ging nun gemessenen Schrittes weiter. Sie schien sich in Sicherheit zu wähnen, denn sie wandte sich nicht mehr um. Deshalb bemerkte sie auch die Frau nicht, die ihr folgte und deren Gesicht ebenfalls von einer großen Kapuze verdeckt wurde. Die Frau lief rascher, hatte schon bald zu Lila aufgeschlossen, ging nun beinahe neben ihr.

Ein Mann mit einem langen weißen Bart, einem schwarzen Hut und einem weißen Hemd kam ihnen entgegen. Als er Lila sah, lüpfte er seinen Hut und grüßte. Dann blieb er stehen.

»Was willst du im Schtetl, Mädele?«, fragte er. »Willst ein Geschäft machen? Oi, oi, die Zeiten sind schlecht für Geschäfte.«

Lila lächelte. »Der Mensch hat mehr als er braucht, Abraham. Zu deinem Sohn will ich. Mit ihm mache ich gern Geschäfte.«

»Masel tow«, wünschte der Alte, und Lila dankte. Dann wechselten sie noch einige Sätze in einer Sprache, von der Rieke nur jedes zweite Wort verstand.

Sie wartete, bis Lila in einem Haus in der Judengasse verschwunden war, dann lief sie dem alten Mann hinterher.

»Verzeiht, wer war die Frau, mit der Ihr eben gesprochen habt?«, fragte sie.

Der alte Jude kniff die Augen zusammen und betrachtete Rieke von oben bis unten. »Warum wollt Ihr das wissen?«

»Ihr habt Euch in einer Sprache unterhalten, die dem Deutschen ähnlich, aber nicht gleich ist.«

Der Mann lächelte. »Das war Jiddisch, Mädele. So reden die Juden unter sich.«

»Also ist die Frau, die ich meine, eine Jüdin?«

Der Gesichtsausdruck des Alten änderte sich, wurde verschlossen. »Oi, oi, was weiß ich«, erwiderte er. »In diesen schlechten Zeiten sprechen viele mit fremden Zungen.«

»Ist sie keine Jüdin?«

»Fragt sie selbst.«

Der alte Mann wollte sich umdrehen und gehen, doch Rieke hielt ihn am Arm fest. »Was fällt dir ein, du stinkender Jude, eine brave Bürgerin und Christin einfach stehen zu lassen und ihr die Antwort zu verweigern? Du weißt wohl nicht, was sich ziemt? Hat euch der Vinzenz Fettmilch nicht gerade erst gezeigt, was ihr wert seid? Also, rede: Wer ist diese Frau?«

Der Alte sah sich unsicher um. Die Gasse war belebt, und die meisten Menschen, die hier gingen, waren Juden.

»Hört, Frau, ich will keinen Ärger. Ich weiß nicht, wer das Weib ist, nach dem Ihr fragt. Sie war manchmal hier, hat meinem Sohn etwas verkauft. Das ist alles.«

»Ist sie eine Jüdin?«, drängte Rieke weiter.

Der alte Mann hob die Schultern. »Sie wohnt nicht in der Judengasse. Wie also soll sie Jüdin sein?«

Damit riss er sich von Rieke los und ging davon, schloss sich rasch einer Gruppe ebenso bärtiger alter Männer an und verschwand schließlich in einem Haus, das mit dem Wort »Schul« gekennzeichnet war.

Rieke hatte ihm nachgesehen. Wie sollte sie Jüdin sein, wenn sie nicht in der Judengasse wohnt?, dachte sie den Worten des alten Mannes nach. Er hat recht. Wäre sie Jüdin, dann wäre sie keine Geisenheimer. Rieke hob eine Hand, rückte ihre Haube gerade. Sie wusste nicht, wo Lila eigentlich herkam, doch sie würde Judith danach befragen. Es musste doch zu schaffen sein, Lilas Geheimnis zu sprengen! Rieke war sich ganz sicher, dass sie davon profitieren würde.

Sie wollte sich gerade zum Gehen wenden, als sie Lila aus einer Haustür treten sah. Ihr Gesicht trug einen traurigen Ausdruck. Wieder sah sich Lila nach allen Seiten um, dann ging sie mit raschen Schritten von dannen. Dieses Mal folgte ihr Rieke nicht, sondern wartete, bis sie das Judenviertel verlassen hatte. Erst dann betrat sie das Haus, welches Lila kurz zuvor verlassen hatte.

»Kann ich Eich helfen, schene Frau?«, wurde sie sogleich angesprochen. Ein Mann um die vierzig saß in einem Zimmer hinter einem großen Schreibtisch und blickte direkt in den Flur.

Rieke grüßte und trat näher. »Welche Art von Geschäft betreibt Ihr?«, wollte sie wissen.

»Geldwechsler bin ich.«

»Das seid Ihr alle. Was sonst noch?«

»Ich kaufe Dinge und verkaufe sie wieder.«

»Ein Leihhaus?«

Der Mann nickte.

»Was hat die Frau, die gerade bei Euch war, hier gemacht?«

Der Mann lächelte, hob beide Hände. »Ein Geschäft haben wir gemacht. Das ist mein Beruf.«

»Was für ein Geschäft?«

»Bedaure.«

Rieke sah in sein lächelndes Gesicht und hätte am liebsten mitten hineingeschlagen. Sie hätte gern alle Sachen vom Schreibtisch gewischt, hätte mit beiden Händen in seinen Bart gegriffen, daran gezogen und dabei geschrien: »Was erlaubst du Drecksjude dir mit einer Christenfrau?«

Doch sie hielt den Mund, hielt auch ihr Lächeln und sagte leise, doch mit drohendem Unterton: »Ich denke, Ihr wollt auch weiterhin gute Geschäfte machen, oder?«

Der Mann setzte sich aufrecht hin. »Was wollt Ihr mir damit sagen?«

»Nun, Ihr scheint nicht zu wissen, wer ich bin.«

»Das ist richtig.«

»Rieke Geisenheimer bin ich, die Frau von Andreas Geisenheimer, dem Kaufmann und Patrizier.« Der Mann sah sie verständnislos an, aber Rieke ließ sich nicht aus der Ruhe bringen. »Wenn ich mit meinem Mann spreche, bekommt Ihr hier keinen Fuß mehr auf den Boden.«

Der Mann lächelte schief, stand auf, trat hinter seinem Schreibtisch hervor. Er fasste Rieke beim Arm. »Ich glaube, es ist besser, Ihr geht jetzt«, sagte er, öffnete die Tür und schob Rieke einfach hinaus.

Ehe sie es sich versah, stand sie schon auf der Straße. Empört rang sie nach Luft, doch dann warf sie den Kopf in den Nacken und eilte davon.

»Mach es! Zeig ihn an!«, drängte Hermann Schein. Was Marga im Heerlager erlebt hatte, empörte ihn bis auf den Grund seiner Christenseele. »Mach es sogleich, ehe das Lager aufgelöst wird.«

Marga nickte wortlos.

Hermann nahm ihren Arm, zog sie mit sich. »Ich begleite dich. Auf der Stelle gehen wir zum Rat.«

Marga machte sich los. »Nicht jetzt, Hermann. Meine Zeitung. Sie muss pünktlich erscheinen, die Leute warten darauf, das weißt du doch. In der ersten Zeit ist es ungeheuer wichtig, in regelmäßigen Abständen zu arbeiten. Dann gewöhnen sich die Leser daran und denken gar nicht mehr darüber nach, ob sie die Zeitung haben wollen oder nicht. Sie gehört einfach dazu. Ich kann jetzt nicht einfach mitten in der Arbeit weglaufen. Schon gar nicht wegen Robert.«

Der Kantor schluckte. »Ich verstehe«, sagte er rau, ließ Marga los und wollte die Druckerei verlassen.

»Nein, du verstehst nicht«, rief Marga ihm hinterher, doch er war schon zur Tür hinaus. Marga zuckte mit den Achseln und schüttelte den Kopf. Doch bereits eine Viertelstunde später stand Hermann Schein wieder in der Werkstatt, in der Hand einen Henkelkorb mit Mittagessen. »Die Magd schickt dir dies. Sie sagt, du würdest ansonsten den ganzen Tag wieder nichts essen und uns am Ende noch vom Fleisch fallen.«

Marga lachte. Sie wies auf die Holzbank. Hermann nahm Platz, dann deckte Marga den Tisch für zwei.

Während des Essens wies Marga mit dem Finger zur Decke.

»Das Haus war schon etwas heruntergekommen. Aber dank deiner Thomaner sieht es im ersten Stock schon wieder richtig wohnlich aus. Sie haben die beiden Kammern hergerichtet und auch die Küche geweißelt. Ich könnte jederzeit einziehen. Vielleicht gibt mir dann mein Sohn auch endlich meine Sachen heraus«, erklärte sie.

Hermann Schein schwieg und machte ein abweisendes Gesicht. Obwohl er seine Schüssel noch nicht leer gegessen hatte, wollte er aufstehen. »Ich muss gehen, der Chor wartet auf mich. Wir wollen proben.«

Marga schüttelte den Kopf. »Die Probe ist doch erst in einer Stunde, Hermann. Du willst weglaufen, aber ich weiß nicht, warum. Bitte setz dich und rede mit mir. Es ist mir unwohl, mit dir nicht einig zu sein.«

Der Kantor setzte sich und seufzte. »Du willst wirklich ausziehen?«

»Ich denke, es ist besser so.«

»Besser für wen?«

»Für dich, weil dir endlich wieder alle Räume deines Hauses zur Verfügung stehen. Und für mich, weil ich wieder ein eigenes Reich und Zuhause habe.«

»Hast du das bei mir nicht?«

Sie schüttelte den Kopf. »Bei dir, mein Lieber, bin ich ein Gast. Ich gebe zu, dass ich mich sehr wohlfühle in deinem Haus, aber jeder Gast, ganz gleich wie willkommen er auch sein mag, ist wie ein Fisch. Nach drei Tagen beginnt er zu stinken. Ich bin nun schon fast drei Wochen bei dir. Du musst doch froh sein, mich endlich loszuwerden.«

Hermann schüttelte den Kopf. »Nein, aber nein, wirklich nicht. Ich bin froh, dich bei mir zu haben. Wenn du wirklich auszögest, dann würde mir etwas fehlen.«

Er sah Marga an, doch diese schwieg. Sie hielt den Blick auf die Tischplatte gesenkt und fuhr mit dem Zeigefinger der Maserung im Holz nach.

»Was ist? Habe ich dich verletzt?«, wollte der Thomaskantor wissen.

Marga schüttelte den Kopf und schwieg weiter. Einen endlos langen Augenblick saßen sie sich stumm gegenüber. Schließlich hielt es Hermann Schein nicht mehr aus. »Bitte sag doch etwas. Irgendwas. Bitte.«

Marga blickte auf, streckte die Hand nach ihm aus und legte sie auf seinen Unterarm. »Ich bin verheiratet, Hermann«, sagte sie. »Ich bin es noch, obwohl mein Mann mich nach Strich und Faden betrügt und mir mehr als einmal gesagt hat, dass er nicht mehr mit mir leben will.« Sie holte ganz tief Luft. »Ich habe Robert geliebt, Hermann. Auch wenn er es nicht verdient hat. Lange habe ich ihn geliebt, und das von ganzem Herzen. Wie viele Lieben kann ein Mensch im Leben haben? Ich habe den Pfarrer gefragt. Du kannst dir sicher denken, was er geantwortet hat. Außer der Liebe zu Gott und den Kindern gibt es nur noch eine Liebe, und die währt lebenslang – die Liebe zum Eheweib oder zum Ehemann. Das heißt, Hermann, dass es nur eine Liebe gibt. Und die sitzt noch in meinem Kopf. Oder nein, sie steckt noch in meinem Herzen.«

Hermann Schein nickte. »Ich kann dich verstehen, Marga. Aber der Pfarrer hat unrecht. Gott hat nicht nur eine einzige Liebe für jeden Menschen vorgesehen. Man kann zwei, drei oder sogar vier Mal lieben. Dass dein Herz noch nicht für eine neue Liebe bereit ist, verstehe ich, aber ich kann warten. Lange sogar. Doch es wäre schön, wenn du mir auch eine Chance geben würdest. Bleib in meinem Haus wohnen, Marga, ich bitte dich.«

Marga schluckte. Sie schaute nach oben an die Decke, über der ihre beiden eigenen Kammern liegen könnten. »Ich überlege es mir, Hermann«, sagte sie schließlich.

Hermann war noch nicht lange gegangen, da wurde die Tür aufgerissen, und Konstantin stürmte in die Werkstatt.

Äußerlich ruhig setzte Marga sich auf einen Schemel. Er musste nicht merken, dass ihr die Knie ein wenig zitterten. Sie verschränkte die Arme und sah ihn an. »Was willst du hier, Konstantin?«

»Ist es wahr, dass dir diese Druckerei gehört?«, herrschte er sie an.

»Ich führe sie, aber der Besitzer ist der Thomaskantor.«

Konstantin hieb mit der flachen Hand auf den Tisch. »Also ist es so, wie die Leute reden.« Abschätzig verzog er den Mund. »Meine Mutter ist eine Hure. Hat ihren Arsch und ihre Titten für eine Werkstatt verkauft. Pfui!«

Er spuckte vor ihr auf den Boden.

Marga blieb ruhig sitzen, sah ihn an und schwieg. »Was

ist?«, brüllte Konstantin schließlich. »Warum antwortest du mir nicht?«

»Warum sollte ich? Deine Meinung über mich steht ohnehin fest. Was immer ich auch vorzubringen habe, es hätte vor deiner Selbstgerechtigkeit keinen Bestand.«

Mit ruhiger Hand nahm sie den Wasserkrug, füllte einen Becher und trank. Ihre Gelassenheit schürte Konstantins Wut weiter. Er schnaubte. »Eine Hure habe ich zur Mutter!«, tobte er. »Weißt du, wie schwer mein Geschäft geht mit einer solchen Bürde?«

»Nein, das weiß ich nicht. Mein Geschäft geht nämlich gut. Also wird es nicht am Ruf deiner Mutter liegen.«

Konstantin trat ganz dicht an Marga heran. »Was für Lügen erzählst du in der Stadt über mich, he?«, zischte er. Marga roch seinen säuerlichen Atem und den alten Schweiß, der in seinen Kleidern hing.

Für einen Augenblick schloss sie die Augen. Dann erwiderte sie: »Wer mich fragt, bekommt eine Antwort. Und die lautet, dass du mich aus meinem eigenen Haus geworfen hast, mit nichts als dem, was ich auf dem Leib trug.« Konstantin starrte sie mit offenem Mund an. Er brachte keinen Ton heraus.

»Ja, das erzähle ich, mein Sohn. Und du behauptest, dass ich lüge?«

Konstantin schluckte. »Und deshalb kommen die Kunden zu dir und nicht mehr zu mir?«

Marga zuckte die Achseln.

»Ich frage sie nicht.«

Sie betrachtete Konstantin, wie er vor ihr stand, mit fleckigem Wams, fettigem Kragen und schief getretenen Geckenschuhen. Seine Haut war fahl, unter den verquollenen Augen saßen dunkle Schatten. Mitleid stieg in ihr auf.

»Mir scheint, mein Sohn, es geht dir nicht allzu gut«, stellte Marga fest. Am liebsten wäre sie aufgestanden und hätte ihren linkischen Jungen, dem noch nicht einmal ein Bart wuchs, in die Arme geschlossen. Doch nicht nur sein trotziges Gesicht hielt sie davon ab.

»Es geht schon«, murmelte Konstantin. »Es geht schon.«

»Kann ich dir helfen?«, fragte Marga.

Ihr Sohn schüttelte bockig den Kopf und schob sogar die Unterlippe ein Stückchen vor.

Ganz wie Robert, dachte Marga, ganz wie Robert damals, als er noch um mich warb. Wenn er damals etwas ausgefressen hatte, stand er ganz genauso vor mir. Haargenau. Marga wollte schon lächeln, da sah sie, wie Konstantin sich einen Ruck gab. Sein Gesicht verzog sich zu einer verächtlichen Grimasse. »Nein«, presste er durch die zusammengebissenen Zähne hervor. »Nein. Von dir will ich nichts mehr. Gar nichts. So schlecht kann es mir gar nicht gehen, dass ich das Weib, das meinen Vater auf dem Gewissen hat, dass ich seine Mörderin um Hilfe bitte. Eher beiße ich mir die Zunge ab.«

»Auch recht«, entgegnete Marga mit fester Stimme. »Um deinen Vater aber sorge dich nicht, er lebt. Ich habe ihn erst heute morgen gesehen. Er lag mit seinem Kopf im Schoß einer Frau.«

Sie stand auf und strich sich das Kleid glatt. »Ich muss jetzt arbeiten«, sagte sie und deutete auf die Tür.

War es die Nachricht über seinen Vater oder die Ruhe, mit der ihn seine Mutter aus der Werkstatt schickte? Konstantin sah verblüfft drein, öffnete ein paar Mal den Mund, schnappte nach Luft wie ein Fisch auf dem Trockenen und machte sich schließlich wortlos davon. Hinter ihm fiel die Tür ins Schloss.

Kaum war er fort, musste Marga sich wieder setzen. Ihr Herz schlug ihr bis zum Halse, die Hände zitterten, und ihre Knie waren weich. Tränen rollten ihr unaufhaltsam über die Wangen. Marga weinte um ihren Sohn, sie weinte um ihren Mann. Und sie weinte um sich selbst. Um ihre Liebe, die nicht einmal mehr Platz für neue Hoffnung ließ, um ihre verlorenen Träume, um Hermann Schein, dessen Zuneigung sie nicht so erwidern konnte, wie sie es sich wünschte. Um ihr ganzes Leben weinte sie, das so anders verlaufen war, als sie es sich als junge Frau vorgestellt hatte.

Judith biss sich auf die Unterlippe. Sie lief in Luuks Wohnstube auf und ab. Das schlechte Gewissen plagte sie. Händeringend überlegte sie, ob Lila aus dem, was sie Rieke berichtet hatte, ein Schaden erwachsen könnte. Aber was hatte sie schon erzählt? Nur, dass Lila ein Geheimnis hatte. Welches, das wusste sie selbst nicht. Eine Kette mit dem Davidstern. Nun gut, so etwas gab es sicherlich nicht in jedem christlichen Haushalt, aber das Schmuckstück konnte auch das Geschenk eines Juden gewesen sein oder aber die Begleichung einer Schuld. Der Siegelring. Mein Gott, heutzutage ließ sich jeder ein Wappen anfertigen. Das war ebenso Mode wie die Pumphosen und die hochhackigen Rosettenschuhe. Zu bedeuten hatte das sicher gar nichts. Trotzdem fühlte sich Judith nicht wohl in ihrer Haut. Am liebsten wäre sie zu Lila gegangen und hätte ihr von dem Gespräch mit Rieke erzählt. Aber Lila war in der letzten Woche gemeinsam mit Arno bei Judith ausgezogen und wohnte nun wieder in ihrem eigenen Haus. Im Grunde war alles wie früher. Andreas und Arno führten das Handelshaus, die Frauen taten, was Frauen ihres Standes tun mussten. Die Kinder waren noch im Kloster Engelthal. Es war gleichgültig, ob Lila etwas verbarg oder nicht. Alles würde ohnehin seinen von Gott gewollten Lauf nehmen. Im Grunde, dachte Judith, habe ich mir nichts vorzuwerfen. Hätte Gott gewollt, dass ich schweige, so hätte er mir den Mund verschlossen. Doch auch dieser Gedanke beruhigte sie nicht. Sie fühlte ganz deutlich, dass sie einen Fehler gemacht hatte, und hoffte, dass er keine schlimmen Folgen haben würde. Sie wäre jetzt gern bei Lila gewesen, wie so oft. Sie hätten zusammen in der Küche sitzen, Most trinken und sich über das Neueste austauschen können. Judith hätte Lila von ihrem Hochzeitskleid erzählt und sie gefragt, welche Schuhe dafür wohl die passenden wären. Sie hätten die Speisen und Getränke besprechen können und, wenn Lila gut gelaunt gewesen wäre, vielleicht sogar die Sitzordnung. Aber Judith wagte sich nicht zu Lila. Sie hatte das Gefühl, ihr nicht in die Augen schauen zu können. Seufzend verließ Judith Luuks Haus, setzte sich auf eine Bank in den kleinen Garten. Eigentlich, dachte Judith, wollte Luuk längst zurück sein, aber sicher ist er wieder einmal von einem Patienten aufgehalten worden.

Über ihr ragten die Zweige des Kirschbaumes in den frühen Abendhimmel. Der Geruch der müden, erschöpften Stadt hing wie ein Tuch über den Dächern. Es roch nach Staub und Schweiß, nach Mensch und Tier, nach Leben und nach Tod.

In den Häusern wurden die ersten Lichter angezündet. Judith hörte bis in den Garten hinein den Stadtbüttel, der Pechfackeln anbrachte, um die Straßen zu beleuchten. Aus einem nahen Wirtshaus ertönte Lärm. Eine Männerstimme fluchte laut, ein Weib heulte. Judith blickte zu den Fenstern des Hauses auf. In der Wohnstube sah sie die Magd hantieren, sah, wie sie mit einer brennenden Kerze die Öllampen im Zimmer entzündete. Wenig später huschte der Schatten einer Männergestalt am Fenster vorüber. Judith lächelte. Luuk, dachte sie. Schön, dass er nun da ist. Sie stand auf, strich ihr Kleid glatt, wollte hineingehen ins Haus, hinein zum Liebsten und ihm erzählen, was ihr das Herz abdrückte. Da sah sie einen zweiten Schatten. Sie trat näher, stellte sich dicht unter das offene Fenster.

»Hier ist das, was Ihr wolltet, Doktor«, hörte sie. Die Stimme hatte einen merkwürdigen Akzent.

»Ist das alles?«, fragte Luuk van Aaken.

»Oi, es war schwer genug, all dies zu bekommen. Das Geschäft ist hart, die Konkurrenz schläft nicht. Es hat mich Mühe gekostet.« – »Habt Dank. Ich weiß, dass ich mich auf Euch verlassen kann.«

Judith runzelte die Stirn. Was ging da vor sich? Mit wem machte Luuk Geschäfte? »Was bekommt Ihr für den Schmuck?«, hörte sie Luuk fragen.

»Oi, die Zeiten sind schlecht. Gebt mir fünfzig Gulden, dann will ich es gut sein lassen.«

Luuk van Aaken lachte laut. »Fünfzig Gulden? Seid Ihr von Sinnen, Mann?«

Der andere schwieg. Judiths Herz schlug ihr bis zum Hals. Luuk war gerade dabei, ihr Hochzeitsgeschenk zu kaufen! Das musste es sein, deshalb die Heimlichkeit. Er würde ihr Schmuck schenken! Sie strahlte über das ganze Gesicht, presste eine Hand auf ihr rasch schlagendes Herz.

»Fünfzig Gulden, Doktor. Ich lasse nicht mit mir handeln.«

»Gut. Wartet einen Augenblick, ich hole das Geld. Von Euch zu niemandem ein Wort darüber!«

»Oi, da könnt Ihr sicher sein. Schweigen ist die Grundlage meines Geschäftes.«

Judith stand noch immer mit klopfendem Herzen unter dem Fenster. Sie konnte jetzt nicht ins Haus gehen und Luuk dabei überraschen, wie er ihr ein Hochzeitsgeschenk kaufte. Sie wartete, bis der Handel abgeschlossen und der Fremde mit dem merkwürdigen Akzent das Haus verlassen hatte. Dann ging sie zu Luuk, schmiegte sich zärtlich in seine Arme, küsste und liebkoste ihn. Selbst beim Abendbrot griff sie immer wieder nach seiner Hand, strich sanft darüber oder schmiegte gar ihr Gesicht hinein.

»Was ist mit dir?«, fragte Luuk verwundert.

»Nichts«, erwiderte Judith. »Ich liebe dich, das ist alles.«

Nach dem Essen stand Luuk überraschend auf. »Ich muss noch nach einem Patienten sehen. Es ging ihm heute Nachmittag nicht gut.«

Judith nickte. Es kam nicht oft vor, dass Luuk nach dem Abendbrot noch einmal weg musste, aber wenn es geschah, dann stets aus guten Gründen.

»Beeile dich«, bat sie.

Luuk küsste seine Verlobte, dann nahm er seine Arzttasche und verließ das Haus. Kaum war er weg, überließ sich Judith ihren Tagträumen. Was für einen Schmuck wird er mir wohl schenken?, überlegte sie. Eine Halskette vielleicht? Eine Brosche? Eine Spange fürs Haar? Einen Reif? Oder gar einen Ring? Sie lächelte. Ein Ring wäre mir am liebsten, dachte sie. Oder eine Kette. Ja, eine Kette, auf die mich ein jeder anspricht. Eine Kette mit einem Stein aus grünem Jade, dem Stein der Liebe. Die trage ich dann und sage, wenn jemand fragt, »diese Kette hat mir Luuk als Symbol unserer Liebe geschenkt«.

Ihr wurde ganz warm bei diesem Gedanken. Und plötzlich erwachte die Neugier in ihr. Ob er wirklich eine Kette gekauft hatte? Ohne es richtig zu wollen, stand sie auf. Ihre Füße liefen von allein zu der Truhe in Luuks Arbeitszimmer. Sonst war sie stets verschlossen, aber heute steckte der Schlüssel.

Auch Judiths Hände machten, was sie wollten. Sie hatte keinen Einfluss mehr auf sie. Die rechte griff einfach nach dem Schlüssel und drehte ihn, während die linke Hand den Truhendeckel aufklappte. Einen Augenblick hielt Judith inne und lauschte ins Haus. Sie hörte die Magd in der Küche Holzscheite aufeinanderstapeln, sonst war alles ruhig. Auch von der Straße tönte kein Laut. Judith betrachtete ihre Hände wie etwas Fremdes. Und schon machten sie sich wieder auf, griffen hinein in die Truhe und holten ein Samtsäckchen heraus. Die Finger knoteten ebenfalls wie von selbst das Band auf, zogen das Säckchen auseinander. Judith schloss die Augen. Es ist mein Hochzeitsgeschenk, dachte sie. Was ich hier tue, ist kindisch, es gehört sich nicht. Ich verderbe sowohl Luuk als auch mir die ganze

Freude. Doch ihre Finger hatten keine Ohren und wollten auch gar nicht hören. Sie griffen in das Säckchen und befühlten kühle Kettenglieder. Die Aufregung ließ Judith schlucken. Sie hatte recht gehabt! Luuk wollte ihr eine Kette zur Hochzeit schenken! Eigentlich, so dachte sie, kann ich das Säckchen nun wieder schließen. Dann ist ein Teil der Überraschung heil geblieben. Und ich kann rätseln, ob wirklich Jade an der Kette hängt. Sie fühlte genau, dass das der richtige Weg wäre. Sie wollte es auch so. Doch ihre Finger hatten nicht die Kraft. Sie wühlten im Säckchen herum, hoben die Kette ans Licht. Judith öffnete die Augen – und starrte auf das Schmuckstück, als hätte der Teufel selbst es vorbeigebracht. In der Hand hielt sie Lilas Kette, der sechszackige Stern baumelte sacht daran. Judiths Hand bebte.

17

Tagelang grübelte Rieke. Über ihren Mann. Ihre Ehe. Das Kind. Über sich. Aber sie kam zu keinem Entschluss.

Eigentlich, so sagte sie sich immer wieder, bin ich kein böser Mensch, kein hinterhältiges Weib. Ich will doch nur, dass man mich liebt. Ist das zu viel verlangt? Wenn Andreas doch nur einmal ein gutes Wort für mich hätte! Rieke war sich sicher, dass ihr Alltag dann ganz anders aussehen würde. Doch Andreas schwieg. Er war noch nie ein liebevoller Ehemann gewesen, seit dem Tod seiner Mutter aber war er noch zurückgezogener, noch schweigsamer.

»Rede mit mir!«, hatte Rieke ihn gestern Abend angefleht. »Es kann doch nicht sein, dass wir hier miteinander wohnen, aber nicht miteinander reden. Ich bin immerhin dein Weib, und du bist mein Mann.«

Andreas hatte im Sessel gesessen und ein paar Flugblätter gelesen. Diese neuesten Nachrichten wurden seit Kurzem an jeder Straßenecke verkauft. Nun ließ er die Papiere sinken. »Worüber willst du reden?«, fragte er. Die Gleichgültigkeit und der abwesende Blick taten Rieke weh.

»Ich weiß es nicht. Über dies und das. Was du heute erlebt hast. Was in den Flugblättern steht. Wen du getroffen hast. Etwas in der Art.«

»Erlebt habe ich das, was ich jeden Tag erlebe. In den Flugschriften steht der Klatsch, den dir die Magd bestimmt schon erzählt hat. Getroffen habe ich einen Kaufmann aus Straßburg und einen aus Basel. Sonst noch etwas?«

Rieke senkte den Kopf. Sie kämpfte mit den Tränen. »Bedeute ich dir eigentlich irgendetwas?«, fragte sie leise.

»Was? Was hast du gesagt?«, fragte Andreas nach.

Rieke sah auf, sah ihrem Ehegatten fest in das gleichgültige Gesicht. »Bedeute ich dir noch etwas?«, wiederholte sie.

Andreas zuckte mit den Achseln. »Was willst du? Du bist meine Frau, es fehlt dir an nichts.«

Rieke schluckte. Andreas nahm die Blätter hoch und seine Lektüre wieder auf.

»Doch«, beharrte Rieke. »Mir fehlt etwas, und das weißt du genau.« Sie streckte eine Hand nach ihm aus, sah ihn fast schon flehend an, doch Andreas blickte nicht einmal hoch.

»Ich weiß nicht, was du meinst. Ich gebe dir alles, was ich zu geben habe. Und jetzt ist Schluss, ich möchte in Ruhe lesen.«

Rieke nickte, schluckte die Tränen hinunter, streichelte ihren Bauch und versank in trübe Gedanken. Sie dachte an Judith, die so glücklich war mit ihrem Luuk. Und erst Lila und Arno! Lila und Arno, Arno und Lila. Das Traumpaar, verliebt vom ersten Tag an. Und nicht nur das. Die beiden hatten etwas, was Rieke beinahe noch schmerzlicher vermisste als Zärtlichkeiten. Arno und Lila waren nicht nur Mann und Frau, sie waren obendrein miteinander befreundet, konnten sich alles erzählen, hatten keine Geheimnisse voreinander.

Rieke stockte bei diesem Gedanken. Ob Arno Lilas Geheimnis kannte? Oder war dieses Geheimnis so schrecklich, dass die Schwägerin es nicht einmal ihrem Mann sagen konnte? Rieke griff nach einer Locke, wickelte sich die Strähne um den Finger und biss auf die Haarspitzen. Was wäre, wenn sie dieses Geheimnis entschlüsselte? Würde Andreas sie dafür achten oder verachten? Wenn sie durch ihr Wissen das Handelshaus vor möglichem Schaden bewahren könnte, indem sie es Andreas erzählte, würde sie vielleicht auf diese Weise wieder attraktiv werden für ihren Mann. Und wenn nicht, so könnte sie mit Lila sprechen. Ihr erzählen, was sie über sie herausgefunden hatte. Vielleicht – Rieke mochte den Gedanken gar nicht richtig zu Ende denken – würden sie am Ende noch Freundinnen werden, sofern sie das Geheimnis für sich behielt? Sie und Lila?

Rieke hatte noch nie eine Freundin gehabt. Nicht einmal Judith. Judith war herzensgut. Höflich war sie und hilfsbereit obendrein. Wenn Judith gebraucht wurde, dann war sie da. Doch hatte sie Rieke jemals ohne Anlass besucht? So, wie es Freundinnen untereinander taten? Nein, nicht ein einziges Mal. Mit Lila hingegen hockte sie stundenlang zusammen. Da wurde erzählt und getratscht und gelacht und gekichert und gespottet. Rieke vermutete, dass oft genug auch sie Gegenstand ihrer Gespräche war. Aber mit wem hätte sie über dieses Gefühl reden können? Mit Andreas sicher nicht. Der verabschiedete sich auch an diesem Abend bald und nur allzu förmlich von ihr, um seine eigene Schlafkammer aufzusuchen.

Rieke lag noch lange wach. Endlich schlief sie ein und träumte von Trajan.

Sie sah seine breiten Schultern vor sich, seinen flachen Bauch. Sie sah ihn so wie damals am Brunnen. Im Traum konnte sie seine Hände auf ihrer Haut fühlen. Auch seine Lippen, die über ihren Leib glitten und von ihr kosteten. Am Morgen erwachte sie unruhig, aber dennoch getröstet. Dann fiel ihr ein, dass Trajan tot war, dass sie seine Hände und Lippen niemals wieder spüren würde. Rieke begann zu weinen. Sie fühlte sich so einsam wie nie zuvor in ihrem Leben, glaubte, alles verloren zu haben, was ihr jemals etwas bedeutet hatte. Sie setzte sich an den Wohnzimmertisch, legte die Arme auf die Platte und den Kopf auf die Arme. Sie hätte gerne wieder aus tiefstem Herzen geweint. Aber die Tränen, die eben noch ihre Augen hatten schwimmen lassen, wollten nicht kommen. Rieke spürte einen Stein in ihrem Magen. Wie gerne hätte sie ihn aus sich herausgebrüllt! Doch das wagte sie nicht. Schließlich stand sie auf, ging mit hängenden Armen im Zimmer umher und hatte nicht einen einzigen Einfall, wie sie den langen, langen Tag bis zur Nacht herumbringen sollte.

Da fiel ihr Lila ein, und plötzlich wusste sie, was sie zu tun hatte. Wenn sie Glück hatte und Gott weiterhin seine Hand über sie hielt, würde sie am Ende vielleicht doch noch die Achtung und den Respekt der Geisenheimers erringen.

Sie kleidete sich an und machte sich auf den Weg zu Lilas Haus. Es dauerte eine ganze Weile, bis Lila herauskam. Sie trug, obwohl der Tag sehr warm war, einen Umhang mit großer Kapuze. Am Arm hielt sie einen Weidenkorb. Rieke folgte Lila im Schatten der Häuser. Sie ging auf den Markt, blieb vor einem Stand mit Bordüren stehen, prüfte zwei oder drei Exemplare, dann legte sie sie zurück und schlenderte weiter. An einem Stand, der Bürsten und Kämme feilbot, kaufte sie eine Bürste aus Marderhaar und legte sie in ihren Korb. Immer wieder sah sich Lila um, und Rieke musste aufpassen, nicht von ihr entdeckt zu werden. Da sie Lila aber bereits mehrfach gefolgt war, wusste sie, dass die Schwägerin sich nie umdrehte.

Lila gab einem Bettler eine Münze, prüfte Stoffe, kaufte einen Vorrat an Kerzenwachs und beauftragte den Lehrling des Krämers, es zu ihr nach Hause zu bringen. Dann blieb sie an einem Gewürzstand stehen, ließ sich ein wenig Pfeffer auf die Hand streuen, damit sie daran riechen konnte, probierte ein Blatt frische Minze, kaufte ein paar Unzen Zimt und ein wenig Ingwer. Als die Glocke vom Bartholomäusdom die elfte Stunde schlug, wandte sich Lila um und ging nach Hause. Rieke folgte ihr, bis ihre Schwägerin in der Tür verschwunden war. Noch eine ganze Weile stand Rieke auf der Gasse und wartete, doch dann wurde es auch für sie Zeit, sich nach Hause zu begeben. Andreas kam wie immer pünktlich beim Zwölfuhrläuten zum Essen.

Kaum war die Mittagsstunde vorüber, fand sich Rieke erneut vor Lilas Haus ein. Sie wartete, bis die Glocke zur Vesper schlug, doch auch jetzt erschien Lila nicht wieder auf der Straße. Rieke ging unverrichteter Dinge nach Hause. Am nächsten Morgen stand sie pünktlich bei Marktbeginn wieder an der Straßenecke, von der aus sie Lilas Tür im Auge behalten konnte. Es war kühl geworden. Der heiße September war einem launischen Oktober gewichen. Es nieselte, und Rieke hüllte sich fest in ihren Umhang. Doch schon nach kurzer Zeit war sie bis auf die Haut durchnässt. Als der Wind auffrischte, durch die Gassen fegte und nasse Blätter vor sich hertrieb, begann sie zu frösteln. Schließlich hielt sie es nicht mehr aus und ging nach Hause.

Erst am dritten Tag hatte Rieke endlich Glück. Es war Mittwoch, der Morgen, an dem Lila allwöchentlich ins Hospital zum Heiligen Geist ging. Wie andere Patrizierfrauen hatte sie es sich angewöhnt, die Siechen dort mit christlichen Geschichten zu erbauen und ihnen die eine oder andere Labung zu reichen. Einmal hatte Rieke sie dorthin begleitet. Aber der Anblick der vielen Kranken hatte sie zu sehr deprimiert.

Kurz vor dem Hospital sah sie nun, wie ein Mann auf ihre Schwägerin zutrat. Lila schrak so heftig zurück, dass sie gegen eine Frau prallte, die hinter ihr die Gasse entlanggekommen war. Schnell schlich Rieke näher und verbarg sich in einer nahen Mauernische.

»Na, meine kleine Lilith«, begann der Mann. »Wie geht es dir? Ist alles in Ordnung?«

»Bitte, nennt mich nicht so«, erwiderte Lila.

»Aber, aber, meine kleine Lilith, Tochter des Aaron ben Levy. Das ist doch dein Name, nicht wahr? Warum sollte ich dich anders nennen?«

»Ich heiße jetzt Lila Geisenheimer!«, beharrte Lila, doch ihre Stimme klang klein und blass.

Der Mann lachte, fasste nach ihrer Wange und wollte darüberstreichen, aber Lila zuckte zurück. »Fasst mich nicht an!«, zischte sie.

»Du wirst nicht unfreundlich zu mir sein, mein Kind. Vergiss nicht, dass ich alles über dich weiß. Und was ich alles für dich getan habe! Dein Leben, mein Herz, ist in meiner Hand.«

Lila senkte den Kopf. »Verzeiht, ich habe es nicht so gemeint.«

»Nun, dann ist ja alles gut, und wir könnten am Ende sogar noch gute Freunde werden. Doch zuvor müssen wir das Finanzielle regeln. Du hast doch sicherlich ein Geschenk für mich, oder?«

Lila nickte. Sie war leichenblass. Rieke sah es genau in ihrem Versteck. Die Schwägerin zog einen kleinen Lederbeutel aus der Rocktasche, steckte ihn dem Fremden zu. »Habe ich jetzt Ruhe vor Euch?«, hörte Rieke sie fragen.

»Meine kleine Lilith, vielleicht hast du tatsächlich vor mir Ruhe. Obwohl du weißt, dass du mich noch lange nicht ausgezahlt hast, nicht wahr? Wie dem auch sei, dein Gewissen wird dich niemals zur Ruhe kommen lassen.«

Der Mann steckte den Beutel ein, tippte sich an den Hut und eilte davon. Lila machte sich mehr wankend als gehend auf den Weg nach Hause.

Rieke hätte sich liebend gerne zweigeteilt, um beiden, Lila und dem Mann, folgen zu können. Kurz entschlossen eilte sie dem Fremden hinterher. Sie hastete die Straße hinab, achtete nicht mehr darauf, sich versteckt zu halten, und sah schließlich, wie der Mann in einer Herberge verschwand. Einen Augenblick dachte Rieke darüber nach, ihn dort aufzusuchen, doch dann überlegte sie es sich anders und trat den Heimweg an. Auf ihrem Gesicht lag ein Lächeln, das die Leute, die es sahen, schaudern machte.

* * *

Judith hatte nach dem Fund der Kette Luuks Haus sofort verlassen. Sie konnte ihm jetzt nicht unter die Augen treten. Doch die Scham war nicht der einzige Grund für ihre Flucht. Luuk hatte Lilas Schmuck! Was wollte er damit? Woher hatte er ihn? Judith glaubte nicht mehr daran, dass die Kette als Hochzeitsgeschenk für sie gedacht war. Aber wofür dann? Und warum hatte Lila ihren Schmuck verkauft? Brauchte sie etwa Geld? Judith musste beinahe auflachen. Arno und Andreas Geisenheimer zählten zu den erfolgreichsten Männern dieser Stadt. Sie waren Patrizier, saßen im Rat. Unmöglich, dass Lila ihren Schmuck verkauft hatte.

Was also will Luuk mit dieser Kette? Immer wieder stellte sich Judith diese Frage. Sie erinnerte sich noch genau daran, wie Lila versucht hatte, sie von der Verlobung mit dem Stadtarzt abzuhalten. Gründe hatte sie dafür nicht genannt, sondern war im Vagen geblieben. »Du solltest dich erst gründlich von deiner schweren Krankheit erholen«, hatte sie geraten. Nur einmal und nur ganz leise hatte Lila davon gesprochen, dass sie Luuk van Aaken nicht traute. Kannte sie ihn vielleicht doch besser, als sie zugab? Luuk stammte aus Brügge, aber studiert hatte er in Antwerpen. Dort hatte Lila ihre Kindheit und Jugend verbracht. Ob es möglich war, dass sie einander doch kannten? Nun, möglich war es. Aber war es auch wahrscheinlich?

Das große Frankfurt, freie Reichsstadt mit Messeprivileg, war ein Dorf verglichen mit Antwerpen. Das wusste Judith genau. Kurz überschlug sie, wie viele Frankfurter sie wohl kannte. Und stammten die nicht fast alle aus Patrizierfamilien wie sie selbst? Gut, dazu noch die Dienstboten, Handwerker, die Krämer. Aber kenne ich die tatsächlich?, fragte sich Judith. Nein, das tue ich nicht, warum also soll das bei Lila in Antwerpen anders gewesen sein? Hat sie nicht einmal erzählt, ihr Vater sei Seidenhändler gewesen? Es ist und bleibt unwahrscheinlich, dass man ihr einen Medizinstudenten aus Brügge vorgestellt hat. Und dann ist da ja auch noch der Altersunterschied. Sie muss ein Kind gewesen sein, als er in Antwerpen studierte. Nein, sie sind sich bestimmt nie begegnet.

Aber warum hat Luuk dann ihre Kette gekauft? Und wer war der Mann, der sie ihm gebracht hat?

Marga war es schwergefallen, Hermann Schein zu verletzen, aber sie wollte nie wieder Dinge für einen Mann tun, hinter denen sie nicht ganz und gar, mit Leib und Seele stand. Also war sie doch aus seinem Haus und in die beiden Kammern über ihrer Druckerei gezogen. Es hatte ihr Spaß gemacht, auf dem Markt nach leichten Stoffen für die Vorhänge zu suchen. Sie hatte auch zwei Truhen gekauft. In einer bewahrte sie ihre wenigen Kleidungsstücke auf, in der anderen ein bisschen Wäsche. Beide Truhen waren mit Schaffellen belegt und dienten zugleich als Sitzmöbel. Dazwischen befand sich ein Schemel, der, wenn es Not tat, als Tischlein diente. Ein schmales Holzbett kam von der Nachbarin, Deckbett und Matratze hatte sie einem Mann abgekauft, der kürzlich Witwer geworden war. Nun saß Marga nach Feierabend in ihrer kleinen Wohnung und las die frisch gedruckte Zeitung, die zwei Buben morgen in aller Herrgottsfrühe auf dem Markt und vor den Stadttoren verkaufen würden.

Von der nahen Thomaskirche schlug die Glocke zur Vesper, und Marga holte sich aus der Küche eine Scheibe Roggenbrot mit Speck. Gerade wollte sie hineinbeißen, als kräftig gegen die Werkstatttür gehämmert wurde. Sie spähte aus dem Fenster, sah jedoch nur einen Mann, der mit einem Karren vor ihrer Tür stand. Marga atmete auf. Sie hatte geglaubt, der Thomaskantor wäre zu Besuch gekommen. So sehr sie ihn auch mochte, seine Leidensmiene, die er seit ihrem Auszug so gern trug, schlug ihr aufs Gemüt. Hermann Schein gab ihr die Schuld an seinem Unglück, aber Marga wusste mittlerweile, dass ein jeder den Grund für Glück und Unglück nur bei sich selbst suchen musste. Sie hatte es satt, sich schuldig zu fühlen. Die letzten fünfzehn Jahre hatte sie damit verbracht, sich täglich ausgiebig mit ihren Unzulänglichkeiten zu befassen, hatte Roberts Vorwürfe ertragen und in allen Dingen an sich gezweifelt. Marga war überzeugt davon gewesen, als Frau versagt zu haben. Sie hatte Robert nicht halten können. Das konnte doch nur daran liegen, dass sie alt, hässlich und unleidlich war. Vor Gero Geisenheimers Tod war die Werkstatt kurz vor der Pleite gewesen. Auch das war ihre Schuld! Die Kunden waren ja nicht nur weggeblieben, weil Robert das ganze Geld in der Schänke versoffen hatte, sondern weil Marga mit den Druckaufträgen nicht nachgekommen war.

Und als Mutter war sie ohnehin eine Zumutung. Konstantin hatte ihr das oft genug bestätigt. Doch auch ohne ihren Sohn hätte sie an ihren mütterlichen Fähigkeiten gezweifelt. Wer hatte denn Schuld daran, dass Konstantin ihr keinen Respekt zollte, dass er sie hinausgeworfen und als Hure beschimpft hatte? Sie natürlich! Wer denn sonst? Es war ihre fehlerhafte Erziehung, die solche Früchte trug. So hatte Marga bis vor wenigen Wochen gedacht. Und selbst jetzt noch erlebte sie täglich Rückfälle, musste sich stets daran erinnern, dass auch sie ein von Gott geliebtes Geschöpf war. Sie seufzte. Wenigstens blieben ihr heute Hermann Scheins stumme Vorwürfe, seine wehmütigen, leidenden Blicke erspart. Wer immer da vor der Tür stand, er wollte sicher nicht, dass sie zu ihm zog.

Sie öffnete das Fenster, beugte sich hinaus, rief: »Ich komme gleich!« und eilte die Treppe hinab. Dann ging sie durch die Werkstatt, stieß dort die Holzläden auf und trat endlich auf die Straße. Als sie sah, was in dem Karren vor der Haustür lag, gefror ihr plötzlich das Lächeln im Gesicht. Ihre Bewegungen erstarben, der Körper wurde starr. Nur ihre Augen waren vor Entsetzen weit aufgerissen, und sie hatte die rechte Hand vor den Mund geschlagen, um einen Schrei zu unterdrücken.

»Seid Ihr Marga Mahlich, Eheweib des Söldners Robert Mahlich, verpflichtet im Heer des Christian von Braunschweig?« Der Büttel, der sie das fragte, stand hinter dem Holzwagen.

Marga nickte, nicht fähig, auch nur die Hand vom Mund zu nehmen. Der Mann holte ein Schriftstück aus der Tasche seines Wamses und hielt es Marga hin. »Könnt Ihr lesen?«, fragte er.

Marga nickte. »Ja, ich bin Druckerin.« Ihre Stimme klang rau.

»Dann lest selbst.«

Er reichte ihr das Papier, doch Marga steckte es unbesehen in die Rocktasche und starrte weiter auf den Karren.

»Ihr müsst mir unterschreiben«, drängte er. Aber Marga stand noch immer wie erstarrt und schien nicht von dieser Welt zu sein. Da tippte sich der Mann an den Hut und eilte von dannen. Das Fuhrwerk ließ er, wo es war.

Ein Stöhnen ertönte, ein Röcheln und Wimmern wie von einem Tier. Marga wurde bleich und rang nach Atem. Dann riss sie sich zusammen und betrachtete, was da vor ihr lag. Es war ein Mann, dessen Gesicht grau vor Schmerz war. Seine Hände hatte er ineinandergekrallt, die Augen geschlossen. Obwohl er ohne Bewusstsein war, röchelte er. Marga trat an den Karren, griff mit zwei Fingern nach der Decke, die vor Dreck starrte, und hob sie an. Als sie den blutigen Beinstumpf sah, in dem sich bereits die Maden tummelten, konnte sie einen Aufschrei nicht länger unterdrücken. Dann blickte sie wieder in das Gesicht des Verwundeten und spürte tiefes Mitleid in sich aufsteigen. Sie hob die Hand, strich ihm sanft über die Wange. »Armer Robert«, sagte sie. »Was immer du mir angetan haben magst, das hier hast du nicht verdient.«

Wie er da vor ihr lag, so hilflos und verdreckt, blutig und von Ungeziefer befallen, verflog plötzlich alle Wut, die sie auf ihn gehabt hatte. Doch nicht nur die Wut verschwand, sondern mit ihr alle Gefühle. Marga starrte auf das elende Stück Mensch vor ihr, auf den Haufen schmerzenden Fleisches. Sie richtete die Decke, atmete einmal tief ein und aus, dann rief sie einen Lehrjungen herbei, der tatenlos über die Straße schlenderte.

»Willst du dir ein paar Groschen verdienen?«, fragte Marga. Der Junge nickte, warf dabei neugierige Blicke auf den Karren.

»Das ist Robert Mahlich, der Drucker aus der Katharinenstraße. Vielleicht hast du schon von ihm gehört. Bring ihn mit dem Karren dorthin. Sorg dafür, dass sein Sohn Konstantin ihn in Empfang nimmt. Hast du alles verstanden?«

Der Junge nickte wieder, dann streckte er die Hand nach dem Geld aus. »Und wenn der Sohn nicht da ist?«, fragte er.

»Dann sitzt er im Zunfthaus beim Bier«, erklärte Marga, wandte sich um und ging zurück in ihr neues Zuhause.

Jahre war es her, dass Judith jung und verliebt gewesen war. Damals hatte sich noch keine Furcht in das Glücksgefühl gemischt. Doch nun war die Angst da. Hatte sie sich etwa in Luuk geirrt? Kannte sie ihn weniger gut, als sie geglaubt hatte? Was wusste sie denn schon von ihm? Doch nur das, was er selbst erzählt hatte. Ob ich zu Lila gehen und mit ihr reden sollte? Will ich die Wahrheit überhaupt wissen?, fragte sie sich.

Die Wahrheit interessierte sie nicht immer. Nicht, wenn dadurch etwas anderes, mindestens ebenso Wichtiges zu Schaden kam. Lilas Geheimnis war nicht so wichtig wie ihre Freundschaft. Judith war nicht weniger neugierig als andere Frauen, aber sie war nicht erpicht darauf, womöglich eine Facette von Lila kennenzulernen, die nicht zu dem Bild passte, das sie von ihr hatte. Und das Gleiche galt auch für Luuk. Er soll so sein, wie ich ihn kenne, dachte Judith, so soll er bleiben. Ein Menschenfreund, der beliebte Stadtarzt, hilfsbereit …

Aber immer wieder hörte sie den Fremden mit seinem merkwürdigen Akzent sprechen, spürte die feinen Glieder

der Kette durch ihre Finger gleiten. Noch ist es nicht zu spät, dachte sie. Auch wenn ich eine Enttäuschung nur schwer verkraften könnte, noch bin ich nicht mit ihm verheiratet. Sie straffte sich, dachte an ihre Tochter. Julia würde vorerst im Kloster bleiben und dort eine gute Erziehung genießen, später heiraten. Zurück nach Hause würde sie nur noch auf Besuch kommen. Wenn Judith Luuk nicht zum Ehemann nahm, würde sie wohl sehr lange sehr einsam sein. Trotzdem, dachte sie, ich muss Gewissheit haben, noch vor der Hochzeit. Draußen war es dunkel geworden. Luuk war inzwischen gewiss daheim. Drei Mal ist er heute hier gewesen und wollte mich sprechen, dachte Judith, drei Mal hat ihn die Magd abgewiesen. Aber jetzt muss ich mit ihm reden. Sie zog Stiefel und Mantel an und machte sich auf.

Doktor Luuk van Aaken hatte das Haus des alten Stadtmedicus übernommen und wohnte weit oberhalb des Römers, dort, wo die Handwerksmeister und Advokaten zu finden waren. Obwohl die Gegend nicht so vornehm war wie die, in der die Patrizier lebten, war sie doch gerne hier. Sie liebte Luuks Haus.

Es war zweigeschossig und hatte bereits hundertfünfzig Jahre auf dem Buckel. Die Balken des Fachwerkes waren braun gestrichen, die Wände aus Lehm und Stroh weiß gekalkt. Im Sommer hatten sich Bienen und Hummeln darin getummelt, so viele, dass es Judith manchmal so schien, als ob das ganze Haus summte. Sie stand vor der braun gestrichenen Tür, griff nach dem Klopfer, der aus Messing war und die Form einer Schlange hatte, und schlug ihn kräftig gegen das Holz.

Eine ältere, hagere Frau mit verkniffenem Mund und zahllosen Fältchen im Gesicht öffnete ihr. Ohne ein Wort der Begrüßung machte sie eine Armbewegung, die Judith zum Eintreten aufforderte. »Guten Abend, Christiane.«

Judith nahm ihr Umschlagtuch von den Schultern und drückte es der grämlichen Magd in die Hand. »Melde mich bei deinem Herrn«, befahl sie knapp.

Christiane nickte und stieg schließlich die schmale Holztreppe in den ersten Stock hinauf. Noch bevor sie oben angelangt war, erschien Luuk bereits.

»Judith!«, rief er aus und eilte an der Magd vorbei, die sich eng an die Treppenwand pressen musste. »Judith, wie schön, dich zu sehen.«

Er hatte die Arme ausgebreitet, doch kurz bevor er bei Judith angekommen war, ließ er sie sinken. Er griff nach ihrer Hand und küsste sie. »Darf ich dir etwas zu trinken anbieten? Wein vielleicht?«

Judith nickte. »Einen Becher gewürzten Wein mit Wasser verdünnt, bitte.«

Der Arzt sah die Magd an.

»Ja, ja, ich geh ja schon.«

Sie schleppte sich die Treppe hinunter und verschwand in der Küche.

»Was hat sie gegen mich?«, fragte Judith. Luuk sah ihr nach. Judith schien es, als sei sein Blick voller Wohlwollen und Zuneigung auf die dürre Frau gerichtet gewesen.

»Was hat sie gegen mich?«

»Nichts. Sie wird schon bald merken, wie sehr ich dich liebe. Und dann wird auch sie dich in ihr Herz schließen.«

Judith spürte ihre Angst schwinden. Jetzt war sie ganz

glücklich und ohne Furcht. War es nicht gleichgültig, was Luuk mit dem Schmuck vorhatte, wenn er sie doch liebte? Sollte sie sich wirklich am Ende unglücklich machen, indem sie sich in Dinge einmischte, die sie nichts angingen?

Luuk nahm sie beim Arm, führte sie sanft die Treppe hinauf und ins Wohnzimmer. Er drückte ihr ein Kissen in den Rücken, holte einen Schemel herbei, auf den sie ihre Füße legen konnte.

»Ist dir kalt? Ist dir warm? Fehlt dir etwas? Hast du alles?«

»Ja, Luuk. Ich habe alles, was ich brauche. Ich bin ja bei dir.«

Sie streckte die Hand nach ihm aus, und er nahm sie und schmiegte sein Gesicht dort hinein. Dann erst fragte er: »Wo warst du heute den ganzen Tag? Ich war drei Mal bei dir, doch deine Magd hat mich nicht zu dir gelassen. Einen Grund hat sie mir auch nicht genannt.«

Judith blickte auf und bat ihn, im Sessel gegenüber Platz zu nehmen. Dann erst antwortete sie: »Ich habe ihr Anweisungen gegeben, dich nicht einzulassen.«

»Aber warum? Was ist geschehen? Wolltest du mich nicht sehen? Hast du mich schon über?«

»Nein, das ist es nicht. Es ist etwas anderes, Luuk. Ich muss mit dir darüber sprechen, auch wenn ich eigentlich keine Lust dazu habe.«

»Worüber denn?«

»Über Lila Geisenheimer.«

Judith beobachtete jede Regung ihres Gegenübers genau. Sie sah, dass Luuk die Stirn runzelte, sie sah, dass sein Kinn kantig wurde, die Lippen sich zu schmalen Strichen verzogen. Und sie sah, dass er die Hände ineinander verkrallte, bis die Handknöchel ganz weiß hervortraten. »Was ist?«, fragte sie erschreckt, schob sich ganz nach vorn auf die Sesselkante und legte eine Hand auf Luuks Knie. Doch er tat, als bemerke er die Berührung gar nicht. Sein Blick ging ins Leere. Erst als die Magd mit dem Wein kam, die Karaffe auf den Tisch knallte und ohne einzugießen wieder verschwand, kehrte Luuk zurück in die Gegenwart seiner Wohnstube. »Lila Geisenheimer«, sagte er nachdenklich und schwieg wieder. Behutsam nahm er die Karaffe und schenkte Judith und sich den Rotwein aus Rheinhessen ein.

Er trank in kleinen Schlucken, tupfte sich die Mundwinkel trocken. »Lila Geisenheimer«, sagte er ein zweites Mal und schwieg erneut.

Judith lauschte dem Klang seiner Stimme und glaubte, Wehmut und Schmerz darin zu hören.

»Was ist mit ihr?«, drängte Judith.

»Sie sieht jemandem ähnlich, den ich früher kannte«, antwortete Luuk, noch mit Zärtlichkeit in der Stimme.

»Wer ist es? Erzähle mir von ihr. Erzähle mir von deinem alten Leben. Was hast du nach deinem Studium gemacht? Warum bist du nach Frankfurt gekommen?«

Luuk schwieg, nippte wieder am Wein und sah in die Ferne. Judith betrachtete ihn. Dabei kam er ihr auf einmal so fremd vor, als ob sie ihn gar nicht kenne. Sie wollte die Hand ausstrecken und sein Gesicht berühren. Doch er war so versunken in seine Erinnerungen an eine wohl glücklichere Zeit, dass sie es nicht wagte, ihn zu stören.

Leise fragte sie weiter: »Warst du einmal glücklich mit einer anderen? Warst du schon einmal verheiratet?«

Luuk schaute sie an, als betrachte er ein Wandbild. Sein Blick streifte sie, aber er sah sie nicht. Zögernd nickte er. »Ja, ich hatte ein glückliches Leben. Ein sehr glückliches sogar. Alles, was man sich wünschen kann, hatte ich. Ich war reich, so reich an Liebe, an Freunden. Ich besaß ein Haus, hatte eine Frau, eine Tochter …«

Er brach ab, und Judith sah Tränen aus seinen Augen rinnen. Seine Lippen zitterten. Er rang die Hände.

»Was hat das mit Lila Geisenheimer zu tun?«, fragte Judith.

Luuk schluckte, beugte sich nach vorn, sodass sein Haar über sein Gesicht fiel und es verdeckte. Er öffnete den Mund und murmelte etwas.

»Was? Was hast du gesagt?«, fragte sie.

Wieder murmelte Luuk, und diesmal verstand Judith. »Sie ist schuld«, hatte er gesagt.

»Raus mit der Sprache!« Riekes Stimme klang scharf. »Wer, in Gottes Namen, bist du?«

Lila lehnte an der Wand ihres Zimmers, als suche sie dort Halt, und starrte Rieke an. Draußen schickten sich die ersten Herbststürme an, über das Land zu jagen. Am Himmel hatten sich dunkle Wolken zu Gebirgen zusammengeballt. Der Wind riss an den Fensterläden, heulte im Kamin und peitschte die Zweige eines Baumes gegen die Scheiben. Draußen sah es aus, als wäre der Weltuntergang nahe. Hier im Haus war es bereits so weit. So zumindest empfand es Lila.

»Hast du nicht gehört?«

Lila öffnete den Mund, doch sie fand keine Worte.

»Na, gut. Wie du willst. Dann erzähle ich dir eben, was ich denke.«

Rieke betrachtete Lila mit zusammengekniffenen Augen. Diese lehnte noch immer an der Wand, nunmehr leichenblass, und schwieg.

»Du bist in Wirklichkeit gar nicht Lila Geisenheimer, geborene Lila de Bruy, sondern Lilith, ben Levys Tochter.«

Rieke wartete eine Reaktion ab, doch Lila blieb einfach weiter gegen die Wand gelehnt stehen, blickte aus einem leichenblassen Gesicht an Rieke vorbei und schwieg.

»Na, wie gefällt dir das?«

Lila streifte Rieke mit einem kurzen Blick, der ganz und gar ausdruckslos war.

»Meinetwegen schweige, doch es wird dir nichts nützen. Was hieltest du übrigens davon, wenn ich deinem Mann diese kleine Geschichte erzählen würde? Ich bin sicher, er weiß nicht, dass seine Frau eine Jüdin ist.«

Diesmal schaffte Lila es, den Mund zu öffnen. Doch er fühlte sich so trocken an, dass sie glaubte, die Worte würden darin zu Staub zerfallen. Sie langte mit dem Arm nach der Karaffe, machte sich nicht die Mühe einzuschenken, sondern stürzte das Wasser einfach hinunter.

»Tss, tss, tss. Wenn man es nicht wüsste, so würde man spätestens an deinen Manieren erkennen, dass du keine von uns bist.«

Lila schluckte. »Was du sagst, ist nicht wahr. Du redest Unsinn.«

Rieke lachte. Sie stemmte die Arme in die Hüften wie ein Marktweib, das beschuldigt wird, ranzige Butter zu verkaufen. »Ach? Was du nicht sagst! Es wird dich wundern, meine Liebe, aber es gibt Leute in der Stadt, die bestätigen können, dass du Lilith Levy bist.«

Lila stieß sich von der Wand ab, doch sie konnte sich kaum auf den Beinen halten, schwankte so sehr, dass sie wieder zurückglitt. Ihre Hände fuhren auf ihrem Kleid auf und ab. Das linke Augenlid zuckte verräterisch.

»Gegen Geld behauptet mancher alles, was man von ihm verlangt«, entgegnete sie. Ihre Stimme klang gepresst, doch das war Lila lieber, als Rieke merken zu lassen, wie sehr sie innerlich zitterte.

»Und wenn der Mann sogar vor Gericht und unter Eid aussagen würde?«

Wieder zwang sich Lila ein schiefes Lächeln ins Gesicht. »Warum sollte er das tun? Für wen wäre das von Interesse?«

Lila bemühte sich, so unbeteiligt wie nur möglich auszusehen, doch sie fühlte, dass es ihr nicht gelang. Ihre Knie waren so weich, dass nicht einmal die Wand ihr noch Halt geben konnte. Vor ihren Augen verschwamm das Zimmer. Nur Riekes Gesicht war überdeutlich zu sehen, wurde immer größer. Ihr Mund stand offen, und Lila meinte, ihren Atem auf der Haut zu spüren. Die Zähne, glaubte sie, kamen immer näher, waren plötzlich doppelt so viele. Ein Schrei explodierte in ihrem Inneren, kroch die Kehle hinauf, wälzte sich in ihrem Mund. Schnell schloss Lila die Augen, atmete tief durch, erstickte den Schrei, der sich nun in ihrem Magen zusammenklumpte und schwer darin lag.

»Du fragst, wen dein Leben interessiert?«, fauchte Rieke dicht vor ihr. »Du hast im Grunde recht. Kein Mensch will wissen, wer du bist, woher du kommst oder gar, wie es dir geht. Niemand, das kannst du mir ruhig glauben. Das einzig Interessante an dir sind deine Kinder. Sie sind von Gero als Erben bestimmt. Wenn du nun aber eine Jüdin bist, so sind auch deine Kinder jüdisch. Und wenn du dich unrechtmäßig und unter Lügen in eine christliche Familie geschlichen hast, so bist du des Todes und deine Brut erbunwürdig. Denn Juden ist es verwehrt, Christen zu beerben. Verstehst du nun mein Interesse?«

Lila wurde es schwarz vor Augen. Ihre größte Angst hatte nun einen Namen: Rieke. Verzweiflung stieg in ihr empor, drohte, sie mit sich in den Abgrund zu reißen. Wie aus weiter Ferne hörte sie Rieke lachen. Du darfst nicht in Ohnmacht fallen, dachte sie, das darfst du nicht. Es geht um Leben und Tod. Um dein Leben, um das deiner Kinder. Und um Arnos. Sie hob mit letzter Kraft ihre Hand und kniff sich so stark in den Oberschenkel, dass der Schmerz wie ein Pfeil durch ihren Leib schoss. Dann riss sie die Augen auf und starrte Rieke direkt in das triumphierende Gesicht. Mit aller Ruhe, zu der sie fähig war, sagte sie: »Du täuschst dich. Mein Name war niemals Lilith Levy. Ich bin Lila Geisenheimer, geborene de Bruy. Wenn du das Gegenteil behauptest, so musst du es beweisen. Dazu braucht es jedoch mehr als einen gekauften Zeugen. Du kennst das Gesetz? Die peinliche Halsgerichtsordnung schreibt vor, dass du mindestens zwei Zeugen für eine derartige Anschuldigung benötigst.«

Rieke lachte, wedelte mit der Hand vor ihrem Gesicht hin und her. »Damit willst du mir Angst machen? Findest du das nicht selbst lächerlich? Dieses Gesetz gilt auch für dich. Und wenn es an Zeugen fehlt, so gibt es immer noch die Folter, um die Wahrheit ans Licht zu bringen.« Sie lachte noch einmal hämisch, dann rückte sie ihre Haube zurecht. »Ich muss gehen«, sagte sie leichthin, als hätte sie Lila lediglich einen Freundschaftsbesuch abgestattet. »Das Unwetter wird bald losbrechen. Ich möchte vorher zu Hause sein. Es heißt, die Luftgeister treiben im Sturm ihr Unwesen. Mein ungeborenes Kind soll nicht mit ihnen in Berührung kommen, am Ende trägt es noch Schaden davon. Das kann ich auf keinen Fall dulden, jetzt, wo dem Kind eine so große Zukunft und ein so beträchtliches Erbe bevorsteht. Ich wünsche dir einen guten Abend.«

Mit diesen Worten riss sie die Tür auf und verschwand. Als Lila ihre Schritte auf der Treppe und wenig später die Haustür hörte, rutschte sie an der Wand hinab zu Boden. »Allmächtiger«, betete sie. »Allmächtiger, ich flehe dich um deine Hilfe an.«

18

Der nächste Morgen brachte zum ersten Mal in diesem Jahr Schneeluft. Durch die Gassen floss der Nebel wie zäher Kleister. Feiner Nieselregen vermischte sich mit dem Unrat und Morast und machte die Wege zu einer glitschigen Rutschbahn. Der Wind hatte etwas nachgelassen, doch noch immer riss er an den Röcken der Frauen, fegte den Männern die Hüte vom Kopf. Obwohl es bereits auf Mittag zuging, wollte die Dunkelheit nicht gänzlich weichen. Die Stadtbüttel zündeten an den Straßenecken Fackeln an, die jedoch immer wieder erloschen. Lehrjungen liefen mit Laternen vor den Meistersgattinen her zum Markt, Mägde versuchten so schnell wie möglich ihre alltäglichen Gänge zum Brunnen zu erledigen, ohne sich wie gewöhnlich zu einem kleinen Schwatz zu versammeln.

Als Lila das Haus verließ, war sie für dieses Wetter viel zu dünn angezogen, trug nur einen leichten Umhang über dem Kleid, hatte die Haube nur nachlässig gebunden. Doch sie spürte die Kälte kaum. Der Wind pfiff durch ihre Sachen und malte ihr eine Gänsehaut auf den ganzen Leib, doch auch das spürte Lila nicht. Mit ihren Lederschuhen versank sie im Morast. Sie hatte nicht daran gedacht, sich die Trippen unterzuschnallen, stakste nicht, wie die meisten Frauen, auf den kleinen Holzklötzen durch Pfützen und Schlamm. Sie achtete nicht einmal auf die Holzbohlen, welche die Stadtbüttel in den feinen Straßen über die Pfützen gelegt hatten, damit die Patrizier sich nicht die Säume beschmutzten. Schon bald troff Lilas Haube vor Nässe. Das Wasser rann ihr über das Gesicht, drang in die Kleidung ein. Sie beschleunigte ihre Schritte, eilte durch die Straßen, als wäre der Leibhaftige hinter ihr her. Sie rempelte eine alte Frau an; ihr Fluch gellte Lila in den Ohren, doch sie stürzte weiter, schob ein kleines Mädchen aus dem Weg, das an einem süßen Kringel kaute. Gerade noch rechtzeitig konnte ein Reiter sein Pferd zügeln. Weiter, nur weiter. Endlich war Lila am Ziel angelangt. Atemlos betätigte sie den Klopfer und war dankbar, dass Judith selbst ihr öffnete.

»Lila!«, rief diese völlig entsetzt. »Was ist denn mit dir los? Komm sofort herein. Du musst aus den nassen Kleidern raus, du holst dir sonst noch den Tod!«

Sie zog Lila ins Haus, holte Handtücher, trocknete der Schwägerin Gesicht und Haar, half ihr aus Schuhen, Umhang und Oberkleid. Die Magd bereitete unterdessen einen heißen Kräutertrunk. Schließlich saß Lila mit Judith im Wohnzimmer, wo der Kamin bereits prasselte und nach allen Seiten Wärme ausstrahlte. Über ihren Beinen lag eine Decke. Judith nahm Lila gegenüber Platz: »Erzähle!«, sagte sie und wartete.

Lila schöpfte Atem, sah sich nach allen Seiten um. »Bist du allein?«

»Natürlich. Wer sollte noch hier sein?«

Lila zuckte mit den Achseln. »Der Stadtarzt oder … oder vielleicht Rieke.«

»Luuk arbeitet, das weißt du doch. Und Rieke war schon seit Ewigkeiten nicht mehr hier.« Judith lächelte, dann lehnte sie sich zurück, die Hände ruhig nebeneinander im Schoß, und lächelte freundlich.

Langsam entspannte sich Lila. Sie strich sich eine nasse Haarsträhne aus dem Gesicht. »Du musst denken, ich sei verrückt geworden«, sagte sie leise.

»Nein. Ich denke, dass dich etwas sehr erschreckt hat«, erwiderte Judith.

»Hast du mit Rieke gesprochen? Hat sie nach dir geschickt?«

Judith schüttelte den Kopf. »Nein, bisher nicht. Sollte sie? Und überhaupt, was hast du nur die ganze Zeit mit Rieke? Was ist los mit dir?«

Lila verzog das Gesicht. »Es ist gut möglich, dass sie dich rufen lässt und dir Lügen erzählt.«

»Lügen über dich?«

Lila nickte.

»Was für Lügen?«

»Sie … sie wird erzählen, dass ich … dass ich nicht die bin, die ich zu sein scheine.«

»Wie soll ich das verstehen?«, fragte Judith nach. Doch Lilas Gesicht veränderte sich plötzlich. Der panische Ausdruck darin verschwand. Sie verschloss sich, versperrte sich wie eine Tür zur Nacht.

Sie stützte sich mit beiden Händen auf die Sessellehnen, drückte ihren Körper hoch, als wäre es der Leib einer alten Frau. »Ich muss gehen«, sagte sie. »Danke.«

»Wofür?«, fragte Judith, griff nach ihrer Hand. »Willst du nicht doch noch bleiben, wenigstens, bis deine Sachen trocken sind? Willst du mir nicht erzählen, was dich bedrückt?«

Lila presste die Lippen zu einem schmalen Strich zusammen und schüttelte den Kopf.

»Wie du meinst«, erwiderte Judith, »meine Magd wird dir deine Sachen bringen.«

Als Lila ihre Kleider angelegt hatte, brachte Judith sie zur Tür. »Wenn du Hilfe brauchst, so komm wieder oder lass mich rufen. Ich bin für dich da. Immer. Jederzeit.«

Lila nickte nur, dann eilte sie die Straße hinab und achtete so wenig auf den Regen wie zuvor.

Judith blieb nachdenklich zurück. Sie hatte Lilas Angst gespürt. Sie mochte Lila, wollte nicht, dass sie sich fürchten musste. Schon gar nicht vor Rieke. Jedoch stand es nun felsenfest, dass Lila tatsächlich ein Geheimnis hatte und dass Rieke diesem gefährlich nahe gekommen war. Aber auch Luuk verbarg ein Geheimnis, und Judith hätte schwören können, dass beide Geheimnisse miteinander in Verbindung standen. Sie wartete nicht bis zum Abend, sondern holte ihren Umhang, schnallte sich die Trippen unter die Schuhe und machte sich auf den Weg zu Luuks Haus.

Auch heute war die Magd nicht freundlich, doch wenigstens ließ sie Judith ein und servierte ihr sogar eine heiße Milch, während sie auf Luuk wartete.

Er hatte seine Tasche noch nicht abgestellt, als Judith ihn schon drängte: »Ich muss mit dir reden, Luuk. Sofort. Es ist sehr wichtig.«

Der Stadtarzt nickte, zog den Mantel aus und nahm Judith mit in sein Arbeitszimmer, das einem Laboratorium glich. Er bot ihr einen Lehnstuhl an, der hinter einem großen Schreibtisch stand, und setzte sich selbst mit verschränkten Armen auf den Tisch. »Was ist los, meine Liebe, dass du dich bei diesem Wetter zu mir aufmachst?«

»Was weißt du über Lila Geisenheimer?«, fragte Judith abrupt. Der Arzt holte Luft, doch sie unterbrach ihn. »Ich will keine Geschichten hören, keine Abschweifungen und keine Eventualitäten. Ich will die Wahrheit. Lila ist in Gefahr, und ich werde ihr helfen.«

Luuk van Aaken stieß hörbar den Atem aus. »Um welchen Preis?«, fragte er.

Judith verstand nicht. »Was meinst du damit?«

»Wenn ich dir erzähle, was ich weiß, wirst du einen von uns beiden verlieren – entweder Lila oder mich. Bist du bereit, diesen Preis zu zahlen? Oder möchtest du doch lieber unwissend bleiben?«

Jetzt sog Judith die Luft ein. Sie sah Luuk tief in die Augen, dann sagte sie: »Die Wahrheit ist jeden Preis wert. Also sprich!«

Marga blickte zum Fenster hinaus. Es schneite in dicken Flocken. Der Gehweg sah aus, als wäre er mit Mehl bestäubt, und auch die Äste der Bäume waren weiß. An den Dächern der Häuser gegenüber wuchsen Eiszapfen. Raben flogen krächzend über den kleinen Platz vor der Thomaskirche. Eine alte Bettlerin hatte in ihrer Nische neben der Kirchentür ein kleines Feuer entfacht und rieb ihre Hände darüber. Marga nahm sich vor, ihr später einen heißen Kräutertrank zu bringen. Plötzlich verdunkelte sich die Werkstatt. Ein Fuhrwerk war vor dem Fenster zum Stehen gekommen. Noch ehe Marga genau erkennen konnte, was darauf lag, wusste sie es. Sie seufzte, warf sich ihr dickes Umschlagtuch aus Schafwolle über und ging hinaus. Konstantin hatte seinen Vater, der noch immer ohne Bewusstsein war, einfach vor ihrer Tür abgestellt und war schon wieder gegangen. Marga verdrängte alle Gedanken, die sich mit Rache, Schuld oder Kränkung beschäftigten. Sie sperrte die Tür auf und zog den Karren in die Werkstatt. Dann schickte sie einen Straßenjungen, den Chirurgen zu holen. Inzwischen machte sie Wasser heiß, holte frische Leinentücher und versuchte, ihrem noch immer bewusstlosen Mann etwas Wasser einzuflößen.

Der Chirurg fackelte nicht lange. Gemeinsam mit dem Straßenjungen hievte er Robert Mahlich auf den Küchentisch und holte aus seiner Tasche ein scharfes Messer und ein Beil, das die Mägde gewöhnlich zum Zerteilen von Fleisch benutzten.

»Bringt Branntwein«, befahl er der Magd. »Davon gießt ihm in den Schlund, so viel er schlucken kann, sobald er aufwacht. Ich kann Geschrei während meiner Arbeit nicht gebrauchen.«

Die Magd nickte, kramte in der Vorratskammer und holte eine Tonflasche hervor. Der Chirurg zog mit den Zähnen den Pfropfen heraus, trank selbst einen gehörigen Schluck und nahm dann aus seiner Tasche zwei breite, lange Lederriemen. Damit schnallte er Robert auf dem Tisch fest. Der Straßenjunge sah ihm mit großen Augen zu.

»Du wirst mir helfen«, befahl der Chirurg.

Der Junge nickte begeistert.

Dann krempelte der Chirurg die Hemdsärmel hoch,

schnitt mit einem scharfen Messer das Beinkleid entzwei, sodass der blutige Stumpf frei vor ihm lag.

»Eine Sauerei ist das«, knurrte der Mann und wischte mit dem Finger die Maden aus dem Stumpf.

Marga stand am Kopfende des Tisches, hielt die Branntweinflasche in der Hand und starrte mit großen Augen auf die Wunde. Der Geruch, der aufstieg, ließ sie die Hand vor Mund und Nase pressen.

»Ja, ja, so riecht der Tod«, lachte der Chirurg. »Den Wundbrand hat er. Das Fleisch da, das schwarze, das ist verfault. Ich muss ihm das Bein abhacken, sonst geht er drauf.«

Marga wurde übel. Sie musste sich am Tisch festhalten.

»Gib mir das Beil«, wies der Chirurg den Jungen an, der eilfertig gehorchte.

Dann holte der Chirurg tief Luft, hob das Beil über die Schulter, fixierte mit den Augen die Stelle, die er treffen wollte, und riss den Arm mit Schwung nach vorn. Drei Fingerbreit versank die Klinge im brandigen Fleisch.

Robert Mahlich riss den Mund auf und brüllte wie ein Vieh. Er wollte nach dem Stumpf greifen, doch die Lederriemen hielten ihn fest. Sein Körper bäumte sich auf, der Tisch begann zu wackeln. Sein markerschütternder Schrei gellte durch das Haus.

»Branntwein! Gieß ihm Branntwein ins Maul, Weib!« Der Chirurg riss das Beil aus dem Fleisch. Marga, die wie betäubt dagestanden hatte, hob die Flasche. Robert konnte gar nicht so schnell schlucken, wie sie goss, ließ die Hälfte aus dem Mund rinnen, begann zu husten.

»Sieh zu, dass der Kerl in Ohnmacht fällt«, brüllte der

Chirurg. »Sonst muss ich ihm mit dem Beil eins auf den Kopf geben.«

Marga nickte, setzte die Flasche selbst an den Mund und nahm einen kräftigen Schluck. Dann hielt sie Robert mit zwei Fingern die Nase zu, sodass er die Lippen öffnete. Sie goss, bis ihm der Branntwein aus dem Mund lief wie aus einem gerissenen Schlauch. Als sie die Flasche absetzte, zitterten ihre Hände und Knie so sehr, dass sie sich auf die Küchenbank setzen musste. Der Chirurg schwang erneut das Beil. Sie schloss die Augen und begann zu beten, hob erst wieder die Lider, als ein dumpfes Geräusch ihr anzeigte, dass der Beinstumpf nun vom Leib getrennt und auf den Boden gefallen war. Der Chirurg wickelte ein Leinentuch um den Reststumpf. »Ich bin fertig. Wenn der Mann fiebert, soll der Stadtarzt kommen. Ansonsten macht ihm morgen einen Nesselumschlag auf die Wunde.«

Er wusch sich die blutigen Arme, verlangte seinen Lohn und ging. Der Straßenjunge machte sich ebenfalls aus dem Staub, in der Küche hörte Marga die Magd flennen. Sie war nun allein in der Werkstatt. Sie schaute auf ihren Mann, der bewusstlos und einbeinig auf dem Küchentisch lag. Den brandigen Stumpf unter dem Tisch mied ihr Blick. Mit hängenden Armen saß sie auf dem Schemel neben der Druckerpresse. Erst als ein streunender Hund, den der Blutgeruch angelockt hatte, in die Werkstatt kam und sich an dem Stumpf zu schaffen machte, stand Marga auf, nahm einen Knüppel und jagte ihn davon.

Rieke hielt sich tapfer. Die Wehen rollten durch ihren Leib wie Sturmwellen, doch aus ihrem Mund kam kein Laut der

Klage. Sie lief mit schmerzverzerrtem Gesicht im Zimmer umher, ihre Hände auf den Bauch gepresst. Die Hebamme saß derweil am Fenster und strickte. Als die nächste Wehe kam, stöhnte Rieke auf. »So tut doch endlich etwas!«

Die Hebamme blieb ruhig. »Mein Gott, Kind, Ihr habt noch ewig Zeit. Wird wohl ein Siebenmonatskind sein, wenn ich mir eure Leibwölbung so angucke.«

»Ob sieben oder neun Monate, was ist da der Unterschied, wenn ich jetzt Schmerzen habe, die mich schier zerreißen?«

»Nun, das Fruchtwasser ist noch nicht einmal abgegangen. Ihr habt wirklich noch Zeit. Es wird Stunden dauern, bis Ihr niederkommt.«

Die Hebamme nahm ihr Strickknäuel wieder auf und ließ die Nadeln klappern. Rieke umkreiste den Gebärstuhl, der vorsorglich im Schlafzimmer aufgebaut worden war. Dann blieb sie entschlossen stehen. »Hebamme, wenn es ist, wie Ihr sagt, und das Kind ein Siebenmonatskind ist, wird es dann überleben?«

Die Hebamme wiegte den Kopf. »Schwer zu sagen. Die meisten schaffen es nicht, aber es gibt Ausnahmen. Wir müssen abwarten. Ihr seid noch jung. Wenn es dieses Mal nicht klappt, dann sicher im nächsten Jahr.«

Rieke schnaubte durch die Nase. Sie dachte an Trajan. War er der einzige Mann, der sie je geliebt hatte? Gleichgültig. Jetzt war er tot, und Rieke wusste nicht, wie sie ohne ihn jemals wieder schwanger werden sollte. Sie kaute auf ihrer Unterlippe herum und dachte weiter nach. Wenn ihr Kind nicht überlebte, dann durften auch Lilas Kinder nichts vom Erbe haben, niemals. »Hebamme«, rief sie.

Die Frau ließ erneut das Strickzeug sinken. »Was wünscht Ihr, Herrin?«

»Ihr sollt zu meinem Schwager gehen, Arno Geisenheimer. Sagt ihm, ich will ihn sehen, jetzt gleich. Es ist wichtig, es geht um seine Frau und seine Kinder.«

Die Hebamme seufzte, fuhr mit ihren geschwollenen Füßen in die Holzpantinen und watschelte schwerleibig aus dem Raum. Eine halbe Stunde später klopfte Arno an die Kammertür.

»Es ist gut, dass du so schnell gekommen bist«, sagte Rieke und wies mit der Hand auf einen Lehnstuhl. »Setz dich und nimm dir reichlich von dem Wein. Du wirst Stärkung nötig haben.«

Arno setzte sich zwar, den Wein lehnte er jedoch ab. »Es wäre mir lieb, wenn wir gleich zur Sache kommen könnten. Ich habe noch eine Sitzung im Rathaus.«

Rieke verzog den Mund. »Ich bin fast sicher, dass du die Sitzung heute ausfallen lassen wirst.«

»Passt es dir nicht, dass es für mich auf der Welt noch andere Dinge von Wichtigkeit gibt?«, fragte Arno zurück und offenbarte zum ersten Mal seine Abneigung gegen Rieke.

Eine Wehe kam, schüttelte Rieke, sodass sie nach dem Bettpfosten greifen musste. Arno sprang auf, stützte sie.

»Es ist schon gut«, sagte Rieke, ließ sich aber dankbar von ihm zum Lehnstuhl geleiten.

Auch Arno setzte sich. Ganz vorn auf der Kante nahm er Platz. »Also, was ist so wichtig, dass du mich in der Stunde deiner Niederkunft rufen lässt?«

Rieke räusperte sich. »Es geht um Lila. Es gibt da etwas, was du nicht weißt.«

»So? Teilt meine Frau ihre Geheimnisse neuerdings mit dir?« Seine Worte klangen höhnisch. Rieke duckte sich darunter, als wären sie Schläge.

»Nein.« Sie schüttelte den Kopf. »Aber ich weiß, warum sie damals im Heerlager war. Ich weiß, wozu sie die Pistole gebraucht hat. Ich weiß sogar, dass der Mann, den sie gesucht hat, jetzt in der Stadt ist und Lila erpresst.«

Arno zog die Augenbrauen hoch. »Das alles weißt du?«

Rieke nickte, presste die Hände auf ihren Leib, verzog das Gesicht und krümmte sich. »Ja, das alles weiß ich«, keuchte sie. »Das und noch viel mehr. Deine Frau ist nicht die, die sie zu sein vorgibt. In Wirklichkeit heißt sie Lilith Levy. Sie ist Jüdin. Und ich weiß noch mehr. Ich weiß, dass eine Ehe zwischen einer ungetauften Jüdin und einem Christen nicht rechtsgültig ist. Und deine Kinder sind als Kinder einer jüdischen Mutter nicht erbwürdig.«

Arno lachte. Er lachte so laut, dass die Magd kam und fragte, ob alles in Ordnung wäre.

Rieke schnellte hoch und schrie im nächsten Moment mit gellender Stimme auf. Sie hielt sich den Bauch und stöhnte: »Lach du nur. Wer zuletzt lacht, lacht am besten, und das werde ich sein. Mein Kind wird Alleinerbe der Geisenheimers. Mein Kind, und nicht deine Bastarde!«

Arno stand auf, sah sie verächtlich und mitleidig zugleich an. »Ich hätte niemals gedacht, dass ein Mensch aus Neid zu solch einer Niedertracht fähig sein könnte«, sagte er kopfschüttelnd und ging. Rieke blieb allein zurück.

Marga stand in der Küche und überlegte, was sie mit Robert machen sollte. Den Beinstumpf hatte sie vorhin mit spitzen Fingern aufgehoben und in einen Sack gesteckt. Sie wollte den Sack nicht in den Abfall werfen, aus Furcht, die streunenden Hunde würden ihn finden. Es grauste sie bei dem Gedanken, dass sie über Roberts Fleisch herfallen könnten. Verbrennen? Das wäre wohl das Beste, dachte sie. Aber nicht in meinem Haus, der Geruch von verbranntem Fleisch setzt sich auf Tage fest.

Noch immer lag Robert auf dem Küchentisch. Wo sollte sie hin mit ihm? Sie hatte nur das eine schmale Bett. Auf dem Tisch konnte er jedoch auch nicht bleiben. Der Chirurg hatte seine Lederriemen wieder mitgenommen. Marga befürchtete, dass Robert vom Tisch stürzen könnte, wenn er sich umdrehte. Ihr Blick fiel auf ein Seil, das in der Tür zur Vorratskammer hing. Sollte sie ihn erneut festbinden? Oder sollte sie Hilfe holen, den Kranken in ihr Bett bringen und selbst auf dem Boden schlafen? Sie war hin- und hergerissen. Sollte sie wirklich wieder zurückstehen, wieder Opfer bringen? Für Robert? Würde er es diesmal zu schätzen wissen? Marga bezweifelte es. Letztendlich aber siegte ihre christliche Nächstenliebe. Sie rief nach der Magd, schickte sie zu Hermann Schein, und kurze Zeit später war der Kantor zur Stelle.

Marga war gerade dabei, ihr Bett so herzurichten, dass Robert darin liegen konnte, ohne seine Wunde mehr als nötig zu belasten, als der Türklopfer unten heftig gegen das Holz geschlagen wurde.

Marga eilte hinunter. Einen Augenblick lang war sie von der Hoffnung beflügelt, es könnte ihr Konstantin sein, den die Reue gepackt hatte. Aber vor der Tür stand eine Frau, die Marga vage bekannt vorkam. Diese Frau hielt eine Urkunde in der Hand und fragte: »Ist es richtig, dass Robert Mahlich hier bei Euch ist?«

Marga nickte und verschränkte die Arme vor der Brust. »Was wollt Ihr von ihm?«

Die Frau, deren abgetragene, fadenscheinige Kleider über und über mit Flecken und Dreckspritzern besudelt waren, roch ungewaschen. Sie stank nach dem Heerlager. Marga ekelte es, so sehr, dass sie es kaum über sich brachte, die Urkunde, welche die Frau ihr hinstreckte, entgegenzunehmen. Während sie las, erstarrte ihr Gesicht. Sie schluckte, biss sich auf die Unterlippe und ließ schließlich das Blatt sinken. Wortlos kam Hermann Schein herbei, nahm ihr die Urkunde aus der Hand und las ebenfalls. Dann betrachtete er die Frau aufmerksam und sagte: »So, Ihr seid also Robert Mahlichs angetrautes Weib.«

Diese nickte stolz. »Er ist Drucker. Man hat mir gesagt, diese Werkstatt gehöre ihm.«

»Da hat man Euch falsch unterrichtet. Diese Werkstatt gehört Marga Mahlich, ebenfalls Ehefrau von Robert.«

Die Marketenderin klappte den Mund auf, deutete mit dem Zeigefinger auf Marga und lachte los. »Die da war seine Frau? Dachte ich's mir doch. Kaltes Herz, kaltes Haus, kalter Schoß.«

»Passt auf, was Ihr sagt«, drohte Hermann Schein.

Jetzt aber war Marga aus ihrer Erstarrung erwacht.

»Wartet hier. Ich gebe Euch, was Euch gehört«, sprach sie zu der Frau.

Dann zog sie Hermann am Ärmel hinter sich her in die Küche. Gemeinsam luden sie Robert Mahlich auf den Feldkarren und schoben ihn durch die Werkstatt zur Tür.

Das Weib starrte mit aufgerissenen Augen auf den Mann, der noch immer wie leblos lag.

»Da. Nehmt ihn und sorgt für ihn, wie ein Weib für ihren Mann zu sorgen hat«, befahl Marga im scharfen Ton. »Und untersteht Euch, ihn mir wieder zurückzubringen, wenn Ihr nichts mit ihm anfangen könnt.«

Die Marketenderin begann zu keifen, doch Marga achtete nicht auf ihre Worte. Erst als sie die Herausgabe der Eheurkunde verlangte, sprach Marga: »Die Urkunde, ach ja. Fragt in den nächsten Tagen beim Rathaus danach. Ich werde sie morgen dort vorlegen, wenn ich Anzeige erstatte gegen Robert Mahlich wegen Bigamie und gegen Euch wegen Ehebruchs.«

Mit diesen Worten wandte sie sich ab, schlug die Tür zu und klappte die Holzläden vor.

Rieke spürte, dass ihre Stunde gekommen war. Und das, was sie sich als das Schlimmste von allem vorgestellt hatte, war eingetroffen. Sie war allein. Mutterseelenallein.

Als Lila ihre Kinder zur Welt gebracht hatte, war das Haus jedes Mal voll gewesen. Im Gebärzimmer hatten sich Nachbarinnen und Freundinnen gedrängt, die Männer hatten sich derweil im Hof unterhalten, die Zeit mit Kartenspielen und neuen Geschäften vertrieben. Riekes Seufzen wurde zu einem Stöhnen.

Auch der Stadtarzt war dabeigewesen, während die Hebamme in der Gebärstube stand. In der Küche hatten die älteren Frauen Speisen und Getränke zubereitet, um das Taufmahl, wie es Sitte war, sogleich abzuhalten. Rieke konnte sich noch gut daran erinnern. Damals hatte sie sich gewünscht, dass bei ihrer ersten Niederkunft auch so viele Freunde, Verwandte und Nachbarn kommen würden. Doch nun war sie allein. Nicht einmal die Hebamme war zurückgekehrt, von Andreas ganz zu schweigen. Sie hatte vor Stunden nach ihm geschickt, doch er hatte lediglich ausrichten lasse, man möge ihm Bescheid geben, ob sie einen Sohn oder eine Tochter zur Welt gebracht hätte. Er erwarte sein Abendessen zur gewohnten Zeit und würde sich dann einfinden.

Eine heftige Wehe riss Rieke fast entzwei. Sie schrie auf. Ihr war, als würde ihr Leib in Stücke gefetzt. Dann verebbte der Schmerz, und Rieke griff nach dem Wasserbecher. Dabei drehte sie sich, und plötzlich spürte sie eine warme Flüssigkeit zwischen ihren Beinen, die ins Laken sickerte. Die Flüssigkeit hatte eine gelblich grüne Farbe. Rieke erschrak. Mit letzter Kraft wälzte sie sich aus dem Bett, taumelte zur Tür, riss sie auf und schrie nach der Magd. Dann wurde sie vom Schmerz der nächsten Wehe überrollt.

Die Magd eilte herbei. Sie wollte Rieke in den Gebärstuhl helfen, doch Rieke schaffte es nur noch bis zum Bett. Dort lag sie, der hoch gewölbte Leib in wellenförmiger Bewegung, und schrie sich die Seele aus dem Leib. Die Magd rannte kopflos hin und her. Einmal schlug sie der Gebärenden die Röcke über den Kopf, dann lief sie davon, um Handtücher zu holen. Sie brachte Essigwasser, tupfte Rieke damit die Stirn ab.

»Du musst das Kind rausziehen«, keuchte Rieke und presste in einer Wehe den Arm der Magd so fest, dass diese aufjaulte.

»Ich kann das nicht«, rief die Magd. »Ich habe so etwas noch nie gemacht. Ich bin doch keine Hebamme.«

»Tu, was ich dir sage«, brüllte Rieke, und die Magd kroch zwischen die Beine ihrer Herrin, packte todesmutig den winzigen, blut- und schleimverschmierten Kindskopf. Sie zog so fest und gleichzeitig so behutsam sie nur konnte. Rieke bäumte sich auf, stieß einen Schrei aus, der gellender war als alle vorherigen. Die Magd zog und zog, bis schließlich mit einem schmatzenden Geräusch das Kind zur Welt kam. Die Magd wiegte es glücklich im Arm, ohne auf ihre Herrin zu achten. Rieke lag keuchend da, lauschte dem Geschrei des Säuglings und lächelte. »Was ist es?«, fragte sie.

»Ein Junge«, erwiderte die Magd.

»Der Erbe der Geisenheimers ist geboren«, flüsterte Rieke, dann schloss sie die Augen.

Währenddessen durchtrennte die Magd die Nabelschnur, hüllte das Kind in Leinentücher und sagte: »Ich bringe es nach unten in die Küche. Dort ist es warm, dort kann ich es baden und herrichten.«

Sie drückte das Kind an ihre Brust und verließ die Gebärstube. Unten in der Küche sang sie ihm sein erstes Lied, gab ihm sein erstes Bad, herzte es, küsste es und hörte nicht das Weinen der Mutter, die sich so verlassen und einsam fühlte, als sei sie ganz allein auf der Welt.

Lila kam nach Hause. Sie war erschöpft, so müde, als wäre sie den ganzen Tag gewandert. Stundenlang war sie durch die Stadt gelaufen, stundenlang hatte sie am Mainufer auf einem Stein gesessen und übers Wasser geschaut. Sie hatte nachgedacht, hatte ihr Leben vor sich ablaufen lassen. Erst als die Wächter die Stadttore schlossen, war sie zu einem Entschluss gekommen. Sie würde Arno alles gestehen. Er war ihr Mann. Er hatte ein Recht darauf, ihr Geheimnis zu erfahren. Was danach aus ihr wurde, blieb abzuwarten. Ob mich Arno verstößt?, hatte sie gegrübelt. Nun, ich werde es ja sehen. Ich liebe ihn, wie ich noch keinen Menschen geliebt habe.

Es zerriss ihr das Herz, wenn sie daran dachte, welchen Schmerz sie ihm zufügen musste. Doch es gab keinen Ausweg mehr. Rieke hatte ihr Geheimnis entdeckt und würde nicht schweigen. Der Fremde erpresste sie, und sie hatte bereits all ihren Schmuck verkauft. Es gab nichts mehr, das sie ihm noch geben konnte. Jetzt war sie an dem Punkt ihres Lebens angelangt, vor dem sie sich immer gefürchtet hatte. Jahrelang hatte sie den Allmächtigen gebeten, sie zu verschonen. Doch dem Allmächtigen hatte es gefallen, sie zunächst glücklich zu machen, um sie dann umso härter zu strafen.

Lila sah sich um und begann schon Abschied zu nehmen. Sie blickte über den Main, als sähe sie ihn zum letzten Mal. Der braungrüne Strom brannte sich mitsamt seinen Fischerkähnen in ihr Gehirn. Endlich stand sie auf und hatte es auf einmal sehr eilig. Sie wollte das Gespräch mit Arno hinter sich bringen. Jetzt, da sie die Entscheidung getroffen hatte, musste alles schnell gehen, sonst würde sie vielleicht der Mut verlassen. Womöglich würde sie sich am Ende gar zu einer Tat hinreißen lassen, mit deren Folgen sie nicht leben konnte. Sie raffte die Röcke und stürzte durch die Straßen nach Hause.

Sie betrat das Haus. Stille umfing sie. Aus der Küche kam kein Geräusch klappernder Töpfe, niemand fegte, sprach, lachte, sang. Es schien, als läge das Haus völlig verlassen.

»Irmchen?«, rief Lila nach der Magd, doch niemand antwortete. Was war geschehen? War etwas mit Arno? Die Angst klumpte ihr Herz zu einem Stein. Kälte überfiel sie, überzog ihre Glieder wie Raureif. Lila begann zu zittern. Sie legte beide Hände über ihr schweres, dumpfes Herz. Dann rief sie leise und fast schon ohne Hoffnung: »Arno?«

»Ich bin im Arbeitszimmer«, ertönte die Antwort. Lila schrie schier auf vor Erleichterung. Vielleicht wird doch noch alles gut, dachte sie. Aber nein, meine Schuld wiegt zu schwer, da brauche ich mir keine Hoffnung zu machen. Doch es geht nicht anders. Ich sage es ihm, jetzt gleich.

Sie eilte zu Arno, stand keuchend und mit wirrem Haar vor ihm. Sein blasses Gesicht und seine fahrigen Bewegungen nahm sie gar nicht wahr. »Ich muss mit dir reden«, sagte Lila.

Arno nickte, bot ihr einen Stuhl an, setzte sich gegenüber, die Ellbogen auf die Stuhllehnen gestützt, die Fingerkuppen aneinandergelehnt. Er sieht blass aus, bemerkte Lila jetzt. Als erwarte er das Unheil schon. »Unsere Kinder werden enterbt, weil sie erbunwürdig sind. Und ich werde nicht länger deine Frau sein können«, platzte sie heraus.

Sie sah ihrem Mann ins reglose Gesicht und wusste nicht weiter. Arnos Augen glänzten in einem seltsamen Schimmer.

»Erzähl!«

Lila vermied es, ihren Mann anzublicken. Sie hatte Angst, in seinen Augen Misstrauen oder gar Verachtung zu lesen. Oder schlimmer noch: Liebe. Eine Liebe, die sich innerhalb der nächsten Minuten auflösen und womöglich sogar in Hass verwandeln würde. Sie schluckte, ehe sie begann: »Ich war siebzehn, als das jüdische Viertel von Antwerpen geschändet wurde. Meine Familie wurde getötet. Ich konnte dem Ganzen nur entkommen, nur überleben, weil ich mich gut genug versteckt habe. Die ganze Zeit über saß ich zusammengekauert in einem Schrank. Ein Plünderer fand mich schließlich dort. Ich zeigte ihm das Versteck, in dem mein Vater die Wertsachen aufbewahrte. Dafür half er mir, aus der Stadt zu fliehen. Er brachte mich zu einem jungen Arzt. Doktor de Bruy war Protestant und wollte seine Familie vor den Verfolgungen in Sicherheit bringen. Seine Frau hatte gerade ein Mädchen zur Welt gebracht. Ich sollte die beiden nach Frankfurt begleiten, als Magd, Zofe und Unterhalterin. Ich wollte gerade in die Kutsche steigen, als der Mann, der mich gefunden hatte, mir den Weg verstellte. Er nahm mir ein Versprechen ab. Ich sollte mich melden, sobald ich in Sicherheit sei. Dann wollte er nachkommen. Mein Leben gehöre jetzt ihm, sagte er. Erst, wenn ich ihm das aufgewogen hätte, wäre ich frei. Ich versprach alles, sogar, mich mit Gold aufwiegen zu lassen. Ich hätte meine Seele verkauft, nur um von Antwerpen wegzukommen. Und so reiste ich mit der Arztfrau und ihrem Kind ab. Wir fuhren mit ein paar anderen Kutschen als Kolonne über Aachen und weiter in Richtung Koblenz. Kurz danach wurden wir überfallen. Die Frau des Arztes wurde dabei getötet. Es war ein Unfall. Sie schrie und schrie, hörte nicht auf zu schreien. Da zog einer der Männer sie aus der Kutsche und gab ihr eine kräftige

Maulschelle. Sie stürzte, fiel mit dem Kopf auf einen Stein und war auf der Stelle tot. Ich stand daneben mit dem schreienden Säugling im Arm. Ich presste das Kind an mich, damit es ruhig wurde und nicht auch noch aus dem Leben schied. Aber die Männer beachteten mich gar nicht. Hastig durchwühlten sie die Kutschen, trieben einander zur Eile an. Sie nahmen den anderen Reisenden die Geldkatzen ab, schnitten ihnen die Beutel vom Gürtel und ließen sich auch ein paar schöne Mäntel geben. Wer sich wehrte, bekam einen Schlag auf den Kopf. Dann spannten sie die Pferde von den Kutschen, zerschnitten das Geschirr und machten sich davon.

Und ich stand da, mit dem Säugling auf dem Arm und der Toten zu Füßen. Das Kind, die kleine Femke, schrie und schrie. Sie hatte Hunger, die Windeln waren nass, ihr Köpfchen glühte vor Fieber, und ich wusste ihr nicht zu helfen. Schließlich schloss ich ihrer Mutter die Augen, zog ihr den Siegelring, den die Räuber übersehen hatten, vom Finger und machte mich auf den Weg. Hinter mir stritten die Reisenden mit den Kutschern und Fuhrleuten. Ich hörte sie noch lange brüllen. Endlich kam ich nach Arensberg. Dort befindet sich ein Dominikanerinnenkloster. Bevor ich das Mädchen dort auf der Schwelle ablegte, schnitt ich ihm eine winzige Haarlocke vom Kopf, als Erinnerung. Schließlich wickelte ich das Kind noch einmal richtig, betätigte den Türklopfer und wartete hinter einem Baum, bis die Klosterpforte geöffnet und Femke nach drinnen geholt wurde. Dann sank ich hinter dem Baum auf die Knie und dankte Gott dafür, dass er den Säugling gerettet hatte. Einen Augenblick lang stellte ich mir vor, ich hätte Femke behalten. Aber wie sollte ich als ledige Mutter, als die ich dann gelten würde, überleben? Wer würde mir Arbeit geben? Niemand. Es war gut und richtig, das Kind auf die Klosterschwelle zu legen.«

Lila brach ab, wischte sich eine Träne von der Wange. »Verstehst du, Arno? Ich habe das Mädchen nicht verstoßen, das wollte ich nicht. Sie war krank, sie war hungrig. Ich wollte, dass sie lebt. Deshalb habe ich sie auf die Klosterschwelle gesetzt. Die Dominikanerinnen sind heilkundige Frauen. Sie haben Femke sicher gesund gemacht. Dort würde sie es gut haben, das wusste ich. Aber ich selbst? Ich war doch Jüdin. Ich konnte doch nicht einfach so mit ins Kloster gehen. Was hatten wir für Geschichten gehört, wie es uns dort ergehen würde! Ich hatte einfach Angst, verstehst du? Was ich für Femke tun konnte, habe ich getan.«

»Dein Handeln war völlig richtig«, sagte Arno leise. Lila lächelte dankbar.

»Dann begab ich mich nach Frankfurt«, sprach Lila weiter. »So wie es geplant war. Es gab damals schon viele Antwerpener in der Stadt. Die Gemeinde nahm mich auf, als ich mich als Lila de Bruy aus Antwerpen ausgab. Ich schrieb einen Brief an den Doktor und berichtete ihm von dem Überfall, dem Tod seiner Frau. Nur das Schicksal seiner Tochter erwähnte ich nicht und nichts von mir. Ich wollte verhindern, dass er nach Frankfurt kam und entdeckte, dass ich nun als Lila de Bruy hier lebte.«

Lila brach ab, knetete die Hände in ihrem Schoß.

»Ist das alles?«, fragte Arno.

Lila nickte. »Den Rest kennst du. Ich hatte in Antwerpen eine gute Erziehung genossen, konnte leicht mit jeder bürgerlichen Christin mithalten. In der Gemeinde hatte ich rasch einen guten Stand. Dann lernten wir uns kennen.« Und leise, fast nicht zu verstehen: »Und wir lernten uns lieben und heirateten.«

Schließlich sah sie auf. »Ich kann verstehen, dass du dich jetzt von mir trennen musst. Ein Kaufmann und Patrizier deines Standes kann keine Jüdin zur Frau haben. Ein aufrechter Christ wie du kann nicht mit einer Betrügerin leben.«

Sie begann leise zu weinen, ließ die Tränen über ihre Wangen rinnen und in ihren Schoß tropfen. »Ich habe versucht, es wiedergutzumachen«, flüsterte sie unter Schluchzen. »Vor über einem Jahr habe ich den Dominikanerinnen geschrieben, wer der Findling von damals war. Ich schrieb, ich hätte den Siegelring ihrer Familie als Beweis. Eine Antwort habe ich nicht erhalten.«

Arno hatte sich erhoben. Einen Augenblick lang stand er regungslos vor ihr, dann wandte er sich ab und sah aus dem Fenster. Lila hielt die Luft an, dann brach sie wieder in leises Schluchzen aus. Es war zu spät; sie hatte Arno verloren. Vor Tränen fast blind, sah sie ihn am Fenster stehen. Seine Schultern zuckten. Ein um das andere Mal strich er sich über das Haar und seufzte.

Dann drehte er sich um. Lila hielt die Luft an.

»Eine verfahrene Geschichte«, sagte er mit rauer Stimme, und Lila bemerkte, dass Arno um Fassung rang.

»Du verstößt mich?«, fragte sie leise und rang die Hände.

Arno schwieg.

Da stand sie auf, atmete tief ein und aus und strich ihr

Kleid glatt. Sie drehte sich um und schritt zur Tür. »Wohin willst du?«, hörte sie Arno fragen.

»Packen«, erwiderte Lila. »Ich werde meine Sachen packen und gehen.« Sie sah ihrem Mann in die Augen, stand ganz still dabei. Arno erwiderte ihren Blick und stand ebenfalls ruhig. Dann erschien ein winziges Lächeln auf seinem Gesicht.

»Geh nicht!«, bat er leise. Er breitete die Arme aus, doch Lila sah ihn an, als wäre er ein Geist.

»Geh nicht?«, fragte sie.

»Geh nicht«, wiederholte Arno. »Geh nicht, sondern komm zu mir in meine Arme.«

Er ging auf sie zu, zog sie an seine Brust und küsste sie so leidenschaftlich wie in den ersten Wochen ihrer Ehe. Sie hielten sich aneinander fest, als wäre der andere der letzte Halt. Eng umschlungen schmiegten sie sich aneinander, standen Ewigkeiten.

Dann fragte Arno leise: »Wer kennt dein Geheimnis?«

Lila schluckte. »Der Mann, der mich mit Gold aufgewogen haben wollte, ist in der Stadt. Ich habe meinen Schmuck verkauft und ihm das Geld gegeben, aber er will mehr.«

»Er soll es haben«, erklärte Arno. »Du bist mir mehr wert als alles Gold dieser Welt. Du bist die Frau, die mich glücklich macht, bist die Mutter meiner Kinder.«

Er strich ihr die Tränen von den Wangen, küsste sie aus ihren Augenwinkeln.

»Gibt es sonst noch jemanden, der etwas über deine Vergangenheit weiß?«

Lila zögerte. »Ja – Rieke.«

19

Du wirst einen von uns beiden verlieren, wenn du die Wahrheit erfährst.« Luuks Stimme hallte durch Judiths Schädel wie der Klöppel einer Glocke. Sie lief durch die Gassen, als wolle sie vor etwas fliehen. Doch die Erinnerung folgte ihr wie ein Schatten.

Jedes Wort, jedes einzelne Wort, das Luuk gestern gesagt hatte, klang noch nach. So lebendig, als würde er direkt neben ihr gehen und seine Worte wiederholen.

»Wer Lila Geisenheimer in Wirklichkeit ist, das weiß ich nicht«, hatte er gesagt. »Aber ich weiß, dass sie Anteil am Schicksal meiner Nichte hat.«

Dann hatte er von seinem Schwager erzählt. »Arne de Bruy war Arzt, wie ich. Und er hatte eine junge Familie. Diese wollte er in Sicherheit bringen, als die Spanier gegen die Protestanten vorgingen. Er schickte Frau und Kind nach Deutschland, ins evangelische Frankfurt. Das ist rund zwei Jahrzehnte her. Er dachte, damit das Richtige getan zu haben. Bis eines Tages dieser Brief kam. In dem stand, dass seine Frau bei einem Überfall auf die Kutsche ums Leben gekommen war. Von dem Kind, meiner Nichte Femke, kein Wort. Aus Kummer darüber ist er gestorben.«

Luuk hatte nachdenklich in sein Glas gestarrt. Aber

dann fuhr er fort: »Ich habe Nachforschungen angestellt, leider ohne Erfolg. Bis im letzten Jahr eines Tages eine junge Frau vor mir stand. Sie behauptete, meine Nichte zu sein. Als Beweis zeigte sie mir einen Brief, den eine Lila Geisenheimer an ein Kloster nahe Koblenz geschrieben hatte. Ich war froh, dass sich das Rätsel nun zu lösen schien. Aber ich war auch misstrauisch. Es ging um sehr viel Geld, schließlich hatte ich meinen Schwager als einzig lebender Verwandter beerbt. Bevor ich ihren Anspruch anerkannte, beauftragte ich einen Mann, der alles über diese junge Frau herausfinden sollte. Schon bald konnte ich Kontakt mit einem Niederländer aufnehmen, der behauptete, die Jüdin gekannt zu haben. Dieser Antwerpener Spitzbube konnte sich daran erinnern, dass Femke und ihre Mutter sich gemeinsam mit dieser auf den Weg nach Frankfurt gemacht hatten. Ich schickte den Mann nach Frankfurt, damit er die Jüdin für mich fand und außerdem Lila Geisenheimer, die in Besitz des Siegelrings sein sollte, des Ringes, der die Herkunft meiner Nichte bestätigte.«

»Hat er die Jüdin gefunden?«

»Ich weiß es nicht. Er schrieb eines Tages, ich müsse unbedingt kommen; es gäbe Nachrichten von meiner Nichte. Wie du siehst, bin ich gekommen. Ich traf ihn, und er wollte zunächst Geld. Viel Geld. Erst dann gab er mir den Siegelring mit dem Wappen meiner Familie. Ich erkannte ihn wieder, schließlich war ich dabeigewesen, als mein Schwager ihn seiner Frau an den Finger gesteckt hatte. Der Mann sagte mir, dass der Ring im Besitz von Lila Geisenheimer gewesen sei. Die junge Frau scheint also die Wahrheit gesagt zu haben. Sie ist in Antwerpen; ich habe sie dort bei einer Verwandten untergebracht. Sobald hier alles geklärt ist, werde ich nach ihr schicken.«

»Warum hast du Lila nicht zur Rede gestellt und gefragt, wie der Ring in ihren Besitz gekommen ist?«, wollte Judith wissen. Als Luuk den Kopf senkte, verstand sie. »Du hast mich nie geliebt, nicht wahr? Du hast dich damals, als ich krank war, um mich gekümmert, um Zugang zu dieser Familie zu haben. Du wolltest wissen, wer Lila ist, weil du vermutet hast, die Jüdin und sie wären ein und dieselbe Person. Ist es so?«

Luuk antwortete nicht. Judith stand auf, rüttelte an seiner Schulter. »Ist das so?«

Schließlich nickte er, konnte ihr noch immer nicht in die Augen sehen. Da holte Judith aus und ohrfeigte ihren Verlobten, dass sein Kopf von einer Seite auf die andere flog. Aber Luuk saß weiter nur da. Sie holte wieder aus, konnte überhaupt nicht mehr aufhören, führte Schlag nach Schlag, als hätte sie den Verstand verloren. Irgendwann, als sie schon fast keine Kraft mehr hatte, hielt er ihre Arme fest, stand auf und drückte sie in den Sessel. »Verzeih mir!«, sagte er. »Verzeih mir, bitte. Du hast einen Mann verdient, der dich mehr liebt, als ich es je könnte.«

Mit diesen Worten war Luuk van Aaken gegangen. Und Judith hatte ihren Verlobungsring vom Finger gezogen und in die unterste Lade ihrer Kommode geschoben. Die Kränkung rumorte in ihr, sodass sie es in ihrem Haus kaum ausgehalten hatte.

Ohne genau zu wissen, wie sie dorthin gelangt war, stand sie plötzlich vor der Tür des Nadelmachers Lennart Leuthold und spähte durch das offene Fenster in die Werkstatt. Es war bitter kalt und das Fenster wohl nur geöffnet, weil der Kamin rußte. Gleich brannten Judith die Augen, doch sie vermochte nicht weiterzugehen. Sie stand und schaute, bis Lennart an das Fenster trat, um es zu schließen.

»Judith!«, rief er aus. »Judith, was machst du denn hier?«

Schon war er an der Tür, riss sie auf, nahm Judith am Arm und brachte sie ins Haus.

»Du zitterst ja«, stellte er fest, führte sie in die Küche und rückte einen Stuhl ganz dicht an das Herdfeuer, damit sie sich daran wärmen konnte. Ihre Hände hatte er zwischen seine genommen und rieb sie, bis die Kälte daraus verschwunden war.

»Wo … wo ist Käthi?«, lautete Judiths erste Frage.

Lennart lächelte. »Sie ist weg.«

»Hast du sie weggeschickt?«

»Nein. Ich setze keine Frau ohne Obdach auf die Straße. Sie hat geheiratet, einen Meier aus Vilbel. Sie lebt nun in seinem Haus.«

»Aber … aber … ich dachte … du …«

»Was hast du gedacht, Judith? Dass es mich getroffen hat, als ich hörte, du seist mit dem neuen Stadtarzt verlobt?«

»Ich dachte, du bist mit Käthi zusammen.«

Dann schwiegen sie beide, sahen sich nur in die Augen und erzählten sich so alles, was Worte nicht auszudrücken vermochten.

Lila und Arno saßen nebeneinander vor dem Kamin. Sie hielten sich bei den Händen. Und wenn sie nach ihren Bechern mit dem heißen, gewürzten Wein griffen, dann hielten sie einander mit Blicken fest. Keiner von beiden sprach. Sie mussten sich nicht mit Worten verständigen, sie waren so innig, dass es keiner Worte bedurfte. Plötzlich machte sich die Magd bemerkbar. »Verzeiht, Herrschaften. Andreas Geisenheimer ist da und wünscht Euch zu sprechen.«

»Wir erwarten ihn«, entgegnete Arno, stand auf und schob einen dritten Sessel an den Kamin.

Er hatte sich kaum wieder gesetzt, als Andreas in die Wohnstube trat. Nein, er trat nicht, er stürmte herein. »Hier«, sagte er, ohne erst zu grüßen. »Hier, Bruder, lies das.«

Ohne den Mantel abzulegen, warf er sich in den Sessel und starrte in das Kaminfeuer. Schweißperlen standen ihm auf der Stirn, doch er schien es nicht zu bemerken.

Lila erhob sich, schenkte ihm einen Becher Wein ein. »Wie geht es Rieke?«, fragte sie.

Andreas sah ihr in die Augen. »Sie hat ein Kind bekommen«, erwiderte er. »Es ist ein Junge.«

»Oh«, rief Lila aus. »Da gratuliere ich dir.«

Aber Andreas schüttelte den Kopf und wies mit dem Finger auf den Brief, den Arno gerade las. »Andreas ist nicht der Vater des Kindes«, sagte der leise. »Der Brief ist von Amalia. Sie hat Rieke und Trajan, den Auflader, beim Liebesspiel ertappt. Und sie hat gehört, wie die beiden darüber gesprochen haben, dass das Kind von ihm ist und nicht von Andreas.«

»Aber Amalia ist tot. Wie kann eine Tote einen Brief schreiben?«

Andreas nippte an seinem Wein. »Ich fand den Brief heute in unserer Familienbibel. Sie muss ihn vor ihrem Tod dort postiert haben, wohl wissend, dass wir die Bibel zur Taufe brauchen. Auf dem Umschlag war vermerkt, dass dieser Brief erst für den Tag der Geburt von Riekes Kind bestimmt sei. Das war heute. Ich las, dann kam ich schnurgerade zu Euch.«

Er hielt Lila den leeren Becher hin. Sie sah ihn mitleidig an und schenkte bis zum Rand nach.

Seit die Post in den Händen der Familie Thurn und Taxis lag, waren Briefe von Frankfurt nach Leipzig nur noch drei Tage unterwegs. So war Marga auch nicht überrascht, als sie hörte, dass der jüngste Geisenheimer geboren und sie zur Taufe nach Frankfurt geladen war.

Kurz überlegte sie, ob sie ihre noch so junge, neu gegründete Zeitung allein lassen konnte. Wer sollte statt ihrer täglich ins Rathaus gehen und nach den Neuigkeiten fragen? Wer in der Poststation die Boten befragen, was es im Land Neues gab? Und wer würde über den Markt gehen und den Krämerinnen und Mägden lauschen? Wer würde all diese Informationen sammeln, aufschreiben, die Lettern setzen und drucken?

Margas Zeitung verkaufte sich jeden Tag ein bisschen besser, doch es war noch nicht so weit, dass sie ausruhen durfte. Eine andere Druckerei machte ihr bereits Konkurrenz. Der Drucker Kachelofen stellte seinen Lehrbuben an jedem Markttag an die Ecke und ließ ihn Flugblätter verteilen. Allerdings beschränkte sich Kachelofen auf Nachrichten aus der Politik und den Zünften. Margas Zeitung, die auch Mitteilungen privater Natur enthielt, lasen – und kauften – vor allem auch die Frauen.

»Fahr nach Frankfurt. Du hast genug erlebt, hast genug mitgemacht. Es wird Zeit, dass du ein wenig ausspannst. Außerdem sollst du Patin werden. Ist das nicht wichtig genug, um in die Reisekutsche zu steigen?«, setzte Hermann Schein ihr immer wieder zu.

»Und wer soll hier drucken?«

»Ich«, erwiderte der Kantor. »Also, ich werde die notwendigen Informationen sammeln. Setzen und die Druckerpresse bedienen muss ein Gehilfe. Gut möglich, dass die Zeitung ein wenig schief gerät, aber das ist den Leuten ohnehin gleichgültig. Sie wollen wissen, was in der Welt geschieht, in ihrer Stadt, in der Nachbarschaft.«

»Meinst du wirklich, ich könnte fahren? Nur ein paar Tage?«

Hermann Schein lächelte, fasste Marga bei den Schultern, dann sagte er ernst: »Du musst lernen, meine Liebe, dass auch du ein von Gott geliebtes Geschöpf bist. Er will, dass du glücklich bist. Und ich will es auch. Dein ganzes Leben lang möchte ich dafür sorgen, dass es dir gut geht.«

Er sah Marga in die Augen. So lange, bis sie den Blick senkte. Dann sagte sie leise: »Das ist das Schönste, was je ein Mensch zu mir gesagt hat.«

Sie hob ihr Gesicht seinem Mund entgegen und ließ sich küssen, doch als er mit der Zunge ihre Lippen öffnen wollte, schüttelte sie den Kopf.

»Lass mir Zeit, Hermann«, bat sie. »Erst gestern habe ich dem Rat Roberts Ehebruch angezeigt und um Auflösung der Ehe gebeten. Man hat mir beschieden, dass mit Zustimmung der Kirche meinem Antrag wohl stattgegeben wird, aber solange dies nicht feststeht, möchte ich nichts tun, das meinen Ruf beschädigt – oder den deinen.«

Sie schluckte, räusperte sich. Dann lächelte sie, mit glühenden Wangen. »Aber danach, Hermann, das verspreche ich dir, danach will ich dich so lieben, wie du es verdient hast.«

Rieke lag im Bett, den Säugling neben sich in einer Wiege. Sie fühlte sich noch sehr schwach, und das lag nicht allein an den Strapazen der Geburt. Andreas hatte erst ein Mal das Wochenbettzimmer betreten, am Abend nach der Geburt. Er hatte das Kind betrachtet, hatte nach seinem Geschlecht gefragt, dann war er gegangen. Am nächsten Tag hatte Rieke die Einladungen für die Taufe verschickt, aber Andreas hatte sich nicht blicken lassen. Auch am Tag danach nicht und nicht gestern und nicht heute. Sie hatte der Magd aufgetragen, ihn zu ihr zu schicken, doch nicht einmal da war er gekommen. Es war, als miede er sie. Rieke kannte die Ammenmärchen, die besagten, dass sich Männer vor dem Blut einer Wöchnerin in Acht nehmen sollten, weil es die Lust ihrer Lenden zum Einschlafen bringen konnte. Aber Andreas' Lenden hatten noch nie geglüht und würden dies gewiss auch in der nächsten Zeit nicht tun. Rieke war bereit, sich damit abzufinden, dass Andreas sie nicht begehrte.

Erschöpft lag sie im Kissen. Ihr Gesicht glühte, sie fühlte sich fiebrig. Der Durst hatte ihre Kehle ausgetrocknet, aber die Magd ließ mit frischem Wasser auf sich warten. Wenigstens ein bisschen Fett stand in einem Tiegel auf dem

Nachtkästchen, sodass sich Rieke damit die Lippen bestreichen konnte. Sie wäre gern aufgestanden und zu ihrem Kind gegangen, doch die Schmerzen und das Fieber hatten sie geschwächt.

Wenn Andreas doch käme, dachte sie und wusste zugleich, dass er nicht kommen würde – und dass es gut war, wenn er nicht kam. Rieke hätte nicht sagen können, woher sie wusste, dass mit der Geburt des Kindes noch das letzte warme Flämmchen zwischen Andreas und ihr erstickt war, aber sie war zutiefst davon überzeugt. Ebenso wie sie wusste, was das Fieber bedeutete, das sie schüttelte und das von den anderen Frauen »Kindbettfieber« genannt wurde. Rieke schloss die Augen und versank in eine bunte Welt, in der nichts schmerzte und sie umschwärmter Mittelpunkt war. Sie traf Trajan in diesen Träumen und auch Amalia, ihre Schwiegermutter. Ebenso ihre eigene Schwester, die schon als Kind gestorben war. Und über allem breitete ein großer schwarzer Vogel seine Schwingen aus. Noch im Schlaf wusste sie, was dieser Rabe bedeutete. Der Tod würde bald ins Haus kommen.

Wie aus weiter Ferne hörte sie ihr Kind schreien. Dann kam jemand, nahm das Kind, und es wurde wieder still. Rieke sank zurück in ihre Träume. Hin und wieder hatte sie auch klare Momente. Momente, die ihr schwer wurden. Sie hätte gern einen Priester bei sich gehabt, doch sie war zu schwach, um darum zu bitten. Andreas hatte sie verlassen, die Magd kümmerte sich nur um das Kind, die Nachbarinnen tratschten auf der Straße, und die Verwandten vergeudeten keinen Gedanken an sie. Der Rabe aus ihren Träumen wurde groß und immer größer. Jetzt kam er herangeflogen. Rieke schrie, hob abwehrend die Hände und ließ sie gleich wieder kraftlos sinken. Sie fürchtete, dass er sich auf ihre Brust setzen und ihr die Augen auspicken würde. Vielleicht hackte er ihr gar das Herz aus dem Leib? Rieke wollte schreien, doch ihre Kehle war so trocken, dass nur ein Röcheln ertönte. Es schien, als öffnete jemand die Tür und käme, um Rieke zu retten. Mit aller Kraft riss sie die Augen auf und erkannte Andreas. Er hielt etwas Weißes in der Hand, es raschelte, und Rieke wusste, dass es ihr Todesurteil war. Sie streckte den Arm nach Andreas aus, aber ihre Hand griff ins Leere. Da schloss sie die Augen und überließ sich dem Raben, der die Schwingen ausbreitete, auf sie zuflog und sich auf ihre Brust setzte.

20

Rieke Geisenheimer, gestorben im Alter von sechsundzwanzig Jahren, wurde an einem Montag im Januar begraben.

Niemand hatte die Totenausruferin bestellt, und keiner hatte sich gefunden, der den Sarg den weiten Weg bis zum Friedhof tragen wollte. Man hatte den Totengräber mit einem Karren kommen lassen. Das war alles. Der Sarg wurde daraufgestellt, und nur Lila hatte ein paar Tannenzweige mit weißen Schleifen als Schmuck mitgebracht. Wenige folgten dem Sarg. Und alle schwiegen. Ihr Atem zerstob in weißen Wolken in der Winterluft. Das Eis klirrte unter ihren Schritten, und die Augenbrauen der Männer waren von winzigen Eiskristallen überzogen.

Sie hatten den Friedhof gerade erreicht, als ihnen der Friedhofsaufseher entgegenkam. Er wedelte mit den Armen und bedeutete dem Trauerzug, anzuhalten.

»Es wird keine Beerdigung geben heute«, sagte er. »Der Boden ist gefroren. Nehmt die Tote wieder mit und bahrt sie in Eurem Haus auf, bis es taut.«

Andreas Geisenheimer schüttelte den Kopf. »Nein. Ich werde die Tote nicht mehr mit zu mir nehmen. Tut mit ihr, was Ihr wollt. Ich übergebe sie Euch.«

Er kramte in der Tasche seines Wamses, holte ein Lederbeutelchen daraus hervor und legte es dem vom Rat der Stadt bestellten Stöcker in die offene Hand. Der kratzte sich an der Nase. »Soll ich sie in ein Fass stecken und in den Main werfen?«, fragte er lauernd.

Lila stöhnte bei diesen Worten auf und wandte das Gesicht ab. Judith schwankte ein wenig, aber zum Glück war Lennart Leuthold da und hielt sie.

»Es ist mir gleich, was Ihr mit ihr macht«, erwiderte Andreas. Dann bekreuzigte er sich, setzte seinen Hut auf und verließ mit straffen Schritten den Friedhof. Die kleine Trauergemeinde tat es ihm nach.

Es war beileibe nicht üblich, dass eine Familie innerhalb nur einer Woche eine Beerdigung und zwei Taufen beging. Doch den Geisenheimern sah man so etwas nach. Die halbe Stadt hatte sich in der Kirche eingefunden.

Vorn, vor dem Altar und dem Taufbecken, stand Marga, die das Kind in ihren Armen hielt wie einen Schatz. Neben ihr standen Lennart und Judith, die heute nicht nur ihre Verlobung bekanntgaben, sondern sich obendrein von nun an um den Säugling kümmern würden, der weder Vater noch Mutter hatte, aber trotzdem irgendwie zur Familie gehörte. Marga gegenüber stand Lila. Sie trug ein weißes Kleid und hielt eine Kerze in der Hand. Neben ihr befanden sich Arno und Andreas.

Der Pfarrer erhob seine Stimme. »Liebe Gemeinde. Wir haben uns heute hier versammelt, um zwei Menschenkinder zu taufen. Damit nehmen wir sie in den Kreis der von Jesus Geheiligten auf.«

Er sah zu Marga, die mit dem Säugling nun an das Taufbecken trat. Dann füllte er seine Hand mit dem geweihten Wasser und goss dem Säugling langsam ein wenig davon über den Kopf. Dazu sprach er: »Ich taufe dich im Namen des Vaters, des Sohnes« – dabei beträufelte er das Kind erneut mit dem heiligen Wasser – »und des heiligen Geistes auf den Namen Gaudenz.« Ein drittes Mal netzte er das Köpfchen des schreienden Kindes. Mit der Hand auf dem Kopf des Säuglings sprach er ein Gebet, danach trocknete er mit einem weißen Tuch das Kind ab und wandte sich Lila zu. Sie trat an das Becken, doch zuvor warf sie Arno noch einen Blick zu. Er lächelte und nickte. Da beugte sie ihren Kopf über das Becken, und der Pfarrer wiederholte die Taufprozedur, sprach ein Gebet und segnete zum Schluss die frisch Getauften, die Verlobten, die Verliebten und wünschte der Familie, dass endlich Glück bei ihnen einzog.

An der Tür drückte er jedem die Hand und sagte dazu: »Wir sehen uns in vier Wochen wieder zur Hochzeit von Lennart und Judith.« Er zwinkerte Marga zu, die immer noch den Täufling in den Armen hielt, und wisperte ihr ins Ohr: »Und ich wette, dass wir noch in diesem Jahr 1623 eine weitere Hochzeit feiern werden.«